JN434805

티보가家 사람들

티보가 사람들

1914년 여름 3

로제 마르탱 뒤 가르
정지영 옮김

7

일러두기

- 이 책은 갈리마르 출판사에서 펴낸 Bibliothèque de la Pléiade판의 로제 마르탱 뒤 가르 전집 I, II(1955)에 실린 *Les Thibault*를 번역한 것이다.
- 「티보가 사람들」은 총 여덟 작품으로 이루어진 대하소설이다. 이 책 『티보가 사람들—1914년 여름 3』은 그중 일곱 번째 작품의 결말이다. 「1914년 여름」은 3권에 걸쳐 진행된다.
- 주는 모두 옮긴이의 주이다.

차례

1914년 여름 3

티보가 사람들

1부 회색 노트
2부 소년원
3부 아름다운 계절
4부 진찰
5부 라 소렐리나
6부 아버지의 죽음
7부 1914년 여름(3권)
8부 에필로그

부록 회상

59

리에뵈르에서 자크는 잠을 자는 둥 마는 둥 했다.

좁은 철제 침대 위에서 이리 뒤척 저리 뒤척대며 유리창이 훤하게 밝아오는 새벽녘이 되지나 않았나 스무 번이나 자문해 보다가 마침내 그는 두 시간 동안 깊은 잠에 빠졌다. 그리고 잠에서 깨어났을 때 그는 녹초가 된 채 얼빠진 사람 같았다.

밖은 마침내 동이 텄다.

옷을 입은 다음 그는 여행용 가방 속에 있는 얼마 안 되는 짐을 챙기고 서류를 한 다발로 묶었다. 그러고 나서 의자를 창까지 끌고 갔다. 팔꿈치를 난간에 올려놓고 이렇다 할 뚜렷한 생각 없이 한참 동안 그런 자세로 있었다. 제니의 모습이 눈앞에 아른거리곤 했다. 어제저녁 자동차 안에서처럼 제니가 아무 말 없이 가만히 곁에 있어 서로의 어깨와 볼의 감촉을 느끼고 몸을 어루만지며 있었으면 싶었다…. 제니와 멀리 떨어져 있는 지금, 자크는 그녀에게 할 말이 태산 같다는 느낌이 들었다…. 그는 청소부와 우유 배달부의 아침 일과로 차츰 활기를 띠고 있는 거리와 강변을 바라보았다. 개천가에는 아직 쓰레기통들이 줄지어 있었다. 호텔 맞은편 길모퉁이 집에는 도자기 상인이 살고 있는 중이층을 제외하고는 모두 덧문이 닫혀 있었다.

유리창 저편에는 짚 속에 반쯤 파묻혀 있는 수없이 많은 자질구레한 실내 장식품들, 짝이 맞지 않는 차 세트, 대형 도자기, 사탕 그릇, 마이나데스*상像, 위인들의 흉상들이 쌓여 있었다. 그 밑 유태인 푸줏간의 자줏빛 덧문 위에는 히브리 글자로 쓴 황금빛 간판이 걸려 있었는데, 그것이 오랫동안 자크의 눈길을 끌었다.

일곱시가 되어 숙박비를 내도 되겠다는 생각이 들자 그는 그곳을 나와 여러 가지 신문을 샀다. 그리고 그것을 읽기 위해 강변의 벤치에 앉았다.

공기는 서늘한 편이었다. 저 멀리 노트르담 성당 언저리에는 맑은 안개가 끼어 있었다.

자크는 마치 거울놀이에서처럼 각종 신문마다 끊임없이 되풀이하여 싣고 있는 속보와 논평을 결신이라도 든 것처럼 탐욕스럽게 읽고 또 읽곤 했다.

이번에는 신문마다 한결같이 경종을 울리고 있었다. 『르 리베르테르』에 실린 클레망소의 논설은 **심연의 가장자리에서**라는 표제가 붙어 있었다. 『르 마탱』은 큰 표제어로 **위기 오다**라고 솔직히 인정하고 있었다.

공화당계 신문들 대부분은 우파와 합세해서 '지금과 같은 상황에서' 평화를 위한 국제 대회를 파리에서 열기로 수락한 프랑스 사회당을 비판하고 나섰다.

자크는 그 벤치를 떠나 새로운 하루를 어떻게 시작할지 결정을 못 하고 있었다…. 7월 31일, 금요일…. 어쨌든 그는 그것들

* 주신(酒神) 바쿠스의 무녀이다.

을 읽음으로써 방심 상태에서 천천히 벗어나 이 세상과의 접촉을 다시 할 수 있었던 것이다. 아침부터 옵세르바투아르가街에 뛰어가고 싶은 생각과 잠시 싸웠다. 그런데 그런 유혹은 애정 때문이라기보다는 살아남으려는 비열함에서 오는 것임을 깨달았다. 부끄러웠다. 전쟁은 숙명적인 것이 아니다. 승부에 진 것도 아니다. 할 일이 남아 있다…. 이 시각에 파리의 모든 동네에서는 사람들이 싸우기 위해 잠자리에서 일어나고 있다…. 게다가 제니에게는 두시나 되어서야 집으로 데리러 갈 거라고 미리 일러두지 않았던가?

『위마니테』에 가기에는 시간이 너무 일렀다. 하지만 『에탕다르』*까지라면 그렇지도 않았다. 가방을 어디에다 맡겨야 할지 몰랐다. 무를랑에게 맡겨야지.

그는 늙은 식자공을 찾아가겠다는 생각을 하면서 자리에서 일어났다. 강변을 따라 바스티유까지 걸어가야지. 그러노라면 컨디션이 좋아질 거야.

『에탕다르』의 문은 닫혀 있었다.

"나중에 다시 오지." 하고 그는 혼잣말을 했다. 그리고 시간을 이럭저럭 보내기 위해 마음 내킨 김에 생 앙투안 교외에서 서점을 경영하고 있는 비달의 집에까지 가보기로 했다. 그 가게 뒷방은 『레랑 루주』**를 발행하고 있는 무정부주의 지식인 그룹의 모임 장소로 쓰이고 있었다. 자크는 그 잡지에도 몇 권

* '깃발'이라는 뜻.

** '공산주의의 약진'이라는 뜻.

의 독일 책과 스위스 책에 관한 서평을 실은 적이 있다.

비달은 혼자였다. 셔츠 차림으로 창가에 있는 자기 책상에 앉아서 그는 팸플릿을 끈으로 묶고 있었다.

“아직 아무도 안 왔나?” 자크가 물었다.

“보다시피.”

비달의 화난 듯한 말투에 자크는 깜짝 놀랐다.

“왜? 너무 이른가?”

비달은 어깨를 으쓱해 보였다.

“어제도 마찬가지였어, 별로 못 보았으니까. 남의 눈에 띄고 싶지 않아서이겠지…. 이거 읽어보았나?” 하면서 그는 책상에 놓여 있는 여러 부의 책 가운데서 한 권을 가리켰다.

“읽었어.” 그것은 크로포트킨의 『혁명 정신』이었다.

“훌륭해!” 비달이 말했다.

“가택수색이라도 있었나?” 자크가 물었다.

“그런 것 같아…. 여기는 없었어. 적어도 지금까지는. 하지만 만반의 준비가 되어 있으니 아무 때고 올 테면 오라지 뭐…. 앉아.”

“방해하고 싶지 않아. 또 올게.”

밖으로 나와 차도를 건너려고 할 때 순경 한 사람이 다가와 공손히 물었다.

“신분증을 가지고 계십니까?”

겉차림으로 보아 사복형사인 듯한 남자 셋이 이십미터쯤 떨어진 인도에 멈추어 서서 이쪽을 보고 있었다. 순경은 아무 말 없이 여권을 대충 훑어보았다. 그러고는 인사를 하면서 돌려주었다.

자크는 담배를 피워 물고 자리를 떠났다. 그러나 그는 무엇인가 꺼림칙한 느낌이 들었다. '열두시간 사이에 두 번씩이나.' 하고 그는 생각했다. '계엄령이라도 내린 것 같군.' 그는 미행당하는 것이 아닌가 확인하려고 르드뤼 롤랭가街로 들어섰다. '그렇게 잘난 척하지도 않는군….'

그 순간 그는 이왕 근처에 왔으니 모던 바에 들러볼까 하는 생각도 해보았다. 그곳은 트라베르시에르가街에 있는 카페로 유달리 활기를 보이고 있는 한 사회주의 지부의 중심지였다. 재무 담당인 봉피스는 페리네와 죽마고우였다.

"봉피스? 그 사람 코빼기도 보이지 않은 지가 이틀이나 됐어." 하고 카페 주인이 말했다. "더구나 오늘 아침에는 아식 아무도 안 보이는구먼."

바로 그 순간에 서른 살쯤 되어 보이는 사람이 등에 비스듬히 톱을 둘러메고 손으로 자전거를 밀면서 바 안으로 들어왔다.

"잘 있었나, 에르네스트…. 봉피스 있나?"

"없어."

"동지들은?"

"아무도 없어."

"허! …소식도 없고?"

"없었어."

"여전히 중앙위원회의 훈령을 기다리고 있나?"

"그런가 봐."

흑단黑檀 세공인은 아무 말 없이 의아하다는 듯한 눈길로 주위를 살폈다. 그리고 입술에 붙은 담배꽁초를 떼어내려고 물고

기처럼 입을 실룩거리고 있었다.

"정말 골치 아픈데." 마침내 그가 말했다. "어쨌든 알고는 있어야 할 텐데…. 결국 나는 4일에서 7일 가운데 첫날에 동원이 돼. **만일 그렇게 되면** 어떻게 해야 할지 모르겠군…. 에르네스트, 자네는 어떻게 생각하나? 가야 할까?"

"안 돼!" 자크가 외쳤다.

"무어라고 말해줄 수가 없군." 에르네스트가 무뚝뚝하게 대답했다. "그건 자네 일이야, 이 사람아."

"출정하는 것은 전쟁을 꾸민 자들과 공범자가 되는 거야!" 자크가 말했다.

"물론 내 일이야." 하고 그 사람은 마치 자크의 말은 못 들은 척하면서 카페 주인을 향해 찬성의 뜻을 나타냈다. 당황한 것이 분명했지만 말투는 거침없었다. 그는 자크에게 불만스런 눈길을 보냈다. 그는 이렇게 생각하는 것 같았다. '남의 의견 따위는 개의치 않아. 나는 위원회의 행동 지침을 물을 뿐이지.'

그는 몸을 일으켜 자전거를 되돌리더니 "그럼 잘 있게"라고 말했다. 그리고 엉덩이를 흔들면서 유유히 사라졌다.

"결국 모두가 똑같은 질문을 하니 정말 귀찮아 죽겠어." 하고 카페 주인은 투덜거리며 말했다. "난들 무슨 뾰족한 수가 있겠어? 위원회는 지령을 내리는 데 합의를 못 보았다고들 해. 그래도 당黨인 이상 무슨 지령을 내려야 하지 않을까, 안 그래?"

『에탕다르』로 되돌아가기 전 자크는 이제 시시각각으로 활기를 더해가고 있는 그 동네를 생각에 잠긴 채 서성거렸다. 야채와 과일을 잔뜩 싣고 개천가에 줄지어 늘어선 수레들, 행상인들의 외치는 소리, 햇볕을 피하려고 하나뿐인 보도의 그늘진 곳에서 서로 밀치며 북적거리는 노동자들과 아낙네들의 모습은 이 좁은 거리가 노천 시장임을 말해주고 있었다.

그는 양품점 진열장에 거의 하나같이 남자용 잡화와 계절에 맞지 않는 것들, 곧 뜨개질한 조끼, 플란넬 벨트, 넓은 면 셔츠, 털양말 같은 것들이 진열되어 있는 것을 볼 수 있었다. 구두 가게에는 판지나 옥양목으로 만든 띠 위에 즉흥적으로 만든 듯한 선전 문구가 나붙어 있었는데, 그것이 눈길을 끌었다. 가장 소심한 가게에는 사냥화라든가 행군화라고 씌어 있었다. 몇몇 대담한 가게는 군화, 심지어는 목이 긴 군화*라는 광고를 내걸고 있었다. 물건을 사려는 것도 아니면서 남자들은 흥미 있는 듯 발길을 멈추곤 했다. 여인들은 혹시나 해서 시장바구니를 팔에 걸고 기웃거리며 모직물을 만져보기도 하고, 징이 박힌 군화를 손으로 들어보기도 했다. 아직 물건을 사는 것은 아니었지만, 사람들의 주의를 끌었다는 사실은 이렇게 상품을 늘어놓는 것이 전반적인 관심에 응하는 것임을 충분히 입증해주었다.

화폐의 점차적인 감소는 상거래를 현저하게 위축시키기 시작했다. 환전상으로 둔갑을 한 행상인들이 가슴에 상자를 안고 돌아다니고 있었다. 그들은 백 프랑짜리 지폐를 동전 구십오 프랑으로 환전해주면서 암거래를 하고 있었다. 경찰은 보고도 못 본 체했다.

프랑스 중앙은행은 어제 오 프랑짜리와 이십 프랑짜리 소액 지폐를 대량으로 발행했는데, 사람들은 그것이 무슨 진기한 물

* 일종의 반장화를 일컫는다.

건이라도 되는 것처럼 서로 보여주고 있었다.

"그렇다면 이 모든 것을 미리 준비하고 있었다는 말이군." 하고 말하는 사람들의 태도에는 의혹과 앙심 같은 것이 엿보이면서도 어렴풋이 감탄해 마지않는 눈치였다.

마침내 자크는 방황하던 끝에 바스티유 광장의 한 카페 테이블에 이르렀다. 어제부터 아무것도 먹지 않았기 때문에 그는 목이 마르고 배가 고팠다.

교외에 사는 사람들 인파가 리옹역과 전차와 지하철에서 물밀듯이 쏟아져 나왔다. 그들은 손에 신문을 들고 잠시 햇빛이 비치는 광장에 멈추어 서서 혼란스런 얼굴로 주위를 둘러보곤 했다. 그런 그들의 태도는 밤새 전쟁의 위협이 파리를 변모시키지 않았다는 것을 직장에 가기 전에 확인이라도 하려는 것 같았다.

카페에서는 무엇엔가 쫓기는 듯 불안해 보이는 사람들이 계속 왔다 갔다 하며 큰 소리로 말하고 있었다.

어떤 사람은 동원주의서를 확인해보려고 자기 아내를 구청에 보냈었다고 말하면서, 몰려드는 인파를 원활히 처리하려면 병사과의 창구 인원을 지금의 세 배로 늘렸어야 했을 것이라고 거드름을 피우며 떠들어댔다.

한 택시 기사는 카이저의 베를린 귀환과 푸앵카레의 파리 귀환 사진이 같은 페이지에 나란히 실린 삽화가 들어 있는 잡지 하나를 웃으면서 보여주었다. 잘 어울리면서도 상징적인 두 개의 사진에서 두 나라 국가원수는 자동차 디딤대에 서서 의연한 제스처로 국민들의 신뢰에 찬 환호에 답하고 있었다.

한 중년 부부가 들어와 카운터로 다가갔다. 여인은 겁에 질린 표정으로 다정한 눈길을 구하기라도 하는 듯 손님들의 얼굴을 훑어보았다. 곧이어서 그들 부부는 말을 시작했다.

남자가 말을 꺼냈다.

"우리는 퐁텐블로에서 왔습니다. 그쪽은 야단입니다."

그러고 나서 그는 입을 다물었다.

여인은 더욱 수다스럽게 장광설을 늘어놓았다.

"어제저녁에 우리와 같은 층에 묵고 있던 용기병 제7연대 장교에게 누가 와서 속히 짐을 꾸리라고 말하더군요. 그러고 나서 한밤중에 발굽 소리에 잠이 깨었습니다. 기병대에 출동 명령이 떨어진 거지요."

"어디로요?" 카운터의 여인이 물었다.

"그건 모르겠습니다. 발코니에 나와보았더니 마을 사람들이 모두 창에 얼굴을 내밀고 있었습니다. 고함 소리라든가 말소리 하나 들리지 않았습니다. 악대도 없이 완전무장을 하고… 도둑처럼 사라져버렸어요…. 그 뒤에는 군용차량과 자동차들이 개인장비들을 싣고 지나갔습니다…. 그런 것이 끝없이 지나갔지요. 아침까지 계속되었답니다."

"면사무소에는" 하며 남자가 말을 계속했다. "말과 노새와 마차를 징발한다는 글을 내걸었습니다. 심지어 마량馬糧까지!"

"그런 것들이 모두 다 불길한 징조야." 하고 카운터의 여인이 그럴 줄 알았다는 듯이 관심 있는 태도로 응수했다.

"예비군도 이미 징집됐어." 하고 누군가가 자신 있게 말했다.

"늙은 사람들을? 그럴 리가!"

"아무렴요!" 하고 보이가 손님의 시중을 들다 말고 말했다.

"다리라든가 철도의 분기점이라든가 하여튼 위태로운 것은 모두 지키기 위해 우선 사람들이 필요한 것 같아요…. 저는 알고 있어요. 샤롱 근처에 살고 있는 저의 형이 마흔세 살이나 되는데도 역으로 소집됐다는 사실을 말입니다. 머리에는 낡은 군모를 쓰고 윗도리 위로는 탄약통을 멘 채 손에는 총을 들고 있답니다. 용감하지요! 육교에 가서 보초를 선답니다! 그런데 이건 농담이 아닙니다. 다리로 가려면 증명서가 있어야 합니다. 그게 없으면 쏴버리라는 거예요! 주위에 벌써 스파이가 서성대고 있는 모양입니다."

"나는 둘째 날에 나가기로 되어 있소." 하고 흰 삼베옷을 입은 페인트공이 누가 묻지도 않았는데 떠들어댔다. 그는 아무에게도 시선을 돌리지 않고 오로지 손가락 사이에 끼어 돌리고 있는 작은 유리잔을 보면서 말했다.

"나도 마찬가지야." 하고 누군가가 말했다.

"나는 셋째 날이요!" 하고 사람이 좋아 보이는 뚱뚱한 연관공이 외쳤다. "그런데 나는 방굴렘으로 간답니다! 그거야 독일놈들이 샤랑트에 쳐들어오기 전에 해야 한다는 거지요…!" 그는 허리춤에서 흔들거리는 연장 주머니를 어깨로 한번 쓱 올려붙이더니 히죽히죽 웃으며 문 쪽으로 가서 말했다. "어쨌든 나는 아무래도 상관없어…. 두고 봐야지…. 되든가 안 되든가 둘 중에 하나겠지…!"

"할 일은 해야지." 카운터의 여인이 점잔을 부리며 말했다.

자크는 주먹을 꼭 쥐고 있었다. 입을 다문 채 마음을 졸이며 어이없다는 듯 사람들의 얼굴을 살펴보았다. 그는 사람들의 얼굴에서 격렬한 반발이나 저항의 자취를 찾아보려고 애썼지만 쓸데없는 일이었다. 그들은 모두가 이번 사건에 허를 찔려 갈피를 못 잡고 얼이 빠져 있는 것 같았다. 허풍은 떨고 있지만 속으로 겁에 질려 있는 듯했다. 모두 체념하거나 그와 비슷한 상태에 있었던 것이다.

자크는 일어서서 가방을 들고 밖으로 나왔다. 그는 어느 때보다도 무를랑을 만나고 싶었고, 또 만나야만 할 것 같았다.

나이 든 식자공은 두 손을 검은 작업복 호주머니에 쑤셔 넣고 문이 모두 열려 있는 중이층의 방 세 곳을 왔다 갔다 하고 있었다. 그는 혼자였다. 발걸음을 멈추지도 않고 "들어오세요!" 하고 외쳤다. 그리고 자크가 문을 닫자 그제야 비로소 뒤를 돌아보았다.

"자넨가?"

"안녕하세요? 이것 좀 맡아주시겠어요?" 하고 자크는 가방을 내려놓으면서 말했다. "아무런 표시가 없는 내의류 약간, 서류도 이름도 없어요."

무를랑은 간단히 승낙의 몸짓을 해 보았다. 그의 눈길은 화가 난 사람처럼 굳어 있었다.

"자네 아직 여기서 무얼 하고 있는 거야?" 그는 퉁명스럽게 물었다.

어리둥절한 자크는 그를 물끄러미 바라보았다.

"달아나지 않고 무얼 꾸물거리고 있어? 바보 같은 것들, 이번에야말로 올 게 왔다는 것을 모른단 말이야!"

"당신이 그런 말을 하십니까? 무를랑, 당신이?"

"그래, 나도야." 하고 그는 굵고 우렁찬 목소리로 말했다.

그는 수염 사이에 남아 있던 빵부스러기를 털어버리고 다시 손을 주머니에 넣었다. 그리고 왔다 갔다 했다.

자크는 이토록 일그러진 얼굴과 이토록 흐릿한 눈을 한 그를 본 적이 없었다. 흥분이 가라앉기를 기다려야만 했다. 상대가 권하지도 않았는데 그는 의자를 끌어다 앉았다.

무를랑은 우리 안에 갇힌 맹수처럼 두세 바퀴 돌다가 자크 앞에 와서 멈추어 섰다.

"지금에 와서 자네는 누구를 믿나?" 그는 외쳤다. "그 알량한 '노동자 대중'? 총파업?"

"그렇습니다!" 하고 자크는 확신을 가지고 말했다.

무를랑의 어깨는 파도처럼 넘실거렸다.

"총파업이라고? 흥! 이제 와서 그게 할 소리야? 도대체 누가 그런 생각을 하지?"

"내가요!"

"자네가? 자기들이 부탁하지도 않았는데 사람들이 도와주려고 하는 그런 가엾은 무리들 가운데도 무모한 자, 싸움질하기 좋아하는 자, 태어날 때부터 성 잘 내는 자들이 의외로 많으며 그런 자들은 언제나 싸울 태세를 갖추고 있다는 사실을 자네는 모른단 말이야? 그리고 그런 자들은 독일인 한 사람이 국경선을 넘어왔다고 생각되면 제일 먼저 총을 잡는다는 것을 모른단 말이야? …하나하나를 따로 떼어보면 대체로 좋은 놈들이야. 아무도 해치고 싶지 않다고 말하고 있고 또 그렇게 믿고 있어. 그러나 그런 녀석들의 마음속에는 육식을 좋아하고 파괴적인 본능의 잔재가 고스란히 숨겨져 있어. 자랑스럽게 여기지 않고 숨기고 있는 본능이지만 하여간 근질근질해서 못 견디고 있다가 기회만 주어지면 기어코 그것을 충족시키고 싶어 하는 그런 인간이야…. 인간은 인간이야. 어쩔 도리 없지! …그런데 개개인을 믿을 수 없다면 자네는 누구를 믿겠는가? 지도자들을 믿겠나? 어떤 지도자들을? 유럽의 프롤레타리아 지도자들을 믿겠나? 우리 나라의 지도자들을? 우리의 선량들인 사회당의 국회의원들? 도대체 자네는 그들이 무엇을 하고 있는지 모르나? 그들은 푸앵카레의 신임 투표에 여념이 없어! 자칫하면 그들은 그의 선전포고에 미리 서명할 거야!"

그는 홱 돌아서서 방을 한 바퀴 다시 돌았다.

"천만에." 하고 자크는 중얼거렸다. "여기에는 조레스가 있어요…. 다른 나라에는 반데르벨드 같은 사람과 하제 같은 사람이 있고…."

"허허, 그럼 자네가 믿고 있는 것은 그런 위대한 지도자들이란 말인가?" 하고 무를랑은 자크 쪽으로 성큼성큼 돌아오면서 말했다. "하지만 자네는 브뤼셀에서 그들을 가까이에서 보았겠지! 만일 그자들이 사내였다면, 유럽의 사회주의에 한마디의 지령을 내리는 데 합의하지 못했을 리가 있겠나? 그렇지 않네! 그자들은 각국 정부를 맹렬히 비난함으로써 자신들에게 갈채를 보내도록 하는 거야! 그러고 나서 어떻게 했느냐고? 그자들은 우편국까지 뛰어가서 카이저에게, 차르에게, 푸앵카레에게, 미합중국 대통령에게, 교황에게 탄원하는 전보를 쳤지! 그래, 그자들은 교황에게 전보를 쳐서 프랑수아 조제프를 지옥으로 보내달라고 협박했어! …자네가 말하는 조레스, 그자는 무엇을 했나? 그자는 매일 아침마다 비비아니에게 가서 '장관님' 하고 아양 떨면서 그로 하여금 러시아를 겁주기 위해 언성을 높여달라고 그의 소매에 매달리는 거야! …그건 그래! 노동자 계급은 자신들의 지도자들에게 속은 걸세! 그 지도자들이란 전쟁 위협에 대항하는 운동에 결연히 앞장서지 않고 모든 행동의 자유를 민족주의자들에게 내주어버렸으며, 혁명적 기회를 포기하는가 하면 프롤레타리아를 의기양양한 자본주의에 넘겨버린 거야…!"

그는 두어 발 걸었다가 갑자기 홱 몸을 돌렸다.

"그리고 누가 뭐라고 해도 조레스 그 작자는 갈채를 받으려고 으스대고 있다는 생각을 떨쳐버릴 수가 없어! 결국 그도 나와 마찬가지로 일은 이미 결판났다는 것을 알고 있어! 모든 것은 끝장났다는 것! 내일이면 러시아와 독일이 싸움을 시작하리라는 것! 그리고 푸앵카레가 태연하게 전쟁을 받아들이리라는 것도 알고 있어! …우선 푸앵카레는 페테르부르크에서 맺은 범죄적인 조약을 지키고자 하기 때문이고, 그다음에는…." 그는 하던 말을 중단하더니 문에 가서 살그머니 문을 열었다. 그러고는 회색빛 고양이 한 마리와 새끼 고양이 세 마리를 들여보냈다. "이리 와, 야옹아…. 그다음에는 알자스-로렌 지방을 프랑스에 되찾아준 사람이 되고 싶어 죽겠나 봐!"

그는 창과 창 사이 벽에 책과 소책자가 잔뜩 쌓여 있는 선반으로 다가갔다. 책 한 권을 꺼내 말의 목을 쓰다듬듯이 손바닥으로 몇 번 두드렸다.

"알겠나?" 하고 그는 책을 제자리에 다시 놓으며 아까보다 부드럽게 말했다. "공연히 잘난 체하려고 그러는 것은 아니야. 하지만 내 생각이 옳았던 것은 사실인 것 같아. 바젤 회의 뒤에 그자들의 인터내셔널이 얼마나 애매한 기초 위에 자리 잡고 있는지를 증명해 보이려고 이 책을 쓴 거야. 조레스 그자가 나를 욕하더군. 모두가 나를 욕했어. 그런데 오늘날 사실은 이 모양이 된 거야! …우리의 진짜 사회주의 인터내셔널리즘을 도처에서 아직도 권력을 장악하고 있는 민족주의 세력과 '양립'시키려고 하는 것은 미치광이 짓이었어…. 합법적인 테두리 안에서 각국 정부에 '압력을 가하는 것으로' 만족하면서, 그리고 의회에서 허울 좋은 연설로 공격하는 데에 그치면서 싸우고자 한다니, 그것도 이기기를 바란다니 그거야말로 어리석기 그지없는 짓이야! …우리의 그 알량한 혁명 지도자들 가운데 십 분의 구는, 사실, 말해볼까? 그자들은 국가라는 틀 밖에서 행동할 생각은 추호도 못 할 거야! 그렇다면 이제 어찌 된 일인지 알 만하지? 그 국가라는 것, 그자들은 그것을 알지도 못할뿐더러, 그 국가를 적당한 시기에 전복시켜 그 자리에 사회주의 공화국을 앉힐 생각도 못 하고 있어. 적의 최초의 창기병이 국경선에 모습을 드러내는 날에는 총검으로 방어하는 수밖에 이제는 별도리가 없어! 그리고 그자들은 슬며시 준비를 하고 있어! …이런 꼴을 보아야 하다니!" 그는 격분해서 말하면서 또다시 돌아서더니 방 끝까지 재빨리 걸어갔다. "분명히 말해두지만 이런 것을 주위 사람들에 대한 배신행위라고 하는 거야! 귀스타브 에르베에 대한 배신! 처음부터 끝까지 모든 지도자들의 배신행위지! …자네 신문 읽었나? 조국이 위태롭다! 모두 일어나자! 칼을 뽑아 들라! 징 쿵쿵! 대전을 준비하기 위한 북소리다! …앞으로 일주일도 못 가서 프랑스는 말할 것도 없고 어쩌면 유럽을 통틀어 순수한 사회주의자는 열두어 명도 남지 않게 될 걸세. 어디를 가나 **사회주의적 애국자**들밖에는 없을 걸세!"

무를랑은 재빨리 자크 쪽으로 돌아와 신경질적인 손을 자크의 어깨 위에 얹으면서 말했다.

"그러니까 말해주는 거야. 자네는 이 무를랑을 믿어도 돼. 달아나게! …우물쭈물할 때가 아니야! 스위스로 가! 거기 같으면 자네 같은 젊은이들이 할 일이 아직 있을 거야. 여기에 있으면 끝장이야. 정말 모든 것이 끝나는 거야!"

자크는 억제할 수 없는 불안감을 안고 무를랑의 집을 나왔다. 어디에 가면 위안을 얻을 수 있을까?

그는『위마니테』로 달려갔다.

그러나 스테파니와 갈로는 보스와 회의 중이었다. 두 문 사이에서 마주친 카디외가 뛰어가면서 큰 소리로 알려주었다. 조레스는 방금 두 각료, 말비와 아벨 페리를 만나고 돌아왔는데, 그의 말에 따르면 아직은 절망할 것이 조금도 없다는 것이었다.

카디외가 지나가자마자 자크는 갈로의 젊은 조수인 파제스와 마주쳤다. 그는 매우 비관적이었다. 러시아에서는 전투준비에 박차를 가하는 것 같다는 것이 그의 견해였다. 어제 차르가 비밀리에 결정적인 칙령, 총동원 칙령에 서명했으리라는 추측이 사방에서 확인되었다는 것이다.

자크는 카페 크루아상에 잠시 들어가 보았지만 아는 얼굴이라고는 위리 아주머니밖에 아무도 없었다. 그녀는 홀 한구석에서 여권女權을 주장하는 소집회를 주재하고 있는 것 같았다. 다리에 비해 너무 높은 모조 가죽을 씌운 의자에 앉아 있고, 모자도 쓰지 않은 채, 회색 머리 타래에 휩싸여 늙은 광신도 같은 얼굴을 한 그녀는 자기 의견을 따르도록 하기 위해 그곳에 불러

모았음이 틀림없는 한 무리의 투사들 가운데서 열을 올리며 수다를 떨고 있었다. 자크는 그녀를 못 본 척하고 밖으로 나왔다. 상티에가街에 있는 프로그레에는 이미 몇몇 사람이 와 있었는데, 그들은 중이층의 흡연실 테이블에 앉아 오늘 일을 이러쿵저러쿵하고 있었다. 라브, 쥐믈렝, 베르테가 있었고, 또 낭시에서 온 새 얼굴이 하나 보였다. 그는 '뫼르테모젤 연맹'의 간사로 오늘 아침에 파리에 도착했는데 동부의 소식을 가지고 왔다고 했다.

그와 같이 여행한 어떤 독일 사회주의자가 그에게 확언한 바로는 어제저녁 베를린에서 군사 회의가 열렸었다는 것이다. 또 연방 회의의 소집도 결정되었다. 독일에서는 바로 오늘 '중대한 결정'이 내려질 것으로 예상하고 있다는 것이다. 모젤강의 여러 다리는 독일 군대에 의해 무력으로 점령당했으며, 사건이 터질지도 모른다는 것이다. 이미 어제 뤼네빌 근교에서는 독일의 경기병이 도발이라도 하려는 듯이 국경선을 넘어 프랑스 영토를 몇 백 미터 달렸다는 것이다.

"뤼네빌에서?" 자크는 순간 다니엘을, 제니를 생각하며 말했다.

자크는 이제 그저 건성으로만 듣고 있었다. 낭시에서 온 그 사람 말로는 벌써 며칠 밤째 동부의 모든 철도에는 끊임없이 빈 객차의 차량이 잇달아 지나가는데, 큰 역에 집결했다가는 곧이어 파리 근교에 와서 별도로 모인다는 것이다.

자크는 가슴을 졸이며 잠자코 있었다. 그는 유럽이 파멸로 이끄는 내리막길을 미끄러져 굴러가는 것을 정말 눈으로 보는 듯했다. 이제 어떤 기적이 일어나야 구원의 대전환, 그런 여론의 환기, 각국 국민들의 돌연한 대규모의 저항을 불러일으킬 수 있단 말인가?

별안간 그는 형을 만나고 싶은 생각이 들었다. 이번 주 내내 형을 만나보지 못했던 것이다. 마침 점심 식사 시간이어서 앙투안이 집에 있을 시간이었다. '그러노라면' 하고 그는 생각했다. '제니의 집에 갈 때까지 시간을 때울 수 있겠군.'

60

"자크 도련님은 전쟁이 일어나리라는 사실을 알고 계신가요?" 하고 레옹이 물었다. 놀리고 있는 것일까? 돌출안구의 눈길만큼이나 그 말투도 바보스럽게 질문하는 것 같았다. 그러나 앞으로 내민 두꺼운 아랫입술에는 간계가 엿보였다. 그는 자크의 대답을 기다리지 않고 덧붙여 말했다. "저는 나흘째 되는 날에 나갑죠. 하지만 저는 언제나 대기하고 있었습니다…."

층계참에서 승강기의 문이 철커덩거리는 소리가 났다.

"선생님이 오십니다." 레옹이 말했다. 그리고 그는 문을 열러 갔다.

앙투안은 안경을 쓰고 회색 머리에 알파카 재킷을 입은 한 남자를 어깨로 밀쳤다. 자크는 그가 아버지의 옛날 비서임을 알아보았다.

샬르 씨는 자크를 알아보자 몸을 움찔했다. 그는 아는 얼굴을 볼 때마다 놀라움의 외침을 억누르기라도 하려는 듯이 손을 입에 가져가곤 했다.

"아, 도련님 아니세요?"

앙투안은 동생이 거기에 있는 것을 보고 놀라는 기색도 없이 태연하게 자크와 악수했다.

"샬르 씨는 나를 기다리며 길에서 서성거리고 있었어…. 함께 점심을 하기로 했어."

"어쩌다 한 번은 예외일 수 있지요." 하고 샬르 씨는 황송해하면서 중얼거렸다.

앙투안은 레옹을 돌아보며 말했다.

"식사 준비를 하게나."

세 사람 모두 진찰실로 들어갔다. 거기에는 이미 스튀들레, 주슬렝, 르와가 함께 있었다. 펼쳐진 신문들이 책상에 어지럽게 널려 있었다.

"늦었군. 병원 일이 끝난 뒤에 케 도르세에 들렀다 오느라고 그랬어." 앙투안은 변명했다.

잠시 침묵이 흘렀다. 모두가 우울한 모습으로 그를 바라보고 있었다.

"어때?" 하고 스튀들레가 물었다.

"아무래도 좋지 않아…. 아주 좋지 않아…." 하고 앙투안이 짤막하게 대답했다. 그는 낙담한 듯 입을 삐죽거리며 고개를 저었다. 그러고 나서 목소리를 높여 말했다. "자, 식사합시다."

모두가 근심스런 얼굴로 반숙 달걀을 순식간에 먹어치웠다. 그동안 아무도 침묵을 깨는 사람이 없었다.

"뤼멜의 말로는" 하고 앙투안이 접시에서 눈을 떼지도 않고 갑자기 말을 꺼냈다. "지금 같아서는 영국이 우리에게 동조할 것으로 기대할 만한 이유가 충분히 있다는 거야. 어쨌든 등을 돌리지는 않을 거라는 거야."

"그렇다면" 하고 스튀들레가 물었다. "어째서 영국은 그런 사실을 재빨리 알리지 않는 거지? 아직은 모든 사태를 수습할 수 있을 텐데!"

자크는 참지 못하고 말했다.

"왜냐고요? 영국은 분명히 사태를 수습할 의사가 전혀 없기 때문이지요…. 영국이야말로 전면전이 일어나면 실제로 어부지리의 요행을 얻을 유일한 나라일지 모릅니다."

"네가 잘못 생각한 거야." 앙투안이 신경질적으로 말했다. "런던의 고위층에서는 아무도 전쟁을 원하고 있는 것 같지 않아."

앙투안의 오른쪽에서 샬르 씨가 의자 끝에 엉덩이를 붙이고 앉아 귀를 기울이고 있었다. 어디에 앉건 그는 언제나 보조 의자에 앉아 있는 것 같은 자세를 취했다. 고개를 갸우뚱거리며 그는 걱정스러운 듯이 말하는 사람을 주의 깊게 살피고 있었다. 그러느라고 그는 먹는 것도 잊고 있었다. 지금 세상을 떠들썩하게 하는 소동은 그의 이해력과 신경의 지구력을 넘어섰던 것이다. 그저께부터 이 불쌍한 양반은 신문과 사람들의 대화를 통해 얻은 병적인 공포심 때문에 안절부절못하고 있었다. 오늘 아침에 여기에 온 것도 혹시나 마음 놓이는 이야기를 들을 수 있지 않을까 해서였다.

앙투안은 점잔 빼는 어조로 말했는데 그것은 부자연스럽게 들렸다.

"지금 영국 내각은 진정으로 평화를 사랑하는 사람들로 구성되어 있어. 게다가 유럽의 여러 나라 정부를 두고 볼 때 그 가운데서 가장 훌륭한 정부 각료팀인 것 같아. 그레이는 사려 깊은 사람으로 팔 년 전부터며 외무부를 이끌어오고 있어. 애스퀴스와 처칠은 생각이 깊고 성실한 인물들이고. 홀데인은 매우 활동적인 사람으로 유럽을 잘 알고 있지. 로이드 조지로 말하자면 그의 평화주의는 널리 알려져 있어. 그는 언제나 군비 확장에 반대해왔어."

"모두 훌륭한 사람들이군요." 샬르 씨는 마치 오래전부터 그렇게 생각하고 있었던 것처럼 맞장구를 쳤다.

자크는 방어 태세를 갖추고 형을 바라보며 조용히 식사를 하고 있었다.

"그런 사람들이 이끌고 있기 때문에 영국은 추호도 모험을 감행할 의사가 없어." 앙투안이 결론을 내렸다.

스튀들레가 다시 끼어들었다.

"그렇다면 동맹국*을 후퇴시키는 유일하고도 확실한 방법은, 전쟁이 일어날 경우에 영국은 그들에게서 등을 돌릴 것이라고 미리 경고해두는 것이었을 텐데 어째서 그레이는 열흘 전부터 외교적인 속임수로 미봉책에만 골몰했을까요?"

"그래, 바로 그거야. 어제 독일 대사와 요담하는 자리에서 그레이가 한 말이 바로 그것인 것 같아."

"그럼 결과는 어떻게 되었어?"

"아무 반응도 없어…. 아직은 아무 반응도…. 한편 케 도르세에서는 그 선언이 너무 늦어서 아무런 효과가 없는 게 아닌가 걱정하고 있어."

* 독일, 오스트리아, 헝가리를 일컫는다.

"당연하지." 하고 스튀들레가 투덜거렸다. "무엇 때문에 그렇게 꾸물거렸지?"

"그것은 우연한 것이 아닙니다." 하고 자크가 넌지시 말했다. "유럽에서 권력을 잡고 있는 음흉한 모든 정치가 가운데서 그레이가 아마 가장…."

"뤼멜의 말은 전혀 그렇지 않았어." 하고 앙투안이 화를 내며 자크의 말을 가로막았다. "뤼멜은 삼 년 동안 런던 주재 대사관에 근무한 적이 있어. 그래서 그는 그레이와 자주 접촉했던 거야. 그러니까 그의 말은 사정을 잘 알고 하는 것이지. 그리고 아주 지혜롭게 말하더군."

"듣기 좋은 이야기인데요." 샬르 씨는 낮은 목소리로 혼잣말처럼 중얼거렸다.

앙투안은 입을 다물고 있었다. 그는 논쟁하고 싶은 생각이 조금도 없었다. 그리고 케 도르세에서 들은 것을 이야기하고 싶지도 않았다. 매우 지쳐 있었기 때문이다. 그는 어제 스튀들레와 함께 의학 문서들을 정리하며 저녁나절을 보냈다. 만일의 경우를 생각해서 기록 문서를 정돈하려 한 것이다. 칼리프가 돌아간 다음에는 서재에 올라가 편지류를 태우고, 개인적인 서류들을 골라 정리했다. 그리고 새벽녘에 두 시간 정도 눈을 붙였을 뿐이다. 잠에서 깨어나자마자 신문을 읽고 난 그는 안절부절못하며 불안 상태에 빠져 있었는데, 오전 내내 사람들을 만나 나눈 이야기, 모든 사람들의 비관론, 당황해하는 모습은 그의 그런 불안을 가중시키기만 했던 것이다. 오늘 아침의 진찰은 유독 꽉 차 있었다. 그는 기진맥진한 몸으로 병원에서 나왔다. 그리고 뤼멜과의 맥이 빠지는 그 대담은 결국… 이번에야말로 그는 정신적으로 심한 충격을 받았던 것이다. 그런 마음의 혼란은 그가 정확하게 그 위에 자신의 삶을 구축해놓았던 과학과 이성이라는 토대를 뒤흔들어놓았던 것이다. 그는 갑자기 정신의 무력함을 느꼈다. 그리고 이토록 걷잡을 수 없는 광란의 본능 앞에서는 근면한 삶의 밑바탕으로 여겨온 덕행, 곧 절도, 양식, 지혜와 경험, 정의에 대한 의지 등이 아무런 소용이 없다는 것을 깨달은 것이다…. 그는 혼자 있으면서 곰곰이 생각해보고, 또 의기소침해지는 것과 싸우며, 정신을 가다듬어 다시 대담하게 불가항력적인 것에 대처하고 싶어 했는지도 모른다. 그러나 모두가 그를 향해 있었고, 그의 말을 기다리고 있는 것 같았다. 그는 눈살을 찌푸리며 힘을 모아 말을 계속했다.

"그레이 그 사람은 양심적이며, 좀 의심이 많고 소심하며 그다지 너그럽지는 않지만 생각과 행동이 성실한 전형적인 영국인인 것 같아. 네가 생각하고 있는 것과는 전혀 딴판이지." 그는 동생 쪽을 보면서 말했다.

"나는 그의 정책을 두고 말하는 거야." 하고 자크가 말했다.

"뤼멜은 그 정책을 극구 칭찬하던데! 하지만 복잡해서 그가 말해준 것을 모두 기억하지는 못할 것 같아…." 그는 한숨짓더니 손으로 이마를 문질렀다. "우선 그레이는 프랑스와의 확고한 동맹을 마음대로 떠들고 다닐 만한 입장이 못 돼. 내각 안에는 홀데인처럼 독일 쪽으로 기울어져 있는 사람들도 있으니까. 그리고 영국 국민으로 말할 것 같으면 그들은 최근까지도 사라예보에서의 암살 사건의 결과보다는 아일랜드와의 문제에 훨씬 더 신경을 쓰고 있었어. 그리고 내각의 입장은 세르비아를 지키기 위해 대륙에 싸우러 와야 한다는 생각은 단호히 거절할 거야…. 그래서 아무리 그레이가 조속히 그리고 더 분명하게 영국을 분쟁에 끌어들이고 싶어 해도 그는 동료들이나 의회 그리고 국민들로부터 지지를 못 받을 위험이 있어."

점심 식사 때에는 드문 일로서 앙투안은 자기 손으로 포도주 한 잔을 따라 단숨에 들이켰다.

"그것뿐만이 아니야." 그는 말을 계속했다. "문제는, 언제나 그렇듯이, 심리적인 면도 있어. 그레이는 처음부터 평화냐 전쟁이냐의 열쇠를 영국이 쥐고 있다는 사실을 확실히 의식하고 있었던 것 같아. 그런데 자기가 쥐고 있는 무기가 양날이라는 것도 알아차린 것 같아. 가령 영국 정부가 일주일 전에 프랑스와 러시아에 군사적인 원조를 공약했다고 상상해봐…."

"…베를린은 곧 태도를 바꾸었을지 몰라." 하고 스튀들레가 그의 이야기를 가로막았다. "독일은 후퇴하여 오스트리아로 하여금 적의를 거두도록 했을 테고. 그렇게 해서 모든 것은 외교적인 흥정을 통한 협상으로 마무리 지어졌을지도 몰라!"

"그럴지도 모르지. 하지만 아무도 장담할 수가 없어. 그리고 그레이로서는 그 반대의 경우를 두려워할 만한 이유가 충분히 있었던 것 같아. 곧 러시아가 프랑스의 군대와 재력은 물론, 영국의 함대와 재력도 기대해볼 만하다는 것을 확실히 알았더라면 그런 마지막 카드를 한번 마음먹고 써보려는 유혹을 물리치지 못했을 거야…. 이런 각도에서 볼 때에" 하고 앙투안은 자크 쪽을 바라보면서 말을 계속했다. "그레이의 태도는 아주 다른 양상을 띠고 있어. 곧 그가 시소놀이를 택하게 된 것은 평화를 지키려는 그의 진실된 갈망 때문이라는 것을 알게 될 거야. 그는 프랑스에 대해 이렇게 말했어. '조심하시오, 러시아에 손을 쓰시오. 러시아는 어떻게 해서든지 당신들을 분쟁에 끌어넣으려고 하고 있어요. 이 점을 잘 알아두시오. 그렇다고 우리를 믿지 마시오.' 동시에 독일에는 이렇게 말했어. '주의하시오! 우리는 당신들의 강경 일변도에 찬성하지 않소. 우리 함대가 북해에 동원됐다는 것, 그리고 우리는 중립을 지킨다는 약속을 어떤 나라하고도 한 적이 없다는 사실을 잊지 마시오.'"

스튀들레는 어깨를 으쓱해 보였다.

"그레이, 그 양반이 빈틈없는 사람일진 모르겠지만 대단히 순진한 사람인 것만은 틀림없는 것 같아. 왜냐하면 러시아는 런던이 베를린을 위협하고 있다는 것을 자기들의 정보기관을 통해서 기어코 알아낼 수밖에 없기 때문이야. 그렇게 되면 러시아로 하여금 당연히 영국의 지지를 기대하도록 부추기는 꼴이 되는 거지. 그동안에 독일의 대간첩 조직은 영국이 프랑스와 러시아에게 하지 않을 수 없는, 별로 고무적이지 않은 제안을 전하는 거야…. 그 바람에 독일은 더 이상 영국의 위협을 진지하게 받아들일 아무런 이유가 없게 되는 거지…. 시소놀이는 결국 전쟁 가능성만 높여준 셈이 되지!"

따지고 보면 그것은 뤼멜이 내린 결론과 거의 비슷했다. 그러나 앙투안은 그런 말은 입 밖에도 내지 않았다. 그는 동료들에게 전해도 괜찮으리라고 생각되는 일반적인 정보와, 뤼멜과의 자유로운 대화 가운데서 사적인 견해라든가 속내 이야기로 여겨지는 것과는 세심한 구별을 했다. 자크가 있음으로 해서 그는 오히려 더 신중을 기했다. 따라서 그는 고위층에서, 예를 들면 조지 황제에게 보내는 프랑스 대통령의 친서 형식으로 대영제국의 원조를 단도직입적으로 그리고 간절하게 호소할 시기가 오지 않았나 알고자 곰곰이 생각해보고 있는 중이라는 이야기는 할 생각이 없었다. 또한 뤼멜에 따르면 그레이가 어제저녁에 독일 대사와 회견하는 자리에서 마침내 영국이 분쟁에 무력으로 개입하기로 결정했다는 정확한 정보에 대해서도 그는 암시하지 않았다. 독일은 그저께인 29일에 중대한 실수를 범한 것 같다. 독일은 요컨대 '영국의 중립을 우리에게 약속하십시오'라고 런던에 대해 말하면서 '우리는 승전한 뒤에 프랑스의 영토를 존중할 것을 약속합니다. 곧 우리는 프랑스에게서 식민지만을 몰수할 것입니다'라고 했다는 것이다. 건방지기 짝이 없는 이 담화는—전쟁이 일어날 경우에 벨기에의 중립을 존중하지 않겠다는 거부로 받아들여져서—뤼멜에 따르면, 영국 외무부의 분노를 자아내어 모든 각료들을 친프랑스로 급선회하도록 했으며, 영국 정부로 하여금 더 적극적으로 프랑스-러시아 쪽으로 가담하도록 했다는 것이다.

자크는 반론을 제기하지 않고 앙투안의 설명을 귀담아 들었다. 그러나 전적으로 동감하는 것은 아니었다.

"모두 듣고 보니" 하고 자크가 말했다. "뤼멜은 문제의 중요한 요점을 너무 등한시한 것 같아."

"말하자면?"

"말하자면 십 년 전만 하더라도 대영제국은 누가 뭐라 해도 바다의 지배자였어. 그리고 독일 해군의 급속한 발전을 무슨 수를 써서라도 제지하지 못하면 영국은 머지않아 해군력에서 이등국에 불과할 거야. 내가 말한 것은 사실이야. 이 사실은 알려질 대로 알려져 있어. 하여간 이것은 내가 보기에 그레이의 양심의 문제라든가 심리적인 망설임 이상의 것을 설명해주고 있어.”

“맞았어.” 스튀들레는 한술 더 떴다. “더구나 바그다드 철도 문제는 영국의 정책에 어떤 영향을 미치고 있나? 독일은 콘스탄티노플과 페르시아만을 연결하는 철도를 장악했어. 다시 말해 그것은 인도로 곧장 이어지며, 생존권이 달려 있는 수에즈 운하를 위협하는 거야!”

“도대체 그게 모두 무얼 뜻하는 거지요?” 하고 르와가 데면데면하게 물었다.

“무얼 뜻하는 거냐고요?” 하고 샬르 씨가 메아리처럼 되받았다.

“영국으로서는 전쟁을 원하는 어쩔 수 없는 이유가 있는데 그것은 전쟁을 해서라도 독일의 힘을 약화시키자는 겁니다.” 하고 자크가 대답했다. “그리고 내가 보기에는 이것이 모든 의문을 풀어주리라 생각합니다.”

“영국은 이미 나폴레옹 1세와 이렇게 저렇게 싸운 적이 있습니다.” 하고 샬르 씨가 교묘히 끼어들었다. 그는 유쾌한 듯한 미소를 지으며 덧붙였다. “사실 나폴레옹 1세야말로 독일에서는 찾아보려야 찾아볼 수 없는 전략가였지요!”

잠시 침묵이 흘렀다. 그리고 모두의 눈길에는 비웃는 듯한 빛이 떠올랐다가 곧 사라졌다.

“그럴지도 모르지만” 하며 주슬렝이 자크에게 물었다. “당신은 영국 지도자들의 평화주의적인 현 정책을 믿을 수 없다고 말하는 겁니까?”

“그렇습니다. 카이저가 ‘우리의 미래는 바다에 있다’라고 선언했을 때, 그것은 영국에 도전한 것입니다. 내가 보기에 영국은 지금 그 도전을 주워 모으고 있는 것으로 생각합니다. 영국은 유럽에서 유일하게 눈에 거슬리는 나라를 쳐부술 수 있는 기회로 이용하려는 겁니다. 그레이는 러시아의 속셈을 너무나 잘 알고 있었기 때문에 중재를 거듭 제의하면서도 그 효과에 대해서는 전혀 기대하지 않았다고 나는 생각합니다. 나는 그가 줄곧 고의적으로 기만정책을 써왔다고 생각합니다. 사실 영국 정부는 자기에게 필요한, 필요하지만 지금까지 스스로 기선을 잡지 못했으며, 어쩌면 앞으로도 기선을 잡지 못할지도 모르는 그 전쟁을 불가피하게 만들 수 있는 모든 것을 결국은 좋은 기회로 삼는다고 생각합니다."

그는 형을 바라보았다. 앙투안은 과일을 깎고 있었으며, 논쟁에는 흥미가 없는 것 같아 보였다.

"1911년에 이미" 하고 스튀들레가 마뉘엘 르와 쪽을 돌아보면서 말했다. "영국은 모로코 사건에 관해서 프랑스-독일 관계를 신의 없이 약화시키기 위해 온갖 짓을 다했어. 만일 카요*가 없었더라면…."

자크의 시선은 르와에게 쏠렸다. 르와는 커다란 식탁 끝에 앉아 있었다. 카요의 이름을 듣고 그는 갑자기 고개를 들었다. 그의 젊은 치아가 빛나는 것이 보였다.

바로 그때 조금 전부터 생각에 잠겨 있는 것같이 보이던 주슬렝이 입을 열었다. 접시에 담긴 신선한 복숭아 껍질을 벗기다가 멈추고는—그는 아무 생각 없이 포크와 나이프 끝으로 껍질을 열심히 벗기고 있었다—다정한 눈길로 식탁 주위를 둘

* 모로코 사건 당시의 프랑스 외상이다.

러보며 말했다.

"미래의 역사가들이 현재 우리가 겪고 있는 역사를 무어라 이야기할 것인지에 관해 내가 생각하고 있는 바를 말해볼까? 그들은 이렇게 말할 거야. '1914년 6월의 어느 여름날에 갑자기 유럽의 한가운데서 화재가 일어났다. 화재의 발원점은 오스트리아에 있었다. 장작은 빈에서 용의주도하게 준비되었다….'"

"…그런데." 하고 스튀들레가 주슬렝의 말을 가로막았다. "불똥은 세르비아에서 튀겼어! 페테르부르크로부터 곧장 날아오는 사납고 음흉한 북동풍에 실려서 말이야!"

"그리고 러시아는" 하며 주슬렝이 말을 계속했다. "즉시 불을 불러일으켰어!"

"…프랑스의 이해할 수 없는 동의를 얻어…." 하고 자크가 주석을 달았다. "그리고 그들은 공모하여 그 장작더미 위에다 오래전부터 말려두었던 작은 장작 다발을 던진 거지요!"

"그러면 독일은?" 하고 주슬렝이 물었다. 아무도 대답하는 사람이 없자 그는 계속해서 말했다. "독일은 그동안에 불길이 타오르는 것과 불똥이 튀는 것을 냉담하게 지켜보고 있었어…. 어떤 속셈이 있어서였을까?"

"물론 그렇지!" 하고 스튀들레가 외쳤다.

"아닙니다. 그것은 어리석음 때문이었을 거예요." 하며 자크가 끼어들었다. "어리석음과 교만 때문이었지요! 왜냐하면 독일은 필요할 때는 불길이 다른 곳으로 번지지 않도록 할 수 있을뿐더러, 불길을 막기 위해 필요 없는 것은 걷어치울 수 있다고 미치광이처럼 자부하고 있었기 때문입니다!"

"…그러니까 이용당하고 있었군." 르와가 말했다.

“그런 일은 있어서는 안 될 텐데요.” 샬르 씨가 우울해하며 중얼거렸다.

주슬렝이 말을 계속했다.

“남은 것은 영국인데….”

“영국은” 하고 자크가 외쳤다. “내가 보기에는 아주 간단해요. 영국은 처음부터 불을 끄고도 남을 많은 양의 물을 갖고 있었어요. 그리고 상황이 악화되자 불이 붙으면서 번지는 것을 분명히 보았지요. 그러나 영국은 다만 ‘불이야!’ 하고 외쳤을 뿐, 눈치를 보며 수문을 열지 않았습니다! …이런 사실로 미루어 보아 영국은 아무리 평화주의적인 척해도 후세들이 판단하기에는 음흉한 방화범의 공범으로 보일 가능성이 다분히 있습니다…!”

앙투안은 접시 위로 몸을 숙이고 있었으며, 듣고 있는 것 같지 않았다.

스튀들레는 눈물을 글썽거리는 것 같은 그의 큰 눈을 자크 쪽으로 향했다.

“당신의 의견에 내가 동의할 수 없는 것이 한 가지 있는데, 그것은 독일의 태도입니다!” 그러면서 마음의 불안을 이기지 못하기라도 한 것같이 그의 목소리는 매우 흥분한 듯한 울림을 띠었다. “나는 독일이 전쟁 야욕을 품고 있다고 봅니다!”

“물론이지!” 하고 르와가 외쳤다. “독일은 샤를 5세의 꿈, 나폴레옹의 꿈을 꾸고 있는 거야! 공국公國들의 전쟁, 칠 주간의 싸움,* 모두가 유럽 정복을 향해 착착 단계를 쌓아왔어! 그리고

* 1866년에 프로이센군이 오스트리아군을 크게 이긴 싸움이다.

각 단계마다 군사력을 고도로 증강시켜 범게르만주의의 목적을 하루라도 빨리 달성하려고 한 거지!"

고개를 숙이고 장광설이 끝나기를 기다리던 스튀들레는 다시 자크 쪽으로 몸을 구부렸다.

"그래, 나는 독일이 뻔뻔스런 음모를 꾸미고 있다고 생각해! 무대 뒤에서 처음부터 끈을 잡아당겨 오스트리아를 움직였던 것은 독일이야!"

자크가 말하려 했지만 스튀들레가 그럴 틈을 주지 않았다. 그는 야릇한 불안감에 사로잡혀 있는 듯했다. 그래서인지 거의 고함치다시피 했다.

"자! 명백한 거야! 도대체 오스트리아가, 허약한 오스트리아가 어떻게 혼자서 그런 태도, 최후통첩과 같은 태도를 취할 수 있었을까? 더구나 열강 모두가 바라고 있는 마당에 세르비아의 회답에 촌각의 여유도 주지 않고 거절하다니? 그리고 심사숙고할 사이도 없이 그토록 타협적인 그 회신을 일축하다니? 그럴 수가! 그리고 독일이 전쟁을 할 저의가 없다면 영국의 모든 제안—그것이 성실하건 성실하지 않건 간에 외교적으로 수락할 수 있었을 텐데—에 대해 완강하게 반대하는 것은 무슨 까닭인가? 더구나 차르가 제의하고 있듯이 분쟁을 헤이그의 중재재판소에 회부하는 것을 거부하고 있는 이유는 어디에 있을까?"

"그것도 대충은 알 만해요." 하며 자크가 말을 꺼냈다. "독일은 러시아의 범슬라브주의의 호전적인 의도를 꿰뚫어본 거예요. 그리고 오스트리아-세르비아의 분쟁에서 열강의 간섭이 사실은 가만히 보고 있는 것보다 더 위험하다고 늘 주장했지요."

앙투안은 격렬하게 동생의 말을 반박했다.

"케 도르세에서는 결코 독일의 평화적인 항의를 믿지 않았던 거야. 오래전부터 그들은 도덕적인 확신을 갖고 있었지…."

"도덕적인 확신이라니!" 자크가 말했다.

"…동맹국이 사전에 분쟁을 막거나 늦출 수 있는 모든 것을 배격하기로 결심했다는 확신 말이야."

이런 탁상 정치에 짜증이 난 앙투안은 식탁에 냅킨을 놓고 자리에서 일어났다.

모두가 함께 자리에서 일어났다.

"이 점을 잊어서는 안 돼요. 독일은 지금까지 여러 차례 화해를 시도해왔어요. 그러나 러시아 정부도 프랑스 정부도 그것을 전혀 고려에 넣으려고 하지 않았던 겁니다." 자크는 식당을 나오면서 스튀들레에게 말했다.

"그러는 척하는 거야! 그래! 독일은 뭐니 뭐니 해도 유럽의 여론에 좀 신경을 써야만 했던 거야!"

주슬렝이 공정하게 지적했다.

"그러나 독일의 주장—세르비아 토벌의 필요성과 분쟁의 엄격한 국지화—은 전혀 유럽 전쟁을 일으키려는 의도를 내포하고 있지 않아…. 하물며 **우리 나라에 대항해서** 싸우겠다는 뜻은 더욱 없었어!"

"그 밖에도" 하며 자크가 덧붙였다. "정말로 독일이 그런 전쟁 의사를 갖고 있었다면, 그리고 프랑스를 무찔러버리고 싶은 그런 생각이 있었더라면 왜 그토록 오랫동안 우물쭈물했겠어요? 오늘날보다 훨씬 더 유리한 기회가 십오 년 전부터 얼마든지 있어왔는데 어째서 그것을 놓쳤을까요? 독일은 왜 1898년 파쇼다의 프랑스-영국의 위기를 이용하지 않았을까요? 또 1905년의 러시아-일본 전쟁을? 1907년의 보스니아 위기를? 1911년의 모로코 위기를 왜 이용하지 않았을까요?"

"그까짓 거 아무러면 어때." 하고 스튀들레는 완강한 태도를 보이며 투덜거렸다. 그는 다시 "될 대로 되라지!" 하고 되뇌면서 두 주먹을 주머니에 찔러 넣었다.

샬르 씨는 문 앞에 꼼짝 않고 서서 빵덩어리를 조금씩 뜯어먹으며 다른 사람들이 자기 앞으로 차례차례 지나가도록 옆으로 비켜서 있었다. 앙투안이 제일 뒤에 있었다. 샬르 씨는 그에게 빵을 내보이며 눈을 깜박여 보였다.

"나의 선친도 이것을 어찌나 좋아했던지 디저트에는 반드시 빵껍질이 있어야만 했답니다…. 앙투안 씨, 저도 똑같아요. 이게 맛있으니 말입니다." 자신의 약점을 너그럽게 보아달라는 듯한 미소를 띠었지만, 거기에는 별로 흔하지 않은 취미를 가지고 있어서 자랑스럽게 여기는 기색이 역력했다. 샬르 씨는 겸손하다기보다는 지나칠 정도로 천진난만했다.

자크와 주슬렝이 커피가 마련되어 있는 진찰실 문지방을 넘으려 할 때 스튀들레가 두 사람 사이로 끼어들어와 그들의 팔꿈치를 잡았다. 그리고 몸을 구부리고 몹시 근심스러워하며 속내 이야기라도 하려는 듯한 투로 말했다.

"아무러면 어때. 이론을 내세우는 거야 얼마든지 할 수 있고, 모든 것에 대해 이유를 찾아낼 수 있으니까! 아무러면 어때. 우리는 모두 독일이 책망받아 마땅하며 우리가 속고 있다고 생각할 필요가 있으니까! 내가 신문을 펼쳤을 때마다 우선 찾는 것은, 솔직히 말해서 독일의 표리부동의 증거야!"

"무엇 때문에?" 문 앞에 멈추어 서 있던 주슬렝이 물었다.

스튀들레는 눈을 내리깔며 말했다.

"우리 눈앞에서 일어나고 있는 것을 참아내기 위해서! …독일이 나쁘다는 것을 의심하기 시작하면 모두가 '우리의 의무'라고 부르는 것은 좀처럼 할 수 없을 테니까!"

자크는 쓴웃음을 참지 못하고 말했다.

"'애국적인' 의무 말이겠지요!"

"그래요." 하고 스튀들레가 말했다.

"그래, 당신은 그 이름으로 무엇을 하려는지 알고 있을 텐데 아직도 그 의무라는 것을 염두에 두고 있다는 겁니까?"

스튀들레는 마치 그물에 걸려 몸부림치듯이 어깨를 흔들어 보였다.

"아." 하고 그는 노기에 차 있으면서도 애원하는 듯한 투로 말했다. "더 이상 나를 어지럽게 하지 말아줘요! …불행하게도 프랑스가 내일 동원한다면 우리의 생각이야 어떻든 우리는 빠져나가지 못한다는 것을 모두 알고 있으니까."

자크는 입을 열어 '나는 그렇지 않아!'라고 외치려 했다. 그때 그는 방 한가운데에 서 있던 형이 이쪽으로 몸을 돌리고 자기를 뚫어지게 보고 있는 것을 알아챘다. 자신도 모르게 마음이 위축된 자크는 형의 그 눈길에서 야릇한 애원의 빛을 읽고 마지못해 입을 다물었다. 앙투안이 방에 들어온 뒤부터 자크는 형이 혼란에 빠져 있는 것을 간파하고 몹시 놀랐다. 그 때문에 그는 마음속 깊이 감동하고 있었다. 그것은 임종을 앞둔 아버지의 머리맡에서, 그때까지 불굴의 사람처럼 보이던 형이 갑자기 오열을 터뜨리는 것을 목격한 그날 밤과 같았다.

앙투안은 얼굴을 돌렸다.

"마뉘엘." 하고 그는 말했다. "커피를 좀 주지 않겠나?"

"그리고" 하며 스튀들레는 점점 더 흥분한 말투로 계속했다. "나는 마음속으로 이렇게 생각하고는 해. '누가 알아? 유럽의 대전은 평화로운 시기에 이십 년 동안 선전하는 것보다 사회주의의 도래를 훨씬 더 앞당길지도 모른다'라고 말이야!"

"그게" 하고 주슬렝이 말했다. "무슨 소리인지 나는 통 모르겠는걸! 자네들 같은 이론가들 가운데는 혁명을 일으키기 위해서는 전쟁이 필요하다고 주장하는 사람들도 있다는 것을 나는 잘 알고 있어. 하지만 그것은 필립 박사가 적절하게 말했듯이 '어디까지나 관념적인 시각'이라고 나는 늘 생각해왔어. 무장한 근대 국가라든가 동원된 하나의 국민이 어떤 것인가를 전혀 모르는 사람들 생각이야! 우리와 같이 자유로운 민주주의 제도에서도 아직 성공하지 못한 봉기가, 모든 혁명가들이 군부에 예속되고, 개개인의 삶과 죽음의 문제가 군사독재의 손아귀에 놓여지는 시기에 갑자기 가능한 것으로 기대하다니 정말 얼토당토않은 착각이야!"

스튀들레는 듣고 있지 않았다. 그는 자크를 뚫어지게 보고 있었다.

"전쟁이" 하고 그는 침울한 목소리로 말을 이었다. "그래, 뭐라고? 고작 삼사 개월이라고 해둬…. 하지만 그런 시련 뒤에 유럽의 프롤레타리아가 더 강해지고, 더 훌륭하게 단련되고, 더 단합된다면? 그리고 그 뒤에 제국주의라든가, 군비 경쟁이 정말로 종식된다면? 그리고 모든 나라의 민중이 마침내 확고한

로 활동력을 자유롭게 돌릴 수 있어야 합니다! 전쟁은 인간의 극히 중대한 문제를 전혀 해결하지 못합니다! 전혀! 전쟁은 노동자의 비참한 상태를 더 악화시킬 뿐입니다! 전쟁을 하는 동안에는 육탄肉彈, 그 뒤에는 전보다 더 혹사당하는 노예, 이것이 노동자의 운명인 것입니다!" 자크는 은밀한 말투로 덧붙였다. "간단명료합니다. 한 나라의 민중에게 전쟁의 악보다 더 나쁜 것은 아무것도—엄밀하게 말해서 **아무것도**!—없다고 나는 생각합니다!"

"아주 간단하군요." 하고 르와가 태연하게 말했다. "좀 지나칠 정도로… 간단하군요, 실례의 말인지 모르겠습니다만! 마치 한 나라의 국민이 승리한 전쟁에서 아무런 이득도 얻지 못하기라도 하는 것처럼 말입니다!"

"아무런 이득도 얻지 못해요! 결코!"

그때 또렷하고 단호한 앙투안의 목소리가 들려왔다.

"말도 안 돼!"

자크는 소스라치며 고개를 돌렸다. 그때까지 책상 앞에 앉아 눈을 내리깔고 편지 겉봉을 뜯는 데 여념이 없는 줄로만 알았던 앙투안이 아닌가. 그런데 사실은 몇 미터 떨어진 곳에서 오고 가는 이야기를 한마디도 놓치지 않고 듣고 있었던 것이다. 그는 꼼짝도 않고 동생을 바라보지도 않으며 말을 계속했다.

"말도 안 돼! 역사적으로 볼 때 말도 안 돼! 모든 역사는… 잔 다르크로부터 시작하여…."

"저런." 하고 주슬렝이 익살맞게 끼어들며 말했다. "누가 알아? 오를레앙의 처녀*가 없었더라면 영국과 프랑스는 한 나라로 합병되었을지…. 물론 샤를 7세에게는 지극히 불명예스러운 일이었겠지만. 그러나 두 나라 국민에게는 대단히 유익했을지 몰라. 여러 가지 고통스런 일들이 없었을 테니까…."

앙투안은 어깨를 으쓱해 보이며 말했다.

"농담하지마, 주슬렝…. 예를 들면 독일이 칠 주간의 싸움이나 세당의 싸움에서 아무것도 얻은 게 없다고 부인할 건가?"

"독일은!" 하고 자크가 응수했다. "독일 국가로 말할 것 같으면! 하나의 개체입니다…. 하지만 **민중은**? 하지만 독일 국민인 독일의 일반 민중은 무엇을 얻었단 말입니까?"

르와가 벌떡 일어섰다.

"만일 1915년의 부활제까지—아니 그 전에라도!—프랑스가 승리를 거두어 알자스-로렌 지방을 되찾아서 영토를 라인강의 자연 국경까지 확장하고, 사르 지방의 풍부한 광산 자원을 병합하고, 아프리카에 있는 독일 속령을 빼앗아 식민 제국을 확대한다면, 그리고 그 병력으로 유럽 대륙에서 최강대국이 된다면, 프랑스 민중은 그 병사들의 희생으로 아무것도 얻은 것이 없다고 말할 수 있을까요?"

그는 껄껄대며 웃기 시작했다. 그리고 상대를 납득시킨 걸로 생각했던지 담배 케이스를 꺼낸 다음 의자를 하나 잡더니 돌렸다. 그리고 그 위에 말 타듯이 걸터앉았다.

"그리 간단하지 않아, 그런 것들이…. 그리 간단하지 않지…." 하고 자크 곁에서 생각에 잠겨 있던 주슬렝이 중얼거렸다.

"아." 하며 자크는 그를 향해 목소리를 낮추어 말했다. "나는

* 잔 다르크를 일컫는다.

폭력을 인정할 수 없습니다. 그것이 비록 폭력에 대항하는 것일지라도! 나는 마음속에 폭력의 소지가 스며들 만한 틈을 조금도 남기고 싶지 않습니다! …나는 모든 전쟁을 거부합니다. 그것이 '옳든' '그르든'! 어느 나라가 일으켰고, 그 동기가 어떠하든 간에 전쟁이라면 예외 없이 거부합니다!"

흥분으로 목이 미어지는 것 같아 그는 입을 다물었다. '내란조차도' 하고 그는 미퇴르크처럼 무슨 짓이라도 하겠다던 혁명가들과의 격렬한 논쟁을 상기하면서 마음속으로 생각했다. ('나는 동포애의 이상을 승리로 이끌기 위해 생명을 바쳐왔어.' 하고 미퇴르크는 그들에게 말하곤 했다. '그렇다고 증오심의 폭발과 미친 듯이 날뛰는 대량 학살에 의존하고자 하는 것은 아니야….')

61

"그리 간단하지 않아…." 하고 주슬렝은 자기 주위를 무거운 눈길로 둘러보며 되풀이했다.

그는 잠시 말을 멈추었다가 마치 덧없는 생각을 계속 좇기라도 하듯 어조를 바꾸어 말했다.

"우리 의사들은 소집당하는 경우가 있어도 적어도 잔인한 짓을 하는 데에 말려들지는 않을 거야…. 우리가 동원되더라도 사람을 죽이기 위한 것이 아니라 살리기 위해서니까…."

"그래, 그래…." 하고 스튀들레가 힘차게 말했다. 눈물이 글썽거리는 그의 눈은 무언가 고마움의 뜻을 보이면서 주슬렝 쪽을 향했다.

"그래, 자네들이 의사가 아니라면?" 하고 르와는 귀가 솔깃하면서도 공격적인 자세로 주위 사람들의 얼굴을 차례로 뚫어지게 바라보면서 말했다. (모두가 알고 있듯이 그는 군 당국에 대해 자신의 의사 면허증을 한 번도 내세운 적이 없었으며, 군 복무를 하면서도 의무실 근무 장교로 잠시 실습을 했을 뿐, 그 뒤에는 부대에 복귀했던 것이다. 그리고 지금은 보병 연대에 편입된 예비역 소위로 적을 두고 있었다.)

"이봐, 마뉘엘." 하고 앙투안이 큰 소리로 말했다. "자네 우리에게 끝내 커피를 주지 않을 작정인가?"

앙투안은 어떤 구실을 찾아서라도 논쟁을 중단시켜 말 많은 무리를 쫓아내려는 것 같았다.

"곧, 곧 준비하겠습니다!" 르와가 말했다. 그는 운동가답게 한쪽 다리로 의자 등받이를 뛰어넘으며 일어섰다.

"이자크!" 하고 앙투안이 불렀다.

스튀들레가 다가왔다. 앙투안은 그에게 편지를 한 통 내밀었다.

"이것 봐, 필라델피아 연구소가 드디어 답장을 보내왔어 …." 그리고 습관대로 그는 덧붙였다. "정리하도록." 스튀들레는 놀란 모습으로 그를 바라보면서 편지를 받으려 하지 않았다. 앙투안은 억지웃음을 슬쩍 지으면서 봉투를 휴지통에 던졌다.

주슬렝과 자크 두 사람만이 넓은 방의 한 귀퉁이에 서 있었다.

"의사이건 아니건" 하고 자크는 형 쪽을 보지 않았지만 옆 사람에게만 말을 건넨다기에는 지나치게 두드러진 목소리로 말했다. "징집에 응해서 동원된 사람은 모두 민족주의적인 정책에 찬성하는 사람들로서, 그 사실만으로도 전쟁을 승인하고 있는 겁니다. 내가 보기에 문제는 모든 사람들에게 똑같은 것이라 생각됩니다. 여러분이 그런 학살에 한몫을 담당하도록 하기 위해서는 정부가 그렇게 하라고 명령만 하면 되지 않을까요? … 비록 내가… 지금과 같은 내가 아니더라도 말입니다." 하고 자크는 주슬렝 쪽으로 몸을 숙이면서 말했다. "비록 내가 순종하는 국민이고 국가의 제도에 만족하고 있다 해도 국시國是라고 해서 내가 정신적인 의무라고 여기는 것을 침범하려 든다면 나는 그것을 용납하지 않을 것입니다. 국민이 국가의 통치 아래 있기는 하지만 국민들의 양심을 국가가 강요할 수 있는 권리를 지니고 있는 것으로 생각한다면 그 국가는 국민들의 협력을 기대할 수 없습니다. 그리고 무엇보다도 국민 한 사람 한 사람의 도덕적 가치를 인정하지 않는 사회는 경멸과 반항만을 겪게 됩니다!"

주슬렝은 머리를 설레설레 흔들었다.

"나는 열렬한 드레퓌스파*의 한 사람이었어." 그는 대답을 대신했다.

책상에서 무엇엔가 골몰해 있는 것 같던 앙투안이 획 뒤돌아보았다.

"질문이 잘못 제기되었어." 하고 앙투안은 날카로운 목소리로 말했다. 그리고 말하면서 그는 자리에서 일어났다. 그리고 동생을 보면서 혼자 방 한가운데까지 갔다. "우리 나라와 같은

* 19세기 말 프랑스에서 벌어진 유명한 드레퓌스 사건 당시에 정의와 인도를 표방하며 드레퓌스를 지지했던 무리.

민주 정부는—설사 그 정책이 소수 반대파로부터 도전을 받는다 해도—대다수의 의사를 합법적으로 대표하고 있기 때문에 정권을 쥐고 있을 수밖에 없는 거야. 그러므로 동원된 사람이 징집에 응하는 것은 국민의 총의를 따르는 거야. 정권을 잡고 있는 정부의 정책에 대한 개인적인 의견이 어떻든 간에!"

"자네는 대다수의 의사를 내세우는군." 하고 스튀들레가 말했다. "그러나 국민 전체라고 말할 수는 없다 하더라도 대다수는 지금 전쟁이 일어나지 않기를 바라고 있어!"

자크가 말을 이었다.

"도대체 무슨 명목으로" 하고 그는 형에게 말하는 것을 피하면서, 그리고 어색한 부동자세로 주슬렝을 보면서 말했다. "그 다수가 무슨 명목으로 신중하고 정당한 원칙을 희생해야 하며, 또 자기 자신의 가장 신성한 확신보다 국민으로서 복종하는 쪽을 먼저 받아들여야 한단 말입니까?"

"무슨 명목으로?" 하고 르와가 따귀라도 맞은 듯 갑자기 몸을 일으키며 외쳤다.

"무슨?" 하고 샬르 씨의 목소리가 메아리처럼 울렸다.

"사회계약의 명목으로 말이야." 앙투안이 단호하게 말했다.

르와는 항의하겠으면 해보라는 태도로 자크 쪽과, 이어서 스튀들레 쪽을 뚫어지게 보았다. 그러고 나서 어깨를 으쓱해 보이더니 홱 돌아서서 빠른 걸음으로 멀리 창가에 있는 안락의자로 가서 등을 돌리고 털썩 주저앉았다.

앙투안은 눈을 내리깔고 찻잔 안에 있는 찻숟가락을 신경질적으로 젓고 있었다. 그는 깊은 생각에 잠겨 있는 듯했다.

잠시 침묵이 흘렀다. 주슬렝이 부드럽게 침묵을 깼다.

"선배님, 선배님이 말하는 것을 잘 이해하겠어요. 결국 저도 같은 생각이라 믿습니다…. 오늘날의 사회가 모순을 지니고 있건 없건 간에 우리에게는, 우리 기성세대에게는 하나의 현실입니다. 이것은 앞서간 세대들이 세워서 우리에게 남겨준, 이미 만들어진 토대로서 비교적 단단한 것입니다. 그런 토대 위에서 이번에는 우리가 우리의 균형을 찾은 것입니다…. 저는 그것을 너무나 잘 알고 있어요."

"그렇고말고." 하고 앙투안이 말했다. 그는 고개를 들지 않고 여전히 찻숟가락을 젓고 있었다. "개인으로서의 우리는 연약하고 외롭고 빈털터리인 존재야. 우리의 힘—우리 힘의 대부분, 하여간 여러 가지 방법으로 그 힘을 발휘할 수 있다는 것—그것은 우리를 한데 모아 우리의 활동을 조정해주는 사회집단 덕분이야. 그리고 현재의 세계정세로 보아 그 집단은 우리에게 신화가 아니야. 그것은 공간 속에 제한되고 한정되어 있어. 프랑스라는 이름을 지니면서 말이야…."

앙투안은 침울한 목소리로, 그렇지만 자신 있는 목소리로 천천히 말을 이어갔다. 그는 오래전부터 지금 이야기하고 있는 것을 준비했다가 마침 그 말을 할 기회를 포착하기라도 한 것처럼 보였다.

"우리는 모두가 국가 공동체의 일원이야. 우리는 실제로 그 공동체에 종속되어 있어. 우리와 그 공동체—우리에게 우리의 존재를 가능하게 해주고, 거의 완전하다 할 정도로 안전한 삶을 영위하도록 해주며, 그 테두리 안에서 문화인다운 생활양식을 꾸미도록 해준 그 공동체—우리와 그것 사이에는 몇천 년 전부터 합의된 유대 관계, 계약, 곧 우리 모두를 속박하는 하나의 계약이 있어! 여기에는 선택의 문제가 있을 수 없어. 이것은 기정사실이니까…. 따라서 앞으로 인간이 사회생활을 계속하는 한 개개인은 그 사회에 대한 의무에서 자기 마음대로 벗어날 수 있다고 생각해서는 안 돼. 자신을 보호해주고 또 자신이 이용하는 그 사회에 대해서 말이야."

"모두가 그런 것은 아니야!" 하고 스튀들레가 말을 막았다.

앙투안은 슬쩍 그를 바라보았다.

"모두 다 그래! 똑같지 않을지도 몰라. 하지만 모두가 그래! 자네도 그렇고 나도 그래! 프롤레타리아도 부르주아도. 급사이건 부장이건! 우리는 공동체의 일원으로 태어났다는 사실로부터 모두가 거기에서 어떤 자리를 차지하며 그 사회로부터 각자 매일 이익을 얻고 있는 거야. 그 이익의 대가로 사회계약을 지키고 있어. 그런데 그 계약의 첫 조항 가운데 하나는 우리가 공동체의 법을 존중해야 한다는 것, 설사 우리가 개인적으로 자유롭게 생각할 때 그런 법이 늘 옳은 것은 아닌 것 같다 할지라도 거기에 따라야 한다는 것이야. 그런 의무를 거부하는 것은 프랑스 같은 국가 공동체를 균형 잡히고, 살아 있는 한 조직체로 만들어주는 사회의 여러 조직에 금을 가게 하는 거나 다름없어. 그것은 사회 기구를 위태롭게 하는 거나 다름없지."

"틀림없이 그래!" 하고 자크가 낮은 목소리로 말했다.

"뿐만 아니라" 하며 앙투안이 성난 것 같은 목소리로 말을 계속했다. "그것은 분별없는 행동이나 다름없어. 왜냐하면 그것은 개인의 진정한 이익에 역행해서 행동하는 게 될 테니까. 그런 무정부주의적인 반항으로 인해 야기되는 혼란은 비록 법에 결함이 있더라도 그런 법에 복종하는 것보다 개인에게 훨씬 더 불행한 결과를 가져다줄 거야."

"말하자면!" 하고 스튀들레가 격렬하게 말했다.

앙투안은 다시 한번 스튀들레를 힐끗 쳐다보았다. 그리고 이번에는 그가 있는 쪽으로 반걸음 내디디며 말했다.

"개인으로서는 찬성하지 않는 법일지라도 국민 된 도리로서는 그 법에 항상 복종해야 하지 않을까? 더구나 공동체는 우리가 그것과 투쟁하는 것을 허용하고 있어. 즉 프랑스에는 여전히 사상의 자유와 표현의 자유가 있어! 그리고 우리에게는 투쟁하기 위한 합법적인 무기인 투표용지가 있고."

"농담 그만합시다!" 스튀들레가 응수했다. "자네가 말하는 프랑스의 보통선거는 터무니없는 속임수야! 사천만 프랑스인 가운데 유권자는 천이백만도 안 돼! 고작 육백하고도 한 표, 곧 유권자의 과반수를 가지고 대다수라고 하니 말이야! 따라서 우리 삼천사백만은 육백만인의 의사에 복종하는 바보들이야. 그런데 이들 육백만이 대부분 어떻게 투표하는지 자넨 알 거야. 술집 정담에나 놀아나며 되는대로 하는 거야! 그래, 그래. 프랑스 사람들은 현실적인 정치적 역량을 조금도 갖고 있지 않아. 정치 형태를 변혁시킬 만한 능력을 가지고 있을까? 그들에게 강요된 새로운 법률을 부정하거나 이에 이의를 제기할 만한 능력을 가지고 있느냐 말이야? 프랑스 국민의 이름으로 체결하고, 분쟁이 일어날 경우에 하는 수 없이 거기에 말려들어 목숨을 바칠 수도 있는 그런 동맹조약에서 프랑스 국민의 의견은 묻지도 않아! 이게 바로 프랑스에서 국민의 지상권이라고 부르는 거야!"

"미안하지만" 하고 앙투안이 침착하게 수정 의견을 내놓았다. "나는 자네가 말하는 것처럼 그렇게까지 박탈당했다고는 생각하지 않아. 물론 사회생활을 하면서 사건이 생길 때마다 개인적으로 문의를 받은 적은 없어. 하지만 공동체가 내 마음에 들지 않는 정책을 채택한다면 나에게는 의회에서 그 정책과 맞서 싸울 사람들에게 표를 던질 자유가 있어! …그러나 내 표가 그때까지 대다수의 의사를 대표하고 있는 사람들을 정권에서 몰아내지 못하고 그 자리에 내가 좋아하는 방향으로 국가정책을 수정할 사람들을 앉히지 못하는 한 나의 의무는 간단해. 이론의 여지가 없어. 나는 사회계약에 매이는 거야. 복종해야 해, 따라야 하고."

"Dura lex, c'est lex!"*하고 샬르 씨가 모두 가만히 있는 가운데 거드름을 피우며 속삭이듯 말했다.

스튀들레는 방 안을 이리저리 왔다 갔다 하고 있었다.

"문제는" 하며 그는 투덜거렸다. "현재 상황으로 볼 때 동원된 사람들이 복종하지 않음으로써 있을 수 있는 혁명적 혼란이 그 악의 정도에서…."

"…최단기간의 전쟁일지라도 그것에 견주어 볼 때 훨씬 적지 않을까 하는 점에 있다는 거겠지요!" 하고 자크가 말을 맺었다.

방구석에서 르와가 몸을 움직이자 의자의 용수철이 삐꺽거리는 소리가 들렸다. 그러나 그는 아무 말도 하지 않았다.

"내 경우는, 선배님." 하고 주슬렝이 조용히 말했다. "선배님의 생각과 같습니다. 나는 따를 겁니다…. 그건 그렇고. 현재 우

* '악법도 법이다'라는 뜻의 라틴어 격언.

리를 위협하고 있는 것과 같은 대재난을 눈앞에 둔 비상시에 그처럼 복종하는 것이 다른 사람들이 보기에는 받아들일 수 없는… 비인간적인… 의무처럼 여겨질지 모른다는 것을 저는 압니다."

"그와는 반대야." 하고 앙투안이 다시 말했다. "시국의 중대성을 개인이 의식하면 할수록 그만큼 그의 의무도 거역할 수 없는 것으로 생각해야 해!"

앙투안은 잠시 말을 멈추고 마시지 않은 커피를 쟁반에 놓았다. 그의 얼굴은 긴장되어 있었고 목소리는 떨렸다.

"나는 며칠 전부터 그 점에 대해 생각하고 있어." 그는 갑자기 괴로운 듯한 말투로 털어놓았다. 그 목소리를 들은 자크는 얼떨결에 형을 바라보았다. 앙투안은 얼마 동안 엄지와 집게손가락으로 눈두덩이를 누르고 있다가 고개를 들고 묘하고 강렬한 눈길을 자크 쪽으로 보냈다. 그러고는 한마디 한마디를 신중하게 말했다.

"오늘 저녁에, 대다수가 뽑은 정부에 의해, 비록 그것이 나의 표와는 반대로 이루어진 정부라고 하더라도 동원령이 공포될 경우에, 내가 임의로 계약을 파기할 권리가 있고, 또 모든 사람에게 똑같이, 그야말로 모든 사람에게 똑같이 의무를 회피할 권리가 있다고 해도 그것은 내가 전쟁에 대해 내 나름대로의 의견이 있기 때문도 아니고 소수 반대파에 속하기 때문도 아니야!"

자크는 별로 끼어들고 싶은 생각이 없는 듯 자신에게 하는 말을 듣고만 있었다. 그는 형의 논지에 저항감을 느꼈다기보다는 독단적인 주장을 피력하면서 떨고 있는 인간적이고 은밀한 그 말투에 자기도 모르게 감동되었다. 더구나 형의 태도가 자기와 아무리 상반된다 해도 이 경우에는 앙투안이 논리적이고 자신에게 지극히 충실하다고 생각하지 않을 수 없었다.

별안간 앙투안은 누군가가 심하게 반박이라도 한 것처럼 팔짱을 끼고 외쳤다.

"제기랄, 전쟁이 날 때까지만, 그때까지만 국민일 수 있다면 얼마나 좋을까. 그때까지만 국민에 속한다면 말이야…!"

그 뒤에 계속된 침묵은 퍽이나 무거운 것이었다.

주슬렝은 주위의 모든 분위기를 감지하고 이쯤 해서 화제를 바꾸는 것이 좋겠다고 생각했다. 그는 다정한 투로, 마치 논쟁이 끝나고 모든 사람들의 의견이 일치된 것처럼 결론으로 이렇게 말했다.

"결국은 선배님이 옳습니다. 사회생활은 일종의 게임이지요. 규율을 받아들이든지 아니면 게임을 포기하든지 둘 가운데 하나를 선택해야 합니다…."

"나는 선택했어요." 하고 자크가 그의 곁에서 낮은 목소리로 말했다.

주슬렝은 살짝 고개를 돌렸다. 그리고 반사적으로 정감 어린 눈으로 주의 깊게 잠시 그를 바라보았다. 그는 눈앞에 있는 자크를 통하여 하나의 비장한 운명을 엿본 것 같은 눈치였다.

레옹의 매끈매끈한 얼굴이 방긋이 열린 문틈으로 나타났다.

"**그분께서** 전화를 주셨는데요."

앙투안은 돌아보았다. 그리고 마치 깜짝 놀란 사람처럼 눈을 깜박거리며 레옹을 바라보았다.

'또 그녀구나.' 그는 마침내 생각했다.

평화, 인터내셔널을 중심으로 평화를 구축한다면 어떨까?"

자크는 완강하게 고개를 저으며 말했다.

"안 됩니다! 그런 확실성 없는 미래라면 저는 원치 않습니다. 그러기 위해 전쟁을 해야 한다면 말입니다! …폭력 앞에, 그리고 피 앞에 이성과 정의를 포기하느니 차라리 모든 것을 단념하겠습니다! 그런 참화와 그런 어리석은 짓을 하느니 차라리 모든 것을 단념하겠습니다! 모든 것을, 모든 것을. 전쟁을 하느니!"

르와가 듣고 있다가 내뱉었다.

"모든 것이라고? …적의 침략으로 국토가 점령당해도? …그러면 평온하기 위해 독일에게 즉시 뫼즈 지방, 아르덴 지방, 북쪽 지방과 파 드 칼레를 내주면 어떨까요! 안 될 이유가 없지 않아요? 바다로 향한 출구도 곁들여서 말입니다!"

자크는 슬쩍 어깨를 으쓱해 보이며 말했다.

"그렇게 될 경우에 북부 지방의 몇몇 실업가들은 곤란하게 될지 모르지요. 하지만 솔직히 말해서 그것이 대부분의 노동자와 광부들에게 있어서 그들의 비참한 생활에 무엇인가 본질적인 것을 바꾸어준다고 생각하십니까? 그리고 그들에게 물어볼 경우에 대부분이 싸움터에서의 명예로운 죽음보다는 그쪽을 택하지 않으리라고 생각하십니까…?" 그의 얼굴은 의연하고 엄숙했다. "나는 당신들이 전쟁과 평화를 각국 국민들 생활의 정상적인 사이클로 여기고 있다는 것을 잘 알고 있습니다…. 그건 흉측한 발상이에요! …그런 비인간적인 사이클을 이번에는 어떻게 해서라도 막아야 합니다! 인류는 그러한 피비린내 나는 리듬에서 벗어나 더 나은 사회를 창조하는 방향으

"알겠어. 곧 갈게."

그는 걱정스러운 얼굴로 아래를 보며 얼마 동안 있다가 서두르지 않고 방을 나갔다.

'무슨 말을 하려는 걸까?' 그는 서재에 들어가면서 생각했다. '**당신은 이제 저를 사랑하지 않는군요! …전처럼 저를 사랑하지 않는군요**…!' 여자들이 그런 말을 할 때가 필연적으로 온다. 모든 여자들이…! '이제는 서로가 싫어졌다'라고 여자들에게 말하면 여자들은 놀랄지 모른다…. 그것은 여자들이 아니고 우리이다! 여자들을 앞에 놓고 변해버린 것은 남자이다…. 여자들은 '이제 당신은 저를 사랑하지 않는군요'라고 말하지 말고 '당신은 둘이 같이 있기만 하면 남자인 당신 자신이 싫어지시는군요…'라고 말해야 할 것이다.

앙투안은 전화기 앞에 왔다. 별로 깊이 생각하지 않고 수화기를 들었다.

"토니, 당신이에요?"

그는 섬뜩해하며 반항심 같은 것을 느꼈다. 친숙한 그 목소리, 너무나 잘 알고 있는 그 목소리, 노래하는 듯하고 나지막하며 일부러 꾸민 듯한 감미로운 그 목소리를 들으며 가만히 서 있었다. 그리고 대답할 결심을 못 하고 있었다. 억누른 분노…. 이틀 전부터 그는 그녀에게서, 그녀의 마법에서 해방된 줄로 알고 있었다…. 그렇다. 어떤 더러운 것이 씻겨진 듯한 느낌이었다…. 그는 시몽을 생각했다. 아니다, 끝났다. 끝나고말고. 닻줄은 확실히 끊어졌다. 무엇 때문에 다시 맨단 말인가?

그는 수화기를 테이블 한가운데 살짝 내려놓고 한 걸음 뒤로 물러섰다. 수화기에서 찍찍 하는 잡음이 들려왔다…. 임종 직전의 거친 숨결 비슷한 헐떡거림과 딸꾹질 같은 소리…. 그것은 잔인한 짓이었다…. 할 수 없지! 무슨 일이 있어도 다시 접촉을 해서는 안 된다.

앙투안은 진찰실로 가지 않고 복도로 나가는 문 쪽으로 가서 문을 열쇠로 잠그고 긴 의자로 되돌아와 담배에 불을 붙였다. 그리고 테이블을 향해 마지막 눈길을 던진 다음—수화기는 마치 죽은 뱀처럼 뒤틀린 채 반들거리며 잠잠히 누워 있었다—그는 쿠션 사이로 다리를 쭉 뻗고 깊숙이 누웠다.

진찰실 벽난로 앞에 스튀들레와 단둘이 마주 앉은 샬르 씨는 자기가 말할 수 있는 기회가 생긴 데다가, 또 들어주는 사람마저 있는 것을 흐뭇해하면서 무슨 말인지 통 알 수 없는 객설로 자신의 사업에 관해 상대에게 무엇인가 이해시키려고 애쓰고 있었다.

"새로운 발상이며 기상천외의 발상이며 조그만 발명 같은 것이지요…. 언제나 새로운 것을 만들어내는 것이 우리 회사의 신조랍니다…. 뭐라고요? A. C., 곧 연구가 협회의 회보를 보내드릴게요…. 두고 보면 아시게 됩니다. 이미 방계 조치도 해놓고 있습니다…. 이번 전쟁에는 꼭 필요합니다…. 방향을 바꾸게 될 겁니다…. 국방은… 각자 자기 분야에서… 뭐라고요?"(그는 마치 절박한 질문을 알아듣지 못한 것처럼 걱정스런 태도를 보이며 계속 되물었다.) "발명가들은 벌써 비상한 관심을 보이고 있습니다." 하며 그는 곧 계속해서 말했다. "비밀을 누설하고 싶지는 않습니다만…. 예를 들면 늪의 물과 빗물을 위한 휴대용 여과기라고 말할 수 있지요…. 전쟁터에서는 귀중한 것입니다…. 병사들의 몸을 상하게 하는 나쁜 병균을 모조리….” 그는 만족스러운 웃음을 띠며 말했다. “그리고 더 비상한 관심을 끄는 것은 발포 장치가 달린 자동 조준기라는 겁니다…. 눈이 나쁜 보병들이나… 포병들을 위한 거지요….”

얼마 전부터 자기 자리에서 앞뒤가 맞지 않는 이 말을 듣고 있던 르와가 벌떡 일어나며 말했다.

“자동이라고요? 어떤 건데요?”

“바로 그래요.” 하고 샬르 씨는 우쭐해하며 말했다. “바로 그게 기가 막힌 거랍니다.”

“그렇다면? 어떻게 작동합니까?”

샬르 씨는 단호한 몸짓을 해 보이며 말했다.

“저절로요!”

자크와 주슬렝은 줄곧 서재 모퉁이에 서서 낮은 목소리로 이야기를 나누고 있었다.

“무엇보다도 견딜 수 없는 것은” 하고 자크는 화가 난 듯이 이마에 한 줄의 주름을 지으면서 말했다. “그것은 병역이라는 것, 국기를 앞세운 국가라는 것이 하나의 교리나 되는 것처럼, 또 이론의 여지 없이 신성한 의무나 되는 것처럼 생각했던 것이 곧 이해할 수 없게 되는 날이 반드시, 그것도 어쩌면 가까운 장래에 오리라는 것입니다! 총을 들기를 거부했다고 해서 사회 권력이 한 인간을 총살할 수 있는 권리를 갖는다는 것이 생각할 수도 없는 일처럼 여겨지는 날 말입니다! …옛날에 몇천 명의 유럽인들이 그들의 종교적인 신념 때문에 재판에 회부되고 고문을 받아야 했다는 것을 우리가 믿기 어려운 것과 똑같이….”

“이봐요!” 하고 르와가 외쳤다.

그는 책상에 있는 그 날짜 신문을 한 장 들어 건성으로 훑어 보고 있다가 장난 투로 크고 알아들을 수 있는 목소리로 읽었다.

“아이가 하나 있는 젊은 부부가 석 달 동안 정원이 있고 물고기가 많은 강가의 조용한 작은 주택을 빌리기 원함. 될 수 있으면 노르망디 지방이나 부르고뉴 지방이면 좋겠음. 신문사 사무실 3418호로 보내기 바람!”

그의 웃음소리가 낭랑하게 울려 퍼졌다. 오늘 웃을 수 있는 사람은 르와밖에 없었다.

“곧 방학을 맞게 되는 중학생처럼 즐거워하는군.” 자크가 중얼거렸다.

“진짜 영웅처럼 즐거워해요.” 주슬렝이 정정했다. “기쁨이 없는 곳에 영웅적 행위도 있을 수 없어요. 있다면 용맹성밖에는….”

샬르 씨는 시계를 꺼냈다. 그리고 시간을 보기 전에 언제나 그렇게 하듯이 청진하는 의사처럼 멍하니 눈을 크게 뜨고 ‘작고 이상한 물체’에 잠시 귀를 기울였다. 그러고 나서 그는 눈썹을 치켜올리면서 안경 너머로 말했다.

“한시 삼십칠분.”

자크는 소스라치게 놀랐다.

“늦어서” 하고 그는 주슬렝의 손을 잡으면서 말했다. “저는 그만 가보겠습니다. 형님을 기다릴 시간이 없군요.”

긴 의자 위에 누워 있던 앙투안은 계단에서 레옹의 배웅을 받고 있는 자크의 목소리를 들었다.

앙투안은 황급히 문을 열었다.

"자크! …얘야…."

자크가 깜짝 놀라며 자기 쪽으로 오자 물었다.

"가는 거니?"

"응, 가려던 참이야."

"잠시만 들어와." 하고 앙투안은 그의 팔을 잡으면서 탁한 목소리로 말했다.

자크는 형과 단둘이 이야기를 나누고 싶어서 위니베르시테가街에 왔던 것이다. 그는 자기 재산을 어떻게 처리했는지를 형에게 들려주고 싶었다. 형에게 숨기는 것처럼 보이는 것이 싫었기 때문이다. 심지어 이런 것도 생각했었다. '제니와의 일도 말해야지….' 시간에 쫓기기는 해도 둘만이 이야기를 나눌 수 있는 기회라고 생각하고 그는 기꺼이 응했다. 그리고 작은 서재로 들어갔다.

앙투안은 다시 문을 닫았다.

"이봐." 하고 앙투안은 앉지도 않고 말했다. "얘야, 진지하게 이야기해보자. 도대체… 너는 어떻게 할 작정이니?"

자크는 놀란 체하며 아무 대답도 하지 않았다.

"너는 병역 면제를 받았지…. 하지만 동원될 경우에는 병역 면제자도 모두 재조사를 받게 될 거야. 누구나 할 것 없이 모두 전선에 보내질 텐데…. 너는 어떻게 할 작정이니?"

자크는 거짓말을 할 수 없었다.

"아직 아무런 생각도 없어." 하고 그는 말했다. "현재로서는 합법적으로 망에서 벗어나 있어. 나에 대해 어떻게 할 수 없어." 형의 끈질긴 눈길 앞에서 그는 무뚝뚝하게 덧붙였다. "이것만은 형한테 말할 수 있어. 동원될 바에는 차라리 두 손을 잘라버리겠어."

앙투안은 잠시 눈을 돌렸다.

"그런 태도야말로 가장…."

"…가장 비겁하다고 생각해?"

"아니야, 그렇게는 생각하지 않았어." 하고 앙투안은 위로라도 하듯 말했다. "하지만 가장 이기적인 태도라고…." 자크가 까딱도 하지 않자 그는 말을 계속했다. "너는 어떻게 생각하니? 이런 시기에 병역을 거절한다는 것은 전체의 이익보다는 개인의 이익을 앞세운 것이라고 생각되는데."

"**국가적** 이익보다는 앞선다는 거야!" 하고 자크가 응수했다. "전체의 이익, 대중의 이익은 분명히 평화에 있는 거야. 전쟁에는 없어!"

앙투안은 애매한 몸짓을 했다. 그것은 마치 이제 이론 투쟁은 화제에 올리지 말자는 것 같았다. 그러나 자크는 집요하게 물고 늘어졌다.

"전체적 이익, 나는 그것을 거절함으로써 전체적 이익에 기여한다고 생각하고 있어! 나는 분명히 느끼고 있어. 의심의 여지 없이 느끼고 있어. 오늘 내 마음속에서 거부하고 있는 것이 가장 훌륭한 거야!"

앙투안은 화가 나는 것을 참았다.

"자, 잘 생각해봐라…. 그런 거절로 어떤 실제적인 결과를 얻을 수 있을까? 아무것도 없어! …한 나라 전체가 동원되고 절대다수가—이번 경우는 그럴 거야—국토방위의 의무를 수락할 때 혼자 반항하는 행위란 무의미하고 실패할 수밖에 없는 일이 아닐까?"

말투가 지극히 조심스럽고 온정이 넘쳐흘러 자크는 가슴이 뭉클해졌다. 자크는 매우 침착한 태도로 형을 바라보았다. 그리고 친근감이 도는 미소의 빛까지 띠었다.

"왜 또 형은 그런 이야기를 하는 거야? 내가 무슨 생각을 하고 있는지 형은 알고 있을 텐데…. 나 자신 죄악으로 생각하고 있고, 진리, 정의, 인간의 연대성을 배신하는 것으로 생각하고 있는 일을 정부가 강제로 시키려고 한다면 나는 그것을 절대로 받아들일 수 없어…. 영웅적 행위란 르와가 말하는 것 같은 것은 아니라고 나는 생각해. 영웅적 행위란 총을 들고 전선으로 뛰어가는 것은 아니야! 그것은 전쟁을 거부하는 것, 공범자가 되느니 차라리 처형장에 끌려가는 거야! …허망한 희생이라고? 누가 알아? 전쟁을 가능하게 했고 그리고 지금도 그렇게 만들고 있는 것은 군중이 맹목적으로 순종하기 때문이야…. 혼자의 희생이라고? 할 수 없지…. '아니'라고 말할 만한 배짱이 있는 자의 수가 적더라도 하는 수 없지 않겠어? 그거야…." 그는 망설이다가 말을 이었다. "그거야… 배짱 좋은 자는 좀처럼 찾아볼 수 없기 때문이지…."

앙투안은 선 채로 이상하리만큼 뻣뻣한 자세로 듣고 있었다. 눈에 띄지 않을 정도로 속눈썹이 떨리고 있었다. 그는 뚫어지게 동생을 바라보면서 잠을 자고 있는 사람처럼 가볍게 숨을 내쉬고 있었다.

"하여튼 동원령을 못 들은 척하면서 거의 혼자서 그것과 싸우려고 하면 보통이 아닌 정신력이 필요할 텐데." 하고 앙투안은 부드럽게 말했다. "그러나 그런 것이야말로 아무런 의미가 없는 힘이라는 거야…. 미련스럽고 머리를 벽에 박다가 깨지는 것 같은 힘이야! …확신을 갖고 전쟁을 거부하고, 그러한 확신 때문에 총살당하는 사람이라면 나는 그런 사람에게 나의 모든 동정과 연민을 보내겠어…. 그러나 나는 그런 사람을 쓸데없는 공상가로 여기겠어…. 그리고 나는 **그런 사람을 비난할 거야.**"

자크는 조금 전에 '하는 수 없지 않겠어?'라고 말했을 때같이 가볍게 양팔을 펼쳐 보일 뿐이었다.

앙투안은 아무 말 않고 잠시 동생을 물끄러미 바라보았다. 아직 절망하고 있지는 않았다.

"사실은 거기에 있는 거야. 그리고 우리를 계속 압박하고 있어." 하며 앙투안은 말을 계속했다. "사태의 중대성은—사태는 이미 어느 누구의 손에도 달려 있는 것이 아니야—그래, 사태의 중대성은 내일이라도 국가가 우리를 마음대로 할 수 있는 데까지 와 있어. 도대체 너는 지금이 국가가 우리들에게 가하고 있는 속박이 우리의 개인적 의사와 일치하는지 아닌지를 검토할 때라고 생각하니? 그래서는 안 돼! 책임 있는 사람들이 일을 결정하고 책임 있는 사람들이 명령하는 거야…. 나의 일에서도 마찬가지야. 일단 적절하다고 생각되는 처방을 급히 내렸으면 그것으로 그만이야. 사람들이 이러쿵저러쿵하는 것을 나는 용납하지 않아…."

앙투안은 손을 부자연스럽게 이마로 가져갔다. 그리고 손가락을 잠깐 눈꺼풀 위에 올려놓았다. 그는 애써 이야기를 계속했다.

"잘 생각해봐, 얘야…. 전쟁을 찬성하는가 아닌가 하는 것이 문제가 아니야.—너는 내가 전쟁을 찬성한다고 생각하니?—다만 전쟁을 감내하느냐가 문제가 되는 거야. 우리의 기질에 따라 저항감을 가질 수도 있어. 하지만 그것은 내적인 저항이어야 해. 의무감의 속박을 받을 줄 아는 저항감 말이야. 위험에 처했을 때 협력하기를 주저한다는 것은 두말할 것도 없이 공동생활을 배신하는 거나 다름없어…. 그래, 그거야말로 진정한 배신이고, 다른 사람들에 대한 죄악이며, 연대 의식의 결핍이라고 할 수 있어…. 나는 정부가 내리려고 하는 결정에 대해서 우리가 그것을 논의할 권리마저 없다고 주장하는 것은 아니야. 다만 그것은 뒤의 문제야. 복종하고 난 뒤이 문제야."

자크는 다시 입가에 미소를 띠었다.

"그런데 나는 여러 나라가 서로 전쟁을 하는 명목으로 내걸고 있는 국민적 요구라는 것에 대해서 개인이 완전히 무관심해도 된다고 생각해. 그 동기가 어떠하든 간에 나는 국가가 인간의 양심을 유린하는 그런 권리는 부정해…. 이런 어마어마한 말을 쓰는 것을 늘 싫어해왔어. 하지만 일이 바로 그렇게 된걸. 내 마음속에서는 형처럼 이런저런 기회주의적 추리보다는 양심의 소리가 더 커. 형이 말하는 법률 같은 것보다는 양심의 소리 쪽이 더 크게 울리고 있고… 폭력이 세계의 운명을 좌지우지하는 것을 막을 수 있는 유일한 방법은 우선 스스로 온갖 폭력을 거부하는 것이야! 살상을 거부하는 것이야말로 고귀한 정신의 표지로서 당연히 존경받아야 한다고 나는 생각하고 있어. 만일 법전이나 재판관이 이것을 존중하지 않는다면 정말 딱한 일이야. 조만간 알게 될 거야…."

"좋아, 좋아…." 하고 앙투안은 화제가 또 일반론으로 치우치는 데 역정을 내면서 말했다. 그리고 팔짱을 끼면서 말했다. "그런데 **실질적으로는** 어떻게 되는 거지?"

앙투안은 동생 쪽으로 걸어왔다. 그리고 둘 사이에는 드문 일로서 자연스런 동작으로 두 손으로 부드럽게 동생 어깨를 잡았다.

"대답을 해보려무나, 얘야…. 동원은 내일이야. 너는 도대체 어떻게 할 셈이니?"

자크는 화가 난 것은 아니지만 그래도 단호한 태도로 형한테서 빠져나왔다.

"나는 전쟁을 반대하는 투쟁을 계속할 거야! 최후까지! 모든 수단을 다 동원해서! 모든 것을! …물론, 필요하다면… 혁명적 투쟁에 호소해서라도!" 자크는 자신도 모르게 목소리를 낮추었다. 가슴이 죄여오는 듯, 하던 말을 중단했다가 말했다. "그렇게 말은 하지만… 모르겠어." 그는 잠시 입을 다물었다가 계속했다. "그러나, 형, 이것만은 확실해. 무슨 일이 있어도 이것만은 확실해, 절대적으로 확실해. 내가 군인이 된다고? 천만의 말씀!"

자크는 이 말을 끝으로 애써 미소를 지어 보이면서 간단히 작별 인사를 했다. 그리고 문 쪽을 향해 걸어갔다. 앙투안도 굳이 그를 붙들려고 하지 않았다.

62

자크는 제니를 그녀의 집에서 만났다. 제니는 옷을 차려입고 혼자 막 나가려던 참이었다. 초췌한 모습을 한 그녀는 극도의 흥분 상태에 있었다. 어머니에게서도 아무런 소식이 없고 다니엘에게서도 편지 한 통 없었다. 그래서 제니는 갈피를 못 잡고 있는 중이었다. 신문 보도는 제니를 공포로 몰아넣었다. 게다가 자크도 늦게서야 왔다. 몽루주에서 있었던 경찰관의 사건을 되새기며 그 일에 온통 정신이 팔려 있던 제니는 자크의 신변에 무슨 일이 일어난 것이 틀림없다고 생각했었다. 제니는 한마디 말도 못 하고 그의 팔에 몸을 던졌다.

"실은" 하며 자크가 말했다. "오스트리아에 있는 외국인 신상에 관해 무엇인가 알 수 없을까 해서…. 환상을 품어보았자 아무런 소용이 없어. 그쪽에는 계엄령이 내려져 있어. 독일 사람들에게는 자기 나라에 돌아가는 것이 아직 허용되고 있는 모양이야. 이탈리아와 오스트리아 관계가 매우 긴장되어 있기는 하지만…. 그러나 프랑스 사람, 영국 사람, 러시아 사람은! …만일 엄마가 여러 날 전에 빈을 떠나지 않으셨다면—이미 여기에 와 계셔야 하는데—너무 늦은 감이 들어…. 모르긴 해도 떠나지 못하셨을 거야…."

"떠나지 못하셨다고요? 그건 왜? 형무소에라도 들어가셨나요?"

"물론 아니야! 단지 기차를 탈 수 있는 허가를 얻지 못하신 것이 아닐까 하고 추측해볼 뿐이야…. 한 주일이나 두 주일 동안 말이야. 곧 사건이 해결되어 국제적인 조치가 취해질 때까지….”

제니는 아무런 대답도 하지 않았다. 자크가 자기 곁에 있어주는 것만으로도 충분히 상상의 고통으로부터 벗어날 수 있었다. 제니는 자크에게 몸을 기대면서 어제부터 계속 고대하고 있었던 키스에 스스럼없이 몸을 내맡겼다. 그리고 자크에게서 몸을 떼자마자 더듬거리며 말했다.

“자크, 이제 혼자는 못 있겠어요…. 데려가주세요…. 이제 당신과 헤어지는 것은 싫어요!”

둘은 걸어서 뤽상부르 공원 쪽으로 갔다.

“메디시스가街의 모퉁이에서 전차를 타도록 하지.” 자크가 말했다.

시간이 되었는데도 불구하고 이날 공원에는 거의 사람이 없었다. 이따금 불어오는 미풍이 나뭇가지를 흔들곤 했다. 화단에서 양귀비의 진한 냄새가 풍기고 있었다. 남녀 한 쌍이 외따로 화단 곁 벤치에서 사랑의 열기로 주위를 가득히 메우고 있는 듯한 느낌이었다. 그들은 서로 부둥켜안고 있었기 때문에 어느 쪽이 남자이고 어느 쪽이 여자인지 분간할 수 없었다.

철책 저쪽으로 언제나 다름없는 파리의 거리 모습이 보였다. 전쟁의 위협에 굴복하고 있는 듯한 열띤 거리의 모습. 그 소음조차도 맑게 갠 여름날의 오후에 유럽의 이쪽 끝에서 저쪽 끝까지 서로 주고받는 여러 가지 무시무시한 소식을 반영하는 것 같았다. 여름 휴가철을 맞이한 파리 시내인데도 이틀 만에 갑자기 사람들로 붐비기 시작했다. 신문팔이들은 목청을 높여 호외를 외치면서 네거리를 건너가고 있었다. 자크와 제니가 전차를 기다리고 있을 때 말 두 마리가 끄는 역의 합승마차가 그들 앞을 지나갔다. 안에는 부모들을 비롯해서 아이들과 식모들이 발을 들여놓을 틈도 없이 빽빽하게 들어서 있었다. 지붕 위에 올려놓은 짐짝들 가운데서 유모차, 새우잡이 그물, 양산 하나가 눈에 띄었다.

"운명 따위는 아랑곳도 하지 않는 족속들이야." 하고 자크가 중얼거렸다.

수플로가街, 생 미셸로路, 메디시스가街에는 사람들의 왕래가 끊이지 않았다. 그렇다고 일하는 근면한 파리도 아니고, 화창한 일요일의 한산한 파리도 아니었다. 그것은 벌집을 쑤셔놓은 것 같은 파리 시내의 풍경이었다. 길을 지나가는 사람들은 누구나 할 것 없이 모두가 무엇에 쫓기기라도 하는 것처럼 빠른 걸음으로 걷고 있었다. 그러나 멍청한 그들의 모습, 왼쪽으로 갈까 오른쪽으로 갈까 망설이고 있는 모습은 그들 가운데 대부분이 뚜렷한 목적지가 없다는 것을 잘 말해주고 있었다. 그들은 혼자 있기도 갑갑하고, 그렇다고 세상 돌아가는 일을 외면할 수도 없어서 자신들의 숙소에서 하던 일을 박차고 밖으로 나온 것이다. 그리고 그들의 목적은 자기 자신으로부터 탈피하여 길을 지나가는 이웃들의 불안해하는 물결과 마음의 짐을 잠시나마 같이했으면 하는 데 있었다.

그날 오후 내내 제니는 라틴 구역으로부터 바티뇰까지, 글라시에르가街로부터 바스티유까지, 베르시 강변로에서 샤토도까지 묵묵히 그림자처럼 자크의 뒤를 따라다녔다. 가는 곳마다 똑같은 보도, 똑같은 논평, 똑같은 분노의 목소리였다. 그리고 가는 곳마다 사람들의 어깨는 한결같이 축 늘어져 있고, 한결같이 체념의 기색을 보였다.

이따금 단둘이 되었을 때면 제니는 어느 누구보다도 태연하게 자기 자신과 날씨에 관해 말하곤 했다. "베일을 쓰고 온 내가 잘못이었어요…. 길을 건너가서 저 꽃가게를 좀 구경했으면 해요…. 더위가 이제 좀 가라앉았네요. 느끼시지요? 이제 겨우 숨을 돌리겠어요…." 그런 어린애 같은 말, 유럽 문제며, 꽃가게며, 오늘의 날씨며, 그 모든 것을 똑같은 차원에서 생각하는 제니를 보고 자크는 약간 역정이 났다. 그때 그는 제니에게 냉담하고 무거운 눈길을 보냈다. 제니는 그의 눈길에서 어둡고 쓸쓸해하는 빛을 보자 별안간 마음이 스산해졌다. 측은한 마음이 든 자크는 이따금 고개를 돌리곤 했다. 그리고 마음속으로 물어보았다. '이런 모든 것에 제니를 끼어들게 한 것이 옳은 일일까…?'

C.G.T.* 복도에서 우연히 만난 동지 하나가 호기심에 찬 날카로운 눈초리를 제니에게 쏟는 것을 자크는 눈치챘다. 먼지투성이의 층계참에서 노동자들 사이에 섞여, 착 달라붙은 투피스를 입고, 크레프로 된 베일을 쓰고 있는 그녀의 몸가짐이나 얼굴에서 자크는 별안간 무어라고 꼭 집어서 말할 수 없지만 그녀가 속해 있는 사회적 계층의 흔적과 특징을 엿보는 것 같았다. 자크는 멋쩍은 생각이 들어 제니를 이끌고 밖으로 나왔다.

시계는 일곱시를 알리고 있었다. 그들은 몇 개의 큰 거리를 지나 증권거래소 동네까지 갔다.

* 노동 총동맹의 약자이다.

제니는 지쳐 있었다. 자크의 몸에서 발산되는 생명력이—제니는 그것에 압도당해 있었다—그녀에게 남아 있는 체력을 모두 고갈시켰던 것이다. 그녀는 전에 메종 라피트에서 자크의 곁에 있을 때 지금과 같은 피로감을 느꼈던 것을 상기했다. 그것은 지금과 마찬가지로 남에게 요구하는 것 같고, 갑작스러운 생각의 변화라도 생기면 그 목소리와 남을 사로잡는 듯한 그 눈길을 통해 남에게 거의 강요하다시피 하는 부단한 긴장감 때문이었다.

『위마니테』 앞까지 왔을 때 저쪽에서 뛰어오던 카디외와 마주쳤다.

"그럴 줄 알았어." 카디외가 외쳤다. "독일은 동원했어! 러시아는 결국 자신의 목적을 이룬 셈이야!"

자크는 몸을 움찔했다. 그러나 카디외는 이미 멀리 가 있었다.

"알아봐야지. 거기에서 기다려." (자크는 편집실로 제니를 데리고 가는 것이 어쩐지 마음이 내키지 않는 것 같았다.)

제니는 차도를 건너가 인도에서 서성거리고 있었다. 자크가 모습을 감춘 건물의 문을 통해 마치 벌통의 벌들처럼 많은 사람이 끊임없이 드나들고 있었다.

삼십 분쯤 지나서 자크가 돌아왔다. 그의 얼굴은 심한 충격을 받은 사람 같았다.

"틀림없어. 독일에서 온 정보야. 그루시에, 상바, 바이앙, 르노델을 만나고 왔어. 그들 모두가 거기에서 상세한 보고를 기다리고 있어. 카디외와 마르크 르부아르는 케 도르세와 신문사 사이를 수시로 왔다 갔다 하고 있어…. 러시아의 군비 가속

화에 맞서 독일은 동원을 결의한 거야…. 정말 동원한 걸까? 조레스는 아니라고 말하고 있어. 독일말로 이른바 Kriegsgefahrzustand*라는 거야. 이것은 독일 헌법에도 확실히 인정하고 있어. 조레스는 사전을 손에 들고 번역을 하려고 해. '전쟁의 위험 상태…. 전쟁 위협 상태….' 보스는 참 멋있어. 절망하는 법이 없거든! 그는 브뤼셀에서 갖고 온 신뢰감, 하제나 독일의 사회주의자들과의 대담에서 얻은 신뢰감을 계속 갖고 있어. 그는 되풀이하고 있어. '그들이 우리들과 같이하고 있는 이상 사태는 결코 절망적이지 않다!'"

자크는 제니의 팔을 붙잡았다. 그러고는 빠른 걸음으로 무턱대고 그녀를 끌고 다녔다. 그들은 줄지어 서 있는 집 주변을 몇 번이나 맴돌았다.

"프랑스는 어떻게 하려는 걸까요?" 제니가 물었다.

"긴급 각료 회의가 네시에 소집됐나 봐. 공식 성명에 따르면 각료 회의에서는 **국경 보호를 위한 필요 조치**를 구상하고 있다는군. 아바스 통신은 오늘 저녁 국경 수비대가 전초진지에 도착했다고 전하고 있어. 한편 참모본부는 적에게 충돌의 구실을 주지 않기 위해 국경선을 죽 따라 몇 킬로 정도의 비점령 지대를 남겨놓을 거라고 말하고 있어…. 독일 대사는 지금 이 순간에도 비비아니와 회담 중이야…. 독일 사정에 밝은 갈로는 굉장한 비관론을 펴고 있어. 그에 따르면 표현 양식을 지나치게 믿지 말라는 거야. Kriegsgefahrzustand라는 것은 공식적인 동원령 이전에 동원하는 가장된 동원 수법에 지나지 않는다는 거

* '전시 태세'라는 뜻의 독일어.

야…. 어쨌든 독일은 지금 계엄령 아래에 있어. 말하자면 언론에는 함구령이 내려졌고, 전쟁을 반대하는 어떠한 데모도 독일에서는 할 수 없다는 거야…. 내가 볼 때 이것이 가장 중대한 문제인 것 같아. 민중의 봉기만이 전쟁을 막을 수 있을 텐데…. 스테파니는 반대로 조레스와 마찬가지로 낙관론을 고집하고 있어. 그들에 따르면 카이저는 동원령을 내리는 대신 이런 예비조치를 선택함으로써 아직 평화를 수호하고자 한다는 것을 입증했다는 거야. 하여튼 그럴듯한 말이지. 독일은 이렇게 함으로써 페테르부르크 정부로 하여금 타협적 태도로 나오도록 하고, 그리고 러시아의 동원을 취소하도록 하기 위한 마지막 기회를 주는 거야. 카이저와 차르 사이에는 어제부터 사적인 전보가 끊임없이 오고 간 것 같아…. 내가 스테파니와 헤어지려고 하는 순간 마침 브뤼셀에서 전화가 와서 조레스는 전화를 받으러 갔어. 그들은 모두가 중요한 메시지를 기대하고 있었던 것 같아…. 나는 그대로 나와버렸지. 당신이 어떻게 됐나 해서…."

"내 문제는 신경 쓰지 마세요." 하고 제니는 발끈해서 말했다. "빨리 그쪽으로 가보세요. 기다리고 있을게요."

"여기서? 길에 서서? 안 돼! …차라리 프로그레 카페에 가서 앉아 있어."

그들은 상티에 거리 쪽을 향해 급히 걷기 시작했다.

"여!" 하고 누군가 굵고 우렁찬 목소리의 사나이가 말했다.

제니는 뒤를 돌아보았다. 그러자 인쇄공이 입는 검은 작업복을 걸치고, 예수같이 머리를 헝클어뜨린 늙은 남자의 모습이 눈에 띄었다. 무를랑이었다.

자크가 재빨리 말했다.

"독일이 동원했어!"

"첫! 알고 있어…. 그럴 줄 알았어…!" 하면서 그는 침을 뱉었다. "별도리 없지…. 하는 수 없어! …당분간 어떻게도 할 수 없을 거야! 모든 것이 파괴되고 말 거야. 우리의 문명 같은 것은 송두리째 없어질 거야. 그렇게 되면 무엇인가 새롭고 깨끗한 것을 건설하게 되겠지!"

잠시 침묵이 흘렀다.

"프로그레에 가려던 참이었나?" 하고 무를랑이 물었다. "나도 가는 길이었어."

세 사람은 아무 말도 나누지 않고 얼마 동안 걸었다.

"오늘 아침 말해준 것을 생각해보았나? 도망갈 생각이 없느냐 말이야." 무를랑이 물었다.

"아직은."

"자네 마음대로 하게나…." 그는 머뭇거리다가 말했다. "금방 연맹에 들러보았어…." 그는 날카로운 눈초리로 제니를 한번 힐끗 바라보았다. 그러고 나서 자크에게 집요한 눈길을 던졌다. "할 말이 있어."

"말해봐요." 자크가 말했다. 그리고 제니의 아래팔에 손을 얹으면서 분명하게 말했다. "친구끼리니까 부담 없이 말해도 돼요."

"좋아." 무를랑이 말했다. 그리고 굳은살이 생긴 두 손가락을 자크의 어깨 위에 얹으면서 목소리를 낮추어 말했다. "중요한 정보야. 오늘 육군 장관이 블랙리스트에 올라 있는 요주의 인물을 모두 체포하라는 명령서에 서명했어."

“설마….” 하고 자크가 말했다.

무를랑은 그렇다는 듯이 고개를 끄덕여 보였다. 그리고 휘파람을 불 듯이 입안에서 어물어물 말했다.

“명단에 올라 있는 자들은 주의해야 해!”

무를랑은 제니의 얼굴이 아주 창백해지면서 겁을 집어먹고는 자신의 얼굴을 뚫어지게 바라보고 있다는 것을 눈치챘다. 그는 제니에게 미소를 지어 보였다.

“걱정할 것 없어, 아가씨…. 오늘 밤에 모조리 총살당한다는 뜻은 아니니까…. 만일을 생각해서 그런 명령이 나온 거야. 우리를 죽이고 싶다거나, 어떤 처벌도 받지 않고 큰 전쟁을 치르고 싶을 때 특전사단을 통해 명령을 실행하도록 하기만 하면 되니까…. 교외에서는 벌써 ‘병아리들’*이 꽤 움직이고 있어. 『적기』 같은 것도 수색을 당했나 봐. 그리고 『라 뤼트』**도. 이즈자코비치는 오늘 아침 퓌토를 급습하는 바람에 하마터면 잡힐 뻔했어. 퓌제는 붙잡혔어. **피로 물든 손**의 작가 말이야. 그자는 참모본부를 비난하는 포스터를 그렸다고 해서 당한 거야…. 시끄러울 거야. 무슨 일이 일어날지 몰라.”

세 사람은 카페로 들어갔다. 자크는 제니를 사람이 거의 없는 아래층 방으로 데리고 갔다.

“뭐 좀 같이 들지.” 자크가 말했다.

“아니야.” 하며 무를랑은 천장 쪽을 가리켰다. “위에 올라가 형세를 좀 살펴보겠어…. 아침부터 위에서는 바보 같은 말다툼

* 사복형사를 뜻한다.

** ‘투쟁’이라는 뜻.

을 하고 있는 것 같아…! 그럼 잘들 있어!" 무를랑은 자크의 손을 잡자 다시 한번 중얼거리며 되풀이했다. "이봐, 내 말 들어. 사라져버리라니까!"

일어나서 좀 가다가 무를랑은 뜻밖에도 친근감이 담긴 미소를 두 사람에게 보냈다. 그들의 귀에는 나선형으로 된 작은 계단을 삐걱거리며 오르는 그의 발소리가 들려왔다.

"당신 오늘 밤은 어디에서 묵을 거예요?" 하고 몹시 걱정스러운 듯이 제니가 물었다. "어제저녁에 그자들에게 주소를 가르쳐준 그 호텔은 안 되겠죠?"

"뭘!" 하고 자크는 태연하게 대답했다. "내가 블랙리스트에 오를 만한 대상이 되는지조차도 확실하지 않아…." 그리고 제니의 걱정스러워하는 눈길을 보자 자크는 덧붙여 말했다. "어쨌든 걱정은 할 필요가 없어. 나는 벌써 리에뵈르에 다시 갈 생각은 없으니까. 여행 가방은 오늘 아침 무를랑에게 맡겨놓았어. 그리고 몸에 지니고 다니면 위험할 것 같은 서류는 당신 집에 두고 온 꾸러미 속에 넣어두었고."

"잘했어요." 하고 제니는 자크를 보면서 말했다. "집 같으면 아무런 위험이 없지요."

자크는 서 있었다. 그는 차 한 잔만을 시켰다. 그러나 차를 제니에게로 가지고 올 때까지 기다릴 수가 없었다.

"기분은 괜찮은 편이지? …잠깐 『위마니테』에 다녀올게…. 꼼짝 말고 여기에 있어."

"곧 돌아오겠지요?" 하고 제니는 억눌린 것 같은 목소리로 말했다. 갑자기 무서워졌던 것이다. 제니는 괴로워하는 자신의 모습을 보이지 않으려고 아래를 보았다. 그리고 손등 위에 자크의 손이 놓이는 것을 느꼈다. 그녀는 이것을 무언의 비난같이 느껴 자신도 모르게 얼굴을 붉혔다. "지금 한 말은 농담이에요…. 가세요! …제 걱정은 하지 마세요…."

제니는 혼자서 그녀에게 가져다준 차를 몇 모금 마셨다. 그것은 카밀러 향내가 나는 씁쓸한 음료였다. 그러고 나서 찻잔을 밀어놓고 테이블의 차디찬 대리석판에 팔꿈치를 괴었다.

활짝 열려 있는 입구의 문을 통해 거리의 소음과 함께 눈부신 햇살이 들어오고 있었다. 그 때문에 거울과 유리로 된 선반과 구리로 된 기둥과 카운터의 마호가니가 눈이 부실 정도로 반짝반짝 빛나고 있었다. 그런 여러 가지 빛이 반사하는 가운데 카운터 뒤에서는 졸졸 흐르는 샘물 같은 소리를 내면서 카페 주인이 병을 씻고 있었다. 주위의 테이블에는 여러 가지 신문이 너저분하게 널려 있었다. 제니는 아무 생각도 없이 주위를 둘러보았다. 시간은 흐르고 있었다. 피곤한 머릿속에는 어린애 같은 망상 아니면 우울한 생각, 또는 갑작스런 걱정거리가 마치 유령같이 맴돌고 있었다. 제니는 자기 곁에 있는 긴 의자에 등을 둥그렇게 하고 있는 회색빛 고양이에게 주의를 모으려고 애썼다. 저놈의 고양이는 자고 있는 것일까? 눈은 감고 있었지만 귀는 움직이고 있었다. 자려고 긴장해 있는 것 같았다. 저 고양이도 역시 유럽의 하늘에 떠돌고 있는 막연한 이 위기를 느끼고 있는 것일까? 접혀진 발끝은 축 늘어져 있으나 거기에는 어쩐지 위장된 동작 같은 것이 엿보였다. 자고 있는 것일까? 아니면 자는 척하고 있는 것일까? 누구를 속이려고? 아마 스스로를? …해가 저물어가고 있었다. 이따금 남자들, 특히 노동자들이 들어올 때면 그들은 카페 주인과 정답게 눈길을 주고

받고 홀을 지나 중이층 쪽으로 올라가곤 했다. 그들이 중이층 문을 열 때마다 왁자지껄하는 소리와 말다툼 소리가 밖의 소음과 함께 뒤섞이곤 했다.

"자, 왔어!"

제니는 깜짝 놀랐다. 자크가 돌아온 것을 보지 못했던 것이다.

자크는 제니 곁에 앉았다. 이마는 땀으로 흠뻑 젖어 있었다. 머리를 한 번 흔들어 그는 흘러내린 머리카락을 뒤로 젖히고 이마의 땀을 손수건으로 닦았다.

"이런 와중에서도 좋은, 아주 좋은 소식이 들어왔어!" 자크가 목소리를 낮추어 말했다. "전화가 왔어. 브뤼셀을 **경유**하여 독일 사회민주당에서 전갈을 보내왔어. 그들은 투쟁을 그만둘 생각이 없는 거야. 오히려 반대야! 조레스가 옳아. 그들이야말로 형제나 다름없어. 절대로 물러서지 않을 거야! 그쪽도 우리와 똑같이 몹시 걱정하고 있어. 그리고 그 어느 때보다도 긴밀한 접촉을 유지하면서 일치협력해서 행동하기를 바라고 있어. 그러나 계엄령 아래에 있는 독일에서는, 자기 나라 안에서는 물론 우리들과의 연락도 지극히 곤란해질 거야. 그래서 그들은 벨기에를 거쳐 대표 위원 헤르만 뮐러를 보내기로 했어. 내일 파리에 도착하기로 되어 있는데 물론 큰 권한을 띠고 올 거야. 주위에서는 그가 전쟁을 일으키는 세력들과 대항해서 즉각적이며 대대적인 행동을 펼치기 위해 프랑스 사회주의자들과 상담차 오는 것으로 생각하고 있어. 알겠어? 『위마니테』에서는 누구나가 뜻하지 않은 이 임무, 내일 뮐러와 조레스의 최종적이 면담에 모든 기대를 걸고 있어. 두 사람 다 프롤레타리아지! …두 사람 사이에서 최종적인 결의가 취해질 거야! 스테파니에 따르면 결국은 두 나라에서 노동자 계급의 대대적인 봉기를 도모하는 것이 바로 그 목적이라는 거야. 시기적절한 생각이지! 아직 늦지는 않았으니까. 총파업을 하면 아직 희망이 있어!"

자크가 어찌나 다급한 어조로 말했던지 제니는 그 열기에 빠져들지 않을 수 없었다.

"보스는 내일 통렬한 기사를 내기로 작정한 것 같아…. 졸라의 「나는 고발한다」*와 정말 좋은 대조가 되는 기사를 말이야…!"

그는 제니의 눈길에 나타난 막연한 의문의 빛을 보고 이러한 비교가—더구나 그것은 자기 자신으로부터 나온 발상은 아니었고 갈로의 비서인 파제스가 말해준 것이었다—그녀의 머릿속에 아무런 확실한 관념도 불어넣어줄 수 없다는 것을 알았다. 그리고 그는 잠시 자신과 그녀와의 사이에는 상당한 거리가 있다는 것을 뼈저리게 느꼈다.

"조레스와 이야기하셨나요?" 제니는 순진하게 물었다.

"아니, 오늘은 대화를 나누지 않았어. 그러나 조레스가 신문사에서 나올 때 나는 마침 파제스와 같이 계단에 있었어. 조레스는 언제나처럼 한 떼의 친구들에게 둘러싸여 있었어. 나는 그가 친구들에게 말하는 것을 들었어. '두고 보면 알 거네. 지금 말하는 것을 모두 내일 기사로 쓸 거야! 책임자 전부를 도마

* '드레퓌스 사건' 때 졸라가 드레퓌스의 무죄를 논하면서 『오로르』에 발표해서 통렬히 군부를 고발한 논문이다.

위에 놓을 테니까! 이번에는 내가 알고 있는 것을 모두 말해버리겠어!' 그러면서 그 양반은 웃고 있었어. 틀림없어! 분명해, 웃고 있었어! 그 독특한 웃음, 선량한 거인의 웃음, 기운찬 웃음…. 그러고 나서 그는 말했어. '그러나 우선 저녁 식사를 하자고. 가까운 곳이 좋겠지? 알베르의 집에서….'"

제니는 주의 깊은 눈길을 하고 아무 말 없이 있었다.

"조레스를 가까이에서 보고 싶어?" 자크가 물었다. "카페 크루아상에 가서 무얼 좀 먹자고. 조레스가 어떤 사람인지 가르쳐줄게…. 나도 배가 고파. 우리도 당연히 먹을 권리가 있으니까!"

63

벌써 아홉시 반이 지나고 있었다. 대부분의 단골손님은 이미 가고 없었다. 자크와 제니는 별로 손님이 없는 오른쪽에 자리를 잡았다.

조레스와 그의 동지들은 입구 왼쪽에 몽마르트르 거리와 나란히 놓인 몇 개의 테이블을 연결해서 자리를 잡고 있었다.

"그가 보여?" 자크가 물었다. "저기 가운데 긴 의자에 등을 창 쪽으로 향하고 있는 사람이야. 자, 봐. 빵집 주인 알베르에게 무엇인가 말하려고 몸을 돌리고 있어."

"별로 걱정하는 기색이 없네요." 제니는 예상외라는 투로 말했다. 자크는 제니의 그런 말에 흐뭇함을 느꼈다. 그는 제니의 팔꿈치를 잡고 부드럽게 쥐었다.

"다른 사람들도 알고 있어요?"

"물론이지. 조레스의 오른쪽이 필리프 랑드리외. 왼쪽에 뚱뚱한 사람은 르노델. 그 앞에 있는 사람은 뒤브뢰이. 그리고 그의 옆에 있는 이가 장 롱게."

"여자는?"

"푸아송 부인 같아. 랑드리외 앞에 앉아 있는 사람의 부인이야. 그 옆이 아메데 뒤부아. 바로 그 앞이 르누 형제. 그리고 지금 막 와서 테이블 곁에 서 있는 사람이 미겔 알메레다의 친구로 『르 보네 루주』*의 기고가…. 이름은 기억이 나지 않는데…."

꽝 하고 타이어가 터지는 것 같은 소리에 자크는 깜짝 놀라 입을 다물었다. 거의 동시에 두 번째 폭음에 이어 유리창이 깨지는 소리. 방구석의 벽에 붙어 있는 거울 한 장이 박살 났다.

한동안 어리둥절해 있다가 뒤이어 왁자지껄하는 소리가 들렸다. 방 안의 사람들은 모두 일어나 깨진 거울 쪽을 향했다. "거울에 한 발 쐈어!"—"누구야?"—"어디서야?"—"길거리에서야!" 보이 둘이서 입구 쪽으로 뛰어갔다. 그리고 떠들썩한 소리가 들려오는 밖으로 뛰어나갔다.

자크는 본능적으로 몸을 일으켰다. 그리고 제니를 보호해주려고 팔을 내밀었다. 그러면서 그는 눈으로 조레스를 찾았다. 잠시 조레스가 눈에 띄었다. 보스 주위에는 친구들이 서 있었다. 자크는 무엇인가 바닥에 떨어진 것을 주우려고 천천히 몸을 굽히는 것 같은 조레스를 보았다. 그러고 나서 그의 모습이 보이지 않았다.

* '붉은 모자'라는 뜻.

그때 마침 집주인의 아내인 알베르 부인이 자크의 테이블 앞을 뛰어 지나가면서 외쳤다.

"조레스 씨가 당했어요!"

"가만히 있어." 자크는 제니에게 귀띔해주었다. 그러면서 그는 제니의 어깨에 손을 얹고 그녀를 억지로 자리에 앉혔다.

자크는 보스의 테이블 쪽으로 달려갔다. 바로 거기에서 숨 가빠 하는 것 같은 사람들 목소리가 들려왔다. "의사를 빨리!"—"경찰을 불러!" 사람들은 선 채로 둥글게 모여 수선스런 몸짓, 손짓을 하면서 조레스의 동지들을 둘러싸고는 사람들의 접근을 막고 있었다. 자크는 팔꿈치로 헤치며 테이블을 한 바퀴 돌아 홀 모퉁이까지 파고 들어갔다. 몸을 구부리고 있는 르노델의 등에 반쯤 가려져 있는 육체 하나가 모조 피혁으로 씌워져 있는 긴 의자 위에 눕혀져 있었다. 르노델은 몸을 일으켜 테이블 위에다 피로 물든 수건을 던졌다. 자크는 그때 비로소 조레스의 얼굴과, 이마와, 수염과, 반쯤 열린 입을 보았다. 정신을 잃은 것이 틀림없었다. 얼굴은 창백하고 두 눈은 감고 있었다.

식사를 하고 있던 한 남자가—의사임에 틀림없다—둥글게 모여 있는 사람들 틈을 헤치고 들어왔다. 그는 거침없이 조레스의 넥타이를 풀고 옷깃을 벌린 다음 축 늘어진 조레스의 손을 잡고 맥을 짚어보았다.

소란을 진정시키려는 듯한 여러 사람의 목소리가 들렸다. "조용히! …쉬…!" 거기에 모인 사람들의 시선은 모두 조레스의 손목을 잡고 있는 이 낯선 남자에게로 쏠렸다. 그 남자는 아무 말도 하지 않았다. 그는 몸을 굽히고 있었다. 그러나 그는 벼

랑가의 좁은 길을 향해 예언자 같은 얼굴을 들면서 눈을 끔벅거렸다. 그는 자세를 그대로 유지한 채 아무도 보지 않고 고개를 흔들었다.

거리로부터 구경꾼들이 물밀듯이 카페 안으로 들어왔다.

알베르의 목소리가 울려 퍼졌다.

"문을 닫아요! 창문을 닫아요! 덧문을 내리고!"

밀려드는 인파 때문에 자크는 홀 한가운데까지 밀려났다. 친구들은 조레스의 몸을 들어 올려 테이블 둘을 급히 연결시킨 그 위로 조심스럽게 옮겼다. 자크는 보려고 애썼다. 그러나 총에 맞은 조레스 주위에는 사람들이 점점 더 모여들었다. 자크의 눈에는 흰 대리석의 한 모퉁이와 먼지투성이의 큼지막한 구두 바닥이 우뚝 서 있는 것만이 보일 뿐이었다.

"비켜요, 의사 선생님이 보시게!"

앙드레 르누는 마침내 의사를 찾아 데리고 온 것이다. 두 사람은 재빨리 사람들 벽을 뚫고 들어갔다. 그들이 지나간 뒤에는 탄력성을 띤 사람 무리가 다시 벽을 쌓았다. 사람들은 서로 속삭였다. "의사… 의사다…." 긴 시간이 흘렀다. 불안한 침묵이 감돌았다. 그리고 굽히고 있는 목덜미마다 어쩐지 떨고 있는 것 같은 모습이었다. 자크는 지금까지 모자를 쓰고 있던 사람들이 모자를 벗는 것을 보았다. 들릴까 말까 하는 세 마디의 말이 되풀이되면서 이 입에서 저 입으로 전해졌다.

"죽었어…. 죽었어…."

자크는 눈물이 가득한 눈을 들어 제니를 찾으려고 뒤를 돌아보았다. 제니는 손짓만 있으면 곧 뛰어오려고 서 있었다. 그녀는 사람들 틈을 교묘하게 빠져나와 자크가 있는 데까지 왔다.

그리고 아무 말도 하지 않고 자크의 팔에 매달렸다.

일개 분대의 경찰이 식당에 들어와 사람들을 홀에서 쫓아내기 시작했다. 이런 소용돌이 속에 휘말린 자크와 제니는 서로 꼭 끌어안고 이리저리 떠밀리며 입구 쪽으로 끌려갔다.

그들이 문을 넘어서려고 하는 순간 경찰들과 실랑이를 하던 한 남자가 카페 안으로 들어오는 데 성공했다. 자크는 그가 사회주의자이며 조레스의 친구인 앙리 파브르라는 것을 알았다. 그는 파랗게 질려 있었다. 이렇게 더듬거리며 말했다.

"그는 어디에 있어? 병원으로 옮겼나?"

아무도 대답하는 사람이 없었다. 누군가의 무기력한 손이 홀 구석 쪽을 가리켰다. 그러자 파브르는 돌아보았다. 텅 빈 방 한가운데서 환한 전깃불이 마치 모르그*의 시체와도 같이 검은 옷가지로 싸여 대리석 테이블에 놓여 있는 꾸러미를 비추고 있었다.

밖에서는 비상 경비대가 카페 앞에 모여서 네거리를 가로막고 있는 군중을 해산시키기 위해 진땀을 뺐다.

자크에게는 경찰관들과 무엇인가 이야기하고 있는 쥐믈렝과 라브의 모습이 눈에 띄었다. 자크는 꼭 매달려 있는 제니의 팔을 이끌고 그들 곁에까지 갔다. 그들은 신문사에서 오는 길이었기 때문에 아무것도 목격하지 못했다. 그러나 자크는 그들 입을 통해 길에 있던 범인이 열린 창문에서 총을 바싹 들이대고 쏘았다는 것, 잠시 추격당하다가 지나가는 행인들에게 붙잡혔다는 것을 알았다.

* 파리에 있는 신원 불명의 시체 공시장이다.

"어떤 놈이었어? 그리고 지금 어디에 있지?"

"마이유가街의 경찰서에."

"따라와." 하고 자크는 제니를 이끌면서 말했다.

경찰서 앞은 사람들로 들끓었다. 자크는 기자 수첩을 보였지만 아무 소용이 없었다. 아무도 들어가는 것이 허용되지 않았다.

그들이 발길을 돌리려고 할 때 카디외가 모자도 안 쓰고 경찰서에서 뛰어나왔다. 자크는 지나치면서 카디외를 덥석 붙잡았다. 카디외는 몸을 돌렸다. 그리고 자기를 붙잡는 사람이 자크라는 것을 미처 알지 못한 채(더구나 조금 전에 그는 『위마니테』에서 자크와 이야기를 나누었는데도 불구하고) 당황한 눈으로 자크를 물끄러미 바라보았다. 마침내 그는 중얼거렸다.

"어, 티보 아닌가? …이것이 최초로 피를 본 경우야…. 최초의 희생이지…. 그런데 다음 차례는 누구일까?"

"암살자는?" 자크가 물었다.

"모르는 놈이야. 이름은 빌랭이래. 그놈을 보았어. 스물댓 살쯤 되어 보이는 젊은 애송이야."

"그런데 하필이면 왜 조레스를? 왜?"

"민족주의자임에 틀림없어. 미친놈이야…."

카디외는 팔꿈치에서 자크의 손을 떨쳐버리고 홀연히 사라졌다.

"그리로 되돌아가보자." 자크가 말했다.

자크의 팔에 매달린 제니는 아무 말 없이 몸을 꼿꼿이 하고 자크와 같은 보조로 걸으려고 애썼다.

자크는 제니 쪽으로 몸을 구부렸다.

"지쳐 있는 모양이군…. 어디 근처에서 조용히 있으면 어때? 나중에 데리러 오면 되니까?"

제니는 충격과 피로 때문에 마치 환자처럼 되어 있었다. 그런데 하필이면 이럴 때 서로 헤어질 생각을 하다니…. 제니는 대답도 하지 않고 아까보다 더 바싹 자크에게 몸을 붙였다. 자크는 굳이 대답을 들으려 하지 않았다. 이렇게 옆에 있는 그녀의 생기 있는 체온을 느낀다는 것이 그에게는 절망과 싸우는 데 한결 도움이 되었다. 그리고 자크 역시 혼자 있고 싶은 생각은 거의 없었다.

무더운 밤이었다. 아스팔트 냄새가 코를 찔렀다. 몽마르트르 동네 주변의 거리는 보행자들의 검은 그림자로 어른거렸다. 교통은 차단되어 있었다. 창가마다 사람들이 옹기종기 모여 있었다. 길 가는 사람들은 서로 알지도 못하는 사이인데도 "조레스가 암살당했답니다"라는 말을 주고받곤 했다.

경찰의 비상선에 의해 카페 크루아상 앞은 한적해졌지만 동네마다 암살 소식이 마치 전류처럼 빠른 속도로 퍼져 나가 경찰의 비상선은 그곳으로부터 몰려드는 인파를 접근하지 못하도록 하려 애쓰고 있었다.

자크와 제니가 네거리까지 왔을 때 말을 탄 근위병 분견대가 생 마르크 동네에서 나왔다. 그 소대는 우선 빅투아르 동네로부터 증권거래소 근처까지의 통로를 터놓았다. 그리고 광장의 중앙에 와서 산재하여 얼마 동안 말을 선회시키면서 구경꾼들을 근처에 있는 집 뒤로 몰아붙였다. 혼란을 틈타—겁을 먹은 사람들은 옆 골목으로 도망갔다—자크와 제니는 첫 번째 줄까지 나갈 수 있었다. 그들의 시선은 철제 셔터가 내려진 어두운 카페의 정면을 응시하고 있었다. 경찰이 겨우 드나들 수 있을 정도로 방긋이 열린 문틈을 통해 경관들이 지키고 있는 모습이 엿보였으며, 이따금 홀이 요란스럽게 밝혀지는 것을 볼 수 있었다.

잇달아 두 대의 택시, 휘장을 단 몇 대의 리무진 승용차가 차단선을 넘어왔다. 차에서 내린 사람들은 경비대를 지휘하고 있는 장교의 경례를 받으며 황급히 카페 안으로 모습을 감추었다. 그들이 들어가자마자 문은 곧 닫혔다. 그들이 누구인지 알고 있는 사람들은 이름을 대며 수군거렸다. "경찰 국장이다…. 폴 박사이다…. 센 군 지사이다…. 검찰총장이다…."

드디어 빅투아르 동네로부터 구급차 한 대가 끊임없이 맑은 종소리를 내며 작은 말을 앞세우고 급히 나타났다. 얼마 동안은 조용했다. 경관들은 마차를 크루아상 입구 앞에 멈추도록 했다. 네 사람의 간호사가 차도로 뛰어내렸다. 그리고 마차의 뒷문을 열어놓은 채로 가게 안으로 들어갔다.

십 분쯤 지났다.

군중은 조바심이 나 발을 구르고 서 있었다. "안에서는 무얼 꾸물거리고 있는 거야!"- "그렇지만 검시를 해야 되겠지!"

갑자기 자크는 제니의 손가락이 자기 소매를 꽉 쥐는 것을 느꼈다. 크루아상의 문이 양쪽으로 열렸다. 모두가 입을 다물었다. 알베르 씨가 인도에 나타났다. 카페 안은 마치 예배당 안처럼 불이 환하게 켜졌다. 그리고 검은 복장의 순경들이 움직이고 있었다. 들것을 통과시키기 위해 순경들이 양쪽으로 갈라서서 줄을 만드는 것이 보였다. 들것은 흰 천으로 덮여 있었다. 모자를 쓰지 않은 남자 넷이 들것을 운반했다. 자크는 그들이

늘 보아온 르노델, 롱게, 콩페르 모렐, 테오 브르탱임을 알 수 있었다.

광장에 있던 사람 모두가 일제히 모자를 벗었다. 어떤 집 창가에서는 조심스럽게 "살인범을 죽여라!" 하는 수줍은 듯한 소리가 터져 나오면서 밤하늘에 울려 퍼졌다.

흰 천으로 덮은 들것은 운반하는 사람들의 발소리조차 잘 들리지 않을 정도로 조용한 속에서 천천히 문지방을 넘어서서 인도를 지나 잠시 머뭇거리다가 순식간에 마차 안으로 사라졌다. 두 남자가 곧 올라탔다. 순경 한 사람이 마부 옆자리에 올라탔다. 그러고 나서 문 닫히는 소리가 분명하게 들렸다. 말이 움직이기 시작했다. 자전거를 탄 일개 소대의 경찰에 둘러싸인 마차가 종소리를 내며 증권거래소 쪽으로 접어들었다. 그때 갑자기 소란스러운 소리가 울려 퍼지면서 희미한 종소리를 덮어버렸다. 그 소리는 도처에서 일제히 일어나면서 지금까지 억눌려 있던 몇 백 명의 가슴을 풀어주었다. "조레스 만세! …조레스 만세! …조레스 만세…!"

"『위마니테』까지 가보자." 자크가 속삭였다.

그러나 그들 주위의 군중들은 그 자리에 뿌리를 내린 듯이 꼼짝도 않고 있었다. 군중들의 시선은 경찰이 지키고 있는 컴컴한 카페 정문의 불가사의를 향한 채 떠날 줄 모르고 있었다.

"조레스가 죽었어…." 하고 자크가 더듬거리며 말했다. 그는 잠시 뒤에 또 되풀이해서 말했다. "조레스가 죽었어…. 도저히 믿을 수가 없어…. 특히 그 결과에 대해서는 상상할 수도, 추정해볼 수도 없어…."

빽빽이 조여 있던 사람들의 줄이 차츰 느슨해지더니 이윽고 몸을 움직일 수 있게 되었다.

"따라와."

크루아상 동네까지는 어떻게 가야 할까? 네거리를 막고 있는 바리케이드를 뚫고 나갈 생각을 해보았댔자 소용없는 일이고, 그렇다고 몽마르트르 동네를 통해서 큰 거리로 다시 가는 것도 불가능한 일이었다.

"장애물을 돌아서 가자." 하고 자크가 말했다. "페도 동네와 비비엔 동네로 해서!"

그들은 겨우 비비엔 동네를 빠져나와 복잡한 몽마르트르로路로 들어서자마자 거세게 밀려드는 군중에 의해 떠밀리면서 끌려갔다.

그들은 시위 한복판으로 빠져들어간 것이다. 한 떼의 애국청년들이 국기를 흔들며 목이 터져라 하고 **라 마르세예즈***를 부르면서 길을 꽉 메운 채 푸아소니에르가街로부터 내려와서 앞에 있는 것을 닥치는 대로 밀어냈다.

"독일을 쳐부수자! …카이저를 죽여라! …베를린으로 …!"

제니는 사람들에게 떠밀려 몸의 균형을 잡지 못했다. 그녀는 자크에게서 떨어지게 될 것 같아서 발을 동동 굴렀다. 그러고는 겁이 나서 소리를 질렀다. 자크는 팔로 제니의 허리를 감싸 꼭 껴안아주었다. 그는 제니를 껴안고 닫혀 있는 대문의 우묵한 공간까지 밀고 갔다. 제니는 군중들이 발을 구르며 일으키는 먼지 때문에 눈도 못 뜨고, 날카로운 고함 소리와 노랫소리에 멍멍해 있었다. 그리고 미친 사람 같은 눈길을 하고 자신의 얼굴을 스

* 프랑스 국가이다.

치고 지나가는 그들의 얼굴 모습에 질려 있었다. 제니는 손이 닿을 만한 곳에 구리로 된 손잡이가 있는 것을 보았다. 있는 힘을 다해 허겁지겁 팔을 내밀어 그 손잡이를 꽉 잡았다. 그녀에게는 이것이 구원의 손길같이 여겨졌다. 바로 그때 제니는 기절할 뻔했다. 눈을 감았다. 그러나 구리 손잡이를 잡은 손만은 꽉 쥐고 놓지 않았다. 귀에는 숨 가쁘게 되풀이해서 말하는 자크의 목소리가 들려왔다. "꽉 잡고 있어…. 무서워하지 마…. 내가 잡고 있으니까…."

얼마간의 시간이 흘렀다. 마침내 소요도 멀어지는 것 같았다. 제니는 눈을 떴다. 그리고 자기에게 미소를 보내고 있는 자크를 보았다. 인파는 계속 그들 곁을 흘러가고 있었다. 그러나 아까보다 속도도 느려지고 인파 간격도 크게 벌어졌으며 소리도 들리지 않았다. 시위대라기보다 구경꾼 같았다. 제니는 여전히 온몸을 떨고 있었다. 그리고 아직도 숨을 돌리지 못하고 있었다.

"용기를 내." 자크가 속삭였다. "자, 이제 끝났어…."

제니는 손을 이마에 가져다 대고 모자를 바로 쓰는 순간에 베일이 찢어진 것을 알았다. '엄마한테 무어라고 말할까?' 하고 생각하며 그녀는 아연실색했다.

"이곳을 떠나도록 하자." 자크가 말했다. "걸을 수 있겠어?"

가장 좋은 방법은 인파 뒤를 따라가다가 골목길로 빠져나가는 것이었다. 자크는 『위마니테』에 가는 것을 이미 단념했다. 그렇다고 본의는 아니지만 울화가 치밀지 않는 것도 아니었다. 그러나 오늘 저녁 그는 한 영혼을 책임지고 있다. 연약하고 한없이 소중한 존재가 그에게 맡겨져 있다. 그는 제니가 정신적으로 한계점에 와 있으며, 이제는 그녀를 옵세르바투아르가街의 자기 집으로 데려다주는 길밖에 없다는 것을 알아차렸다. 제니는 자크의 부축을 받으며 이끄는 대로 따라갔다. 이제 제니는 더 이상 고집을 부리지 않았다. "나에게 신경 쓰지 마세요…"라는 말도 더 이상 되풀이하지 않았다. 오히려 온몸을 자크의 팔에 맡긴 채 자기도 모르게 매우 지쳐 있는 자신의 모습을 거리낌 없이 드러내 보였다.

그들은 종종걸음으로 증권거래소 광장까지 갔다. 그동안에 한 대의 택시도 만날 수 없었다. 인도도 차도도 온통 인파로 가득 차 있었다. 파리 사람 모두가 밖으로 나온 것 같았다. 영화관에서는 영화 상영 도중에 암살 소식이 스크린에 비추어졌다. 그리고 어디에서나 극도의 불안 속에서 상영이 끝났다. 그들을 앞질러 가는 사람들은 누구나가 소리 높여 똑같은 말을 하곤 했다. 자크는 지나쳐 가는 그들에게서 단편적인 담화 내용을 들을 수 있었다. "오늘 저녁부터 북부역과 동부역은 군대가 점령했다는데…."—"무얼 꾸물거리고 있지? 무엇 때문에 아직도 동원을 하지 않고…."—"일이 이 지경에 이르렀으니 말이야! 기적이라도 일어나지 않으면 도무지…."—"나는 샤를로트에게 내일 애들을 데리고 돌아오라고 전보를 쳤어…."—"나는 이렇게 말해주었어. 부인! 당신에게 스물두 살 먹은 아들이 있다면 아마도 그런 말씀은 하지 못하실 텐데요!!!"

신문팔이들이 군중 사이를 누비고 다녔다.

"조레스의 암살!"

증권거래소 광장에는 한 대의 차도 없었다.

자크는 제니를 철책의 갓돌 위에 앉게 했다. 그는 제니 곁에 고개를 숙이고 서 있었다. 또다시 중얼거렸다.

"조레스가 죽었어…."

자크는 생각했다. '누가 내일 독일 대표를 맞이할 것인가? 그리고 누가 지금 우리를 지켜줄 것인가? 조레스만이 유일하게 절망하는 법이 없는 사람이었는데…. 정부가 입을 틀어막지 못하는 유일한 사람이었는데…. 군대의 동원을 지금이라도 막을 수 있는 유일한 사람이었을 텐데….'

사람들은 바삐 우체국으로 들어갔다. 창문을 통해 새어 나오는 불빛이 인도를 밝혀주고 있었다. 퐁타냉 씨가 자살하던 날 밤 다니엘에게 전보를 치러 왔던 곳이 바로 이곳이었다. 그날 밤은 제니를 다시 만나기도 한 날이었다…. 두 주일도 채 안 되었는데…!

신문 가판대에는 불길한 표제를 굵은 활자로 크게 내붙이고 있는 호외가 눈에 띄었다. **유럽 전체가 무장하다…. 정세는 시시각각으로 악화일로에…. 엘리제궁에서 각료 회의. 독일의 도전적 태도에 따른 최후 결정을 모색 중….**

한 술주정꾼이 그들 앞을 비틀거리고 지나가면서 취한 목소리로 고함을 질렀다. "전쟁은 집어치워라!" 자크는 오늘 저녁에 이런 고함 소리를 들어보는 것이 처음이라는 것을 주목했다. 거기에서 어떤 결론을 끄집어내려고 한다면 어리석은 짓이었을 것이다. 어쨌든 사실은 너무나도 확실했다. 조레스의 유해 앞에서나 큰 거리에서나 또 "베를린을 쳐부수자!"라고 외치는 애국자들 앞에서나 이런 반항의 외침을 내지르는 목소리는 하나도 없었다. 그저께까지만 해도 거리의 모든 시위에서는 이런 소리가 아주 자연스럽게 울려 퍼졌었다.

빈 택시 하나가 광장 저쪽으로 지나갔다. 몇 사람이 택시를 소리쳐 불렀다. 자크는 뛰어가서 발판에 올라서 차를 제니 앞으로 인도했다.

두 사람은 한마디도 하지 않고 서로 반대쪽에서 올라탔다. 그들은 똑같이 불안과 비탄 속에 빠져 있었다. 또한 어떤 사건을 모면한 사람들처럼 마음이 언짢아 있었다. 그러나 이 차를 올라탐으로써 그들은 적대적인 세계로부터 빠져나와 마침내 단둘이 될 수 있었다. 자크는 제니를 껴안았다. 그는 다시 힘차게 제니를 포옹했다. 피곤해 있었지만 그는 일종의 기이한 환희와 그 어느 때보다도 더 강렬한 삶의 의욕을 느꼈던 것이다.

"자크." 제니는 자크의 귀에다 대고 속삭였다. "오늘 밤은 어디에서 지낼 작정이세요?" 그러고 나서 마치 준비하고 있던 구절을 낭송하는 것처럼 재빨리 말했다. "집으로 오세요. 거기라면 조금도 위험하지 않을 거예요. 다니엘의 소파에서 쉬도록 하세요."

자크는 즉시 대답하지 않았다. 그는 손가락 사이에 제니의 손을 꼭 잡고 있었다. 그 손은 언제나처럼 저항이 없고 부드러울 뿐만 아니라 뜨겁고 신경질적이며 생기가 넘치는, 마치 애무를 하는 듯한 손이었다.

"그렇게 하지." 자크는 간단하게 대답했다.

얼마 뒤 계단 밑에 왔을 때—제니의 뒤를 따라서 수위실의 유리 창문 앞을 지나가면서 자기도 모르게 무의식적으로 발소리를 죽이고 있다는 것을 의식하고는—비로소 자크는 자신의 입장을 알아차렸다. 그리고 제니가 자신에 대해 품고 있는 신뢰와 사랑을 언뜻 생각했다. 제니는 지금 파리에 혼자 있다. 그런데 퐁타냉 부인도 다니엘도 모르게 자기 집에서 묵고 가라니…. 자기가 느끼고 있는 거북함을 제니도 틀림없이 느끼고 있을 것이다. '불안감마저 느낄지도 모르지.' 하고 그는 생각했다. 그러나 그것은 자크가 잘못 생각한 것이었다. 제니는 깊이 생각한 끝에 자신이 옳다고 판단한 대로 행동하고 있었으며, 그 밖의 일은 아무것도 걱정하고 있지 않았다. 경찰들과 마주친 뒤로 제니는 자크 때문에 몹시 불안해하고 있었다. 자크가 옵세르바투아르가街 집에 와서 몸을 숨기는 것에 동의해 주었으면 하는 생각이 줄곧 그녀의 뇌리를 떠나지 않고 있었던 것이다. 그런데 그러한 계획—일주일 전만 해도 생각조차 할 수 없었던 계획—이 마음속에 하도 단단히 뿌리를 내렸기 때문에 이제 와서는 그것이 얼마나 무모한 것인지조차 깨닫지 못하고 있었던 것이다. 오로지 자크가 곧바로 승낙해 준 것을 고맙게 여기고 있을 뿐이었다.

집에 들어서자마자 제니는 결심이라도 한 듯이 모자와 웃옷을 벗었다. 그러고는 분주하게 왔다 갔다 했다. 이제는 피로를 느끼는 것 같지도 않았다. 차를 끓이고, 다니엘의 방을 정돈하고 소파에 잠자리를 마련하기 위해 시트를 깔려고 했다.

자크는 말렸다. 결국 그는 제니의 손목을 꼭 잡고 억지로 움직이지 못하게 했다.

"그런 일은 나에게 맡겼으면 해." 하고 자크는 미소를 지으면서 말했다. "곧 새벽 두시야. 아침 여섯시에는 나갈 거야. 그냥 입은 채로 눕겠어. 그런데 잠이 올 것 같지가 않아."

"그래도" 하며 제니가 애원하듯 말했다. "덮을 것은 있어야지요….”

자크는 제니가 쿠션을 제자리에 놓고 머리맡에 놓인 전등에 전기를 연결시키는 것을 도와주었다.

“자, 이제는 당신 일을 생각해. 내가 있다는 것은 잊어버리고 자는 거야, 자도록 해…. 알겠지?”

제니는 다소곳이 고개를 끄덕여 보였다.

“내일 아침에는” 하고 자크는 말을 덧붙였다. “나는 소리 없이 물러갈 거야. 당신을 깨우지 않기 위해서 말이야. 아침에 늦잠을 자도록 해. 쉬기도 할 겸 해서…. 내일 무슨 일이 일어날지 누가 알아? …점심때가 지난 뒤에 돌아와서 소식을 전해줄 테니까.”

제니는 알았다는 듯이 또 고개를 끄떡여 보였다.

“그럼 잘 자.” 자크가 말했다.

자크는 숱한 추억이 생생하게 담겨 있는 이 방 안에 선 채 순수한 마음으로 제니를 두 팔로 껴안았다. 그들의 가슴이 맞닿았다. 자크가 좀 더 앞으로 잡아당기자 제니는 잠시 균형을 잃었다. 두 사람의 무릎이 부딪혔다. 그들은 똑같은 마음의 동요를 느꼈다. 그러나 자크만이 그것을 의식했다.

“꼭 안아주세요.” 제니는 나지막한 소리로 말했다. “좀 더 꼭 안아주세요….”

제니는 자크의 목을 팔로 감았다. 그러고는 갑작스러운 열정과 일종의 도취감에 사로잡혀 그를 포옹했다. 순진하면서도 대담하게 나오는 제니의 태도는 자크보다도 더 무모해 보였다. 오히려 자크를 침대 쪽으로 몰고 간 것은 제니 쪽이었다. 그들은 서로 꼭 껴안은 채 침대에 쓰러졌다.

"꼭 안아주세요." 제니는 되풀이해서 말했다. "더 세게요…. 좀 더 세게요…." 그러고는 흥분한 자신의 모습을 보이지 않으려고 제니는 탁자 위로 팔을 뻗어 전깃불을 껐다.

자크는 되도록 자제하려고 했다. 그러나 이렇게 된 이상 제니는 자기 방으로 돌아가지 않을 것이고, 오늘 밤 두 사람은 서로 떨어질 수 없으리라는 것을 자크는 알고 있었다…. '우리도 별수 없이….' 하고 자크는 불현듯 생각했다. '우리도 결국 다른 사람들과 다를 바 없구나….' 막연한 분노와 절망과 두려움 같은 것이 그의 욕망과 뒤섞였다. 숨을 헐떡이며, 이제 그는 자제할 수 없는 혼미 상태에 몸을 맡긴 채 어둠을 공모자로 하여 아무 말 없이 그녀를 꼭 껴안았다.

그는 갑작스러운 경련으로 숨이 끊어지는 듯함을 느끼며 꼼짝도 할 수 없었다…. 이윽고 몸의 긴장이 풀리면서 제대로 숨을 쉴 수 있게 되었다. 허탈감, 또 약간의 수치심과, 비애와 고독이 섞인 씁쓰레한 느낌과 함께 그는 제정신을 되찾았다.

제니는 애무에 완전히 빠져들어 자신을 잃은 채 자크의 품 안으로 계속 파고들어갔다. 그녀는 거의 아무것도 생각하지 않고 있었다. 단지 감미로운 이 순간이 계속되기만을 바라고 있을 뿐이었다. 제니는 자신의 뺨을 자크의 윗옷에 기대고 있었다. 그리고 자신의 가슴과 맞닿아 있는 자크의 심장이 뛰는 소리를 신기한 듯 듣고 있었다. 열린 창문을 통해 들어오는 젖색의 빛 때문에—달빛인가? 아니면 벌써 새벽이 되었나?—방 안은 환상적인 안개 속에 파묻혀 있는 것 같았다. 벽이며, 가구며, 딱딱하고 불투명한 모든 것이 갑자기 투명해지는 것 같았다. 잠을 잔다는 것…. 둘이서 함께 겪은 극적인 시간 뒤에 서로 껴안고 자는 것은 상을 받는 것처럼 즐거운 일이었다.

자크가 먼저 잠에 빠져들어갔다. 제니는 그가 마지막으로 키스하면서 분명하지 않은 몇 마디를 더듬거리며 들려주는 것을 들었다. 그리고 자신에게 기대어 잠들어 있는 자크에 대해 말로 할 수 없는 정동情動을 느끼면서 이러한 행복감을 가능한 한 오래 끌어보기 위해 피로감을 잠시라도 견디어내려고 애썼다. 결국 제니도 자크에게 꼭 안긴 채 잠들어버렸는데, 그것은 잠에 파묻혔다기보다는 감미로움을 느끼면서 몸을 맡기고 있는 것이나 다름없었다.

64

자크는 제니보다 먼저 눈을 떴다. 그는 서서히 현실 생활을 되찾아갔다. 흥분과 피로에도 불구하고 젊음이 거의 손상되지 않은 제니의 상냥한 얼굴을 이른 아침의 햇살 속에서 얼마 동안 물끄러미 바라보았다. 약간 벌어진 입술은 곧 미소라도 지을 것 같았다. 창백하면서도 윤기가 도는 장밋빛 뺨 위로 수채화를 그리기라도 한 것처럼 속눈썹의 투명한 그림자가 길게 드리워져 있었다. 그는 거기에 입술을 대려다가 그만두었다. 그리고 조심스럽게 침대 겸용의 긴 의자 끝까지 슬그머니 미끄러져 내려가 그녀가 놀라지 않도록 일어났다.

일어선 그는 거울 속에서 자기의 구겨진 옷이며, 핏기 없는 안색이며 흐트러진 머리를 보았다. 이런 자신의 모습을 제니에게 보이기가 싫어서 황급히 문 쪽으로 갔다. 나가기 전에 벽난로 위의 꽃병에서 스위트피를 몇 송이 골라 작별의 뜻으로 자신이 방금 빠져나온 자리에 놓았다. 그러고 나서 발끝으로 걸어서 방을 나왔다.

이미 일곱시가 넘었다. 8월 1일 토요일이다. 새로운 달이 시작된다. 여름의 한 달, 휴가의 달이다. 이달에는 무엇이 올 것인가? 전쟁? 혁명? …아니면 평화?

오늘도 날씨는 좋을 것 같았다.

자크는 몽파르나스로路 클로즈리 데 릴라* 가까이에 목욕탕이 하나 있던 것이 생각났다.

그는 목욕탕에 들어가기 전에 신문 여러 장을 샀다.

그 가운데서 『르 마탱』, 『르 주르날』 같은 신문은 한 장에 인쇄되어 있었다. 벌써 전쟁 때문에 절약하는 것일까? 신문에는 '만일의 경우를 대비해서…' 동원될 사람들을 위한 여러 가지 정확한 안내문이 실려 있었다.

『위마니테』도 평상시와 다름없이 발간되었다. 검은 테를 크게 두르고 암살에 대해서 상세한 기사를 실었다. 자크는 거기에서 푸앵카레가 조레스의 미망인에게 보낸 감동적인 서한을 읽고 놀랐다…. **범국가적인 단합이 그 어느 때보다도 더 필요한 지금 나는 충심으로**…. 그런데 자크는 조레스 부인이 돌아오고 있는 중이라는 것, 그리고 조레스의 친구들은 부인이 돌아올 때까지 장례 준비를 미루고 있다는 것을 알았다. 그렇다면 그 편지는 푸앵카레 자신이 신문사에 전달한 것이 틀림없었다. 무슨

* 유원지의 이름.

목적으로 그랬을까?

각료 회의의 이름으로 비비아니가 서명한 감동적인 성명은 조레스가 **이렇게 어려운 시기에 독자적으로 정부의 애국적인 행동을 지지했다**는 것을 특별히 강조하기를 잊지 않았다. 그러면서 마지막 부분은 은근히 위협적인 투로 끝을 맺었다. **현재 조국이 처해 있는 심각한 상황에서 정부는 평온을 유지하기 위해, 그리고 대중의 동요에 편승해서 수도를 혼란 속으로 빠뜨리는 선동 따위를 삼가 주기를 바라는 뜻에서 노동자 계급 및 온 국민의 애국심에 기대를 거는 바이다.** 정부는 폭동을 두려워하는 것일까? 가십란 기사에 따르면 말비 내상은 각료 회의 도중에 암살 소식을 듣고 황급히 엘리제궁을 떠나 내무부로 가서 경찰국장과 연락을 취했다고 한다.

게다가 신문이란 신문은 모두 무슨 지령이라도 있었던 것처럼 이구동성으로 초당적인 협력의 필요성을 역설하고 있었다. 그리고 암살 사건을 계기로 해서 **이 위대한 공화주의자가 죽기 전에 자기 당에 보여준 모범**을 앞을 다투어 찬양하고 있다. 곧 조레스는 **최악의 경우에 대비해서 정부가 필요한 대책을 미리 강구하는 네** 찬동했다는 것이다. 이런 여러 가지 해설을 읽을 때 세상을 떠난 조레스는 오로지 프랑스의 민족주의 정책을 북돋아주기 위해서 외치고 있었던 것 같은 느낌이 들었다.

그 술책은 교묘하면서도 음험했다. 상대가 쓰러졌을 때 가장 교묘한 수법은 그 유해를 탈취해서 그것을 정부에 대한 충성의 상징으로 만들고, 또 그것을 무기로 이용하는 것이다. 바로 지도자를 잃은 사회주의에 역행해서 '그자들은 장례를 국장國葬으로 치르는 데까지 몰고 갈까?' 하고 생각하면서 자크는 역겨워

했다.

자크는 목욕탕의 증기 때문에 젖어버린 신문지를 모두 한데 뭉쳐서 멀리 던져버렸다. 그리고 몹시 화가 난 그는 미지근한 탕 속에 몸을 담갔다.

'사태를 직시해야지.' 그는 생각했다.

'극단적인 애국주의자들'의 무리가 급속도로 증가하여 이제 투쟁은 불가능한 것 같았다. 신문기자, 교수, 작가, 학자, 지식인들 할 것 없이 모두가 앞을 다투어 그들의 비판적 독립성을 포기한 채, 새로운 십자군 운동을 부르짖으며 대대로 내려오는 원수에 대한 증오심을 부채질하고, 맹목적 복종을 내세우는가 하면 어리석은 희생을 준비하기에 여념이 없었다. 더욱이 좌익계 신문에서조차 민중의 지도자로 자처하는 엘리트—그들은 바로 어제까지만 해도 유럽의 여러 국가 사이의 이 무서운 분쟁이야말로 계급투쟁의 국제적 기반을 확장시킬 뿐이고, 이윤 본능, 경쟁 본능 그리고 소유 본능의 마지막 귀결에 불과하다고 스스로 소리 높여 부르짖었는데—모두가 이제 와서는 자신들의 영향력을 정부에 봉사하는 쪽으로 몰고 가려는 것 같았다. 어떤 사람들은 '**아, 우리의 꿈은 너무나 아름다웠어**…'라고 회한의 말을 중얼거리며 부끄러워하는 사람도 있었다. 그러나 모두가 굴복하기 시작했다. 모두가 국토방위를 정당화하며, 양심의 가책도 느끼지 않고 자신들을 지지하는 노동자들에게 살상 행위에 협력하도록 부추기기 시작한 것이다. 그들의 전반적인 무기력 상태는 갑자기 애국심을 빙자한 거짓이 마음대로 판을 치는 결과를 자아냈던 것이다. 그리고 그것은 자크가 볼 때 지금까지 평화를 수호하는 데 유일한 희망이었던 대중의 마음속

반항의 기세를 송두리째 앗아갈 위험이 있었던 것이다.

'아.' 하고 자크는 가슴이 찢어지는 것 같은 무기력함을 느끼면서 생각했다. '일은 훌륭하게 준비되어 있었는데…. 전쟁이란 광적인 국민에게나 가능한 것이다. 우선 사람들의 마음부터 동원해놓으면, 다음으로 사람들을 동원하는 것은 정말 아무것도 아니다!' 어느 집회 때의 일이 생각났다. 조레스였나? 아니면 반데르벨드였나? 그렇지 않으면 신뢰에 굶주린 민중들이 귀를 기울이고 들었던 어느 지도자였던가? 그날 밤 그 사람은 연단에 올라와서 혁명가 개개인의 행동을 두고 말하기를 해안에 사는 사람들이 아버지대로부터 아들대까지 바닷가에다 외바퀴 손수레 한 대분의 벽토 부스러기를 날라다 붓는 것에 비유했었다. '파도는 몰려와서' 하고 그 사람은 외쳤다. '부스러기 더미를 흩뜨립니다. 그러나 그 손수레 하나하나는 무거운 돌덩이의 미세한 찌꺼기를 남겨놓아서 그것은 밀려오는 파도에도 꿈쩍하지 않습니다! 그래서 차츰 둑이 만들어지게 되는 것입니다! 그리고 언젠가는 이렇게 쌓인 돌이 견고한 방파제를 이루어 휘몰아치는 파도조차도 무력해지는 그런 날이 꼭 올 것입니다. 이것이야말로 하나의 새로운 기반이 되며, 미래의 세대들은 그 위에서 당당한 모습으로 행진하게 될 것입니다…!' 이처럼 훌륭한 비유는 그날 시위 군중을 열광시켰던 것이다! '하지만' 하고 자크는 생각했다. '지금과 같은 격변激變에 직면해서 그런 하찮은 노력들이 과연 무슨 소용이 있을까?'

자크는 곧 자신의 나약함을 부끄럽게 생각했다. '다른 사람들처럼 되어서는 안 된다…. 절망 때문에 약해져서는 안 된다! 가장 훌륭한 사람들까지도 체념하여, 사건들의 필연성이라는 허구 앞에서 굴복하게 되는 바로 그 순간부터 모든 것은 정말 다시는 돌이킬 수 없게 되는 것이다! 사건은 바로 우리가 만들어내는 것이다! 어떤 일이 있어도 희망을 가져야 한다! 그리고 행동하는 거다! 위기감을 불러일으킨다든가 공포심을 거짓으로 유포하는 것에는 끝까지 맞서 싸우는 거다! 아직은 아무것도 절망적이지 않다!'

자크는 무서우리만큼 고독을 느꼈다. 고독, 그것은 성실하고 순수하기 때문이다. 외롭다. 하지만 이러한 비통한 고립에 의해 보호받는다는 느낌도 들었다. 자신의 고뇌에도 불구하고 자크는 자기가 옳다는 것, 진리를 옹호하고 있다는 것을 알고 있었다. 결코 포기하는 일은 없을 것이다!

자크는 제니에게로 돌아가지 않고 『위마니테』로 달려갔다.

오늘 아침 신문사 건물은 마치 초상집 같았다.

이 시각에도 벌써 층계에는 투사들의 왕래가 그치지 않았다. 심한 충격을 받은 그들의 얼굴에는 슬픔과 낙담의 그늘이 서로 엇갈리고 있었다. 암살자의 이름이 입에서 입으로 전해졌다. 라울 빌랭…. 그를 아는 사람은 아무도 없었다. 정신이상자인가? 민족주의의 앞잡이일까? 누가 그의 손에 무기를 쥐어주었을까? 경찰에서 범인은 자신의 행동에 대해 아무런 설명도 하려고 들지 않았다. 주머니 속에서 발견된 종이쪽지에는 알 수 없는 글귀가 적혀 있었다. **조국은 위기에 처해 있다. 살인자를 처단해야 한다.**

스테파니는 다른 편집부 직원들과 마찬가지로 서서 밤을 지냈다. 얼굴빛은 진한 수프처럼 담황색이었다. 눈물과 불면으로 충혈된 작고 검은 그의 두 눈은 끊임없이 깜박거리고 있었다.

그의 방에는 십여 명쯤 되는 사회주의자들이 몰려와서 열띤 토론을 벌이고 있었다.

여기에 온 사람들 말에 따르면 독일 대사인 폰 쇤이 프랑스 케 도르세에 와서, 프랑스가 중립을 지키고 러시아로부터의 군사적 협력 요청을 거절한다는 약속을 얻어내기 위해 심상치 않은 교섭을 시도했다는 것이다. 그러면서 독일은 프랑스 정부가 중립을 지킨다는 보증으로서 독일이 러시아와 전쟁을 치르는 동안 툴과 베르됭의 요새를 독일에 내어준다면 프랑스와는 전쟁을 하지 않겠다는 약속을 하겠다는 것이다.

소수이기는 하지만 뷔로나 라브 같은 사람들은 이런 막판의 흥정이 무엇보다도 프랑스를 분쟁으로부터 보호해주는 한 가지 방법일 수 있다는 것을 은연중에 암시했다. 그러나 대부분은 예상 밖으로 프랑스-러시아 동맹을 옹호하는 입장이었다. 젊은 쥐믈렝은 자크로 하여금 마뉘엘 르와가 분통을 터뜨리던 것을 연상케 하는 말투로 발끈하며 대들었다.

"만일 그렇게 한다면 역사상 프랑스가 자신이 서명한 일을 파기하는 최초의 경우가 될 것입니다!"

뷔로가 갑자기 일어났다.

"잠깐만!" 하며 뷔로가 말했다. "공연히 모르는 소리는 하지도 말게나! …일련의 사건을 자세히 살펴보게. 동원의 시기를 비교해보라는 말일세! 프랑스가 온갖 노력을 했음에도 불구하고 러시아가 오래전부터 군비를 은밀히 비축하기 시작하여 그동안 활발하게, 또 끈질기게 계속 비축해왔다는 것을 제쳐놓기로 하세. 지금 당장은 공식 성명에 대해서만 말해보세. 차르의 칙령은 그저께 **목요일** 오후에 서명되었네. 러시아의 동원은 전쟁을 뜻한다고 독일이 미리부터 분명하게 선언하면서 무서운 경고를 했는데도 불구하고 말이야. 바로 그저께 **목요일일세!** 그런데 프랑수아 조제프는 어제 **금요일** 정오가 다 돼서야 동원령에 서명했단 말일세. 그리고 똑같이 어제이긴 하지만 몇 시간 뒤에 독일은 Kriegsgefahzustand를 선언했다네. 하지만 이것은 총동원과는 다른 것이야. 이상이 그동안의 정확한 사건 일지일세…. 그리고 이것은 누구나가 다 알고 있는 사실이야." 하고 그는 주머니에서 신문 한 장을 꺼내면서 말을 계속했다. "『르 마탱』과 같은 정부의 기관지조차도 러시아의 총동원이 오스트리아의 총동원보다 먼저라는 것을 솔직히 말하고 있어. 사실인즉 그래! 그리고 그 점이 중요한 거야! 미래의 역사가들의 눈에는 이것이 가장 중요한 것으로 보일 걸세. 러시아는 이론의 여지없이 침략 국가로 규정될 게 틀림없어! …그건 그렇고." 하며 그는 잠시 숨을 돌린 다음 신중하게 말을 계속했다. "나도 누구 못지않게 프랑스의 명예를 걱정하고 있다네. 다만 나는 이러한 사실로 미루어 볼 때 프랑스는 현재의 상황에서 과거에 체결한 의무를 추호도 저버리지 않고 러시아에 원조하는 것을 그만둘 수 있다고 생각하네! 게다가 침략 국가와의 제휴를 거부함으로써 뒷날 우리 정부는 결코 전쟁을 원하지 않았다는 사실을 반박할 여지 없이 명백하게 증명해 보일 기회가 올 것으로 생각하네!"

모두들 조용해졌다. 갑자기 희망이라도 생긴 것 같았다.

쥐믈렝 자신도 반박할 거리를 찾지 못했다. 그러나 그는 자신의 잘못을 인정하고 싶지 않았다. 그는 질문의 방향을 돌렸다.

"프랑스가 체결한 의무라…. 과연 그 의무를 구체적으로 알고 있는 사람들이 있을까? 푸앵카레가 이 년 전에 이즈볼스키에게 놀아나 프랑스의 이름으로 무슨 약속을 했는지 정확하게 알고 있는 사람들이 과연 있을까?"

"그건 그렇고 외상은 무어라고 대답했나?" 하고 자크가 물었다. "폰 쇤의 제의를 케 도르세에서는 말할 것도 없이 하나의 '함정'으로 간주했다면서? 프랑스 외교가 예외 없이 늘 하는 짓이지!"

"함정으로 받아들인 것이 아니라" 하고 스스로 소식통이라고 자부하는 카디외가 정정했다. "적어도 위장된 도전, 곧 일종의 최후통첩으로 받아들인 거야."

"무슨 목적으로?"

"그거야 프랑스로 하여금 즉각 태도를 밝히게 하려는 거지! 누구나 알다시피 독일 참모본부의 작전은 우선 프랑스 전선에서 승리를 거두고, 그다음에 동부전선으로 방향을 바꾸겠다는 배짱이야. 따라서 독일로서는 가능한 한 빨리 프랑스를 공격하는 것이 중요해. 독일이 러시아-독일 전선에서 전투가 시작되기 전에 프랑스를 억지로 전쟁에 끌어들이려고 하는 것은 이러한 데서 비롯되는 거야!" 스테파니는 조금 전부터 초조한 기색을 보이고 있었다. 그는 떨리는 목소리로 논쟁에 끼어들어 끝을 맺었다.

"자네들은 모두가 마치 전쟁이 일어났거나 아니면 곧 일어날 것처럼 떠들어대는군! 그것도 프랑스와 독일 사회주의자의 유대가 그 어느 때보다도 더욱 공고히 결속되려는 바로 그 순간에! 다름 아닌 오늘 밤 우리와 자리를 함께할 뮐러가 도착함으로써 전반적이고 즉각적이며 결정적인 행동을 기대할 수 있는 바로 그 순간에!"

모두가 입을 다물었다. 순간 조레스의 환영幻影이 방 안에 떠돌았다. 스테파니는 조레스와 다름없는 의견을 피력했다. 지금의 정세로 보아서 두 나라 정부의 의견이야 어떻든 간에 두 나라 사이에 평화협정을 맺기 위해 공식적으로 사회민주당의 대표를 파리에 보낸다는 것은 정말 전례 없는 일로서 거기에 모든 기대를 거는 것은 당연한 것이 아니었을까?

"독일 사람들은 아주 멋진데!" 하고 쥐믈렝이 외쳤다. 누구 못지않게 비관적인 시각을 가지고 있던 그가 느닷없이 젊은이다운 신뢰감에 젖은 모습은 일반적인 혼란 상태를 그대로 보여주는 것이었다.

그때 마침 르노델이 들어와 분위기를 바꾸어놓았다.

그의 얼굴은 파리하고 부어 있었다. 그리고 멍한 눈길을 하고 있었다. 그는 죽은 친구의 시신 곁에서 밤샘을 한 것이다.

르노델은 조레스의 사망으로 생긴 당내의 사정을 검토하고자 오늘 아침 『위마니테』로 긴급히 소집한 센 군郡의 사회주의연맹 사무소의 집회에 참석하기 위해 온 것이다. 그는 그 모임에 가기 전에 신디케이트 동맹이 막 요청한 것에 관해서 스테파니와 의논하고 싶었던 것이다. 그의 말에 따르면 리옹, 마르세유, 툴루즈, 보르도, 낭트, 루앙, 릴 등 여러 곳에서 새로운 시위 계획이 이루어지고 있는 것 같았다.—"아무렴, 그렇지." 하고 그는 주먹을 불끈 쥐면서 말했다. "아직 절망하기에는 일러!"

그와 스테파니, 둘만 남겨놓고 모두가 물러갔다. 자크는 갈로를 만나보고자 했지만 그가 방에 없었기 때문에 그냥 슬그머니 나와버렸다. 그는 제니에게로 가기 전에 무정부주의자들의 동정을 살피기 위해 『르 리베르테르』에 들러보기로 했다.

그런데 당쿠르 광장에 이르렀을 때 그는 코쇼와 형제와 『르 리베르테르』를 자주 드나드는 두 사람의 석공과 마주쳤고 이들 석공은 자크에게 거기에 가지 말라고 한사코 말렸다.

"지금 거기에서 오는 길이야. 아무도 없어. 친구들은 모두가 피해버렸어. 경찰이 서성거리고 있더군. 눈에 띄어서 좋을 게 뭐 있어?"

자크는 잠깐 그들과 같이 걸었다. 두 사람의 석공은 이렇다 할 목적도 없이 걷고 있었다. 그들은 '이렇게 엉뚱한 일이 생겨서' 이례적으로 일터를 비우게 되었다.

"자네는 그놈의 전쟁이라는 걸 어떻게 생각하나?" 하고 형이 자크에게 물었다. 적갈색 머리에 얼굴은 주근깨투성이의 귀가 큰 남자로 무뚝뚝해 보였다. 그러나 오늘 아침 푸른기가 도는 그의 눈에는 보통 때와는 다른 부드러운 빛이 감돌고 있었다.

"이 사람은 그런 것에 관심이 없어. 스위스 사람이니까." 하고 동생이 말을 가로막았다.(쌍둥이는 아닌데도 그는 형과 그대로 닮은꼴이었다. 다만 거기에는 완성된 조각과 최초의 모양과의 차이 같은 것이 있었다.)

자크는 상세한 이야기를 해도 소용없다는 것을 알았다.

"뭐, 관심거리가 못 돼." 하고 자크는 간결하게 말했다.

동생은 명랑한 투로 말했다.

"그건 그래. 우리와 똑같은 입장이 아니니까."

뜻하지 않은 이 휴가를 자축이라도 했는지 거나해 있는 형은 상당히 말수가 많은 편이었다.

"뭐, 우리들은 간단해. 몸뚱이밖에는 가진 것이 없는 자들에게는 몸뚱이가 중요하지! …그렇지만 필요할 경우에는 이념을 위해 목숨을 내던져서는 안 된다는 말은 아니야. 그러나 애국자인 척하는 자들의 이념 같은 것을 위해서라면 사양하겠어! 그렇게 하고 싶은 자들이나 하라고 해! 우리에게는 그래도 마음 놓고 일할 수 있는 곳이 우리의 조국이란 말이야. 그렇지 않니, 쥘르야?"

동생은 경계하는 듯이 가볍게 휘파람을 불었다.

"그러면?" 하고 자크가 물었다. "여차해서 동원이 된다면… 자네들은 어떻게 할 거야?" (자크는 자신의 경우를 생각해보았다. 앙투안에게서 '너는 어떻게 할 거야?'라는 질문을 받았을 때 그가 한 대답에는 추호의 거짓도 없었다. 모르기는 해도 죽을힘을 다해 싸울 것이다. 그러나 어디에서? 누구하고? 어떻게…? 그는 더 이상 그 문제를 생각하고 싶지 않았다. 그런 생각을 한다는 자체가 이미 평화에 대해 의심을 품는 것이나 다름없으니까.)

동생은 남몰래 형을 슬쩍 보았다. 그리고 형이 주절거리는 것이 불안스럽기라도 한 듯이 자기 쪽에서 부랴부랴 대답을 했다.

"동원당한다 해도 구일째야. 그때까지는 사태를 관망할 시간이 있으니까."

그러나 형은 동생의 주의를 눈치채지 못했다. 그리고 자크 쪽을 보면서 목소리를 낮추었다.

"자네, 사이야바르를 알고 있지? 몰라? 곰보 말이야…. 사이야바르, 그자는 포르부 태생이야. 그래서 말하면 군소리지! 우리가 메닐무슈* 동네를 환하게 알고 있듯이 그자는 스페인 국경을 깡그리 외고 있어…." 그는 비밀이라도 말하는 것처럼 눈을 깜박였다. "스페인 같으면 전쟁이 나도 중립을 지킬 거야. 거기 같으면 거추장스러울 것이 없어. 사내답게 자유로이 돈벌이를 할 수 있어…. 거기 일 같으면 무서울 것이 없어. 그렇지 않니, 쥘르?" 동생은 슬쩍 자크 쪽을 살폈다. 그의 파란 눈동자에는 금속과 같은 빛이 번득였다. 그는 투덜거리며 말했다.

"형, 이런 말은 앞으로 절대로 하지마!"

"걱정 없어." 하면서 자크는 두 형제의 손을 잡았다.

자크는 생각에 잠긴 채 그들이 멀어져가는 것을 바라보았다. 그리고 안 되겠다는 듯이 머리를 저었다.

"그건 안 돼…. 나는 안 돼…. 중립국으로 도망간다면 거기에도 이유는 있겠지. 그러나 '마음 편하게 일하기 위해' 그리고 '돈벌이를 위해'라니. 다른 사람들은… 안 돼…!" 그는 몇 걸음 내딛다가 다시 거기에 서버렸다. '그렇다면 도대체 어떻게 하면 좋을까?'

65

안은 단호한 발걸음으로 전화 곁으로 걸어갔다. 그녀는 수화

* 파리 근교의 노동자 동네.

기를 들려고 하다가 생각했다. '나는 바보야. 열한시 이십분. 그이는 아직 병원에 있을 거야…. 문 앞에서 기다리면 어떨까? 거기 같으면 나를 피하려야 피할 수 없겠지.'

안은 오전에 운전기사를 쉬게 한 것이 생각났다. 한시도 헛되이 보내지 않기 위해, 특히 조바심을 내는 것이 싫어서 그녀는 준비가 되자 곧 집을 나왔다. 그리고 택시를 잡아탔다.

"세브르 동네! 가다가 내릴 곳을 일러드릴게요."

병원 수위는 티보 박사가 외출하는 것을 아직 보지 못했다고 했다.

안은 인도에 세워놓은 자동차들을 한번 슬쩍 바라보았다. 앙투안의 차는 보이지 않았다. 그러나 마당에 두었는지도 모를 일이었다. 게다가 오전에는 언제나 자기 차를 타는 일이 없다.

안은 다시 택시에 올라탔다. 그리고 윗몸을 창밖으로 내놓고 정면 현관을 통해 사람들이 출입하는 것을 지켜보고 있었다. 낮 열두시 오분 전… 열두시…. 큰 시계가 열두시를 쳤다. 거기에 맞추어 거의 동시에 근처 교회의 종이 울리기 시작했다. 사무원, 간호사들의 물결이 인도에 넘쳐흘렀다.

갑자기 안의 이마는 축축해지기 시작했다. 옆길로 난 다른 문이 생각났던 것이다. 그녀는 급히 차에서 내려 수위에게 박사가 나오면 여기에 그대로 있게 해달라고 말해놓고 이번에는 걸어서 갔다.

인도는 좁고 바쁜 사람들로 혼잡을 이루었다. 차도에는 자동차와 트럭이 줄지어 있었다. 사람들이 많이 지나가는 거리마다 소음으로 귀가 터질 것 같았다. 안은 현기증이 나 그 자리에 서버렸다. 관자놀이가 윙윙거렸다. 눈을 감고 냉정하게 생각해보았다. 죽는 편이 오히려 나을 것 같았다. 그러나 곧 몸을 일으켜 몽유병자처럼 걸어서 수위실 문 앞까지 갔다.

"티보 선생님이라고요? 그런데 조금 전에 병원을 떠나셨는데요…."

안은 아무 대답도 하지 않았다. 인사하는 것도 잊고 미친 듯이 문을 나왔다. 어떻게 하면 좋을까? 다시 한번 위니베르시테가街의 집으로 전화를 걸어볼까? (그녀는 어제 하루만 하더라도 여러 차례 전화를 걸었었다. 오늘 아침에 걸었을 때도 방금 나갔다고 했다. 적어도 레옹의 대답은 그러했다. "이렇게 일찍?" 하고 그녀는 말했었다. 정말이었을까? 일곱시 십오분인데…?)

그녀는 수위실로 들어갔다.

"전화를 걸어도 될까요? 아주 급한 일이 있어서요."

전화는 계속 통화 중이었다. 기다리는 수밖에 없었다. 마침내 통화가 이루어졌다.

"집에 안 계십니다…. 점심 식사를 하러도 들어오시지 않을 거라고 하셨습니다…."

레옹의 아주 냉담한 말투였다. 안은 이제 그를 미워하기에 이르렀다. 상냥한 척하면서 느릿느릿한 목소리, 앙투안과 자기 사이에 언제나 끼어들면서 전화로 그녀가 구하는 직접적이고 박진감 있고 거의 육감적인 접촉을 못 하게 하는 그 목소리를 그녀는 이제 더 이상 참을 수 없게 되었다.

안은 한마디도 하지 않고 전화를 끊었다. 그리고 또다시 인도로 나왔다. '할 수 없어! 직접 가봐야지! …거짓말인지 어떤

지 알 수 있을 거야!'

우선 택시가 있는 데까지 되돌아가야만 했다. 안은 사람 틈 사이를 뛰어서 빠져나갔다. 그녀는 자신을 파고드는 이런 정념에 굴복하는 것에 화가 나 있으면서도 그렇다고 그것에 맞설 힘도 없었다.

"위니베르시테가街 4번지 을 호!"

멀리서 그 집의 새로 단장한 정면, 블라인드, 자동차가 드나드는 대문이 보였을 때 그녀는 두려움에 몸이 오싹해옴을 느꼈다. 앙투안이 식사를 하다 말고 냅킨을 손에 든 채 거만한 태도로 응접실 구석에서 나오는 모습을 머릿속에 그려보았다. 뭐라고 말할까? '토니, 나는 당신을 좋아해요'라고? 갑자기 안은 자신이 너무나 잘 알고 있는 그의 찡그린 눈썹이며 턱이며 신경질적이고 차가운 그의 눈길이 무섭게 생각되었다.

편지로 할까?

"차를 세워주세요…. 저 모퉁이에서…. 우체국 앞에서."

안은 속달 용지를 받아 들고 이렇게 휘갈겨 썼다.

만나고 싶어요. 토니, 잠시만이라도. 언제고 아무 데라도 좋아요. 전화 좀 주세요. 기다리겠어요. 꼭 만나야겠어요. 나의 토니.

'꼭 만나야겠어요.' 그것은 그녀가 줄곧 되뇌이고 있던 말이다. 단 일 분만이라도 그를 다시 만난다면 그를 말로 구슬려서 꼼짝 못 하게 할 자신이 있었다.

안은 속달을 우체통 속에 넣었다. 그러고는 그렇게 하는 자신을 부끄럽게 생각하면서 그곳을 부랴부랴 빠져나왔다.

속달이 위니베르시테가街의 집에 도착했을 때 앙투안은 아직 식탁에 있었다.

"이봐, 나는 자네를 믿어." 하고 그는 르와에게 말했다. 르와는 홍조를 띠면서 전날 밤에 그가 참가했던 국수주의자들의 시위에 관해 앙투안에게 방금 이야기해주던 참이었다. "나는 여러 가지 의미에서 자네를 믿지 않을 수 없어! 지금 우리는 엉뚱한 애국심의 폭발을 목격하고 있어…. 그러나 불바르*를 누비고 다니면서 전쟁을 지지한다고 역설하고 있는 저 선량한 청년들 모두가 나에게 무엇을 생각하게 하는지 알겠나…?"

그때 레옹이 그에게 속달 우편을 내밀었다. 낯이 익은 필적이었다. 어두운 그림자가 그의 눈길을 흐리게 했다.

"…내가 어렸을 때 보던 파리 시내의 벽보를 연상케 해…." 그는 이야기하면서 자기가 하는 일에 관심이 없는 사람처럼 속달 편지의 점선 부분을 뜯었다. 그리고 편지를 한번 훑어본 뒤에 잘게 찢어버리고 다시 말을 계속했다. "그 그림 벽보에는 한 떼의 기러기가 나는 것이 그려져 있었어…. 그리고 기러기는 길고 뾰쪽한 칼을 손에 든 요리사에게 갈채를 보내고 있었어…. 이런 설명 문구와 함께. **스트라스부르제製 파이 만세…!**" 그는 속달의 종잇조각들을 접시 위에 뿌렸다. 그리고 입을 다물었다.

안과 앙투안 사이에는 아무런 논쟁도 없었다. 단지 지난번에 남편 되는 시몽을 만난 뒤부터 앙투안은 방문이라든가 만날 약속을 한다든가 전화 통화를 한다든가 하는 따위를 일체 피

* 파리의 큰 거리를 말한다.

하고 있었다. 그는 자기에게 어울리지 않는 이런 애매한 태도를 취하고 싶지는 않았다. 그렇기 때문에 괴로워하고 있었다. 왜냐하면 그는 분명한 입장을 좋아했기 때문이다. 언제고 안에게 결정적인 이야기를 해주겠다고 생각하고 있었다. 꼭 그렇게 하겠다고 하루에도 여러 번 마음속으로 분명히 다짐하곤 했다. 레옹이 눈을 아래로 깔고 '**그분**께서 전화 주셨습니다.' 하며 예언적인 문구로 그를 맞이할 때마다. 그러나 너무 피곤한 시간이 잇달아 계속되었었다. 그리고 가끔 직업적인 생활에서 벗어나게 될 때도 불안한 마음으로 열심히 신문을 읽거나 아니면 일종의 병적인 호의 탓으로 자기처럼 전쟁에만 정신이 팔려 다른 말은 아무것도 하려 들지 않는 사람들에게 매여버리는 것이었다. 아무것도 책망할 거리가 없는 안, 한 주일 전까지만 해도 어쨌든 자기 생활 속에서 커다란 위치를 차지하고 있던 그녀에 대해 무엇인가 적의가 담긴 무관심만을 느낄 수밖에 없는 자신을 생각하면서 그는 이따금 놀라곤 했다….

그런 것을 앙투안은 자신만의 일이라고 생각하고 있었다. 그는 자기가 매우 일반적인 현상을 따르고 있다는 사실을 모르고 있었다. 지금 유럽을 뒤흔들고 있는 전율은 개인 생활에까지도 타격을 주었다. 도처에서 인간들 사이에는 인위적으로 만들어진 유대 관계가 해이해지면서 저절로 단절되어 가고 있었다. 세계를 휘몰아치려는 바람의 조짐이 나뭇가지에서 벌레가 생긴 과실을 흔들어 떨어뜨리고 있었다.

66

자크는 아직 낮 열두시도 안 됐는데 옵세르바투아르가街의 집에 돌아왔다.

제니는 그가 이렇게 빨리 올 줄은 몰랐다. 당황한 제니는 아홉시까지 잤다고 솔직히 털어놓았다. 그녀는 오스트리아에 대한 정보를 조금이라도 얻을 수 있지 않을까 해서 열심히 신문을 읽고 있었다. 빈에서 발이 묶인 어머니의 운명을 떠올릴 때마다 제니의 목소리는 떨리곤 했었다. 제니는 일어섰다. 그리고 손으로 얼굴을 가린 채 방을 가로질러 두서너 발 앞으로 나갔다.

자크는 거짓말을 하지 않고 어떻게 하면 제니를 달래줄 수 있을지 알 수 없었다. 가냘픈 비탄의 모습을 이렇게 곁에서 보게 되니 사건의 중대함이 더욱 무겁게 느껴졌다. 그리고 지금 그에게는 위협받고 있는 평화를 위해 투쟁한다는 이유 외에도 제니를 그런 불안에서 구해주었으면 하는 순박한 소망도 얼마 동안 함께 자리하고 있었다.

"앉지 그래." 하고 자크가 말했다. "그렇게 비참한 얼굴을 하고 서 있지 말고…. 정말 그냥 보고 있을 수가 없군…. 아직은 절망할 이유가 하나도 없어…!"

제니는 그저 그를 믿고 싶었다. 자크는 어쨌든 제니를 안심시켜주려고 미소를 지어 보였다. 그는 뮐러의 사명과 스테파니의 끈질긴 희망 등을 열을 올리며 이야기해주었다. 그는 자신이 하는 말에 스스로 심취되어 있었다. 그러면서 솔직한 심정으로 이렇게까지 이야기해주었다.

"위기가 이토록 명백하고 이같이 전반적이 된 것은 어쩌면 잘된 일인지도 몰라! 왜냐하면 모든 것이 커다란 여론을 불러일으키는 데 달려 있으니까!"

"그렇군요." 제니는 자크를 응시하면서 말했다.

그녀는 신경질적인 태도로 자리에서 일어나더니 블라인드를 내리러 갔다. 그 몸짓이 어찌나 흥분해 있었던지 발의 끈이 손가락에 감겨 빠지지 않았다.

자크는 제니 쪽으로 걸어가 팔로 제니의 어깨를 감싸 꼭 껴안아주었다.

"자, 침착해야 돼. 나를 봐…. 여기 있으면 참 기분이 좋거든! 좀 쉬기도 할 겸 기운을 차리려고 온 거야. 나에게는 당신이 필요해…. 당신이 믿어주는 것이 필요한 거야!"

제니는 얼른 표정을 바꾸었다. 그리고 보라는 듯이 미소를 지어 보였다.

"진작 그랬어야지! 이제는 모자를 쓰지 그래. 식사하러 데리고 갈 테니까."

"여기서 같이하면 어때요?" 하고 제니가 경쾌하게 제의했다. 자크는 그런 제니의 태도에 깜짝 놀랐다. 왜냐하면 전혀 꾸밈이 없었기 때문이다. "그러면 좋겠는데! 계란이며 복숭아며 차도 있으니 말이에요…."

자크는 그러기로 했다.

제니는 몹시 기뻐서 가스레인지에 불을 켜려고 뛰어갔다. 자크도 부엌까지 제니의 뒤를 따라갔다. 자신의 강박관념에서 잠시 마음을 돌린 자크는 제니가 테이블 위에 식탁보를 펼치고 식기를 어울리게 놓고 오르되브르를 담는 접시 안에다 조가비

꿀의 버터를 가지런히 놓으며, 꼼꼼한 여자들이 살림의 세세한 일까지 열심히 해치우듯이 수선을 떠는 것을 바라보고 있었다. 제니의 하찮은 몸가짐도 얼마나 유연하고 자연스러운가! 사랑은 마침내 경직된 그녀의 몸가짐을 꺾어버렸으며, 지금까지 무엇엔가 억눌려 빠져나오지 못하고 있는 것 같았던 그녀로 하여금 여자다운 면모를 풍기게 했다.

"우리끼리 처음 하는 조촐한 점심 식사." 하고 제니는 식탁 위에다 계란 요리를 놓으면서 새삼스럽게 말했다.

두 사람은 오랜 친구처럼 마주 앉았다. 제니는 즐거워하고 있었다. 자크도 그렇게 하려고 애썼다. 그러나 그의 얼굴은 수심에 차 있었다. 제니는 그런 자크의 모습을 은밀히 살피고 있었다. 자크는 그것을 눈치채고 미소를 지어 보였다.

"여기에 있으면 기분이 참 좋아!"

"그래요." 하고 제니는 진지하게 말했다. "우리는 이제 정말 같이 있어야 해요!"

자크는 시선을 떨구었다. 그는 갑자기 앞으로의 일을 생각하고 흠칫 공포에 사로잡혔던 것이다.

식사를 하면서도 그들은 짐짓 침묵을 깨지는 못했다. 자크는 이따금 호젓이 제니를 부드러운 눈으로 바라보곤 했다. 그리고 자신의 심정을 어떻게 표현해야 좋을지 몰라 팔을 쭉 뻗어 제니의 손 위에 잠시 자기 손을 올려놓곤 했다.

제니는 아무 말 없이 있는 자크를 보는 것이 괴로웠다. 지난 며칠 동안 그녀의 마음속에는 어떤 변화가 일어나기 시작했다. 곧 처음으로 자신의 본성에도 불구하고, 또 오랫동안 습관처럼 되어온 내면적인 성향에도 불구하고 자기 자신에 관해 말하고 싶은 욕망을 느꼈던 것이다. 지금까지 홀로 지내온 시간은 결국 자크에게 바치는 끝없는 혼잣말이나 다를 바 없었다. 곧 자크 앞에서 자신을 면밀히 해부하고 있었으며, 그리고 자신의 성격적인 결함이라든가 자신의 능력이라든가 자신의 한계를 자크에게 있는 그대로 드러내 보였던 것이다. 왜냐하면 자크가 자기에 대해 잘못 생각하고 있지나 않을까 하는 두려움, 그리고 자기를 더 알게 되는 날에는 끔찍이 실망하지나 않을까 하는 두려움에 사로잡혀 있었기 때문이다.

둘이서 과일 그릇을 비웠을 때 제니는 자크에게 냅킨을 접도록 했다. 그리고 다니엘이 쓰던 냅킨을 말아서 꽂는 고리를 건네주었다. 그러고 나서 다니엘에게 했듯이 자크의 팔을 잡고 그를 자기 방으로 데리고 갔다.

문이 반쯤 열려 있는 응접실 앞을 지나면서 자크는 그때 마침 한 줄기 햇살을 받고 환하게 빛나고 있는 피아노를 보았다…. 자크는 우뚝 섰다. 그러고는 갑자기 무슨 변덕스러운 생각에 사로잡힌 듯 말했다.

"제니, 들려주지 않겠어…. 당신이 칠 줄 아는… 그 곡 말이야…. 전에… 당신이 치던 그 곡 말이야."

"그 곡이라니요?"

제니는 그가 무엇을 말하려는지 알고 있었다. 제니는 메종라피트에서의 괴로웠던 여름날을 생각하면서 몸을 떨었다.

"오, 자크…. 오늘은 안 돼요…."

"쳐 봐!"

제니는 문을 열고 피아노 곁으로 다가갔다. 그리고 순순히 쇼팽의 **연습곡 제3번**을 치기 시작했다. 그것은 그녀가 지금까지의 생애에서 가장 괴로웠고, 가장 절망했던 어느 하룻밤의 일을 생각하게 하는 곡이었다.

자크는 제니의 눈에 띄지 않게 그녀의 뒤, 어둠 속에서 팔짱을 낀 채 서 있었다. 그는 눈물을 억제하려고 눈을 감았다. 그리고 흐뭇한 마음으로 옛날을 되새기게 하는 애틋한 그 곡이 정적 속에서 울려 퍼지는 소리에 귀를 기울이고 있었다. 제니는 마지막 곡조까지 다 끝낸 다음 벌떡 일어나 뒤로 물러섰다. 그리고 자크에게로 와서 몸을 기대었다.

"용서해줘." 하고 자크는 제니의 귀에다 대고 침통한 목소리로 속삭였다. 제니는 지금까지 자크의 그런 목소리를 한 번도 들은 적이 없었다.

"왜 그러세요?" 하고 제니가 소스라치며 되물었다.

"우리는 참 행복할 수가 있었는데. 그것도 아주 오래전부터…!"

제니는 소스라쳤다. 그리고 격렬하게 자신의 손을 자크의 입에 가져갔다.

문은 열려 있었다. 제니는 그를 천천히 발코니까지 데리고 갔다. 내려다보이는 곳에는 한길의 가로수 가지가 울창한 초록색 양탄자를 이루고 있었는데, 그곳으로부터 이따금 참새의 무리가 지저귀는 것 같은, 눈에 보이지 않는 아이들의 목소리가 들려왔다. 저 멀리 뤽상부르 공원의 나뭇잎들은 곧 다가올 가을의 적갈색에 앞서 이미 청록색을 보이고 있었다.

자크는 그들 앞에 전개되고 있는 눈부신 경치를 아무 생각 없이 바라보고 있었다. '묄러는 이미 브뤼셀을 떠났겠지.' 하고 그는 생각했다. 그는 그 일 외에는 아무것도 생각할 수 없었다.

그의 곁에서 제니는 생각에 잠긴 채 중얼거렸다.

"나는 저기에 있는 나무 하나하나를 모두 알고 있어요…. 그리고 그 나무 밑에 어떤 벤치가 있고 어떤 동상의 초석이 있는지도 알고 있어요…. 나의 어린 시절은 모두 이 공원 안에 있어요…." 제니는 잠시 말을 멈추었다가 덧붙였다. "나는 지난날을 회상하기를 좋아해요…. 당신도?"

"아니." 하고 자크는 퉁명스럽게 말했다.

제니는 얼굴을 홱 돌려 못마땅한 듯한 눈길을 그에게 보냈다. 그리고 시큰둥한 투로 말했다.

"다니엘도 그래요."

자크는 변명을 하지 않으면 안 되겠다고 생각했다. 그는 애써 이렇게 말했다.

"나에게는 과거는 과거일 뿐이야. 지나가는 하루하루는 모두 어두운 구렁 속에 빠져들어가는 거야. 나의 시선은 언제나 미래를 향해 있었지."

자크의 이런 말은 무어라 형용할 수 없을 정도로 제니의 마음에 상처를 안겨주었다. 그녀에게는 현재란 별로 중요하지 않았다. 그리고 미래란 더더구나 그러했다. 그녀의 내면적 생활은 오로지 회상을 마음의 양식으로 삼고 있었던 것이다.

"그런 일은 있을 수 없어요. 당신은 자신을 유별나게 보이려고 그런 말을 하는 거예요!"

"유별나게 보이려고?"

"아니요." 하고 그녀는 얼굴을 붉히면서 말을 계속했다. "'유별나게 보이려고'라고는 말할 수 없지만…." 그녀는 잠시 생각에 잠겼다. "당신은 가끔… 사람들을 골탕 먹이고 싶은 생각이

들 때가 없으세요? 물론 장난삼아 그런다고는 말할 수 없겠지만…. 그래도 그렇게 함으로써 사람들과의 관계에서 빠져나갈 수 있을 테니까요…. 그렇지 않아요?"

"어떻게 그럴 수가? 빠져나간다고?" 자크는 곰곰이 생각해 보다가 솔직히 말했다. "그럴지도 모르지…. 확실히 사람들이 나에 대해 독단적인 견해를 갖고 있다고 느끼는 것은 참을 수 없는 일이야. 그것은 마치 그들이 나의 한계를 정하고 나의 사고 능력을 정지시키는 거나 다름없어. 그래서 사람들을 일부러 어리둥절하게 만드는 경우가 있었는지도 몰라. 단지 그런 구속에서 해방되기 위해서 말이야…."

자크는 혼자서는 도저히 할 수 없었을지도 모를 자기반성을 제니 때문에 하게 되었다는 것을 깨달았다. 그리고 그 점에 대해 그녀에게 고맙게 생각했다. 그는 추억에 집착하는 그녀의 감상적인 성격에 대해 바보 같은 말을 내뱉음으로써 그녀의 마음을 아프게 한 자신을 나무랐다. 자크는 제니의 허리를 감싸고 있던 팔로 더 세게 끌어안았다.

"아까는 공연히 마음 아프게 해주었군. 바보 같은 짓이었어…. 여러 가지 일로 너무 신경이 곤두서 있나 봐…." 그는 미소를 지었다. "그건 그렇고, 내 잘못을 변명하는 것 같지만 당신은 정말 철부지야…. 지나치게 감수성이 예민해!"

"그래요. 그건 사실예요." 하고 제니가 얼른 대답했다. "지나치게 예민해요!" 그녀는 잠시 생각에 잠겼다. "나는 감수성이 예민해요. 그러면서도 친절하지 못해요."

자크는 미소를 지어 보였다.

"그래요, 그래요…. 나는 나 자신을 잘 알고 있어요! 내가 친절하다는 것을 사람들에게 믿게 하려고 행동할 때마다 따지고 보면 사실은 곰곰이 생각한 끝에 어떤 의무를 이행하려는 생각에서 그러는 거예요…. 나에게는 꾸밈없고 자연발생적이고 자신도 의식하지 못하는, 그야말로 참된 친절, 그것이 결여되어 있어요…. 예를 들어 엄마와 같은 친절….” 제니는 하마터면 ‘당신과 같은 친절’이라고 말할 뻔했다. 그러나 그 말은 하지 않았다.

자크는 놀란 듯이 제니를 힐끗 바라보았다. 그녀의 마음속에서 갑자기 무엇인가 벽이 쌓이는 것 같아 보였다. 이렇게 큰 소리로 그녀가 자기 자신에 관해 소상하게 말하는 것을 들었을 때 자크에게는 그 어느 때보다 그녀가 불가사의하게 느껴졌다. 바로 그때 그녀의 얼굴은 긴장되고 눈은 냉혹한 빛을 띠고 있었다. 그리고 자크에게는 무엇인가 교제가 끊어진 것 같은 느낌, 화석처럼 굳어지고, 저항하고, 의사가 소통되지 않는 한 인간을 앞에 두고 있는 것 같은 느낌이 들었다. 하나의 수수께끼로서 자크는 그 이유를 알 수 없었기 때문에 남자로서 몹시 자존심이 상했다.

자크는 진지한 얼굴로 중얼거렸다.

“제니, 당신은 하나의 섬 같아…. 아름다운 섬, 햇볕이 드는 섬…. 그러나 가까이 갈 수 없는 섬…!”

제니는 몸을 떨었다.

“왜 그런 말을 하세요? 너무해요!”

무언가 음침한 기운이 제니의 간담을 서늘하게 하면서 두 사람 사이를 지나갔다. 그들은 서로 가까이에서 발코니 손잡이에 몸을 기댄 채 굳게 닫혀진 서로의 생각, 서로의 불안을 생각하면서 잠시 침묵을 지키고 있었다.

저 멀리 상원의 큰 시계가 두 번 울렸다. 자크는 자기의 시계를 보면서 일어났다.

"두시야!" 그리고 여전히 그 생각에 사로잡혀 있으면서 덧붙였다. "뮐러는 떠났겠군."

그들은 방 안으로 들어왔다. 자크는 같이 가자고 권하지 않았다. 제니 쪽에서도 그것을 요구하지 않았다. 그렇지만—일이 자연스럽게 되어갔기 때문에—제니가 자기 방으로 서둘러 가면서 이렇게 말할 때 자크는 듣고도 별로 놀라지 않았다.

"잠깐만 기다리세요…. 나 준비하고 올게요."

제니를 『위마니테』에 데리고 들어가기로 애당초 결심했었지만 막상 그녀와 같이 도착하고 보니 우선 그의 관심거리는 계단에서 만난 라브에게 독일 대표의 도착을 맞이하는 일이 어떻게 되었는지를 물어보는 것이었다. 뮐러를 태운 벨기에발 열차는 다섯시 조금 지나 파리에 도착하기로 되어 있었다. 사회당의 대의원들은 그를 맞기 위해 팔레 부르봉*의 어느 홀에서 여섯시에 모이기로 했다. 회담의 중요성으로 미루어 오늘 밤은 꽤 늦게까지 계속될 전망이었다.

"우리들은 모두 북부역에 가서 그를 기다리기로 했어." 라브가 말했다.

"우리도 가지." 자크가 몸을 굽히며 제니에게 말했다.

북부역! 제니는 순간 자크를 처음 만났을 때의 여러 가지 정

* 프랑스 하원을 말한다.

경, 지하철역의 통로에서 쫓기던 일, 생 뱅상 드 폴 작은 공원의 벤치에서의 일을 상기했다…. 제니는 순진하게도 자크 역시 그 일을 생각하고 있는 줄 알고 그를 쳐다보았다. 그러나 자크는 라브 쪽을 향해 있었다. 오늘 아침 사회주의연맹의 모임에서 어떤 결정이 내려졌는지를 묻고 있는 중이었다.

"아무런 결정도" 하며 라브는 투덜댔다. "사무국의 임원들은 아무런 결정도 보지 않고 뿔뿔이 헤어져버렸어. 당에는 이제 지도자가 없는 거야!"

신문사의 사무실마다 긴장에 싸여 있었다. 갈로 방에서는 파제스와 카디외, 그외 몇 사람이 토론을 하고 있었다.

독일의 Kriegsgefahr 선언이 내려진 뒤부터 프랑스 참모본부는 즉각적인 동원령의 발동을 위해 정부 쪽에 압력을 가하고 있다는 소문이 떠돌았다. 이제는 시간문제라는 것이다. 파제스는 심지어 조프르 장군 비서실에 근무하는 서기에게서 들었다며 동원령은 이미 어제 정오에 푸앵카레에 의해 서명되었다고 했다. 그러나 케 도르세에서 돌아온 카디외에 따르면 그것은 확실히 허위 보도라는 것이다.

"이제 알게 될 거야." 카디외는 자신만만하게 말했다.

그의 말로는 오늘 케 도르세의 최대 관심사는 영국 정부의 태도라는 것이다. 카요 같은 정객들은 영국의 사회당에 의한 영국의 중립 예찬을 못하도록 하기 위해 프랑스 사회당의 지도자들이 하디에게 가서 교섭을 할 것을 생각한 것 같다. 한편 푸앵카레는 영국의 개입이야말로 평화를 수호하기 위한 마지막 기회이니까, 영국으로 하여금 프랑스를 지지한다는 선언을 하도록 하기 위해 조지 5세에게 친서를 보낼 것을 생각한 것 같다.

"그 친서라는 것은 언제 일이야?" 자크가 물었다.

"어제."

"그렇군! 러시아가 공식적으로 동원령을 선포하고, 전쟁은 이미 피할 수 없다는 것을 푸앵카레가 알고 난 뒤야!"

누구 하나 이의를 제기하는 사람이 없었다.

공식적인 것으로 보이는 오늘 아침의 전보문에 따르면 영국과 프랑스 두 나라의 참모본부는 끊임없이 연락을 취하고 있으며, '행동 계획에 대해 협의가 이루어졌다'라고 한다. 그렇다면 그것은 군사 행동을 두고 하는 말일까? 비공식적인 소식통에 따르면 영국은 자기 나라의 함대에 대해서 모든 해협의 감시를 명령하고, 상선의 군항 출입을 금지시키고, 이들 군항을 내려볼 수 있는 요새에는 이미 포병을 배치했으며, 연안의 모든 등대에는 오늘 밤 불을 끄도록 하는 명령을 내렸다는 것이다.

마르크 르부아르가 들어왔다.

르부아르는 비비아니와 폰 쇤 대사 사이의 두 번째의 회담 내용을 전했다. 수상은 이렇게 말했을 것이라고 했다. '독일은 농원하고 있습니다. 우리는 그 사실을 알고 있습니다.' 그리고 독일 대사가 침묵을 지키고 있으니까 수상은 덧붙였을 것이다. '귀국의 태도는 결국 우리 나라의 태도를 결정짓게 됩니다…. 그렇지만 조프르 장군은 평화를 수호하고자 하는 우리의 굳은 의지를 끝까지 그리고 모든 사람에게 보이기 위해 프랑스 전군에 내린 명령에서 최소한 국경선 십 킬로미터까지 후퇴하라고 했습니다. 이렇게 해도 사건이 생길 경우에 책임은 귀국에 있다고밖에 말할 수 없을 것입니다!'

육군부와 긴밀한 관계를 맺고 있던 파제스는 곧 이 말에 수정을 가했다. 그에 따르면 프랑스가 취한 조치는 아무런 현실적 중요성을 띠지 못한다는 것이다. 그것은 참모본부가 세운 작전 계획에 조금도 도움이 되지 않고 오히려 평화를 해치는 결과밖에 가져오지 못한다는 것이다. 그는 또한 메시미 육군장관 주변에서는 이러한 일시적인 후퇴란 단순히 외교상의 줄다리기에 지나지 않으며, 유럽의 여론, 특히 영국의 여론을 자극하는 것 이외에는 아무런 목적도 없다고 했다.

"확실히" 하며 자크가 말했다. "그자들의 목적은 **또한** 영국의 동조를 얻고자 하는 데 있는 것 같아…. 그러나 내 생각으로는 그자들의 주된 목적은 우리를, 우리를 공격하는 데 있어! 평화를 사랑하는 우리를 말이야! 우리를 농락해서 우리의 공감을 얻고 우리에게서 인정받으려고 하는 거야! 처음에는 행동이 그다지 공격적이 아니지만 결국은 우리를 거리낌 없이 군부에 끌어들이려는 간계야. 내일 야당계 신문들이 무어라고 떠들어댈지 나는 뻔히 내다보고 있어!"

시끄러운 대화 소리에도 불구하고 서류 정리에 여념이 없던 갈로는 산더미 같은 서류 뒤에서 별안간 고슴도치 같은 얼굴을 들었다.

"그 증거로는 정부가 그런 조치를 취하기도 전에 서둘러서 집요하게 그것을 비공식적으로 당의 지도자들에게 알려주었다는 거야!"

그의 용모, 가냘픈 사지, 추위를 잘 타는 하급 공무원과 같은 모습과 잘 어울리는 화난 듯한 그의 말투는 비록 그가 옳은 이야기를 할 때도 엉터리 수작을 하고 있다는 느낌을 줄 때가 더러 있곤 했다. 그러나 오늘 그가 몹시 화가 나 있기 때문에 한없이 슬픈 듯한 표정이 눈에서 사라지지 않고 있다는 것, 그의 용모가 추해 보이기는 해도 그런 그의 표정은 오히려 사람을 감동시키는 데가 있다는 것을 자크는 알아차렸다.

한 무리의 젊은 투사가 편집실에 뛰어 들어왔다. 애국자연맹의 행렬이 스트라스부르의 상像 앞에서 시위를 하기 위해 지금 막 콩코르드 광장을 향해 오고 있다는 소문이 들려왔다.

"가볼까?" 파제스가 말했다.

모두가 이미 자리에서 일어났다. (사실 그들은 복수의 난투극을 벌이기보다는 이것을 계기로 '무엇인가'를 꾸미는 데 더 마음을 쓰고 있는 것 같아 보였다.)

제니는 자크가 그들과 같이 가고 싶지만 자기 때문에 망설이고 있다는 것을 눈치챘다.

"같이 가요." 그녀는 결연히 말했다.

67

짙은 안개가 끼어 있으면서도 타는 듯한 태양이 사람들의 머리 위를 짓누르고 있었다. 그리고 파리 중심지의 공기를 숨 막히게 했다. 점점 더 불안을 느끼기 시작한 시민들은 소나기가 올 듯한 날씨인데도 불구하고 조바심을 내면서 파리 떼처럼 거리를 떠나려고 하지 않았다. 은행이며 경찰서며 구청 앞에는 마음이 불안해진 사람들이 떼를 지어 몰려 있어서 경찰들은 그들을 별 탈 없이 분산시키고자 애쓰고 있었다. 신문팔이들이 외쳐대는 소리가 군중의 웅성거리는 소리를 뒤덮으면서 마침내 사람들의 신경을 곤두서게 했다.

피라미드 광장에 있는 잔 다르크 상 발밑은 영구대靈柩臺처럼 꽃으로 장식되어 있었다. 리볼리가街의 아케이드 아래에는 서로 반대 방향으로 가는 보행자들이 줄지어 붐비고 있었다. 대부분의 상점은 이미 쇼윈도를 닫았다. 차도의 차량 수는 겨울철의 가장 복잡한 날만큼이나 많았다. 거기에 반해서 튀일리 공원은 예비로 집결시켜 놓은 공화국 근위대의 기병대를 빼고는 쓸쓸하기 짝이 없었다. 말들이 엉덩이를 흔들 때마다 빛이 번득이는 나무 그늘에서는 철모가 번쩍이곤 했다.

시위가 있을 것이라는 소문은 잘못된 것이 틀림없다. 콩코르드 광장에는 아무런 조짐도 보이지 않았다. 통행도 차단되지 않았다. 얼마 안 되는 경찰의 비상망이 만일을 생각해서 사람들이 스트라스부르 상像에 접근하는 것을 막고 있는 정도였다. 상의 초석은 또한 삼색기 리본으로 장식된 화환으로 뒤덮여 있었다.

『위마니테』에서 온 한 무리는 맥 빠진 모습으로 뿔뿔이 흩어졌다.

자크와 제니는 루아얄가街의 떠들썩한 군중에 끼어들었다.

"네시 반이야." 자크가 말했다. "뮐러를 마중 가야겠어. 피곤하지 않아? 큰 거리를 지나 북부역까지 걸어서 가야겠는데."

그들은 큰 거리로 접어들었다. 그런 다음 생 라자르가街에 가기 위해 코마르탱가街로 들어섰다. 그들이 생 루이 당탱 성당 앞에 이르렀을 때 갑자기 귀를 째는 듯한 시끄러운 소리가 주위를 압도했다. 성당의 커다란 종소리가 같은 음으로 분명하고 우렁차고 엄숙하게 울려 퍼졌다.

사람들은 그 자리에 꼿꼿이 서서 잠시 어리둥절해하며 서로 얼굴을 쳐다보았다. 그들은 사방으로 뛰기 시작했다.

"왜 그래요? 무슨 일이지요?" 하고 제니는 더듬거리며 물었다. 자크는 제니의 팔을 꼭 잡았다.

"그럴 줄 알았어." 그들 곁에 있던 누군가가 중얼거렸다.

멀리서 다른 성당의 종이 울려 퍼지고 있었다. 순식간에 파리의 하늘은 조종弔鐘처럼 끈질기고 음침한 리듬으로 똑같이 종소리가 울려 퍼지는 구리로 된 둥근 천장으로 바뀌어져 갔다.

제니는 무슨 영문인지 알지 못했다. 그래서 되풀이해서 물었다.

"무슨 일이 일어났어요? 모두 어디로 뛰어가는 거예요?"

자크는 아무 말도 하지 않고 그녀를 차도 쪽으로 끌고 갔다. 몇백 명에 이르는 사람들이 차가 오가는 것도 아랑곳하지 않고 제멋대로 건너가고 있었다.

우체국 앞에는 사람들이 꾸역꾸역 모여들더니 마침내 큰 무리를 이루었다.

유리창 안쪽에 지금 막 흰 종이가 나붙은 것이다. 그러나 자크와 제니는 너무 멀리 떨어져 있었기 때문에 그것을 읽을 수가 없었다. "그럴 줄 알았어…. 그럴 줄 알았어…." 속삭이는 소리가 들려왔다. 맨 앞줄에 있던 사람들은 순간 넋이 나간 모습으로 주의 깊게 열심히 게시물을 한 자 한 자 읽는 것 같았다. 그러고 나서 맥 빠진 듯한 시선으로, 얼굴은, 땀에 젖고 일그러진 채 발길을 돌리는 것이었다. 어떤 사람들은 아무 말도 없이 아무도 쳐다보지 않고 사람들 틈을 헤치며 얼굴을 축 늘어뜨린 채 홀홀히 사라졌다. 또 다른 어떤 사람들은 반대로 눈에 눈물이 글썽해서 머리를 저으며 친숙한 사람의 눈길을 찾는가 하면 혼잣말처럼 알아들을 수 없는 몇 마디를 중얼거리면서 못내 아쉬운 듯 자리를 물러서는 것이었다.

자크와 제니는 마침내 게시물 가까이에 갈 수 있었다. 작은 직사각형 종이는 네 귀퉁이를 분홍색 풀로 칠해 유리에 붙어 있었으며, 거기에는 특징은 없지만 정성스럽게 쓴 여자의 필적으로 보이는 세 줄의 문구가 눈에 띄었다. 아래에는 밑줄이 얌전하게 그어져 있었다.

총동원

첫 번째 동원날은

8월 2일, 일요일로 한다.

제니는 자크가 자기 팔 밑에 밀어넣은 손을 허리춤에 꼭 끼고 있었다. 자크는 꼼짝도 하지 않았다. 그도 또한 다른 사람들과 마찬가지로 생각했다. '바로 생각했던 대로야.' 머릿속에서는 여러 가지 상념이 주마등처럼 스쳐갔다. 어쨌든 이렇게 태연하게 있을 수 있는 자신이 이상하게 여겨졌다. 순간마다 그를 괴롭히는 경종 소리까지 없었더라면 그는 어쩌면 일종의 정신적인 이완, 소나기가 쏟아질 듯한 늦은 오후에 첫 빗줄기가 떨어질 때 몸이 축 늘어지는 것 같은 그런 기분을 느꼈을지도 모른다…. 그러나 이런 부자연스러운 마음의 평정도 잠시뿐이었다. 그것은 상처를 입은 사람이 처음에는 그 사실을 몰랐다가 갑자기 상처에서 피가 나면서 심한 통증을 느낄 때와 같았다. 제니는 꽉 다문 그의 치아 사이에서 목쉰 한숨 소리가 흘러나오는 것을 알았다.

"자크…."

자크는 입도 열기 싫어했다. 그는 제니가 이끄는 대로 몸을 맡기며 사람들이 모여 있는 곳에서 나왔다. 의자와 테이블이 보도를 막고 있었다. 그들은 말없이 앉았다. 그들은 계속 물결치며 밀려와 빽빽이 들어선 사람들의 머리 너머로 유리에 나붙은 흰 게시물을 유심히 바라보고 있었다.

이처럼 자크는 지난 몇 주 동안 단 하루도 정의라든가 진리라든가 사랑이 승리하리라는 것을 의심해본 적이 없이 살아왔던 것이다. 그것은 계시를 받은 사람이 어떤 기적을 바라는 것이 아니라 절대 확실한 실험의 결과를 기다리는 물리학자와 같은 것이었다. 그런데 지금 모든 것이 와르르 무너지고 있는 것이다…. 치욕이다! 경멸에 찬 분노가 속에서 들끓으며 목을 조여옴을 그는 느꼈다. 지금까지 이토록 자존심이 상해본 적이 없었다. 격분하고 실망했다기보다는 당황하고 굴욕감을 느꼈던 것이다. 민중의 의사의 무력함에, 고칠 수 없는 인간의 우매함에, 이성의 무력함에 모욕감을 느꼈던 것이다…! '그러면 나는?' 자크는 생각했다. '지금 무엇을 해야 하지?' 정신이 번쩍 들면서 그는 스스로 가장 깊은 고독의 경지까지 빠져들어갔다. 그 속에서 그는 회답을 찾고 지령을 찾고 행동 방향을 찾고자 했다. 그런데 아무런 소용이 없었다. 그리고 자기 자신의 불확실성을 앞에 두고 일종의 공포를 느끼지 않을 수 없었다.

제니는 그의 침묵을 애써 깨뜨리려고 하지 않았다. 그리고 공포가 섞인 호기심으로 주위를 바라보고 있었다. 그녀로서는 동원이라든가 전쟁이라든가 하는 것이 무엇을 뜻하는지 실감이 잘 나지 않았던 것이다. 즉시 생각나는 것은 어머니나 다니엘의 일이며, 특히 자크의 일이었던 것이다. 더구나 뭐가 뭔지 상상조차 할 수 없는 그녀에게는 이들 친한 사람들의 주위를 맴돌고 있는 위험한 일이 어떤 것인지 분명하게 떠오를 리가 만무한 일이었다.

자크의 걱정스러워하는 모습에 응답이라도 하듯 제니는 낮은 목소리로 말했다.

"어떻게 하시겠어요?"

차분하고 자신 있는 목소리였다. 자크는 순간 이런 생각을 했다. '저런 걸로 미루어 보아 제니는 마음 든든해….'

그러나 자크에게는 거기에 대답할 만한 용기가 없었다. 그는 시선을 돌려 이마의 땀을 닦았다.

"어쨌든 역으로 가지." 하면서 그는 자리에서 일어났다.

오후 내내 안은 전화 곁에 있는 안락의자에 몸을 파묻고 앙투안의 전갈을 기다렸으나 헛수고였다. 그녀가 수화기를 들 뻔한 적은 수없이 많이 있었다. 화가 머리끝까지 치밀었다. 그러나 기다리기는 해도 자기 쪽에서 먼저 걸지는 않기로 결심했다. 신문 한 장이 펼쳐진 채 발밑에 떨어져 있었다. 그녀는 울분을 감추지 못하면서 그것을 훑어보았다. 오스트리아니 러시아니 독일이니 하는 이따위 것들이 나에게 무슨 상관이 있다는 거야? …그녀는 마치 광기 들린 여자처럼 몸을 웅크리면서 그들의 집에서, 바그람로路에 있는 그들의 방에서 앙투안과 한바탕 벌일 장면을 줄곧 마음속에 그리고 있었다. 그리고 그와 결들여 여러 가지 새로운 사실, 여러 가지 말대답, 갈수록 신랄한 질책, 이런 것들이 잠시 자신의 언짢은 마음을 달래줄 일을 상상하고 있었다. 그런가 하면 곧 노여움도 잊어버린 채, 그에게 용서를 빌며 두 팔로 그를 감싸 침대 쪽으로 그를 유인하는 것도 그려보고 있었다….

돌연 아래층에서 문이 삐걱거리는 소리와 함께 사람이 뛰어오는 발소리가 들렸다. 그녀는 기계적으로 시계 쪽으로 눈을 돌렸다. 다섯시 이십분 전. 바람결에 문이 열리더니 가정부가 나타났다.

"부인! 조제프가 동원령을 보고 왔어요! 우체국에 게시했대요! 전쟁이 났어요!"

"그래서?" 하고 안은 쌀쌀맞게 대꾸했다.

안은 마음속으로 영문도 모르면서 '전쟁….' 하고 되풀이했다. 먼저 머리에 떠오르는 것은 실망이었다. '시몽이 돌아오겠군.' 그리고 그녀는 생각했다. '그 멍청이 전쟁에나 나갔으면 좋으련만.' 그러나 곧 비통한 생각에 그녀는 마음의 충격을 받았다. '어머나, 전쟁이 일어나면 토니도 나가게 된다…. 죽게 되는데…!' 안은 의자에서 벌떡 일어났다.

"내 모자와 장갑을…. 빨리… 차를 불러."

안은 벽난로 위의 거울 속에서 나이 탓으로 코가 뾰족이 나와 있는 자기 모습을 발견했다. '안 되겠어…. 오늘은 너무나 흉한 얼굴이야.' 하고 그녀는 절망적으로 생각했다.

가정부가 돌아왔을 때 안은 안락의자에 앉아 윗몸을 앞으로 구부리고 무릎 사이에 두 손을 모아 꼭 끼고 앉아 있었다…. 그녀는 몸을 일으키려 하지도 않고 부드러운 목소리로 말했다.

"그만두겠어, 쥐스틴…. 고마워…. 조에게 취소하도록 일러줘…. 목욕 준비나 해줄래? 아주 뜨겁게…. 그리고 침대를 정돈해줘. 눈 좀 붙이려 하니까…."

얼마 뒤에 그녀는 어둠침침한 방 안에 누워 있었다. 커튼은 드리워져 있었다. 손 닿는 곳에 전화기가 놓여 있었다. 전화가 걸려 올 경우에 손만 뻗으면 되었다…. 그래도 서늘한 시트 속에 들어오는 것이 가장 고통을 덜어주는군. 물론 금방 기분이 좋아지지는 않겠지. 적어도 삼십 분 정도는 참고 기다려야 할 거야. 그러노라면 가슴이 두근거리는 것도 멈추고, 흥분도 가라앉고 머리도 조금은 안정될 거야. 그러나 이렇게 누워서 눈을 감은 채 꼼짝도 하지 않고 눈도 깜박이지 않고 기다린다는 것은 정말 초인적인 노력이 필요했다…. 토니…. 전쟁…. 토니…. 아, 그를 만나기라도 했으면…. 다시 그를 차지할 수 있다면….

그녀는 벌떡 일어나 맨발로 휘청거리면서 두 손으로 얼굴을 가린 채 작은 응접실까지 뛰어갔다. 그리고 의자를 끌어 잡아당기는 것도 귀찮아 책상을 앞에 두고 양탄자 위에 그대로 꿇어앉아 종이와 연필을 잡았다. 그리고 마구 갈겨썼다.

토니, 너무나 괴로워요. 더 이상 참을 수 없어요. 못 견디겠어요, 못 견디겠어요. 당신은 아마 외출하시겠지요? 그것은 언제? 아무 소식도 안 주시는군요. 무엇 때문에 그러시는 거지요? 무슨 이유 때문에? 토니, 무슨 일이 있어도 만나고 싶어요. 오늘 밤, 우리의 집에서. 당신을 기다릴게요. 지금은 다섯시. 지금 가겠어요. 거기에서 저녁 내내 밤새도록 기다리고 있겠어요. 언제라도 좋으니까 와주세요. 꼭 와주세요. 어떻게 하든지 만나고 싶어요. 꼭 온다고 약속해주세요. 나의 토니. 와주세요.

안은 초인종을 눌렀다.

"조에게 이것을 곧 가지고 가라고 해요…. 방에까지 올라가라고 해요."

안은 문득 시몽이 아침 기차를 타고 이제 곧 도착하리라는 생각을 했다…. 그래서 그녀는 서둘러 옷을 입고 집을 빠져나왔다.

흥분을 좀 가라앉히기도 할 겸 해서 그녀는 걸어가기로 마음먹었다. 그리고 마음이 초조하기는 했지만 바그람로路까지 걸어갔다.

이번만은 어쩐지 앙투안이 틀림없이 꼭 와줄 것만 같은 생각이 들었다.

안은 막다른 골목 뒷문을 통해 '그들의 집'으로 들어갔다. 그리고 자물쇠 구멍에 열쇠를 넣고 돌리는 순간 그가 와 있다는 것을 느꼈다. 안은 너무나 확신을 가지고 있었기 때문에 승리자 같은 미소를 지었다. 그녀는 가만히 문을 닫은 다음 문이 열려 있는 몇 개의 방을 발끝으로 지나가면서 "토니…. 토니…." 하고 낮은 목소리로 불러보았다. 방에는 아무도 없었다. 내 목소리를 듣고 숨어 있겠지. 급히 욕실로 갔다. 부엌에도 달려가보았다. 지쳐버린 그녀는 방으로 되돌아와서 침대에 앉았다.

앙투안은 없다. 그러나 곧 오겠지….

안은 천천히 옷을 벗기 시작했다. 먼저 구두를 벗었다. 그리고 단번에 살이 드러나도록 팔을 쭉 뻗어 마치 과일 껍질을 벗기듯이 양말을 벗었다. 발소리가 난 것 같아서 뒤를 돌아보았다. 아니야, 그이가 아니야…. 그녀의 두 눈은 방 안을 두리번거리더니 그들의 침대 쪽으로 쏠렸다. 그녀는 언제나 자기가 먼저 눈을 떠서 잠들어 있는 연인의 모습을 남몰래 지켜보는 것, 그리고 주름 하나 없는 그의 이마, 얌전한 그 입, 의지를 잃은 그 입, 긴장이 풀리고 반쯤 열려 있어 어린애 같은 그 입술과는 판이한 그의 입을 보는 것이 좋았다! 그럴 때만이 그를 소유하고 있다는 느낌이 들었던 것이다. '나의 토니….' 곧 올 거야. 그녀는 확신을 가지고 있었다. 오늘 저녁에는 오겠지.

안의 생각은 틀리지 않았다.

68

북부역은 군대가 점령하고 있었다. 역전의 광장, 홀 안에서 눈에 띄고 귀에 들리는 것은 붉은색의 바지, 걸어총, 간결한 명령, 개머리판 소리뿐이었다. 그런데도 민간인의 통행은 허용되고 있었다. 자크는 제니를 데리고 쉽게 플랫폼까지 갈 수 있었다.

벌써 육십명쯤 되는 투사가 와서 기차를 기다리고 있었다. "그럴 줄 알았어!" 하고 그들은 서로 가까이 오면서 되풀이해서 말했다. 그들은 화가 나서 머리를 저으며 두 주먹을 불끈 쥐곤 했다. 그러면서 격앙된 눈초리로 잠시 서로의 얼굴을 뚫어지게 바라보곤 했다. 그러나 이러한 격한 감정을 너무나 쉽게 억누른 얼굴에서는 이미 어쩔 수 없었다는 식의 체념 같은 것이 엿보였다. '불가피한 일이었어'라고 생각하는 것 같았다.

"보스가 있었다면 뭐라고 말했을 것이며, 어떻게 했을까?" 하고 늙은 라브는 은밀하게 자크의 손을 잡으면서 말했다.

"이제는 뮐러와의 협의밖에는 아무런 희망이 없어." 하고 자크는 나지막하게 말했다. 그 어조는 완강했다. 그는 서약한 것은 지켜야 한다는 식으로 자신의 확신을 고집하고 있었다.

앞쪽의 플랫폼 끝에는 사회당 대의원 대표들이 따로 작은 무리를 이루고 있었다.

자크는 제니와 라브와 함께 어느 쪽에도 섞이지 않고 여러 무리 사이를 빠져나갔다. 그는 먼 곳을 쳐다보며 마치 꿈을 꾸듯이 말했다.

"가장 절박한 시기에 가장 무거운 책임을 떠맡고 독일에서 오는 그 사람…. 아무것도 모른 채 그저께 베를린을 떠나 벨기에를 거쳐 오는 그 사람…. 그는 오는 동안에 러시아의 동원—그리고 오스트리아의 동원—그리고 Kriegsgefahrzustand—그리고 오늘 아침에는 조레스의 암살을 차례차례로 알았을 것이 틀림없어…. 더구나 열차에서 내리자마자 프랑스의 동원을 알게 될 거야…. 결국 총동원령이 오늘 밤 자기 나라에서도 내려진 것을 알게 될 거야…. 비장한 일이지…."

드디어 기관차가 구름 같은 증기를 내뿜으며 수증기 속에서 모습을 드러냈을 때 플랫폼에는 동요가 일더니 모두가 일제히 앞쪽으로 나아갔다. 그러나 거기에는 역원들이 감시를 하고 있었다. 잠시 소요가 있다가 갑자기 통행이 막혀버렸다. 국회의원 대표들만이 열차에 가까이 가는 것이 허락되었다.

자크는 그 사람들이 한 객차를 둘러싸고 있는 것을 보았다.

그 객차의 디딤대에는 두 사람의 여객이 서 있었다. 자크는 헤르만 뮐러의 모습을 곧 알아보았다. 한 사람은 안면이 없는 젊은 남자였다. 단단한 골격에 의지가 강해 보이는 그의 얼굴에서는 곧은 성품과 강인한 인상이 풍겼다.

"뮐러와 같이 있는 자는 누구지?" 자크가 라브에게 물었다.

"앙리 드 망이라는 벨기에 사람이야. 진실하고 순수한 남자야. 사려 깊고 탐구적인 형이고…. 수요일 브뤼셀에서 틀림없이 만났을 텐데? …독일어를 프랑스어 하듯이 잘해. 틀림없이 통역으로 같이 왔을 거야."

제니는 자크의 팔을 툭 쳤다.

"보세요…. 이젠 지나가게 하는군요."

세 사람은 급히 대표들 그룹 쪽으로 가려고 했다. 그러나 줄지어 서 있는 여객들이 완전히 출구를 막고 있었다.

자크와 제니가 개찰구로 나왔을 때는 팔레 부르봉에서 있을 비공식 집회에 독일 대표를 곧장 데리고 갈 의원들의 모습은 이미 보이지 않았다.

역의 큰 홀에는 많은 사람들이 방금 붙여놓은 벽보 앞에 서 있었다. 자크와 제니도 그쪽으로 걸어갔다. 벽보의 표제는 굵은 대문자로 씌어 있었다.

외국인들에 대한 조치

그들의 뒤쪽에서 빈정거리는 듯한 목소리가 들려왔다.

"아주 재빠르군! 미리부터 인쇄해놓은 게 틀림없어!"

제니는 뒤를 돌아보았다. 그 말을 한 사람은 푸른 작업복 차림에 담배꽁초를 입에 물고 있는 젊은이었다. 어깨에는 두꺼운 가죽으로 된 새 군화 한 켤레를 둘러메고 있었다.

"그런 자네도" 하고 옆의 남자는 징이 박혀 있는 군화를 가리키며 말했다. "솜씨가 재빠르군!"

"카이저의 궁둥이를 걷어차기 위해서야!" 하고 내뱉다시피 말하면서 그 노동자는 멀리 가버렸다. 모두들 웃음을 터뜨렸다.

자크는 꼼짝도 하지 않았다. 그의 두 눈은 벽보에서 떠나지 않았다. 그의 손가락은 제니의 팔꿈치를 꼭 쥐고 있었다. 그리고 다른 손으로는 굵은 활자로 씌어 있는 한 구절을 제니에게 가리켰다.

> 외국인은 국적이 무엇이든 간에 **동원 첫째 날이 끝나기 전에** 파리의 요새 지대를 떠나도록 할 것. 다만 출발 전에 역내 헌병대에 가서 신원 증명을 받을 것.

자크의 머릿속에서는 여러 가지 생각이 주마등처럼 스쳐갔다. '외국인….' 제니 집에 두고 온 꾸러미 속에는 베를린에서의 사명을 위한 가짜 증명서가 들어 있다…. 프랑스 사람 자크 티보라면 병역면제 증명서를 보인다 하더라도 스위스에 들어가기가 힘들 것이다. 그러나 제네바 학생 에베를레가 법정 유예기간 안에 귀국한다면 아무 문제가 없지 않을까? …**동원 첫째 날이 끝나기 전이라면**…. 일요일…. 내일….

'내일 저녁까지 출발하는 거다.' 하고 그는 불현듯 생각했다.

'그런데 제니는?'

자크는 제니의 어깨에 팔을 두르고 사람들 틈을 헤치며 그녀를 밀고 갔다.

"이것 봐." 자크가 헐떡거리며 말했다. "무슨 일이 있어도 형 집에 들러야겠어." 제니는 굵은 활자로 쓰인 **외국인** 등등의 문구를 눈여겨보았다. 그런데 자크는 무엇 때문에 갑자기 침착성을 잃은 것일까? 어째서 자기를 이렇게 빨리 데리고 가려고 할까? 왜 앙투안한테 가려고 할까?

그것은 아마 자크 자신도 말할 수 없었는지 모른다. 코마르탱가街에서 경종이 울리는 순간 그가 누구보다도 먼저 생각한 사람은 앙투안이었다. 그리고 벽보를 보며 마음이 산란해져 있는 이 순간에도 그의 마음은 형을 꼭 만나야겠다는 엉뚱한 욕구에 사로잡혀 있었다.

제니는 감히 물어볼 엄두가 나지 않았다. 좀처럼 와본 적이 없는 북부역과 동부역 주변 동네가 그녀에게는 다니엘의 출발을 전송하던 날 밤에 자크로부터 도망쳤을 때의 추억과 연결되어 있었다. 그리고 지금도 생생한 그 추억은 그녀의 가슴을 짓누르는 것 같았다.

겨우 한 시간 만에 거리의 모습은 완전히 바뀌었다. 거리를 지나는 사람들의 숫자가 더 는 것은 아니지만 사람들은 여전히 많았다. 그러나 한가롭게 거니는 사람은 하나도 없었다. 누구나 자기 일만 생각하면서 서둘러 가고 있었다. 각자 서둘러 해결해야 할 일, 조치를 취하지 않으면 안 될 일, 넘겨주어야 할 맡은 물건, 만나야 할 친척, 친지, 서둘러 화해해야 할 일, 분명히 해두어야 할 결별 등이 갑자기 생각난 듯 서두르는 것 같아

보였다. 모두들 시선을 아래로 떨구고 입을 꼭 다문 채 걱정스런 얼굴로 급히 앞질러 가려고 지나가는 차량도 뜸해진 차도 안을 달려가고 있었다. 택시는 별로 눈에 띄지 않았다. 운전기사들은 자유로운 몸이 되기 위해 차를 차고에 넣어버렸다. 버스도 볼 수 없었다. 대중교통을 위한 차량도 오늘 밤부터 징발되어버린 것이다.

제니는 자크를 쫓아가느라고 무척 애를 먹었다. 그러면서도 그것을 눈치채지 못하게 하려고 무진 애를 썼다. 자크는 다른 사람들과 마찬가지로 긴장한 얼굴에 턱을 앞으로 내민 채 걷고 있었다. 마치 무엇에 쫓기는 사람 같아 보였다. 그의 생각을 확실히 알 수는 없었지만 자크가 무엇인가 마음의 갈등에서 벗어나지 못하고 있다는 것은 알 수 있었다.

사실이었다. 지금까지는 의식하지 못한 채 막연하게 남아 있었던 여러 가지 생각들이 벽보를 읽는 순간부터 명확해졌던 것이다. 그의 눈앞에는 메네스트렐의 모습이 어른거렸다. 브뤼셀의 방, 푸른 잠옷 차림에 얼빠진 듯한 눈초리를 하고 서 있던 조종사의 모습이 다시 떠올랐다…. 그리고 재로 가득했던 벽난로도…. 목요일 이후 아무런 소식이 없다. 자크는 여러 번 자문해보곤 했다. '그는 그곳에서 무엇을 하고 있을까?' 물론 혁명적 행동에 전념하고 있겠지…. **외국인은 파리를 떠나도록 할 것**…. 제네바에 가면 조종사 곁에서 전과 다름없이 순수하고 남의 속박을 싫어하는 활동적인 동지들을 다시 만날 수 있을 것이다! 자크는 리차들레나 미퇴르크, 무장한 유럽의 중심부에 고립되어 있지만 예나 다름없이 활동하고 있을 그 집단을 생각했다. 스위스로 가버릴까? …강한 유혹이었다. 그렇지만 그는 망설였다. 그것은 제니 때문일까? 그렇다…. 그러나 그가 결단을 내리지 못하고 있는 진정한 이유는 꼭 제니 때문이라고는 말할 수 없다. 그렇다면 떠나고자 하는 데 어떤 양심의 가책이라도 느끼고 있다는 말인가? 전혀 그렇지 않다! 오히려 그와는 반대이다. 자신의 첫째 임무는 자신이 끊임없이 비난해왔고 공격해온 것을 군인이 되어서 수호하는 것을 거부하는 일이다…. 요컨대 안전하게 피신한다는 생각은 용서할 수 없는 일이다. 다른 사람들은 어찌 되었든 자신만 안전지대에 가 있다니! …그럴 수는 없어! 자신이 평화롭게 살 수 있는 길은 동원된 형제들이 당하게 될 위험과 똑같은 위험을 거부함으로써 스스로 그것을 겪을 때만 비로소 가능한 것이다…. 그렇다면? 중립국으로 피신하는 것을 그만두고 이대로 프랑스에 머물러 있을까? 계엄령 아래에 있는 나라에서 전쟁과 군대에 맞서 싸울까? 모든 평화주의적 선전이 곧장 무자비한 탄압에 직면하게 되는 이 나라에서? 위험인물로 감시받고, 사전에 투옥될 것이 틀림없는 이 나라에서? 그것은 어리석은 일이다…. 그렇다면? 스위스로 피신하는 거다! …그러나 거기에 가서 도대체 무엇을 할 것인가?

"존재한다는 것, 그것은 아무 뜻도 없는 것이다." 하고 그는 격한 투로 말했다. 그리고 제니가 어리둥절해하는 것을 보고 말했다. "존재한다는 것, 생각한다는 것, 그것은 아무 뜻도 없어! 자기의 생활, 자기의 의사, 자기의 확신을 **행동으로** 나타내지 않는 한 그것은 아무런 뜻도 없는 거야!"

"행동으로?"

제니는 잘못 들은 게 아닌가 생각했다. 하기야 자크가 하는 말의 뜻을 어떻게 이해할 수 있겠는가?

"이것 봐." 하며 자크는 여전히 퉁명스럽게 혼잣말을 하듯이 계속했다. "내 생각으로는 이번 전쟁은 인터내셔널의 이상을 오랫동안 짓밟아버릴거야! 아주 오랫동안…. 아마 여러 세대에 걸쳐…. 그래서 말이야, 지금의 일시적인 파멸에서 그 이상을 구하기 위해 어떤 **행위가** 필요하다면 나는 기꺼이 그것을 하겠어! 비록 그 행위가 희망을 가져다주지 못한다 하더라도! … 그렇지만 어떤 행위일까?" 하고 그는 낮은 소리로 덧붙여 말했다.

제니는 갑자기 발걸음을 멈추었다.

"자크! 당신 떠나려고 하는 거지요!"

자크는 제니를 바라보았다. 그녀는 더 분명하게 말했다.

"제네바로?"

자크는 반쯤 그렇다는 시늉을 해 보였다.

상반된 두 감정이—기쁨과 비탄이—그녀의 가슴을 찢어놓았다. '자크는 스위스에 가면 살아남을 것이다! …하지만 자크가 없는 나는 어떻게 할 것인가?'

"내가 떠날 결심을 한다면" 하고 자크가 말했다. "물론 그것은 제네바일 거야. 우선 거기에 가면 아직도 무엇인가는 할 수 있을 테니까…. 그리고 가짜 서류도 갖고 있어서 스위스 같으면 쉽게 들어갈 수 있어. 당신 벽보를 읽었겠지만…."

제니는 발끈해서 그의 말을 가로막았다.

"떠나세요! 내일이라도!"

자크는 단호한 그녀의 목소리에 어안이 벙벙해졌다.

"내일이라도?"

제니는 자신도 모르게 희망이 아주 없는 것은 아니라는 느낌이 들었다. 왜냐하면 되묻는 말투 속에는 '아니야. 좀 있다가 그럴지 모르겠다는 거야. 내일은 아니야'라는 뜻이 담겨 있는 것 같았기 때문이다.

자크는 다시 걷기 시작했다. 제니는 힘없는 두 다리를 끌면서 자크에게 매달리다시피 해서 걸어갔다.

"내일 출발할지도 몰라." 하고 마침내 자크는 중얼거렸다. "만일… 만일 당신이 나와 함께 떠난다면."

제니는 행복한 나머지 몸을 떨었다. 지금까지의 걱정이 일시에 기적같이 사라졌다. 자크는 떠나려고 한다. 그는 살아남을 것이다! 더구나 자신과 함께 떠나려고 한다. 둘 다 헤어지지 않아도 된다!

자크는 제니가 망설이고 있는 것으로 믿었다.

"자유스러운 몸이 아니군?" 하고 그가 말했다. "어머니가 아직 빈에 계셔서…?"

대답 대신 제니는 아까보다 더 바싹 그에게 달라붙었다. 심장의 고동이 관자놀이까지 울리면서 멍하게 했다. 지금 자신의 몸과 마음은 자크에게 속해 있다. 둘은 이제 서로 헤어지는 일이 있어서는 안 된다. 자크를 보호하고, 위험에 처하는 일이 없도록 해야 한다….

이제 그들은 이 출발을 이미 오래전부터 계획해온 것처럼 의논하고 있었다. 자크는 스위스행 야간열차의 정확한 시간을 잊었다. 그러나 앙투안 집에 가면 시간표가 있을 것이다. 또한 제니가 여권 없이도 여행할 수 있는지 어떤지를 확인해야 한다. 여자들의 경우에 수속도 덜 까다로울 것이 틀림없다. 차표를 살 돈은? 둘이 가진 돈을 합하면 충분하다. 제네바에서는 자신이 어떻게 해결하면 된다…. 그건 그렇고 모든 것은 독일 대표와의 협의 결과에 달려 있다. 누가 알아? 돌연 독일과 프랑스 두 나라에서 반란이라도 일어나게 된다면…?

그들은 어디를 어떻게 지났는지도 모른 채 튀일리 궁전에 인접해 있는 공원까지 왔다. 갑자기 지쳐버린 제니는 땀에 흠뻑 젖어 있었다. 그녀는 머뭇거리며 멀리 화단 속에 보이는 벤치 하나를 가리켰다. 그들은 거기에 가서 앉았다. 둘밖에는 아무도 없었다. 정오부터 도시를 짓누르고 있던 후텁지근한 날씨는 지금 화단의 향기를 지면에 바싹 붙들어두고 있는 것 같았다.

'스위스에 가면' 하고 제니는 생각했다. '엄마한테 편지도 낼 수 있겠지. …그러면 엄마는 우리를 만나러 올 거야. 스위스는 중립국이니까…!' 그녀는 벌써부터 다시 만난 어머니와, 위험을 피해 있는 자크를 사이에 둔 제네바에서의 생활을 상상하고 있었다.

자크는 여전히 강박관념에 사로잡혀 혼자 다시 생각해보았다. '출발한다는 것, 그래, 그것도 좋아…. 하지만 가서 무엇을 하지?' 그는 모든 희망을 메네스트렐에게 걸어보려고 했다. 그리고 제네바야말로 혁명을 그대로 밀고 나갈 수 있는 최후의 보루라고 생각하고 싶었다. 그러나 그것은 헛된 생각이었다. 그는 **대화실**을 생각해보았다. 그러나 거기에서 자기가 해야 할 혁명적 과업의 효과에 대해서는 의구심을 떨쳐버릴 수가 없었다.

자크는 일어섰다. 도저히 가만히 있을 수가 없었다.

"자, 따라와. 위니베르시테가街에 가서 쉬도록 해."

제니는 소스라치게 놀라며 몸을 움찔했다.

자크는 미소를 짓고 있었다.

"아무렴! 따라와."

"저도요? 형님 댁에? 당신과 함께?"

"이제 와서 무슨 상관이 있어? 형도 알고 있는 편이 더 좋아."

자크가 아주 자신 있고, 결연해 보였기 때문에 제니는 자신의 의향 같은 것은 송두리째 버리고 순순히 그의 뒤를 따라갔다.

69

현관에는 새 장교용 트렁크 하나가 놓여 있었다. 그리고 거기에는 물건을 산 상점의 꼬리표가 아직 매달려 있었다.

"선생님은 이쪽에 계십니다." 하고 레옹이 두 젊은이에게 진찰실의 문을 열어주면서 말했다.

제니는 주저하지 않고 안으로 들어갔다.

방 안은 조용했다. 자크는 책상 앞에 서 있는 형의 모습을 알아보았다. 형이 혼자 있을 줄 알았는데 스튀들레와 뒤이어 르와가 서로 떨어져 앉아 있던 안락의자에서 모습을 나타내는 것을 보고 자크는 실망했다. 르와는 창 가까이에, 그리고 스튀들레는 서가 구석에 앉아 있었다. 앙투안은 서류를 정리하고 있었다. 책상 밑의 휴지통에는 종이쪽지가 가득 차 있었다. 그리고 찢어버린 종이쪽지는 양탄자 위에 널려 있었다.

앙투안은 제니 쪽으로 걸어오더니 인자한 모습으로 그녀의 손을 잡았다. 그는 별로 놀란 기색도 보이지 않았다. 오늘과 같은 날에는 사람들은 어떤 일에도 놀라지 않게 되어 있다. 게다가 그는 장례식 뒤에 퐁타냉 부인이 감사의 뜻을 전하기 위해 병원을 찾아와 몇 마디 써놓고 가면서 그녀의 출발을 알린 사실이 머리에 떠올랐다. 그는 파리에 혼자 남게 된 제니가 무슨 조언을 구하러 온 것으로 막연히 생각했다. 그리고 자크와는 계단에서 만난 것으로 생각했다.

형제의 시선이 서로 마주쳤다. 형제간의 감회 때문인지 일종의 우정 어린 미소이면서도 여러 가지 의미가 담긴 미소를 지으며 그들의 입은 긴장되었다. 그들은 모든 문제에서 의견을 달리하고 있지만 이토록 서로 가깝게 느껴본 적이 지금까지 한 번도 없었다. 돌아가신 아버지의 침대 앞에서조차도 그들은 같은 핏줄에 의해 맺어져 있다는 사실을 지금처럼 느껴보지 못했던 것이다. 한마디도 하지 않고 서로의 손을 꼭 잡았다.

앙투안이 제니를 의자에 앉도록 한 다음, 그녀의 어머니의 여행에 관해 무엇인가 물어보려고 하는 순간에 문이 열렸다. 주슬렝에 끌려 테리비에가 모습을 나타냈다.

그는 곧장 앙투안에게로 왔다.

"바로 생각했던 대로야…. 어찌할 도리가 없어…."

앙투안은 곧 대답하지 않았다. 그의 눈길은 진중하고 침착하기까지 했다.

"그래, 어쩔 도리가 없어." 그는 드디어 말했다. 그러면서 미소를 지어 보였다. 그 미소는 자신이 생각하고 있던 대로라는 뜻을 나타내고 있었다. 그리고 그런 생각이 그에게는 하나의 힘이 되었다.

(마뉘엘 르와가 동원 사실을 알리러 왔었을 때 앙투안은 주슬렝의 실험실에 있었다. 그는 태연했다. 담배 한 개비를 손에 들고 기계적으로 담배에 천천히 불을 붙였다. 지난 사흘 동안 그는 세계정세에 온통 정신이 팔려 어쩔 수 없이 수동적으로 이끌려 가며, 자신의 조국과 계급에 대해 연대 책임감 같은 것을 느꼈다. 마치 덤프트럭에서 쏟아져 내려오는 돌 더미 속 한 개의 조약돌처럼 무력해져 있었다. 자신의 장래며 자신의 계획이며 일생 동안 두고두고 구상했던 조직이며 그 모든 것이 땅에 떨어져버린 것이다. 그의 눈앞에는 미지未知의 것만이 있을 뿐이었다. 그러나 미지의 것 말고도 또한 행동도 있었다. 이처럼 잠재력을 지닌 그의 사고방식 덕분에 그는 즉시 다시 일어서고는 했던 것이다. 그는 이미 끝나버린 것, 불가피한 일이라고 여겨지는 것을 대했을 때는 언제까지나 거기에 매달리지 않는 장점을 가지고 있었다. 장애란 새로 주어진 과제인 것이다. 어떤 장애이든 사람들이 마음먹기에 따라서는 하나의 도약대가 될 수도 있고, 새로운 계기를 마련해줄 수도 있는 것이다….)

"언제 출발해?" 테리비에가 물었다.

"내일 아침. 콩피에뉴야…. 그런데 자네는?"

"모레, 월요일. 샤롱이야…." 테리비에는 마침 그들 쪽으로 걸어오는 스튀들레에게 물었다. "당신은?"

테리비에는 볼 때마다 무언가 흥겨운 모습을 하고 있었다. 오늘도 여전히 명랑한 목소리로 광대뼈 언저리를 붉히면서 턱수염이 난 포동포동한 얼굴에 쾌활한 표정을 짓고 있었다. 그런데 이러한 명랑함과 불안한 눈길과의 대조는 보기에는 괴로울 정도로 균형을 잃은 얼굴 모습을 보여주었던 것이다.

"나 말이야?" 하고 칼리프는 눈을 깜박거리면서 말했다. 마치 테리비에에게서 질문을 받고 꿈에서 깨어난 것 같아 보였다. 그는 마치 자크에게 설명해줄 의무라도 있는 것처럼 자크를 향해 몸을 돌렸다. "나도 출발해!" 하고 그는 건방진 말투로 말했다. "단 일주일 뒤야. 에브뢰로 갈 거야."

자크는 그의 시선을 피했다. 그를 책망하는 뜻에서 그런 것은 아니었다. 자크는 칼리프의 일생이 끊임없는 헌신과 희생의 연속이었다는 것을 알고 있었다. 그리고 지금 자신의 신념과는 관계없이 '방어적인' 이 전쟁에 나감으로써 성실한 이 사람은 이번에도 자신의 의무라고 생각하는 일에 순종하려 한다는 것을 알고 있었다.

자크는 눈으로 제니를 찾았다. 제니는 다른 사람들과 좀 떨어져 벽난로 근처에 서 있었다. 쑥스러워하는 기색은 안 보였으나 멍청해 보였다. 자크는 그녀가 살짝 몸을 일으켜 눈으로 의자를 찾더니 몇 걸음 걸어가 앉는 것을 보았다. '얼마나 유연한 몸가짐인가.' 자크는 생각했다. 그는 아직 자기 팔에 그녀를 껴안고 있는 것 같은 느낌이었다. 최초의 키스를 해주었을 때 몸을 떨면서 격렬하게, 그러면서도 참을성 있게 대하던 그녀의 태도를 생각했다. 야릇한 불안이 엄습했지만 조금도 거부감을 느끼지는 않았다. 눈과 눈이 마주쳤다. 자크는 살짝 웃어 보였다. 그리고 자기도 모르게 얼굴을 붉혔다.

앙투안은 제니에게로 걸어가 다니엘의 일을 물어보았다. 그때 테리비에가 끼어들었다.

"그런데 병원 쪽 일은 어떻게 할 거야? 무슨 조치를 미리 취해놓았나?"

"옛날 친구들에게 와달라고 했어. 우리가 있는 곳은 아드리엥, 도마, 거기에 들레리 신부도 승낙해주었어…. 그런데" 하고 앙투안은 느닷없이 손가락으로 테리비에 쪽을 가리켰다. "전번에 주슬렝이 자네에게 빌려준 문헌을 자네는 아직까지 우리에게 돌려주지 않았어! 아데노이드와 그로소프토시즘 말이야…."

테리비에는 미소를 지으면서 마치 제니를 증인으로 삼는 것처럼 했다.

"보시다시피 어쩔 도리가 없는 사람이라서! …좋아, 문헌을 스튀들레에게 돌려주겠어…. 걱정 말고 떠나게나, 군의관님!"

길거리에서는 활짝 열린 창문 하나를 통해 얼마 전부터 군가와 말의 발 구르는 소리가 시끄럽게 들려왔다. 모두가 내다보려고 창가 쪽으로 갔다. 자크는 이 기회를 이용해서 방 한가운데 혼자 남아 있는 형에게로 가까이 갔다. 그러나 그때 마침 앙투안도 친구들 쪽으로 갔다. 자크는 형의 뒤를 따라 창 쪽으로 갔다.

앵발리드 쪽에서 오고 있는 포병대의 대열은 네 사람의 나팔수와 깃발 하나를 선두로 생 페르가街를 올라오고 있는 이탈리아 사람들의 시위 대열과 마주쳤다. 이탈리아 사람들은 발길을 멈추고 **라 마르세예즈**를 높이 부르며 포병대에게 환호를 보냈다. 북소리가 울려 퍼졌다. 귀가 멍멍할 정도였다.

앙투안은 창문을 닫았다. 그러고 나서 이마를 유리창에 대고 잠시 깊은 생각에 잠겼다. 자크는 바로 그 옆에 서 있었다. 다른 친구들은 방 안으로 되돌아갔다.

"오늘 아침 영국에서 온 편지를 받았어." 하고 앙투안은 조금도 자세를 흐트리지 않으면서 말했다.

"영국에서?"

"지젤에게서."

"그래?" 하면서 자크는 슬쩍 제니 쪽을 살펴보았다.

"수요일 자 편지야. 전쟁이 날 경우에 어떻게 해야 하는지 물어왔어. 수도원에 그대로 있으라고 회답할 거야. 그 애로서는 그것이 가장 좋은 길이지 뭐, 안 그래?"

자크는 애매한 고갯짓으로 동조의 뜻을 표했다. 그는 다른 친구들과 떨어져 있다는 것을 확인했다. 그래서 제니에 관해 이야기하려고 생각했다. 그러나 어떻게 말을 꺼내야 할까?

마침 그때 갑자기 앙투안이 자크 쪽으로 몸을 돌렸다. 그의 얼굴에는 불안한 표정이 감돌았다. 그는 목소리를 낮추어 물어보았다.

"네 결… 결심은… 지금도…?"

"물론."

단호한 어조였다. 그러나 조금도 오만한 투는 아니었다.

앙투안은 동생의 시선을 피하면서 몸을 구부리고 있었다. 그러고는 손가락 끝으로 멀리서 들려오는 북소리의 리듬에 맞추어 창유리를 무의식적으로 두드리고 있었다. 그는 자신이 말을 더듬거린다는 것을 알아차렸다. 이런 일이 그에게는 드문 것으로서 이것은 언제나 깊은 마음의 동요의 표시이기도 했다.

현관 쪽에서 레옹의 목소리가 들려왔다.

"필립 박사가 오셨습니다."

앙투안은 벌떡 자리에서 일어났다. 남다른 감동이 그의 얼굴을 환하게 했다.

필립 박사는 어설픈 모습으로 문 앞에 나타났다. 박사는 눈을 끔벅이면서 방 안을 한번 둘러보았다. 그러더니 앙투안에게로 와서 그의 시선을 멈추었다. 박사는 우울한 듯이 계속 고개를 흔들었다. 그는 헐렁한 모닝코트의 뒷자락에서 손수건을 꺼내 이마의 땀을 닦았다.

앙투안은 앞으로 나갔다.

"올 것이 왔군요, 선생님…."

박사는 아무 말도 하지 않고 그의 손을 잡았다. 그러고 나서 자기 앞에 있는 흰 천으로 커버를 씌운 긴 의자 끝에, 마치 줄을 놓쳤을 때의 꼭두각시처럼 털썩 주저앉았다.

"출발은 언제인가?" 박사는 짧고 휘파람을 부는 것 같은 목소리로 물었다.

"내일 아침입니다."

박사는 사탕과자로 된 기침약을 빨 때처럼 입술로 습한 소리를 내고 있었다.

"지금 막 병원에 다녀왔습니다." 앙투안은 무엇인가 알려주려는 듯 다시 말했다. "모두 잘해놓았습니다. 저의 일은 브뤼엘에게 인계해놓았습니다."

두 사람은 입을 다물었다.

박사는 아래를 보며 고개를 야릇하게 흔들었다. "여보게, 자네도 알겠지만" 하며 드디어 박사는 말을 꺼냈다. "…이 전쟁은 길어질 걸세… 아주 길어질 거야."

"많은 전문가들은 오히려 그와는 반대로 말하던데요." 하고 앙투안은 별로 확신도 없이 말했다.

"저런!" 하고 말을 가로막는 박사의 태도는 마치 오래전부터 전문가들과 그들의 예측 같은 것을 어떻게 생각해야 하는지를 알고 있는 사람 같았다. "모두가 보급이라든가 신용 같은 것을 평상시의 기초 위에 두고 생각하고 있어. 그러나 여러 나라 정부는 제정신을 잃고 있기 때문에 양보하기는커녕 오히려 막판 승부를 노리며 전면적인 파괴의 길로 나갈 거야! …더구나 지난 한 주일 동안의 경과를 보면 얼마든지 그럴 수 있어…. 그래, 나는 전쟁이 아주 길어지리라고 믿어. 그리고 이 전쟁에서 모든 나라는 자의든 타의든 도중에서 전쟁을 그만둘 수는 없을 테니까 결국 모두 한꺼번에 몰락하고 말 거야."

잠시 말을 멈추었다가 박사는 계속했다.

"나는 항상 이런 생각을 하지 않을 수 없어…. 전쟁…. 도대체 그런 일이 있을 수 있다고 그 누가 믿었겠나? …그것은 어디까지나 언론이 고의로 진상을 애매하게 만들어놓았기 때문에 침략자라는 관념이 불과 며칠 사이에 모두에게 점차로 흐려지게 되고 각 나라 국민은 자기들의 '명예'가 위기에 처해 있다고 생각하게 된 거야…. 한 주일에 걸친 미친 듯한 공포감, 과장, 허세, 그 결과로 온 유럽 국민은 마치 마귀에 홀린 사람처럼 증오의 고함을 지르며 서로 으르렁대고 있어…. 나는 생각해보지 않을 수가 없어…. 이것은 오이디푸스의 비극 그대로야…. 오이디푸스에게도 예고가 있었어. 그러나 그는 그 운명의 날, 전에 자기에게 통고한 무시무시한 일을 잊고 있었던 거야…. 우리도 똑같아…. 우리의 선지자들은 이미 모든 것을 예언하고 있었던 거야. 위험을 똑똑히 알고 있었어. 그리고 그 위험이 오는 방향, 곧 그 위험이 발칸이며 오스트리아며 차리즘이며 범게르만주의 쪽에서 오리라는 것을 빤히 내다보고 있었던 거야. …미리 알고 경계를 해온 것이지…. 많은 현명한 사람들은 큰 재앙을 막으려고 모든 노력을 기울여왔어. …그런데도 일은 이렇게 된 거야. 전쟁을 피할 수 없게 되었어! 왜냐고? …나는 이 문제를 이모저모로 검토하고 있어…. 왜냐고? 아마도 그것은 그렇게 두려워하면서 예기했던 사건 속에 무엇인가 뜻밖의 일이 끼어들어 그것이 사건의 양상을 약간 바꾸어놓으면서 곧 사건을 알아볼 수 없게 만들기 때문이야…. 사람들이 세심한 주의를 해도 운명의 함정에 놀아나게 말이야! …우리는 완전히 함정에 빠져버린 거야…."

마뉘엘 르와를 중심으로 주슬렝, 테리비에, 자크, 제니가 모여 있는 방 저쪽 끝에서 젊은 웃음소리가 터져 나왔다.

"뭐라고요?" 하고 르와가 테리비에를 향해 말했다. "나도 한탄 같은 것 좀 해봅시다! 덕분에 숨도 좀 돌리고 **실험실** 신세도 면해보게! 앞으로 우리는 감격적인 체험을 겪게 될 겁니다!"

"**겪는다고**?" 하고 주슬렝이 중얼거렸다.

제니는 르와의 얼굴을 보고 있다가 곧 눈을 돌렸다. 흥분해 있는 르와의 얼굴을 보고 있는 것이 고통스러웠기 때문이다.

필립 박사는 멀리서 그 말을 들었다. 그는 앙투안 쪽으로 몸을 돌렸다.

"젊은 사람들은 그것이 어떤 것인지 상상도 할 수 없을 거야…. 그럴 수밖에 없겠지만…. 나는 칠십년 전쟁*을 겪었어…. 젊은이들은 아무것도 몰라!"

* 프로이센-프랑스 전쟁을 말한다.

그는 또다시 손수건을 꺼내어 얼굴과 입술과 턱수염을 닦았다. 그리고 한참 동안 두 손바닥을 닦았다.

"여러분은 모두 떠나가겠지." 하며 박사는 우울한 듯 낮은 목소리로 말을 계속했다. "그리고 노인들은 운 좋게 나가지 않아도 된다고 분명히 생각할 거야. 그러나 그것은 그릇된 생각이야. 우리의 운명은 여러분의 운명보다 더 비참한 거야. 왜냐하면 우리의 목숨은 벌써 끝난 거니까."

"끝났다고요?"

"그래. 완전히 끝나버렸어…. 1914년 7월, 그런대로 우리의 존재 이유를 만들어주던 무엇인가가 끝나고 우리 노인들이 있을 필요가 없는 무엇인가가 시작되고 있으니까."

앙투안은 무어라고 대답해야 할지 몰라 애정이 넘치는 눈길로 박사를 물끄러미 바라보았다.

박사는 입을 다물었다. 그리고 무엇인가 우스꽝스러운 생각이 떠오르기라도 한 듯이 콧소리로 냉소를 터뜨렸다.

"나는 내 생애를 통해 세 번 어두운 시기를 겪었다고 봐." 하고 박사는 많은 학생을 앞에 놓고 강의할 때와 같은 진중한 말투로 시작했다. (그럴 때 학생들은 '피-피 자기 말에 도취되어 천천히 말한다'라고 말하곤 했었다.) "첫 번째 시기는 내 청년기에 혁명을 가져다주었어. 두 번째 시기는 내 장년기를 뒤집어놓았고. 세 번째 시기는 내 노년기를 아마 망쳐놓을 거야…."

앙투안은 그가 말을 계속하도록 격려라도 하는 것처럼 박사의 얼굴을 뚫어지게 바라보았다.

"첫 번째 시기는 신앙심이 깊었던 시골뜨기 소년이었던 내가 어느 날 밤 네 개의 복음서를 읽어가면서 그것이 모순 덩어리에 지나지 않는다는 것을 발견했을 때이고… 두 번째 시기는 저 에스테라지*라는 야비한 작자가 '비밀 문서'라고 불리는 엉터리를 조작했는데도 불구하고 사람들은 오히려 그 사람 대신 아무런 혐의도 없는 유대인인 드레퓌스를 그 자리에 올려놓고 몹시 괴롭혔을 때였어…."

"그리고 세 번째 시기는" 하고 앙투안이 미소를 띠면서 말에 끼어들었다. "그것은 결국 오늘이군요…."

"아니야…. 세 번째 시기는 한 주일 전에 여러 신문이 일제히 최후통첩의 본문을 실었을 때, 그리고 당구**의 전모가 드러났을 때야…. 그리고 각 나라의 민중이 캐넌***의 희생자가 되리라는 것을 알았을 때…."

"캐넌이라고요?"

짙은 눈썹에 가려 있는 박사의 눈은 거의 잔인하게 보일 만큼 짓궂음으로 번득이고 있었다.

"그래, 지극히 수상한 캐넌이야, 티보! 붉은 공은 세르비아—부딪히는 쪽이 오스트리아의 흰 공—이것을 미는 것이 또 하나의 흰 공인 독일…. 거기에서 큐를 쥐고 있는 쪽은? 누구인가? 러시아인가? 아니면 영국인가…?" 그는 말의 울음소리 같이 노기에 찬 웃음을 터뜨렸다. "그것을 알 때까지 죽고 싶지 않아."

자크는 앙투안과 필립 박사가 앉아 있는 구석으로 걸어갔다.

* 드레퓌스 사건 때 드레퓌스에게 죄를 뒤집어씌우기 위해 문서를 작성한 보병 소령의 이름이다.

** 전쟁을 뜻한다.

*** 당구를 칠 때 연달아 공 두 개를 맞히기를 의미한다.

"선생님." 앙투안이 말했다. "선생님께 제 동생을 이미 소개해드린 적이 있지요?"

박사는 자크 쪽으로 날카로운 시선을 보냈다.

자크는 박사에게 인사했다. 그러고 나서 앙투안에게 말했다.

"혹시 기차 시간표를 갖고 있지 않아?"

"있어…." 둘의 시선이 서로 마주쳤다. 앙투안은 '무엇 때문에'라고 물어보려다가 생각을 바꾸어 이렇게 말했다. "저기 있어…. 전화번호부 밑에."

"그런데 당신은 언제 떠납니까?" 하고 박사가 물었다.

자크는 몸을 빳빳이 하고 망설이다가 앙투안을 바라보았다. 앙투안은 알아듣기 힘들 만큼 빠르게 말했다.

"동생은 실은… 다른 문제로…."

잠시 침묵이 흘렀다.

필립 박사는 앙투안이 하는 말의 뜻을 이해했을까? 박사는 매우 주의 깊게 자크를 눈여겨보았다. 전에 자크와 나눈 대화를 기억하고 있을까? 그는 저쪽으로 가는 자크의 뒤를 눈으로 좇았다.

둘만이 되자 앙투안은 박사 쪽으로 몸을 기울였다.

"동생은 나름대로 원칙이 있어서 병역을 거부하고 있습니다…."

박사는 잠시 아무 말도 하지 않았다.

"절대적 신앙이란 어떤 것이든 정당한 거야." 하고 박사는 힘없는 목소리로 수긍의 뜻을 표했다.

"아닙니다." 앙투안이 말했다. "현재와 같은 상황에서 우리들의 의무는 지극히 간단하고 명료하다고 봅니다. 어느 누구도 그것을 피해서는 안 된다고 생각합니다."

박사는 앙투안의 말을 듣지 못한 것 같았다.

"…정당하면서도 아마 불가결한 것인지도 몰라." 하고 박사는 콧소리를 내면서 말을 계속했다. "인류는 과연 절대적 신앙 없이 발전할 수 있을까? 역사를 다시 읽어보게나, 티보…. 위대한 사회변혁이란 그 어느 것을 막론하고 그 밑바닥에는 언제나 불합리한 것에 대한 어떤 종교적인 갈망이 필요했던 거야. 이성이란 결국은 무위無爲만을 가져다줘. 인간에게 행동하기 위해 필요한 충동이나 인내하는 데 필요한 끈질긴 힘을 주는 것은 신앙밖에 없어."

앙투안은 입을 다물고 있었다. 스승을 대할 때면 그는 자기도 모르게 제자로 되돌아가곤 하는 것이었다.

그는 벽난로 앞, 자크 곁에 서 있는 제니가 시간표를 향해 몸을 기울이고 있는 것을 보고 순간 놀랐다. 어머니가 오스트리아에서 타고 올지도 모를 기차 시간표를 알아보려고 하는 것일까?

박사는 자기 생각을 계속 큰 소리로 이야기했다.

"누가 알아, 티보? 어쩌면 자네 동생 같은 생각을 하고 있는 사람들이 선구자일지 말이네? 또 숙명적인 이 전쟁으로 구대륙의 균형이 밑바닥까지 뒤흔들림으로써 우리가 생각지도 못했던 새로운 유사 진리의 개화가 마련될지 누가 알아? …그렇게 생각하는 것이 좋을지도 모르지. …안 될 이유라도 있나? 유럽 모든 국가는 지금 그들의 정신적, 물질적인 힘을 송두리째 이 열화 속에 투입하려 하고 있어. 이것이야말로 정말 전례가 없는 일이야. 그 결과는 예측할 수가 없어…. 누가 알아? 문명의 모든 요소가 이 열화 속에서 어쩌면 개조될지 말이야! 인간은 달관할 줄 아는 날이 올 때까지 아직도 숱한 쓰라린 경험을 맛보아야 할 거야! …그런 날이 올 때 인간은 비로소 이 지구상에서 살아나가기 위해 과학이 가르쳐준 것을 겸허하게 이용하려 들겠지….”

레옹이 방긋이 열린 문 사이로 얼간이 같은 옆얼굴을 내밀었다.

“누가 뵈었으면 합니다.”

앙투안은 눈살을 찌푸리면서 자리에서 일어났다.

“선생님, 잠깐 실례해도 될까요?”

레옹은 현관에서 기다리고 있었다. 그리고 아무런 표정 없이 푸른 봉투가 눈에 띄게 놓여 있는 쟁반을 내밀었다.

앙투안은 그것을 들어 열어보려고도 하지 않고 호주머니 속에 쑤셔넣었다.

“그분께서 회답이 없으시냐고 묻는데요.” 레옹은 눈을 내리깔고 중얼거렸다.

“그분이란 누구인가?”

“운전기사입니다.”

“없어!” 하고 앙투안이 말했다. 그러고는 홱 돌아섰다. 왜냐하면 뒤에서 문 열리는 소리가 들렸기 때문이다.

자크가 제니를 앞세우고 현관에 나타났다.

“너희들 돌아가는 거니?”

“응.” 하고 자크는 마치 앙투안이 레옹을 향해 “없어!”라고 말한 것과 똑같이 단호하면서도 퉁명스러운 투로 말했다. 그는 형을 뚫어지게 바라보았다. 그리고 원망의 빛이 역력한 수수께끼 같은 눈길에는 실은 이런 뜻이 담겨 있었다. '오늘처럼 언제인가 우리는 형이 혼자 있는 줄 알고 만나러 왔었지. 그런데 형은 우리들에게 일 분의 시간도 주지 않았어!'

앙투안은 더듬거리며 말했다.

"벌써 가려고? …그리고 제니도?"

'만일 제니가 무슨 상담이나 부탁할 일이 있다면' 하고 그는 문득 생각했다. '왜 그것을 말하지 않고 가려고 하는 걸까? 더구나 자크하고 같이 있는데?'

앙투안은 생각나는 대로 물어보았다.

"내가 출발하기 전에 뭐 도와드릴 일이라도 있을까요?"

제니는 애매한 미소를 지으면서 잠깐 머리를 숙이고 감사의 뜻을 표했다. 앙투안은 어떻게 생각해야 좋을지 몰랐다.

"그런데 너는?" 하고 그는 짐짓 계단 쪽으로 걸어가는 자크에게 물었다. "너하고는 이제 만날 수 없게 되는 거니?"

그 말투에 어찌나 친근감이 엿보였던지 제니는 눈을 들었다. 자크 역시 몸을 돌렸다. 앙투안의 얼굴에는 커다란 감동이 떠올랐다. 이것을 보자 원망스럽게 생각했던 자크의 마음도 가라앉았다.

"내일 떠나?" 자크가 물었다.

"응."

"몇 시에?"

"아주 일찍. 일곱시쯤 집을 떠날 거야."

자크는 제니를 바라보았다. 그리고 좀 쉰 목소리로 말했다.

"배웅하러 올까?"

앙투안의 얼굴은 환하게 빛났다.

"그래, 그렇게 해! 와줘…. 역까지 바래다줄래?"

"알았어."

"고마워." 앙투안은 다정스럽게 동생을 바라보았다. 그리고 되풀이했다. "고마워."

셋은 같이 대문까지 갔다.

자크는 문을 열고 먼저 제니를 나가게 했다. 그리고 형을 뒤돌아보지도 않고 문지방을 넘어섰다. 현관 밖에서 자크는 나지막한 소리로 말했다.

"그럼, 내일 봐."

그러고 나서 자크는 문을 닫았다.

그러나 바로 그 순간 그는 생각을 바꾸었다.

"먼저 내려가." 하고 그는 제니에게 말했다. "아래에서 다시 만나." 그러고는 서둘러 주먹으로 문을 두드렸다.

앙투안은 아직 현관에 있었다. 그가 다시 와서 문을 열어주었다. 자크는 성큼 안으로 들어가 문을 닫았다.

"할 말이 있어서." 하면서 자크는 아래를 보고 있었다.

앙투안은 무엇인가 심각한 일이 있다는 것을 직감했다.

"이리 와."

자크는 아무 말도 하지 않고 형의 뒤를 따라 서재까지 갔다. 서재에 들어가자 그는 닫힌 문을 뒤로하고 우뚝 섰다. 그리고 형의 얼굴을 지그시 바라보았다.

"형, 형도 알고 있어야 해…. 우리는 형에게 무엇인가 말할 것이 있어서 둘이서 왔던 거야…. 제니와 내가…."

"제니와 네가?" 하고 앙투안은 깜짝 놀라 되물었다.

"응." 하고 자크가 분명하게 대답했다. 그러면서 야릇하게 미소를 지었다.

"제니와 둘이서?" 하고 앙투안은 어처구니없다는 듯이 되물었다. "무슨 뜻이지?"

"오래된 일이야." 하고 자크는 자신도 모르게 얼굴을 붉히면서 간결하면서도 또박또박 끊어서 설명했다. "이제는 일이 이렇게까지 되어버렸어. 완전히 결정됐어. 한 주일 동안에."

"결정됐어? 도대체 무엇이 결정됐어…?"

앙투안은 긴 의자가 있는 데까지 물러가 앉았다.

"이것 봐." 하고 그는 더듬거리며 말했다. "농담이겠지? …제니라고? …너하고 제니가?"

"그렇다니까!"

"별로 잘 아는 사이도 아닐 텐데…. 게다가 지금? 이런 때 약혼이라고…? 그래서? 그럼 프랑스를 떠나는 것을 그만두기로 했단 말이니?"

"아니. 내일 밤에 떠나. 스위스로." 잠시 뒤에 덧붙여 말했다. "제니도 같이 가."

"같이라고? 이봐, 자크, 너 미쳤구나! 완전히 미쳤구나!"

자크는 여전히 미소를 짓고 있었다.

"천만에, 형…. 일은 아주 간단해. 우리는 서로 사랑하고 있으니까."

"아, 바보 같은 소리 그만해!" 앙투안은 격렬하게 말했다.

자크는 심술궂은 웃음을 띠었다. 그는 형의 태도에 완전히 기분이 상했다.

"형은 아마 우리의 감정 때문에 놀라서… 거기에 동의할 수 없다는 거겠지…. 하는 수 없지…. 미안하지만 하는 수 없어…. 나는 형에게 알려주려고 했던 거야. 이제는 됐어. 그럼 또 만나."

"잠깐!" 하고 앙투안이 외쳤다. "바보 같은 짓이야! 그런 바보 같은 생각을 하고 있는 너를 이대로 보낼 수 없어!"

"잘 있어."

"안 돼! 할 말이 있어!"

"말해서 무슨 소용이 있어? 우리는 서로 이해할 수 없다는 것을 알게 됐는데…."

자크는 나가려는 시늉만 해 보였지 막상 나가지는 않았다. 잠시 침묵이 흘렀다.

앙투안은 마음을 가다듬으려고 애썼다.

"이것 봐, 자크…. 좀 냉정히 생각해보자…." 자크는 빈정거리는 듯한 미소를 지었다. "두 가지 점에서 문제를 생각해보아야 해…. 하나는 너의 성격이야. 다른 하나는 네가 택한 시기의 문제이고…. 그래, 우선 너의 성격, 인간 됨됨이야…. 진실을 말할 테니 들어봐. 너는 다른 사람을 행복하게 해주기에는 근본적으로 부적당해…. 근본적으로! 그러니까 만일 이런 경우가 아니더라도 너는 결코 제니를 행복하게 해줄 수 없을 거야. 따라서 어떤 경우라도 너는 절대로…."

자크는 어깨를 으쓱해 보였다.

"들어봐. 어떤 경우라도! 더구나 지금과 같은 경우에는 더더구나! …전쟁…. 더구나 너의 그런 사상 가지고는! …네가 어떻게 할 것이며 어떻게 될지? 그건 미지수야. 정말 미지수지!

…네가 위험을 무릅쓰든 말든 그것은 너의 자유야. 하지만 이런 시기에 다른 사람을 너의 운명에다 묶어놓겠다는 거니? 끔찍한 일이지 뭐야! 너는 완전히 정신이 나간 사람이야! 일고의 가치도 없는 어린애 같은 짓이야!"

자크는 웃음을 터뜨렸다. 자신만만하고 무례하고 거의 증오심에 찬 웃음, 미친 사람 같은 웃음이었다. 그러다가 갑자기 웃음을 멈추었다. 머리카락을 거칠게 치켜올린 다음, 화가 나서 팔짱을 끼었다.

"그래! 나는 형을 찾아왔어. 형에게 우리의 행복을 들려주고 싶어서 온 거야. 그런데 형이 말하는 것이 고작 그거야?" 그는 또다시 한번 어깨를 으쓱해 보인 다음 문의 손잡이를 잡았다. 그리고 돌아보면서 어깨너머로 외쳤다. "나는 형이라는 인간을 알고 있는 것으로 믿고 있었어. 그런데 형을 실제로 알기 시작한 것은 오 분 전부터야! 이제는 형의 가치를 알겠어! 형은 인정머리가 없는 사람이야! 형은 한 번도 사랑을 해본 적이 없어! 앞으로도 사랑 같은 것은 모를 거야! 인정머리 없는 인간, 정말 인정머리 없는 인간이야!" 자크는 형을 아래위로 훑어보았다. 신성한 자신의 사랑을 뽐내며 상대를 경멸이라도 하듯. 그는 얼굴을 찌푸리며 미소를 지었다. 그리고 마음에도 없는 소리를 지껄였다. "형은 자신이 어떤 인간인지 알고 있어? 형의 면허증, 그리고 형이 잘난 체하는 게 다 뭐야? 형, 형은 불쌍한 인간이야! 불쌍한 인간에 지나지 않아, 불쌍한 인간 말이야!"

자크는 씩씩거리며 신경질적인 냉소를 짓더니 문을 세차게 닫고 나갔다.

앙투안은 잠시 고개를 숙인 채 카펫을 바라보며 꼼짝도 하지 않았다.

"인정머리 없는 인간!" 하고 낮은 목소리로 말했다.

그는 숨을 헐떡거리고 있었다. 흥분한 나머지 표고標高 때문에 오는 현기증 같은 육체적인 불쾌감을 느꼈다. 팔을 앞으로 뻗어 손을 수평으로 내밀어보았다. 손이 떨리고 있는데도 억제할 수 없었다. '맥박이 백이십쯤 되겠군….' 그는 생각했다.

그는 천천히 몸을 바로 세워 일어나서는 창가까지 갔다. 그리고 덧문을 열었다.

가운데 마당은 조용했다. 마당 저쪽의 이중으로 된 벽 사이에는 한 그루의 마로니에 나무가 맥없이 잎을 떨면서 누런 반점을 드러내 보였다. 그러나 앙투안의 눈에는 아무것도 보이지 않고 오로지 자크의 파렴치한 얼굴, 거만한 미소, 취해 있는 듯하면서 고집스러운 눈길만이 아른거렸다.

"내가 한 번도 사랑해본 적이 없다니!" 그는 쇠로 된 난간을 두 주먹으로 꽉 쥐면서 중얼거렸다. "바보 같은 놈, 그런 것이 사랑이라면, 그래, 나는 한 번도 사랑해본 적이 없다! 그리고 나는 그것을 자랑으로 삼겠다!"

이웃 건물의 창가에 한 소녀가 얼굴을 내밀고 앙투안을 쳐다보았다. 너무 큰 소리로 말했나? 그는 창가를 떠나 방 한가운데로 되돌아왔다.

'사랑! 시골에선 모두가 아무렇지 않게 사랑이란 이름으로 말하고 있어…. 시골 사람들은 발정한 짐승이라고 말하지…. 그러나 우리가 그렇게 하기에는 너무나 유치하고 창피스러운 일이야! 더 승화시켜야 해! 흰 눈동자를 굴리면서 이렇게 부르짖어야 해. '우리는 서로 사랑하고 있어! …나는 그녀를 사랑하고 있어! …사—랑!!!' 열정, 알고말고, 그것은 사랑에 빠진 인간들의 전유물이야! 나로 말할 것 같으면 '인정머리 없는' 인간이야! 좋아! …그리고 당연히 '형은 이해 못 해!'라고 하겠지. 언제나 변함없는 후렴이지. 나 말고는 아무도 이해할 수 없다는 식으로 거드름을 피우고 싶은 욕구야! 자기들로서는 으쓱해지는 일이겠지! 정신병자들이야! 정말 정신병자들이야. 미친놈은 예외 없이 남이 모르는 것을 자랑하고 싶어 하거든!'

앙투안은 노여움에 찬 눈으로 계속 몸부림치고 있는 자신의 모습을 거울 속에 비추어 보았다. 그는 두 손을 호주머니 속에 찔러 넣었다. 그리고 자기의 노여움에 더 그럴듯한 구실을 붙였다.

'내가 몹시 화를 내는 것은 그런 **어리석음** 때문이다! 그래. 나의 양식 때문에 화를 내고 격앙되는 거다…. 그렇다고 내가 그것을 깨달은 것은 지금 처음 있는 일이 아니다. 양식에 상처를 받으면 표저瘭疽나 치통을 느낄 때처럼 아픈 법이다!'

서재에서 필립 박사가 자기를 기다리고 있다는 생각을 했을 때야 비로소 그는 제정신이 들었다. 그는 어깨를 흔들었다.

"자…."

그의 손가락은 무의식적으로 호주머니 속에 있는 종이쪽지를 매만지고 있었다. 안의 편지…. 그는 그것을 꺼내 둘로 찢은 다음 휴지통에 던졌다. 그의 눈은 테이블에 있는 군대 수첩 위로 갔다. 그러자 갑자기 기운이 쭉 빠지는 것 같았다. 내일이면 전쟁, 여러 가지 위험—팔다리가 잘려 죽을지도 모르지? **형은 한 번도 사랑해본 적이 없어!** 내일이면 청춘의 주기가 돌연 끝나게 된다. 그리고 사랑할 수 있는 시기도 영원히 지나가고 말지 모른다….

그는 별안간 휴지통에 몸을 굽혀 찢어져서 반이 된 봉투를 주워 속에서 편지 조각을 꺼내 펼쳐 보았다. 그것은 애무처럼 부드럽고 거센 외침이었다.

…오늘 밤, 우리 집에서. 당신을 기다릴게요…. 어떻게 하든지 만나고 싶어요. 꼭 온다고 약속해주세요. 나의 토니. 와주세요.

앙투안은 힘없이 안락의자에 앉았다. 최후의 하룻밤을 그녀 곁에서 지낸다면…. 또 한 번 달콤한 사랑을 해본다면…. 이것을 마지막으로 다시 한번 그녀의 품에 안겨 잠들어 모든 것을 잊을 수 있다면…. 그는 갑자기 일종의 향수, 넘실거리는 큰 파도와 같은 격렬한 비탄의 물결에 휘말렸다. 테이블 위에 팔꿈치를 괴었다. 그리고 얼마 동안 두 손으로 머리를 감싸고 어린 아이처럼 흐느껴 울었다.

70

파리는 평온하기는 했지만 비통한 기운이 감돌고 있었다. 정오쯤부터 몰려오기 시작한 구름은 궁륭穹隆을 이루면서 시가지를 어슴푸레한 황혼녘으로 잠기게 했다. 여느 때보다 일찍 불을 켠 카페나 상점은 교통수단을 잃은 사람들이 불안한 모습을 하고 바쁜 걸음으로 뛰다시피 걸어가고 있는 어두운 거리를 향해 희미한 빛줄기를 던지고 있었다. 사방의 지하철 입구는 승객의 인파로 보도 위에까지 꽉 차 있었다. 모두들 지하철역 안으로 들어갈 때까지 조바심을 내면서 계단에서 삼십 분쯤은 발을 구르며 있을 수밖에 없었다.

자크와 제니는 기다리는 것을 단념하고 오른쪽의 강기슭까지 걸어갔다.

신문팔이의 모습은 길모퉁이에서마다 눈에 띄었다. 사람들은 앞을 다투어 호외를 사서 잠시 걸음을 멈추고 탐욕스런 눈으로 훑어보곤 했다. 모두가 자신도 모르게 거기에서 무슨 대단한 뉴스라도 찾아보려는 듯이 혈안이 되어 있었다. 곧 모든 일이 잘 수습이 되었는지, 유럽의 지도자들이 돌연 생각을 바꾸었는지, 지도자들이 만장일치로 타협적 해결의 길을 찾아냈는지, 이제 그것으로 어리석은 악몽은 사라졌는지, 그래서 공연히 걱정만 했을 뿐 별일 없이 끝나게 되는지 등….

동원령이 내린 뒤에는 『위마니테』도 다른 곳과 마찬가지로 텅 비어버렸다. 각자 개인 생활로 되돌아간 것 같았다. 입구에도 계단에도 사람의 그림자라고는 찾아볼 수 없었다. 자크는 복도 안을 유일하게 왔다 갔다 하는 보이의 말을 통해 스테파니가 자기 방에 없다는 것을 알았다. 당직은 갈로가 맡고 있었다. 그러나 그는 내일 자 신문 편집 때문에 문을 굳게 닫고 있었다. 그리고 자크는 제니가 몹시 지쳐 있는데도 불구하고 그림자처럼 따라다니기에 굳이 안으로 밀고 들어가려고 하지 않았다.

"프로그레 카페까지 가보자." 자크가 말했다.

프로그레 카페의 아래층 홀에는 아무도 없었다. 지배인도 자리를 비웠다. 그의 아내만이 혼자 카운터에 앉아 있었다. 그녀는 눈물을 흘린 것 같았다. 그래서인지 자리를 뜨려고도 하지 않았다.

그들은 중이층으로 올라갔다.

한 테이블에만 사람들이 자리 잡고 있었다. 그것은 몇 명의 투사들이었는데, 모두가 젊은이들로 자크는 모르는 얼굴들이었다. 자크와 제니가 들어오는 것을 보자 그들은 잠시 입을 다물었다. 그러다가 다시 토론을 계속했다.

자크는 목이 말랐다. 그는 제니를 입구 가까운 의자에 앉게 하고 맥주 한 병을 가지러 내려갔다.

"그럼 자네는 어떻게 할 거야? 헌병이 오는 것을 기다리려고 하는 거야? 그리고 바보같이 총살당하려고 그래?"

그렇게 말하고 있는 사람은 혈색이 좋고 챙 달린 모자를 깊숙이 내려 쓴 스물다섯 살쯤 되어 보이는 청년이었다. 그의 목소리는 거칠었다. 검고 날카로운 눈으로 동지들의 얼굴을 차례로 뚫어지게 바라보고 있었다.

"그런데 나는 확실히 말해두겠어!" 하며 그는 신경질적으로 말을 계속했다. "우리들, 곧 우리처럼 사태를 가까이에서 보아온 자들에게는 분명한 것이 하나 있어. 그리고 이것이 뭐니 뭐니 해도 가장 중요한 거야. 즉 우리는 전쟁을 원하지 않는 나라의 백성이라는 거야. 따라서 마음에 걸릴 일은 하나도 없어!"

"그러나 다른 나라 사람들도 모두 똑같은 말을 하고 있어." 하고 그 가운데에서 가장 나이가 들어 보이고, 지하철 역원의 제복을 입은 사십대의 남자가 말에 끼어들었다.

"그러나 독일 놈들은 그렇게는 말 못 할 거야! 평화의 열쇠를 쥐고 있는 것은 그자들이니까! 두 주일 전부터 전쟁을 막을 수 있는 기회는 열 번도 넘게 있었어!"

"우리도 똑같아! 우리는 러시아에 대해 솔직하게 '빌어먹을 놈!' 하고 말해줄 수 있었을 거야!"

"지금 와서 그런 말을 해보았자 무슨 소용이 있어! 지금 생각하면 독일 놈들은 비열하게 전쟁을 획책했던 거야! 자업자득이지, 그들로서는! 지금 와서 평화를 부르짖어야 무슨 소용 있겠어, 모두가 바보는 아니니까! 프랑스는 얻어맞았으니까 이제는 지켜야지! 프랑스는 자네, 나, 우리 모두의 일이야!"

지하철 역원을 제외한 나머지 사람들은 모두 찬성하고 있는 것 같았다.

자크는 비탄의 눈길을 제니 쪽으로 보냈다. 그는 스튀들레가 애원하듯이 말한 것이 생각났다. '나는 독일의 유죄를 믿을 필요가, 필요가 있어!'

따라놓은 맥주를 마시지도 않고 자크는 제니에게 눈짓을 해 보이면서 자리에서 일어났다. 그러나 떠나기 전에 그는 그 패거리들 쪽으로 걸어갔다.

"**방어적인** 전쟁! …**정당한** 전쟁, **정의로운** 전쟁! …자네들은 그것이 언제나 변함없는 속임수라는 것을 모르는 모양이군! 자네들까지도 그런 것에 넘어가고 있단 말인가? 동원령이 내려진 지 아직 세 시간도 안 됐어. 그런데 자네들은 벌써 그 지경이 되어 있단 말인가? 지난 한 주일 동안 신문은 그런 당치도 않은 편견을 부추기기에 여념이 없는데 자네들은 거기에 그냥 속수무책으로 있겠단 말인가? 그런 편견이야말로 군부의 수뇌들이 십분 이용하려고 노리고 있는 거야! …만일 자네들 같은 사회주의자들이 거기에 저항하지 않는다면 누가 그런 미친 짓을 물리칠 수 있겠느냐 말이야!"

자크는 그들 가운데 특별히 어느 한 사람을 두고 한 말은 아니었다. 그는 차례로 한 사람 한 사람을 뚫어지게 바라보았다. 그러면서 입술을 떨고 있었다.

그들 가운데에서 가장 젊고, 얼굴과 머리가 모두 하얀 가루투성이인 미장이가 그를 향해 어릿광대 같은 얼굴을 번쩍 들었다.

"나도 샤테니에와 같은 생각이야." 하고 젊은이는 침착하고 맑은 목소리로 말했다. "나는 첫날에, 즉 내일 동원되었어! …나는 전쟁을 증오해. 하지만 나는 프랑스 사람이야. 우리 나라가 공격당하고 있어. 국가가 나를 필요로 하니까 나는 갈 거야! 나는 가, 어쩔 수 없는 심정으로. 그러나 가야만 해!"

"나도 여러분과 마찬가지야." 하고 옆에 있던 남자가 말했다. "나는 삼 일째 되는 화요일에 떠나게 되어 있어…. 나는 바르르뒤크에서 태어났어. 거기에는 노인들이 있어…. 내 고향이 독일 영토가 되는 것을 추호도 바라지 않아!"

'프랑스 사람 열 명 중 아홉은 이렇다니까!' 하고 자크는 생각했다. '자기들의 방어 본능의 반응을 정당화하기 위해 끝까지 프랑스를 죄 없는 것으로 만들려고 하는가 하면, 상대방이 파렴치한 책모를 꾸몄다는 결론을 짓기에 급급하고 있어. 더구나' 하고 그는 생각했다. '이러한 청년들은 자기들이 돌연 침범당한 나라에 속해 있고, 집단적 원한이라는 자극적인 공기를 호흡함으로써 어떤 불순한 만족감을 맛보고 있는 것은 아닐까…?' 레츠 추기경*이 **국민들에게는 자기들이 공격할 때에도 자기들은 방어하는 데만 골몰하고 있는 것처럼 보이게 할 때 가장 그 효과가 크다** 라고 말한 이후 아무것도 변한 것은 없다.

"잘 생각해보시오!" 하고 자크가 차분한 목소리로 말했다. "만일 여러분이 저항을 포기한다면, 내일이면 너무 늦어요! … 이 점을 생각해봐요. 국경 저쪽 너머에서도 마찬가지로 분노와, 잘못된 비방과 완강한 반발 같은 것이 폭발할 겁니다! 각 나라 국민들은 싸움을 좋아하는 개구쟁이들이 어린 짐승의 눈을 하고 서로 치고받는 거나 똑같은 꼴이 되었어요. 그러면서 '저쪽에서 먼저 싸움을 걸어왔어…!'라고 합니다. 어리석기 짝이 없는 짓이 아니고 무엇이겠습니까?"

"그러면, 어떻게?" 하며 미장이가 외쳤다. "동원당한 우리는 뭘 어떻게 하라는 거야?"

"만일 여러분이 폭력은 정의로울 수가 없다는 것, 인생은 성스럽다는 것, 평화시에는 살상 행위를 금지하면서 전시에는 그것을 자행하도록 명령하는 따위의 두 가지의 도덕률은 있을 수 없다고 생각한다면, 동원을 거부하십시오! 전쟁을 거부하십시오! 여러분 자신에게 충실하십시오! 인터내셔널에 충실하세요!"

홀 입구에 있던 제니는 갑자기 자크 쪽으로 걸어와서 그에게 바짝 몸을 기댔다.

미장이는 일어나 있었다. 그는 화가 난 모습을 하고 팔짱을

* 17세기 프랑스의 정치가로 처음에는 신학을 연구했다가 뒤에 격렬한 정치 투쟁에 몸을 바쳤다.

끼었다.

"총살당하기 위해서? 천만에, 이봐! 자네 재미있는 소리를 하는군! …하여튼 거기에 간 이상은 누구나 모두 운명에 맡기는 거야. 좀 운이 좋으면 살아날 수도 있겠지!"

"그러나" 하며 자크가 외쳤다. "여러분은 자신의 의사나 자신의 개인적인 책임을 강자라고 하는 사람들의 손에 넘기는 것이 얼마나 비겁한 일인지 잘 알고 있습니다! 여러분은 '나는 반대하지만 이제는 어쩔 도리가 없어…'라고 생각하겠지요. 물론 괴로운 일입니다. 하지만 여러분은 그렇게 복종하는 것이 어려우면서도 가치 있는 일이라고 여김으로써 헐값으로 자신의 양심을 잠들게 하는 것입니다…. 그래, 여러분은 범죄적인 일에 말려들고 있다는 것을 모른다는 말입니까? 어떤 정부도 국민을 노예화하고 국민을 학살하기 위해 있는 게 아니라 국민에게 봉사하고 국민을 보호하며 국민을 행복하게 해주기 위해 정권을 맡고 있다는 것을 잊었나요?"

지금까지 아무 말도 하지 않고 있던 서른 살쯤 되어 보이는 머리가 검은 남자가 주먹으로 쾅 하고 테이블을 내리쳤다.

"그게 아니야! 자네 말은 옳지 않아. 오늘 자네는 틀린 말을 하고 있어! …맹세코 나는 지금까지 정부와 타협한 일이 한 번도 없어. 나는 자네와 마찬가지로 사회주의자야! 당원증을 갖고 있는 지가 오 년이나 돼! 그런 내가, 사회주의자인 내가 정부를 위해 다른 사람들과 똑같이 총을 들 각오를 하고 있어!" 자크는 그의 말을 중단시키고 싶었다. 그러나 상대는 목소리를 높였다. "그런 것은 신념 따위와는 아무런 관계가 없어! 민족주의자, 자본가, 부자들, 그런 것들하고는 나중에 두고 볼 일이야! 톡톡히 맛을 보여줄 테니까, 나에게 맡겨도 좋아! 하지만 지금은 이러쿵저러쿵 하고 있을 때가 아니야! 우선 프로이센 놈들을 혼내주는 일이 문제야! 전쟁을 하고 싶어 한 것은 그놈들이니까! 원했으니 해보라지! 그리고 이봐, 분명히 말해두지만 그놈들은 곧 후회하게 될 거야!"

자크는 천천히 어깨를 으쓱해 보였다. 속수무책이었다. 그는 제니의 팔을 잡고 그녀를 계단 쪽으로 끌고 나왔다.

"역시 사회당 만세야!" 하고 그들 뒤에서 누군가가 외쳤다.

밖으로 나온 둘은 얼마 동안 말없이 걸었다. 은은하게 들려오는 천둥소리가 한바탕 쏟아질 것 같은 날씨를 알려주었다. 하늘은 먹구름으로 뒤덮혔다.

"알겠지?" 하고 자크가 말했다. "나는 전쟁이라는 것은 감정의 문제라든가 또는 단순히 경제적 경쟁으로 인한 부득이한 충돌만은 아니라고 믿어왔고, 또 그런 생각을 수없이 되풀이해왔어. 그런데 말이야, 이러한 민족주의적 광란이 오늘 사회의 모든 계층으로부터 이렇게 자연스럽고 무분별하게 일어나는 것을 보면 나는 어쩐지… 전쟁이란 오히려 인간의 어둡고 다스리기 힘든 감정 대립의 결과이며, 이해관계로 인한 격돌은 계기나 구실에 불과한 것이 아닌가 하는 생각을 하게 돼…." 자크는 다시 입을 다물었다. 그러고 나서 생각나는 대로 사고의 맥락을 더듬어가며 "그리고 무엇보다도 가소로운 것은 자신들을 정당화시킬 뿐만 아니라 전쟁을 수락하는 것을 마치 이치에 맞고 **자유의사**에서 나온 것처럼 떠들어대는 일이야! …그래, 자유의사에서 나온 것처럼 말이야! …그런 형편없는 자들 모두가 바로 어제까지만 해도 전쟁에 대해 그런대로 투쟁을 해왔어. 그리고 지금은 마지못해 그 속에 말려들어 가고 있으면서 마치 자발적으로 행동하는 것처럼 보이려고 안간힘을 쓰고 있어! …비통한 일이지 뭐야.” 하며 자크는 좀 사이를 두었다가 말을 계속했다. “그토록 경험 많고 경계심을 게을리하지 않는 사람들도 일단 애국적 감정으로 심금을 울리는 말만 들으면 그냥 넘어가고 마니 말이야…. 딱한 일이야. 도무지 이해할 수 없어…. 아마 이래서인지 몰라. 곧 평범한 사람은 자신을 순박하게도 조국이라든가, 국민이라든가, 국가라는 것과 동일시하는 거야…. 흔히들 이렇게 말하거든. ‘우리 프랑스 사람은….’ ‘우리 독일 사람은….’ 그런데 개개인을 두고 볼 때 그들 개인은 확실히 평화를 갈망하고 있기 때문에 그 나라가, 곧 자기 나라가 전쟁을 하고 싶어 한다는 것을 도저히 생각할 수 없는 거야. 그래서 이렇게 말할 수 있을 거야. 인간은 평화를 바라면 바랄수록 당연히 자기 나라나 동포에게는 아무런 죄가 없는 것으로 생각하게 되고, 그러니까 전쟁의 위협은 오로지 외국에서 오는 것으로 생각하게 되고, 자기 나라 정부에는 책임이 없고, 자기는 피해자인 집단에 속해 있으므로 그러한 집단을 지킴으로써 자신을 지키는 거나 다름없다고 생각하기 쉬워….”

굵은 빗방울이 떨어지기 시작하자 자크는 잠시 입을 다물었다. 마침 그들은 증권거래소 앞 광장을 지나가고 있었다.

“뛰어가.” 자크가 말했다. “아니면 흠뻑 젖게 될 거야 ….”

둘은 겨우 비를 피해 콜론가街의 아케이드까지 올 수 있었다. 이날 하루 종일 도시를 짓누르던 소나기 기운이 지금 갑자기 억수같이 퍼붓기 시작한 것이다. 신경을 두들기는 것 같은 번개가 끊임없이 치고 있었으며, 또 계속되는 천둥소리가 마치 산속에서의 소나기를 연상케 할 정도로 요란스러운 소리를 내며 주위의 건물 사이에 울려 퍼졌다. 카트르 셉탕브르가街 주위를 근위기병대의 한 중대가 재빨리 지나갔다. 물을 튀기며 뛰어가는 말 위의 기병은 폭우를 맞으며 김이 나는 말의 목 위로 몸을 굽히고 있었다. 그리고 잘 그린 전쟁 그림에서 보듯이 기병들의 헬멧이 납빛의 하늘 밑에서 번쩍이고 있었다.

"저리로 들어가자." 자크는 아케이드 구석의 그리 밝지 않지만 벌써 사람들로 붐비는 작은 식당을 가리키면서 말했다. "비가 멈추기를 기다리면서 무엇을 먹도록 하지."

많은 손님들로 법석을 치고 있는 대리석 테이블에서 둘이 나란히 앉을 수 있는 장소를 찾기란 쉬운 일이 아니었다.

자리에 앉자마자 제니는 피로가 엄습함을 느꼈다. 두 무릎이 떨리고 어깨와 목덜미가 아파왔다. 머리는 참을 수 없을 정도로 무거웠다. 몸이 어쩐지 좋지 않을 것만 같았다. 몇 분이라도 눈을 감고 몸을 쭉 뻗어 잠들 수 있다면…. 자크 곁에서 잠들 수 있다면…. 그러자 곧 어젯밤의 추억이 제니의 마음을 사로잡았다. 그것은 그녀에게 힘을 가져다주는 채찍과도 같은 것이었다. 곁에 있던 자크는 아무것도 눈치채지 못했다. 제니는 그의 옆얼굴, 땀에 젖은 목덜미, 밤색의 윤기 나는 거무스레한 머리를 바라보았다…. 제니는 자크의 팔을 잡고 말하고 싶었다. '집에 돌아가요. 다른 모든 것이 무슨 상관있어요? …나를 안아주세요. …꼭 안아주세요!'

주위에서는 모두가 이야기를 주고받느라고 정신이 없었다. 그들의 눈은 생기를 띠고 있었다. 그리고 친근감이 도는 눈길로 소금 그릇과 겨자 그릇을 건네주곤 했다. 누가 들어도 터무니없고 이치에 맞지 않는 정보인데도 태연하게 자신 있는 것처럼 주고받다가는 곧 신빙성이 있는 것으로 되어버리곤 했다. "이런 폭풍우로 공세가 늦어지지 않았으면 좋으련만." 하고 중년 부인이 한탄했다. 염증이 생긴 그녀의 얼굴에는 천진하지만 그러나 공격적인 용맹성이 드러나 보였다.—"칠십년 전쟁 때는" 하고 제니 앞에 있는 칼라에 약장略章을 단 뚱뚱한 신사가 설명했다. "전투행위는 선전포고가 있은 지 한참 뒤에, 적어도 두 주일은 지난 뒤에야 시작됐지요."—"설탕이 부족한 것 같아." 하고 누군가가 말했다.—"소금도요." 하고 용감한 그 중년 부인이 덧붙였다. 그녀는 속내 이야기라도 하려는 듯이 제니에게로 몸을 굽혔다. "나는 재빨리 대비해놓았어요."

훈장을 단 신사는 누구를 상대로 해서 말하는 것도 아닌데 아주 감격해 마지않으며 목소리를 떨면서 설득력 있는 투로 동부 수비대의 어떤 대령에 관한 이야기를 들려주었다. 그 대령은 예하의 장병들을 국경선에서 십 킬로 지점까지 후퇴시키라는 명령을 받자 프랑스가 이미 적에게 굴복하는 줄 알고 권총을 꺼냈다. 수치를 당하고 살아남는 것이 싫어서 연대 앞에서 권총으로 머리를 쏘아 자살했다는 것이다.

테이블 끝쪽에서 한 노동자가 말없이 무엇인가 먹고 있었다. 경계하는 듯한 그의 눈길이 자크의 눈과 마주쳤다. 그는 곧 입을 열었다.

"모두들 농담은 그만들 하시지요." 하고 그는 화가 난 투로 말했다. "오늘 저녁에도 우리는 공장에서 이번 주 임금을 받지 못했소!"

"그것은 또 어쩐 일로?" 하고 신사는 친절한 투로 물었다.

"고용주의 말로는 돈이 은행에 예치되어 있는데 그만 은행이 문을 닫았다는 거예요…. 그래서 한바탕 난리가 났다오! 그렇다고 뭐 뾰족한 수가 있어야지요. '월요일에 다시 오라'라고 말하더군요…."

"물론 그럴 겁니다. 월요일에는 꼭 지불할 겁니다." 하고 그 용감한 부인이 말했다.

"월요일이라고요? 우선 내일부터 동원되어 가는 사람들이 많은걸요. 그렇다면 아실 만하지요? 저는 떠나지만 내 뒤로 아내와 애들을 돈 한 푼 없이 남겨놓고 가게 된다는 걸 말입니다?"

"그 걱정일랑 하지 마세요." 하고 약장을 단 신사가 의연하게 말했다. "그것은 다른 일과 마찬가지로 정부가 미리 알아서 처리하기로 되어 있어요. 구청에서 보조금의 배분이 있을 겁니다. 걱정 말고 떠나세요! 가족들은 국가가 잘 보호해주게 되어 있어 조금도 부족한 것이 없을 겁니다!"

"그럴까요?" 하고 그 남자는 마음이 좀 동한 듯 중얼거렸다. "그런데 왜 확실히 말해주지 않을까요?"

용케 석간신문의 호외를 사서 손에 들고 있던 자크 옆의 한 남자는 거기에 실린 푸앵카레의 「프랑스 국민에게 고함」이라는 선언문을 넌지시 보여주었다.

모두가 손을 내밀었다.

"봅시다! 봅시다!"

그러나 그 남자는 신문을 내놓으려고 하지 않았다. "읽어보세요!" 하고 약장을 단 신사가 명령하듯이 말했다.

엉큼한 얼굴에 키가 작달막하고 나이 들어 보이는 그 남자는 코안경을 다시 고쳐 썼다.

"여기에는 장관 모두가 연서를 했어요!" 하고 그는 과장된 말투로 말했다. 그러고는 가성 비슷한 목소리로 읽기 시작했다. "정부는 스스로의 책임을 생각하면서, 그리고 일을 이대로 방임하는 것은 스스로의 신성한 의무를 저버리는 것으로 통감하면서 여기에 사태의 필요에 의해 동원령을 내리는 바이다." 노인은 좀 숨을 가다듬었다. "동원은 전쟁이 아니다…."

"들어봐요, 자크." 제니가 희망에 부푼 목소리로 속삭였다.

자크는 어깨를 으쓱해 보였다.

"쥐덫 속에 넣으려는 거야…. 그러나 일단 잡히면 놓아주지 않을 거야!"

"현재의 상황으로 보아" 하며 코안경을 낀 남자는 계속 읽어 내려갔다. "동원은 오히려 명예로운 평화를 보장하는 방법이라고 생각할 수 있다…."

가까운 테이블에 있던 사람들까지도 조용해졌다.

"더 큰 소리로 부탁해요!" 하고 홀 구석에 있던 누군가가 소리쳤다. 남자는 일어나서 계속 읽었다. 그의 목소리는 이따금 높아졌다. 지금 그는 바로 자기 자신이 국민을 향해 이야기하는 것 같은 기분인 것이 틀림없다. 그는 엄숙한 투로 되풀이했다.

"…명예로운 평화를 보장하는 방법이라고 생각한다…. 정부는 의연한 국민의 냉정을 기대하며, 국민은 옳지 못한 감정에 끌리지 않기를 바란다."

"브라보!" 하고 얼굴에 염증이 난 부인이 말했다.

"옳지 못한이라니!" 하고 자크가 중얼거렸다.

"…정부는 모든 프랑스 국민의 애국심을 기대하며, 자신의 의무를 게을리하는 사람은 하나도 없다는 것을 알고 있다. 영원한 프랑스, 평화를 사랑하고 단호한 결의를 보이는 프랑스가 있을 뿐이다. 평정, 신중, 위엄을 가지고 완전한 단결을 보여주는 '정당함'과 '정의'의 프랑스가 있을 뿐이다."

낭독이 끝나자 얼마 동안 침묵이 흘렀다. 뒤이어 이런 자극적인 주제에 대한 토론이 새로이 활기를 띠기 시작했다. 그 부인의 영웅적 정신은 그녀 혼자만의 것이 아니었다. 약장을 단 신사는 얼굴에 홍조를 띠었다. 테이블 끝에서는 임금을 받지 못한 노동자가 눈에 눈물을 글썽거리고 있었다. 모두가 무언가 즐거운 일이라도 있는 듯 집단적인 도취감에 사로잡혀 있었다. 모두가 공연히 들떠 자신을 잃고 흥분해서 숭고함에 도취해 있는가 하면, 조국을 위해 몸을 바칠 각오가 되어 있는 것 같아 보였다.

자크는 잠자코 있었다. 그는 같은 시간에 저쪽의 책임자 카이저나 차르가 서명했을 것이 틀림없는 똑같은 선언문을 생각하고 있었다. 도처에서 같은 힘을 발휘하며, 도처에서 어쩌면 똑같이 어처구니없는 흥분을 불러일으키고 있을지도 모를 이상한 그 문장을….

그는 제니가 별로 손도 대지 않은 포타주 접시를 그냥 앞으로 내미는 것을 보았다. 그는 제니에게 눈짓을 했다. 그러고 나서 자리에서 일어났다.

밖은 이미 비가 멎은 상태였다. 집집마다 발코니에서는 빗방울이 떨어지고 있었다. 진흙투성이의 물로 불어난 도로변의 도랑물은 요란스러운 소리를 내며 하수구로 흘러들어가고 있었다. 비에 젖어 번쩍이는 보도에는 사람들이 무질서하게 다시 각자 갈 길을 가고 있었다.

"이제 의회로 가자." 하고 자크가 다급한 발걸음으로 제니를 이끌면서 말했다. "저쪽에서는 그들이 뭘러와 무슨 일을 꾸미고 있을까…?"

그런 생각이 무모한 것으로 여겨졌지만, 그렇다고 그는 아직 절망하지는 않았다.

71

팔레 부르봉*은 남의 눈에 띄지 않게 경찰이 지키고 있었다. 그럼에도 불구하고 앞마당의 철책 뒤에는 여러 무리의 사람들이 서성거리고 있었다. 자크는 여전히 뒤따라오는 제니를 데리고 그쪽으로 가보았다.

전등 불빛에 비친 무리들 한편에서 자크는 라브의 옆모습을 알아볼 수 있었다.

"회담은 아직 끝나지 않았어." 라브가 일러주었다. "모두 지금 막 나와서 저녁 식사를 하러 갔어. 곧이어 토의가 계속될 거야. 그러나 여기가 아니라 『위마니테』 편집실이야."

"그래서? 첫인상은 어땠어?"

"좋지 않았어…. 더구나 정보는 도저히 얻을 수 없었어. 모두가 상기되어 있었고, 갈증이 나서 죽을 뻔한 모양이야. 거기에

* 프랑스 하원을 말한다.

다 말문이 막힌 사람들 같았어…. 무엇인가 그래도 얻어낼 수 있었던 사람은 시블로뿐이었으니까…. 그런데 그는 우리들에게 자신의 실망을 털어놓았어. 안 그래?" 하고 그는 마침 가까이 온 쥐믈렝 쪽을 향해 말했다.

제니는 아무 말 없이 두 남자를 바라보고 있었다. 그녀에게는 쥐믈렝이 별로 탐탁하게 여겨지지 않았다. 땀을 흘리고 있는 창백하고 길쭉한 얼굴이며, 넓적하고 이상하게 튀어나온 턱이며, 입을 충분히 벌리지 않고 말을 짧게 끊어서 하는 버릇이며, 넓은 어깨며, 너무나 작고 너무나 검은 눈동자를 통해 비치는 차가운 광채 등이 제니에게는 어쩐지 거북스러움을 느끼게 했다. 그에 반해 울퉁불퉁한 이마에 맑고 슬픈 시선을 보이는 나이 든 라브, 언제나 온정이 넘치는 눈길로 자크를 바라보는 그의 모습은 제니에게 신뢰감과 친근감을 주었다.

"뮐러 그 사람은 어쩐지 확실한 위임장 같은 것은 아무것도 갖고 있지 않은 것 같아." 하고 쥐믈렝이 말했다. "확고부동한 제안 같은 것은 아무것도 갖고 오지 않은 모양이야."

"그럼, 무엇 때문에 왔을까?"

"오로지 정보를 얻어내려는 목적에서이지."

"정보라니?" 하고 자크가 외쳤다. "손을 쓸 여유도 없는 지금에 와서!"

쥐믈렝은 어깨를 으쓱해 보였다.

"손을 쓰다니…. 농담 말게나! …이렇게 상황이 시시각각으로 변하고 있는 지금에 와서 무슨 결정을 내릴 수 있겠나? 독일에서도 총동원령을 내렸다는 사실을 자네는 알고 있나? 우리보다 조금 뒤인 다섯시에 내렸어…. 그리고 오늘 밤에 공식적으로 러시아에 대해 선전포고를 한다는 거야."

"그러나" 하고 자크는 조바심을 내면서 말을 계속했다. "그건 어쨌든 간에 그 뮐러라는 작자는 독일과 프랑스의 프롤레타리아의 단결을 위해 오지 않았나? 두 나라의 파업을 조직하기 위해?"

"파업이라고? 천만에" 하고 쥐믈렝이 대답했다. "내 생각으로는 이번 월요일부터 정부가 양원兩院에 청구하기로 되어 있는 군사 예산을 프랑스 사회당이 지지할지 어떨지 그것을 알기 위해 온 것뿐이야. 결국 그것뿐이야."

"그런데 그것만이라도 상당한 거지." 하고 라브가 말했다. "그런 확실한 한 가지 점에 관해서 프랑스와 독일 의회의 사회주의자들이 비슷한 정책을 채택한다면 좋겠는데."

"그것은 뭐라고 말할 수 없는데." 하고 쥐믈렝이 아리송하게 말했다.

자크는 그 자리에서 발을 동동 구르며 어쩔 줄 모르고 있었다.

"하여튼 우리들이 말할 수 있는 것은" 하고 쥐믈렝이 확신에 찬 투로 말했다. "당의 지도자들이 온갖 방법을 다 써서 뮐러를 설득한 것은 프랑스가 전쟁을 피하기 위해 모든 수단을 다 썼다는 점을 보여준 것이야. …최후의 순간까지! 국경 수비대의 후퇴에 동의할 때까지! …이렇게 우리 프랑스 사회주의자들은 적어도 우리 나름대로의 양심은 갖고 있어! 그리고 우리에게는 독일을 침략 국가로 인정할 수 있는 권리가 있는 거야!"

자크는 얼빠진 듯이 그를 바라보았다.

"다시 말하면" 하고 자크가 딱 잘라 말했다. "프랑스의 사회당 대의원들은 군사 예산에 찬성하려 든다는 것인가?"

"어쨌든 반대할 수는 없어."

"어떻게 **반대할 수 없다**는 건가?"

"적어도 표결에는 끼어들지 않을 테니까." 하고 라브가 말했다.

"아." 하고 자크가 외쳤다. "조레스가 살아 있었더라면!"

"흥… 현재와 같은 상황에서라면 보스도 반대투표는 감히 못 했을 거야."

"하지만" 하고 자크는 격분해서 말했다. "침략 국가와 침략당한 국가를 구별하는 것이 얼마나 어리석은 일인가를 조레스는 수없이 외쳐왔어! 그런 구별을 한다는 것은 말도 안 되는 억지에 지나지 않아! 자네들 모두 현재 우리를 궁지에 몰아넣고 있는 진정한 원인, 곧 자본주의라든가 각국 정부의 제국주의적 생각을 잊고 있는 것 같아! 최초의 적대 행위가 어떤 양상을 띠든 간에 국제 사회주의는—전쟁에 대항해서!—온갖 전쟁에 대항해서 일어나야만 해! 그렇지 않으면…!"

라브는 얼버무리며 찬성의 뜻을 표했다.

"원칙적으로는, 그래…. 뮐러도 그런 식으로 말한 것 같아…."

"그래서?"

라브는 짜증스럽다는 몸짓을 했다.

"이야기는 그 정도로 끝났어. 그리고 모두 사이좋게 저녁 식사를 하러 나갔어."

"아니야." 쥐믈렝이 응수했다. "잊은 게 한 가지 있어. 뮐러는 자기 당의 지도자들과 협의하기 위해 베를린에 전화를 걸고 싶어 했다던데."

"저런." 하고 자크가 말했다. 그는 어떻게 해서라도 희망을 잃고 싶지 않았던 것이다.

자크는 화가 난 듯이 발뒤꿈치로 돌아서서 몇 걸음 앞으로 걸어나갔다가 다시 두 사람 곁으로 돌아와 우뚝 섰다.

"내 생각을 자네들에게 말해볼까? 뮐러 그자 말이야. 그는 프랑스 사회당의 인터내셔널리즘과 평화주의가 어느 정도인가 타진하기 위해 온 거야. 만일 정부의 민족주의를 좌절시키기 위해 어떤 일이라도 각오하고 있고, 총파업도 불사한다면 아직도 평화를 구할 수 있는 길은 있어! 그렇고말고! 동원령이 내려져 있는 지금이라도! 프랑스의 프롤레타리아와 독일의 프롤레타리아가 멋지게 결합한다면 평화를 지킬 수 있는 길은 아직도 있어! 하지만 그것 대신 그는 무엇을 보았지? 떠버리, 궤변가, 말로는 전쟁이나 민족주의자를 규탄하지만 실은 군사 예산에 이미 찬성하고, 참모본부에 전권을 위임할 생각을 하고 있는 온건파들이야! 그는 최후의 순간까지 여전히 어처구니없고 범죄적인 반론을 보았을 거야. 이론적으로만 맺어져 있는 인터내셔널의 이상과 사회당의 지도자들 사이에서도 실제로 아무도 그 때문에 희생하고 싶어 하지는 않는 이 모든 국가적 이익 사이에서의 여전히 석연치 않은 충돌 말이야!"

자크가 이야기를 하고 있는 동안 제니는 극도로 지쳐 있기는 했지만 그에게서 눈을 떼지 않았다. 제니는 마치 자신이 잘 알고 있고 그리고 자기를 위해 들려주는 음악을 듣고 있는 듯 자크의 목소리에 도취되어 있었다. 그녀는 주의 깊게 듣는 척했지만 실은 너무 피곤해서 아무것도 듣지 못했다. 그녀는 자크의 얼굴을 엿보고 있었다. 자크의 얼굴 가운데서도 특히 입 근처를 살피고 있었다. 그리고 선이 길게 뻗는가 하면 놀라울 정도로 살아 있는 생물같이 수축되는 그 부드러운 입술에 눈길을 쏟으면서 그와 접촉했을 때처럼 육체적인 정감을 느꼈던 것이다. 그의 팔에 안겼던 어젯밤을 회상하면서 제니는 초조감에 안절부절못하고 있었다. '갔으면 좋겠는데.' 하고 그녀는 생각했다. '저 사람 무엇을 기다리는 걸까? 와버리면 될 텐데…. 빨리 집에 가면 좋을 텐데…. 다른 일이야 무슨 상관 있담?'

이 패거리에서 저 패거리로 뛰어다니며 정보를 유포하던 카디외가 두 사람이 있는 곳으로 왔다.

"내무부와 교섭해서 뮐러가 베를린에 전화를 걸도록 애써보았는데 헛일이었어. 통신이 완전히 두절됐어. 너무 늦었어! 양쪽에 모두 계엄령이야…."

"아마 마지막 기회였을 거야." 하고 자크는 제니 쪽으로 몸을 구부리면서 중얼거렸다.

카디외는 자크의 말을 듣고 비아냥거리듯 말했다.

"무슨 기회였다는 거야?"

"프롤레타리아의 행동 기회! 인터내셔널의 행동 기회!"

카디외는 입가에 야릇한 미소를 띠었다.

"인터내셔널?" 하고 그는 반문했다. "이것 봐, 좀 현실주의자가 되어보자구. 이미 오늘부터 인터내셔널은 평화를 위한 투쟁과는 상관없게 되었어. 전쟁이 나버렸으니까!"

낙담 끝에 심술을 부리는 것일까? 그는 어깨를 으쓱해 보이더니 어둠 속으로 사라졌다.

"그의 말이 옳아." 하고 쥐믈렝이 투덜거리며 말했다. "불길한 징조지만 그의 말이 옳아. 이미 전쟁은 시작됐어. 오늘 밤 우리의 뜻과는 상관없이 사회주의자들도 모든 프랑스 사람과 마찬가지로 전쟁에 **휘말리는 거야** …. 우리는 우리의 인터내셔널 활동을 다시 찾을 것이며, 또다시 시작할 거야. 그렇고말고. 그러나 그것은 훗날의 일이야. 오늘 밤, 평화주의의 시기는 지나가버렸어."

"쥐믈렝, 자네 입으로 그런 말을 하다니?" 자크가 말했다.

"그래! 새로운 사실이 있어. 곧 전쟁은 여기에 엄연히 **존재하고 있어**. 나에게는 이 사실로 인해 모든 것이 변해버렸어. 그리고 사회주의자로서의 우리의 임무는 매우 분명해졌다고 생각해. 우리는 지금 정부의 행동을 견제해서는 안 돼!"

자크는 대경실색하며 그를 물끄러미 바라보았다.

"그럼, 자네는 동원을 받아들일 셈인가?"

"물론이지. 분명히 말해두지만 돌아오는 화요일에 시민 쥐믈렝은 루앙에 있는 239 예비 연대에 일개 보병 이등병으로 입대할 거야!"

자크는 시선을 떨구고 아무 대답도 하지 않았다.

라브는 그의 어깨에 손을 얹었다.

"마음에도 없는 고집 부리지 말아…. 오늘 저녁에는 저 친구와 의견이 다르겠지만 내일이면 생각이 같아질 거야…. 명백한 사실이지. 프랑스의 입장은 말할 것도 없이 민족주의를 신봉하는 것이니까. 우리 사회주의자들은 이웃 나라 제국주의의 침략에 대항해서 민주주의를 지키는 데 앞장서야만 해!"

"그럼, 자네도?"

"나 말인가? 이렇게 늙지 않았다면 지원해보겠는데…. 어쨌든 해볼 거야. 나 같은 늙은이도 소용이 있을지 모르니까…. 왜 나를 노려보는 거야? 나는 생각을 바꾸지 않았어. 언젠가 군국주의에 대항해서 다시 싸우기 위해서라도 꼭 오래 살고 싶어. 군국주의는 언제까지나 나의 증오의 대상이니까! …그러나 현재로서는 경거망동을 삼가야 해. 오늘의 군국주의는 어제의 그것과는 달라. 오늘의 군국주의, 그것은 프랑스의 구세주야. 그 이상이라고도 할 수 있지. 위기에 처한 민주주의의 구세주라 할 수 있어. 그러니까 나는 적의를 거둘 거야. 그리고 동지들과 행동을 같이하려고 해. 총을 들고 나라를 지킬 거야. 두고 보면 알겠지만!"

그는 자크의 시선에 맞서서 똑바로 쳐다보고 있었다. 매우 부끄러워하면서도 자만에 찬 미소가 그의 입가에 슬며시 떠올랐는데, 그것이 그의 두 눈에 엿보이는 슬픈 빛을 한층 침통한 것으로 만들었다.

"라브까지!" 자크는 시선을 돌리며 중얼거렸다.

그는 숨이 막힐 것만 같았다.

제니의 팔을 붙잡고 작별 인사도 하지 않고 함께 나와버렸다.

철책 앞에는 흥분한 한 무리의 사람들이 출구를 가로막고 있었다.

중앙에서는 갈로의 비서인 파제스가 요란한 몸짓을 하면서 떠들어대고 있었다. 자크는 그를 둘러싸고 있는 젊은 투사들 가운데서 몇 사람의 안면 있는 얼굴을 찾아냈다. 부비에, 에라르, 푸즈롤, 조합주의자인 라투르, 『위마니테』의 편집자인 오델과 샤르당.

파제스는 자크의 모습을 보자 아는 체를 했다.

"뉴스를 알고 있나? 페테르부르크에서 전보가 왔어. 독일은 오늘 저녁 러시아에 선전포고를 했어."

집회 때면 꼭 연설을 하는, 나이가 사십쯤 되어 보이고 병색이 돌며 생기가 없어 보이는 부비에가 자크 쪽을 돌아다보았다.

"전화위복이 될 수도 있어! 전선에 가면 우리의 일거리가 있을 테니까! 총과 탄약을 주어보라지!"

자크는 아무 대답도 하지 않았다. 그는 부비에를 경계하고 있었다. 사람을 피하는 그의 눈초리가 싫었기 때문이다. (어느 날 밤 부비에가 아주 격렬한 연설을 한 집회에 참석했다가 돌아올 때 무를랑이 자크에게 말한 적이 있다. "나는 저자를 엄중히 감시하고 있어. 내가 보기에는 아무래도 열성이 좀 지나친 것 같아…. 경찰의 검거가 있을 때마다 언제나 먼저 잡혀. 그런데 마치 우연인 것처럼 언제나 공소기각 결정이 나거든….")

"가장 웃기는 일은" 하고 부비에가 숨 가쁜 웃음을 띠며 계속 말했다. "그놈들은 우리를 민족주의적 전쟁에 몰아넣으려고 하는가 봐! 한 달도 안 돼서 내란이 일어나리라는 것을 전혀 눈치도 못 채고 있어!"

"그리고 두 달 안에 혁명이야!" 라투르가 외쳤다.

자크는 태연하게 물었다.

"자네들도 동원에 응할 작정인가?"

"그럼! 이런 기회를 놓칠 수 없지!"

"자네는?" 자크는 파제스를 향해 물었다.

"아무렴!"

그의 얼굴에서는 평소 때와 같은 표정을 찾아볼 수가 없었다. 그의 목소리는 신경질적으로 높아지고 있었다. 그는 약간 취한 사람 같아 보였다.

"이번 전쟁이야말로" 하며 파제스가 말을 계속했다. "우리의 잘못 때문에 막지 못한 것이 아니야! 막으려야 막을 수도 없었어. 이것은 사실이야…. 스스로 자멸해가고 있다는 것을 전혀 눈치채지 못하고 있는 이런 병든 사회는 적어도 이번 전쟁을 계기로 앞으로는 사라졌으면 싶어. 스스로 부른 이 재난에서 자본주의가 살아남지 못하게 하는 것은 오로지 우리에게 달려 있어! 이번 전쟁이 적어도 사회 발전에 기여했으면 하는데! 인류에 이바지하고! 이것이 마지막 전쟁이었으면 해! 해방전쟁이 됐으면 해!"

"전쟁에는 전쟁으로 맞서는 거야!" 누군가가 중얼거렸다.

"이제 전쟁에 나가는 거야." 하고 오델이 외쳤다. "그러나 어디까지나 혁명 투사로서 결정적인 무장해제와 민중 해방을 위해 싸우는 거야!"

브리앙과 너무나 닮았기 때문에(열띠고 묵중한 투로 떨리는 그 목소리까지 브리앙과 똑같다고 해서) 언제나 사람들의 주의를 끌었던 우체국 직원 에라르가 천천히 말했다.

"그래…. 몇 천 몇 만의 무고한 사람들이 희생될 거야! 끔찍한 일을 받아들이도록 할 수 있는 유일한 길은 우리가 미래를 위해 몸을 바치고 있다고 생각하는 것이지! 이런 피의 세계에서 돌아오는 자들은 모두가 다시 태어나는 자들이 될 거야…. 그들의 눈앞에는 오직 폐허밖에는 아무것도 남아 있지 않을 거야. 그리고 그들은 그런 폐허 위에다 마침내 새로운 사회를 건설할 테지!"

자크 뒤에 있던 제니는 그의 어깨가 떨리고 있는 것을 보았다. 그녀는 자크가 토론에 끼어들 것이라고 생각했다. 그러나 자크는 아무 말도 하지 않고 그녀 쪽을 돌아다보았다. 제니는 그의 얼굴 모습이 변해 있는 것을 보고 깜짝 놀랐다. 자크는 또 다시 제니의 팔을 잡았다. 그리고 제니를 껴안다시피 하고 무리 곁을 떠났다. 자크에게는 제니가 같이 와준 것이 다행이었다. 고독감을 이겨내기에 덜 고통스러웠기 때문이다. '그렇다.' 하고 그는 생각했다. '그렇다! …진심으로 동의하지 않는 것을 받아들이기보다는 죽음을 택하는 것이다! 신념을 포기하는 것보다는 죽는 편이 낫다!'

"듣고 있었어?" 자크는 잠시 생각에 잠겼다가 제니에게 물었다. "나는 이제 저런 자들은 인정하지 않겠어."

철책 앞에서 토론을 하는 동안 아무 말도 하지 않고 있던 푸즈롤이 때마침 그들 곁으로 와서 합류했다.

"자네 말이 옳아." 하고 그는 다짜고짜 말했다. 그리고 자기 말을 들어달라고 하면서 두 사람이 걸어가는 것을 억지로 막았다. "나는 나 자신의 신념에 충실하기 위해 도망칠 생각도 해보았어. 그런데 알다시피! …그러나 만일 그렇게 할 경우에 그것은 겁이 나서가 아니라 신념에 따라서 했다는 확신을 나는 아무래도 가질 것 같지 않아. 왜냐하면 사실 나는 끔찍이 겁이 많으니까…. 그래서 어리석은 짓인 줄 알지만 저자들과 마찬가지로 떠날 거야…."

그는 자크의 대답을 기다리지 않고 당당한 걸음걸이로 물러갔다. "아마 저런 패거리들이 많을 거야…." 하고 자크는 생각에 잠긴 사람처럼 중얼거렸다.

둘은 부르고뉴가街를 지나 센 강가로 나가기 위해 팔레 부르봉을 따라 걸어갔다.

"나를 가슴 아프게 하는 것이 무엇인지 알아?" 하고 자크는 잠시 침묵을 지키다가 말했다. "그것은 저들의 시선, 저들의 목소리, 저들의 동작에서 엿볼 수 있는 저런 식의 무의식적인 희열이야…. 이런 생각을 갖게 할 정도야. '만일 오늘 밤에라도 문제가 해결되어서 동원이 해제된다고 하면 저자들의 첫 반응은 실망하는 것이 아닐까…?' 그리고 무엇보다도 실망을 안겨다 주는 것은" 하면서 자크는 계속했다. "그것은 그들이 온 정열을 저런 식으로 전쟁에 쏟고 있다는 사실이야! …저런 용기, 죽음을 아무렇지 않게 생각하는 저런 마음가짐! 헛되이 쓰는 그런 모든 정신력의 백분의 일이라도 시기를 놓치지 말고 모두가 마음을 합해서 평화를 위한 일에 썼더라면 전쟁은 충분히 막을 수 있었을 텐데…!"

콩코르드 다리 위에서 그들은 스테파니와 마주쳤다. 스테파니는 뼈가 튀어나온 코 위에 안경을 쓰고 아래를 쳐다보며 혼자 걸어오고 있었다. 그 역시 회담의 결과를 알기 위해 바삐 오는 길이었다.

자크는 그에게 회담은 중단되었지만 곧 『위마니테』에서 속행될 것이라고 일러주었다.

"그렇다면 신문사에 돌아가겠어." 하고 말하면서 스테파니는 발길을 돌렸다.

자크는 침울해 있었다. 그는 아무 말도 없이 몇 걸음 걸었다. 그러고는 무를랑의 예언을 되새기면서 스테파니를 팔꿈치로 툭 쳤다.

"끝장이야. 이제 더 이상 사회주의자 같은 것은 없어. 있는 것은 **사회주의적 극단적인 애국자**뿐이야."

"왜 그런 말을 하지?"

"모두가 나가기로 마음먹었다는 것을 나는 알고 있어…. 조국이 위기에 처해 있다는 새로운 신화를 위해 혁명적 이상을 버림으로써 그들은 자신들의 양심에 충실한 것으로 믿고 있는 거야! 전쟁 반대를 가장 격렬하게 외치던 자들이 지금에 와서는 또 가장 열심히 전쟁을 하기 위해 동분서주하고 있어! … 쥐믈렝. …파제스…. 모두가! …심지어는 늙은 라브까지도, 여차하면 뛰어들 채비를 하고 있어!"

"라브가?" 하고 스테파니가 이해를 못 하겠다는 듯이 되풀이했다. 그러면서도 그는 분명하게 말했다. "별로 놀라운 일은 아니야…. 카디외도 나가니까. 그리고 베르테와 주르당도. 그 자들은 어제부터 벌써 군대수첩을 호주머니에 지니고 있어…. 갈로까지도 근시인데도 불구하고 병참부에서 빼돌려 제일선으로 갈 수 있도록 육군부에 교섭해 달라고 게드에게 부탁했다니까…!"

"당은 완전히 마비되어버렸어." 자크가 침통한 투로 결론을 내렸다.

"당이? 그렇지 않을지도 몰라. 그러나 당수를 잃은 것은 분명히 전쟁에 대항하는 데 있어서 방해 요소야."

자크는 깊은 애정을 느끼면서 스테파니 쪽으로 가까이 갔다.

"자네도 조레스가 아직 살아 있었더라면 하는 생각이겠지…?"

"물론, 그는 우리와 뜻을 같이했을 거야! 아니, 그보다는 당

전체가 그와 뜻을 같이했겠지! …뒤누아 그 친구가 옳은 소리를 했어. 사회주의 정신은 분열되지 않을 것이라고."

세 사람은 말없이 콩코르드 광장을 건너갔다. 자동차가 한 대도 보이지 않는 광장의 정경은 그 어느 때보다도 넓고 환한 것 같았다. 스테파니의 누런 얼굴은 끊임없이 경련에 떨고 있었다.

갑자기 스테파니는 걸음을 멈추었다. 가로등 불이 그의 긴 얼굴 위의 이상한 기복을 두드러지게 했다. 그리고 깊은 그림자를 띤 눈구멍 위에는 이따금 안경의 그늘이 번쩍이고 있었다.

"조레스?" 하고 스테파니가 말했다.(그 이름을 말하면서 마치 노래를 부르는 것 같은 남프랑스 억양의 그의 목소리가 어찌나 다정하고 또 절망적인 투를 띠었던지 자크는 목이 메어 옴을 느꼈다.) "지난 목요일 브뤼셀을 떠나면서 그가 내 앞에서 뭐라고 말했는지 알아? 마침 위스망도 암스테르담으로 떠나려고 조레스에게 작별 인사를 했어. 보스는 느닷없이 그를 노려보면서 말했어. '위스망, 내 말을 명심하게. 만일 전쟁이 터지면 끝까지 인터내셔널을 지켜주기 바라네! 동료들이 자네더러 분쟁에 끼어들기를 권유해도 절대로 그렇게 해서는 안 되네. 인터내셔널을 지켜야 하네! 그리고 만일 나, 조레스가 자네에게 교전국 어느 쪽이든지 편을 들기를 부탁해도 위스망, 결코 말을 들어서는 안 되네! 어떠한 일이 있어도 꼭 인터내셔널을 지켜야 하네!'"

자크는 강한 충격을 받고 외쳤다.

"그래! 비록 우리의 숫자가 열 명밖에 안 되더라도! 비록 우리의 숫자가 둘밖에 안 되더라도! 어떤 일이 있어도 인터내셔널을 지켜야 해!" 그의 목소리는 떨리고 있었다. 제니는 감격한 나머지 몸을 떨면서 그의 곁으로 다가섰다. 그러나 자크는 알아차리지 못한 것 같았다. 그는 맹세라도 하듯이 다시 한번 되풀이했다. "인터내셔널을 지키는 거야!"

'그러나 어떻게?' 하고 그는 생각했다. 그리고 자기 혼자 어둠 속으로 가라앉는 것 같은 느낌이 들었다.

자크와 제니가 『위마니테』의 편집실에서 나왔을 때는 이미 자정이 지나고 있었다. 그날 밤 거기에는 많은 투사들이 정보를 알려고 몰려왔었다. 자크는 별로 희망을 가지고 있지 않았지만 독일 대표와의 회담 결과를 모른 채로는 돌아가고 싶지 않았다. 자크는 핼쑥해진 제니의 얼굴을 보는 것이 괴로워 곧 뒤쫓아갈 테니 먼저 집에 돌아가 쉬기를 여러 번 간청하다시피 했다. 그러나 그때마다 그녀는 변함없는 거절로써 대답을 대신했다. 마침내 갈로가 스무 명쯤 되는 다른 사회주의자들과 함께, 둘이 있던 스테파니의 사무실로 들어와 회담이 끝나간다는 것을 알려주었다. 뮐러와 드망은 시간에 쫓기고 있었다. 벨기에행 마지막 민간 열차를 타려면 북부역까지 서둘러 가야만 겨우 탈 수 있을 정도였다. 자크와 제니는 그들 둘이 모리제이 안내를 받아 복도를 지나는 모습을 보았다. 의원 현장懸章을 두른 카셍이 두 사람의 출발을 돕기 위해 역까지 배웅하기로 되어 있었다. 그렇지만 뮐러가 벨기에 국경을 통과할 수 있을지는 미지수였다.

갈로는 질문 공세를 받고 텁수룩한 머리를 화가 난 듯이 흔들고 있었다. 마침내 그의 입을 통해 자세한 이야기를 들을 수 있었다. 결국 프랑스와 독일 사회당 사이의 최후의 절충은 어떠한 결론에도 도달하지 못했다는 것이다. 여섯 시간에 걸친 진지한 토의의 결과는 프랑스와 독일 두 나라의 사회당 의원은 비록 전비戰費의 승인에 반대는 하지 않더라도 적어도 찬성투표만은 삼가자는 결의를 그나마 미온적으로 표명하는 데 그쳤다. 그리고 '사태의 불안정성으로 미루어 더 이상 명확한 약속은 삼간다'라는 가소로운 결론을 내리고 헤어졌다는 것이다.

이것으로 모든 것은 끝장이 나고 말았다. 범국가적 연대 의식이라는 신조도 한낱 속임수에 지나지 않았던 것이다.

자크는 제니 쪽으로 눈을 돌렸다. 그것은 마치 자신이 느끼고 있는 절망에서 벗어나기 위해 그녀에게서 어떤 구원이라도 찾아보려는 것 같은 태도였다. 제니는 무릎 위에 손을 놓고, 등을 탁자에 기댄 채 좀 떨어진 의자에 앉아 있었다. 천장의 전깃불은 그녀의 옆얼굴을 비스듬히 비치며, 광대뼈와 눈꺼풀 밑에 그늘을 만들었다. 되도록 눈을 크게 뜨고 있으려고 했기 때문에 동공은 크게 열려 있었다. 그런 제니를 안아주고, 그런 나약함을 달래며 고이 잠들게 해줄 수 있다면…. 오늘 밤 자크에게는 세상 사람들에 대해서 가지고 있는 동정심보다 자기에게 유일한 것으로 생각되는 연약하고 지쳐 있는 제니에 대한 연민의 정이 열 배나 더 컸던 것이다.

자크는 제니 곁으로 걸어가 그녀를 부축하여 일으킨 다음 아무 말도 없이 밖으로 데리고 나왔다.

마침내! 그녀는 자크보다 먼저 계단을 뛰어내려갔다. 피곤한 것도 잊고 있었다. 그리고 둘이 인도 위에 이르렀을 때, 그리고 자크가 타는 듯한 손으로 자신의 허리를 슬그머니 감는 것을 느꼈을 때 흐뭇한 가운데 그와는 서로 떨어질 수 없는 불가분의 사이라는 느낌이 들었다. 그러면서도 무언가 불안하고 두렵게 느껴지는 아주 새로운 그 무엇이 엄습함을 문득 느꼈다. 그리고 그 격렬함 때문에 피가 관자놀이까지 몰려와 제니는 비틀거리며 손을 이마에 갖다 댔다.

"아주 피곤해 있군." 하고 자크가 놀란 듯이 중얼거렸다. "어떻게 하면 좋을까? 오늘 밤엔 차라고는 한 대도 보이지 않으니…."

지치고 흥분한 두 사람은 서로 몸을 바싹 붙인 채 어둠 속에서 걷기 시작했다. 길거리에는 아직도 많은 사람들의 모습이 보였다. 네거리마다 경찰과 근위병들이 작은 무리를 지어 경계하는 모습이 눈에 띄었다.

노트르담 데 빅투아르 광장까지 왔을 때 그들은 성당의 문이 활짝 열려 있는 것을 보고 깜짝 놀랐다. 둘은 가까이 가보았다. 중앙홀은 어둡고 기이한 동굴처럼 움푹 들어가 있었다. 그러나 무수한 삼각 촛대가 환하게 비치고 있어서 반원형의 뒤쪽은 마치 타오르는 덤불숲* 그대로였다. 이렇게 늦은 시간인데도 불구하고 기둥과 기둥 사이에는 조용히 기도를 드리는 사람들의 모습으로 꽉 차 있었다. 참회실 주변에는 젊은이들이 무릎을 꿇고 자기 차례를 기다리고 있었다. 자크는 호기심에 끌리기도 했지만, 또 한편으로는 이런 시간에 혼란을 이룰 정도로 대중의 신앙이 열렬한 것에 자신도 모르게 감동되어 잠시 안에 들어가보고 싶은 생각이 들었다. 그러나 제니는 화를 내며 그를 붙잡았다. 그녀의 마음속에 있는 3세기에 걸친 신교도의 피

* 신이 모세에게 모습을 나타낸 가시덤불을 말한다.

가 성대한 의식—우상숭배—가톨릭적인 것에 저항감을 느끼게 했던 것이다….

둘은 자신들의 인상을 서로 이야기하지도 않고 계속 길을 걸었다.

제니는 더욱더 피로에 지쳐 자크의 팔에 매달리다시피 해서 걸어갔다. 그러다가 그녀는 까닭 없이 자크의 손을 잡고 손에 자신의 뺨을 갖다 대었다. 자크는 깜짝 놀라 우뚝 섰다. 그리고 주위를 한번 살펴본 다음에 제니를 어떤 집 문 구석으로 밀고 가서 꼭 껴안았다. '이제서야!' 하고 제니는 생각했다. 두 입술이 누그러졌다. 제니는 이제 그에게서 입술을 떼려고 하지 않았다. 몇 시간 전부터 그녀는 이 키스를 기다렸던 것이다. 제니는 눈을 감았다. 그리고 몸을 떨면서 그가 하는 대로 몸을 내맡겼다.

그들은 중앙시장을 가로질러 생 미셸가街로 올라갔다. 마침 상원의 큰 시계가 한시 삼십분을 가리키고 있었다. 오가는 보행자들도 아까보다는 뜸해졌다. 그러나 파리의 사방 문으로 통하는 간선도로에는 징발된 우마차며, 고삐에 의해 끌려가는 말의 행렬이며, 군인들이 운전하고 가는 자동차들이며, 어디론지 알 수 없는 목적지를 향해 묵묵히 이동해 가는 군대의 행렬 등 일단의 수송 병력이 꼬리에 꼬리를 물고 차도 위를 지나가고 있었다. 오늘 밤에야말로 유럽에는 휴식이라는 것이 있을 수 없었다.

둘은 천천히 걸어갔다. 제니는 다리를 절며 걷고 있었다. 그리고 한쪽 발이 구두 뒤꿈치 때문에 벗겨진 것을 말하지 않을 수 없었다. 자크는 제니가 좀 더 자기에게 기대기를 바랐다. 그는 제니를 부축해서 거의 안다시피 했다. 제니는 그 때문에 자존심이 몹시 상했다. 집에 가까이 갈수록 그들의 초조한 마음속에는 무언가 막연한 불안이 뒤얽히곤 했다. 그들은 서로가 육체적으로 그리고 정신적으로 버틸 수 있는 한계점에 와 있다는 것을 느꼈다. 그러나 이런 피로와 불안 속에서도 기쁨의 불길이 집요하게 타오르고 있었다.

방의 전깃불을 켜면서 제니가 얼핏 눈여겨본 것은 최근 며칠 동안 집에 들어올 때마다 그러했듯이 집 지키는 아주머니가 빈에서 온 편지를 문 밑으로 밀어넣었는지를 확인하는 일이었다. 아무것도 없었다. 그녀의 마음은 초조해졌다. 둘이서 출발하기 전에 어머니의 소식을 받을 가능성은 이젠 없다.

"스위스와 오스트리아 사이의 통신만이라도 평상시대로라면 좋을 텐데." 그녀는 중얼거렸다. 이제 그녀에게는 그 길만이 유일한 희망이었다.

"제네바에 도착하는 대로 영사관에 가도록 할게." 자크가 약속했다.

그들은 각자 어젯밤의 추억이 머리에서 떠나지 않은 듯, 똑같은 추억에 사로잡힌 채 지친 얼굴에다 겁먹은 눈초리를 하고 있었다. 그리고 이렇게 환한 불빛 아래에 단둘이 있게 된 것이 갑자기 어색한 느낌이라도 들었던지 현관에 서서 미적거리고 있었다.

"자." 하고 자크가 말했다.

그러나 그렇게 말하면서도 꼼짝하지 않았다. 그는 무심코 몸을 구부려서 떨어져 있는 신문을 주워 천천히 접은 다음 원탁

위에 놓았다.

"목이 말라 죽을 지경이야." 하고 그는 경쾌하지만 어딘가 좀 어색한 태도로 말했다. "당신은?"

"나 역시."

부엌에는 그들이 점심때 먹다가 남긴 음식이 식탁에 그대로 놓여 있었다.

"조촐한 우리의 저녁 식사군." 하고 자크가 말했다.

그는 물이 차가워질 때까지 수돗물을 틀어놓았다. 그리고 가장 가까운 의자에 앉아 있는 제니에게 컵을 내밀었다. 그녀는 몇 모금 마신 다음 컵을 돌려주면서 시선을 돌렸다. 자신의 입술이 방금 닿았던 거기에다 자크가 자기 입을 가져다 댈 것이 틀림없었기 때문이다…. 자크는 연거푸 물을 두 컵 마시고는 만족한 듯이 트림을 했다. 그러고 나서 제니에게로 왔다. 그는 두 손으로 제니의 얼굴을 감쌌다. 그리고 몸을 수그렸다…. 그러나 그는 얼굴을 바싹 대고 한참 동안 그대로 바라보는 것으로 그쳤다. 그러고 나서 아주 부드러운 목소리로 말했다.

"가엾은, 가엾은 제니…. 밤이 깊었지…. 당신은 퍽 지쳐 있어…. 그리고 내일 밤은 긴 여행이야…. 가서 충분히 자도록 해…. 당신 침대에서." 하고 그는 덧붙였다.

제니는 아무 대답도 하지 않고 어깨를 축 늘어뜨렸다. 자크는 억지로 일으켜 휘청거리는 제니를 부축해주면서 방문까지 데리고 갔다.

방 안은 어두웠다. 열린 창문을 통해 여름밤의 으스름한 빛만이 스며 들어올 뿐이었다.

"이제 자는 거야. 푹 자야 해." 자크는 제니의 귀에다 대고 되풀이했다.

제니는 몸을 잔뜩 긴장하고 있었다. 그리고 그에게 몸을 바싹 붙인 채 문지방에 그대로 있었다. 제니는 귓속말처럼 속삭였다.

"저쪽으로…."

'저쪽'이란 다니엘 방의 긴 의자를 두고 하는 말이었다…. 자크는 깊이 한숨을 내쉬었다. 그리고 아무런 대답도 하지 않았다. 제니가 스위스로 같이 가겠다고 했을 때 자크는 이렇게 생각했었다. '제네바에 가서 제니를 내 아내로 삼겠다.' 그런데 비장했던 오늘 하루의 격동이 지나자 보편적인 균형이 깨어지는 것만 같았다. 뜻하지 않은 일이 힘을 발휘하고, 예외적인 것이 마치 당연한 것처럼 되어버렸다. 지금은 약속 같은 것이 문제가 아니었다….

자크는 한참 동안 자신을 충분히 의식하면서 자기 자신과 싸웠다. 그는 제니 곁을 떠나면서 그녀를 바라보았다.

제니는 맑은 눈길을 자크 쪽으로 보냈다. 지금 똑같은 동요, 심각하고 순수한 즐거움이 두 사람의 마음을 억누르고 있었다.

"그러지." 하고 자크가 말했다.

72

시간표상으로는 오후 다섯시쯤에 도착하기로 되어 있던 심플론 급행은 열한시가 지나서야 겨우 라로슈역에 도착했다. 그리고 간선은 군수품 열차가 통과하는 데 이용하도록 하기 위해 일반 열차는 즉시 측선으로 밀려났다. 일반 열차는 거의 전부가 낡은 삼등칸으로 편성되어 있고 열 개의 좌석이 있는 칸막이 객실에 열셋 내지 열네 명의 승객이 들어차 만원을 이루고 있었다. 수없는 조차操車 작업 끝에 새벽 한시가 되어서야 열차는 겨우 파리를 향해 출발했다. 그리고 세시에는 느린 보병 같은 속도로 믈룅역을 지나가더니 얼마 안 가서 센강의 다리 위에서 멈추고 말았다. 새벽녘의 우윳빛이 강의 곡선을 희끄무레하게 나타내고 있었다. 아침 안개 속에서 깜박거리는 몇 줄기의 불빛이 파리가 가까이 있다는 것을 알려주었다. 언덕 너머로 차츰 동이 트기 시작했다. 그리고 아래쪽으로 물줄기를 따라 일개 연대가 행군하고 있는 모습과 그 뒤를 긴 행렬의 군차량이 뒤따르고 있는 것이 눈에 띄었다.

열차는 새벽 네시 삼십분이 되어서야 헤아릴 수 없는 정차, 부정기적인 출발, 터널 속에서의 여러 차례의 대기 끝에 마침내 기적을 울리며 신호마다 정거하면서 천천히 파리 교외를 가로질러 파리-리옹-지중해선 역에서 삼백 미터 떨어진 플랫폼도 없는 철로 선상에 멈추어 섰다.

퐁타냉 부인은 철도원의 지시에 따라 자갈 위에 내려 선로를 따라 역의 홀 쪽으로 쫓겨가는 다른 여행객들의 뒤를 따라갔다. 무거운 여행용 가방이 넓적다리에 부딪혀 걸음을 옮길 때마다 그녀를 휘청거리게 했다.

부인은 외국인들을 이탈리아로 보내는 마지막 열차를 타고 전쟁 준비에 법석을 떨고 있는 빈을 떠났던 것이다. 사흘에 걸친 여행이었다. 일곱 번이나 객차를 갈아탔으며, 사흘 밤을 꼬박 뜬 눈으로 지냈다. 그러나 그녀는 남편에 대한 고소를 취하시키고 퐁타냉이라는 이름을 조사 보고서에서 말소시키는 데 성공했던 것이다.

붉은 바지를 입은 군인들로 가득 찬 역의 홀 안은 야영지를 방불케 했다. 부인은 역을 빠져나오기까지 걸어서 총대 사이를 교묘히 헤쳐 나와야만 했으며, 보초들이 지키고 있는 살문에 막혀 몇 번이고 가던 길을 되돌아와야만 했다. 한시도 뇌리를 떠나지 않는 아들 생각이 이런 병사들 사이에 있다 보니까 더 욱더 그녀의 가슴을 죄여왔다. 다니엘에게서는 아무런 소식이 없었다. 집에 돌아가면 몇 통의 편지가 와 있겠지. 다니엘! 어떤 운명을 걷고 있을까? 부인은 백척간두에 놓인 조국을 지키기 위해 국경의 푯말 근처에서 멋진 군복을 입고, 반짝이는 철모를 쓰고, 말을 타고 있는 아들의 모습을 그려보았다…. 주님이 지켜주시겠지! 아들의 신상을 걱정하는 것은 믿음이 부족한 탓일지 모른다.

밖에는 택시도 없고 버스도 눈에 띄지 않았다. 걸어서 집에까지 못 갈 것도 없었다. 목적지에 도달하는 즐거움이 그녀로 하여금 피로가 엄습하는 것도 잊게 했다. 그렇지만 짐은 어떻게 한담? 수하물 보관소 앞에는 벌써 백 명도 더 되는 사람이 줄지어 서 있었다. 하는 수 없이 여행용 가방을 질질 끌면서 역 광장을 건넜다. 그리고 문이 열려 있는 카페를 찾아냈다. 난잡한 테이블이며 졸린 듯한 보이의 얼굴이며 날이 밝기 시작했는데도 불이 켜진 채로 있는 몇 개의 전등불로 보아 규칙을 무시하고 밤새 영업을 한 것이 틀림없다. 카운터에 있는 젊은 여자는 부인의 상냥한 미소에 마음이 움직였는지 기꺼이 짐을 맡아 주었다. 한숨 돌린 퐁타냉 부인은 옵세르바투아르가街의 집을 향해 출발했다. 이렇게 해서 그녀는 마침내 고생스러웠던 여행을 끝마치게 된 것이다. 삼십 분 뒤면 집에 가서 차 쟁반을 앞에 두고 제니 곁에 있게 된다. 부인은 피곤한 것도 거의 잊고 있었다.

8월 2일 아침의 파리는 이미 술렁거리고 있었다. 집에 도착한 부인은 집의 큰 문이 닫혀 있는 것을 보고 놀랐다. 시계는 멎어 있었다. 커튼이 아직 드리워져 있는 집 지키는 아주머니의 방 앞을 지나가면서 다섯시 삼십분이 넘지 않았을 것이라고 생각했다. '제니는 자고 있겠지. 분명히 도어 체인을 걸어놓았을 거야.' 하고 계단을 오르면서 부인은 생각했다. '현관의 벨 소리는 들을까?'

부인은 벨을 누르기 전에 혹시나 해서 자신의 열쇠로 열고 들어가려고 했다. 문이 열렸다. 자물쇠가 이중으로 잠겨져 있지 않았다.

현관에 들어서자 부인의 눈에 언뜻 들어온 것은 검은색의 남자용 펠트 모자였다…. 다니엘의 것인가? 아니다…. 부인은 섬뜩했다. 문이란 문은 모두 열린 채로 있었다. 복도 입구까지 두어 걸음 걸어갔다. 저쪽 구석 부엌에는 불이 켜져 있었다…. 꿈을 꾸고 있는 것일까? 어찌 된 영문인지 알 수 없었다. 부인은 잠시 어깨를 벽에 기대고 있었다. 아무 소리도 들리지 않았다. 집 안은 텅 빈 것 같아 보였다. 그런데 이 모자며 켜 있는 전깃불이며…. 문득 강도가 들어온 것이 아닌가 하는 생각도 들었다…. 무심코 복도에서 부엌 쪽으로 걸어갔다. 문이 활짝 열려 있는 다니엘의 방 앞까지 온 부인은 엉겁결에 발길을 멈추고 멍하니 눈을 크게 뜨고 있었다. 긴 의자 위에 제멋대로 놓여 있는 쿠션 사이에 두 몸뚱어리가 서로 부둥켜안고 있는 것이 아닌가….

순간적으로 도둑이 들어온 것이 아닌가 하는 의구심이 살인사건이 아닌가 하는 생각으로 바뀌었다. 그것도 한순간에 지나지 않았다. 왜냐하면 부인은 얼굴을 맞대고 누워 있는 둘의 얼굴을 알아보았기 때문이다. 잠들어 있는 자크의 품에 제니가 자고 있는 것이 아닌가!

부인은 황급히 복도 뒤로 몸을 비켰다. 그리고 마치 심장의 고동 소리로 인해 자기가 여기에 있다는 것이 알려지기라도 하는 것처럼 손으로 가슴을 누르고 있었다. 오로지 떠오르는 생각은 도망가자는 일념뿐이었다. 아무것도 모르는 척하기 위해 도망가자! 끔찍한 모욕을 피하기 위해 도망가자. 저 애들의 굴욕과 자신의 모욕을 피하기 위해….

곧 부인은 발소리를 죽여 현관까지 갔다. 그녀는 쓰러질 것만 같아 거기에 서 있지 않을 수 없었다. 자신이 환각에 사로잡혀 있었던 것이 아닌가 하는 생각도 해보았다. 그러나 그 순간 테이블 가운데에 아무렇게나 놓여 있는 자크의 모자가 또다시 눈에 띄었다. 그것을 본 부인은 몸이 뻣뻣해짐을 느꼈다. 층계참의 문을 조심스럽게 연 다음 살며시 다시 닫았다. 그러고 나서 난간에 매달려 한 계단 한 계단 무거운 몸을 이끌고 내려왔다.

이제 어떻게 하면 좋을까? 집 지키는 아주머니의 방문을 두드려 대문을 열게 해서 자기라는 것, 자기가 돌아왔다는 것, 그리고 또다시 급히 나간다는 것을 알려줄까? …마침 그녀가 돌아오는 소리에 눈을 떴는지 집 지키는 아주머니는 벌써 일어나

옷을 갈아입는 것 같았다. 커튼 안쪽으로 불이 켜져 있었고, 한길로 향한 문은 열려 있었다. 부인은 눈에 띄지 않고 밖으로 나올 수 있었다.

어디로 갈까? 어디에 가면 은신처를 구할 수 있을까?

부인은 차도를 건너 작은 공원으로 들어갔다. 주위는 삭막했다. 가장 가까이 있는 벤치에 털썩 주저앉았다.

주위에는 오직 고요함과 상쾌함이 감돌고 있을 뿐이었다. 멀리서 둔탁한 소리가 계속 들려왔다. 그것은 생 미셸로路를 끊임없이 지나가는 수송 차량과 트럭이 내는 소리였다.

퐁타냉 부인은 무슨 소리인지 알려고도 하지 않았다. 집을 비운 사이에 무슨 일이 일어났으며, 어떻게 해서 일이 이렇게까지 되었는지 생각해보고 싶지도 않았다. 곰곰이 생각해볼 엄두도 나지 않았다. 그저 계속 **보고만** 있었다. 그녀의 눈앞에 어른거리는 광경은 영락없는 현실이었다. 흐트러진 긴 의자며, 빛이 들어오는 창 밑으로 뻗은 제니의 맨발이며, 딸의 상체를 부둥켜안고 있는 자크의 팔이며, 그리고 둘의 단정치 못한 자세, 자면서도 입술을 맞대고 있는 그들의 축 늘어지고 괴로운 듯하면서도 황홀한 표정…. '그들의 모습은 얼마나 보기에 아름다운가.' 하고 부인은 부끄러움과 두려움에도 불구하고 그렇게 생각할 수밖에 없었다. 부인의 분노, 본능적인 격분에는 벌써 다른 감정, 마음속 깊이 뿌리내린 감정, 곧 다른 사람을 존경하고, 그 운명을 존중하고, 또 다른 사람의 책임을 존중하는 감정이 뒤섞여 있었다.

자크는 잠을 자면서도 집 안에서 무엇인가 움직였다는 것을 직감적으로 알았을까? 자크는 깜박거리면서 눈을 떴다. 순간 모든 것이 다시 생각났다. 그의 눈길은 자고 있는 제니의 얼굴을 보기 전에 그녀의 벗은 발, 풍만한 가슴, 한쪽 어깨의 곡선에 쏠렸다. 입가에 잡힌 주름 위의 슬픈 표정! 가만히 움직이지 않는 얼굴 위의 고통스러운 표정! 고통스러우면서도 평화스러운 표정…. 임종의 고통이 처참했던 죽은 처녀의 얼굴….

자크는 숨을 죽이고 있었다. 그리고 꼭 다물고 있는 그녀의 입에서 눈을 떼지 않고 있었다. 사랑스럽다는 감정보다는 연민, 회한, 공포의 감정이 앞서는 것이었다. 그들에게는 지금 하나의 숙명이 무겁게 짓누르고 있었다. 숙명? 아니다. 이렇게 된 것은 자신이 원해서였으며, 오직 자신이 이렇게 되기를 원했기 때문이다. 마치 먹이에 달려들 듯이 언제나 제니에게 덤벼들어 마침내 그녀의 사랑을 얻어낸 것은 자기 쪽이었다. 더구나 그런 뒤에 곧 자취를 감추어 그녀를 절망에 빠지게 했었다. 그런데 이번 여름에 또다시 그녀에게, 다시 마음을 잡고 모든 것을 잊으려고 하는 그녀에게… 돌이킬 수 없는 일까지 해버렸다. 한 주일 전까지만 해도 제니는 자기 없이도 살 수 있었다. 그러니 지금에 와서는 안 된다. 제니는 자신의 것이 되었다. 자신은 이렇게 제니를 자신의 항적航跡 속으로 끌어들인 것이다. 이것은 얼마나 무서운 미지의 세계를 향해서인가? …제니는 이제 자기 없이는 삶에서 아무런 맛도 찾아볼 수 없게 되었다. 그렇다고 자기와 같이 있으면 과연 행복할까? 아니다. 자신도 이 사실을 잘 알고 있다. 앙투안의 말이 너무나도 옳았다! 자신은 다른 사람에게 행복을 가져다줄 만한 인물이 못 된다.

앙투안…. 자크의 눈은 본능적으로 시계를 찾았다. 형을 역까지 배웅하기로 약속한 것이 오늘 아침이다. 여섯시 이십분 전. 오 분 뒤면 일어나야지.

열린 창문을 통해 차가 단속적으로 굴러가는 소리가 들려왔다. 자크는 고개를 들었다. 군부대, 수송 차량, 포병대의 탄약 보급차 대열이 시가지를 지나가고 있었다. 전쟁은 눈앞에, 그들이 눈뜨기를 기다리고 있었다. **동원 첫날은 8월 2일 일요일이다**…. 오늘 아침 전쟁은 모든 사람에게 시작된 것이다!

그는 한쪽 팔꿈치를 괴고 귀를 기울이고 있는가 하면 눈은 똑바로 앞을 응시하며, 이마는 땀에 젖은 채 가만히 있었다. 가끔 그 소리는 뜸해지는 것 같았다. 쇠가 부딪치는 소리 다음에는 가슴을 뭉클하게 하는 정적이 뒤따르곤 했다. 그러나 정적을 뚫고 이따금 새가 펄럭이는 소리 아니면 한길의 가로수 꼭대기에서 불어오는 산들바람 소리가 마치 한숨처럼 들려왔다. 그 뒤에 멀리서 또다시 우울한 소리가 들려왔다. 발을 맞추어 걷는 소리가 점점 가까워지더니, 정적을 누르고 참새 소리를 뒤덮으며 모든 것을 압도하면서 점점 커져갔다.

자크는 제니가 잠에서 깨어날까 봐 살며시 그녀를 들어 올려 두 팔로 안았다. 그들의 살이 맞닿자 제니는 잠 속에서도 갑자기 몸을 움츠리며 중얼거렸다. "안 돼…. 안 돼…." 눈을 뜨면서 제니는 자크에게 미소를 지어 보였다. 부드러우면서도 겁에 질린 듯한 미소였다. 한편 경직되어 있던 눈동자 깊숙한 곳에서는 두려움의 빛이 서서히 사라져갔다. 잠시 그들은 서로 꼭 껴안은 채 꼼짝도 안 했다. 부동자세의 열렬한 접촉 속에서 그들은 지난밤의 여러 가지 추억으로 떨고 있었다. 그러나 여러 가지 추억이 똑같은 것은 아니었다…. 자크가 힘차게 다시 포옹했을 때 제니는 사랑의 감미로움을 느끼면서도 또다시 고통을 겪어야 한다는 공포감 때문에 본능적으로 피하려고 했다. 마침내 마음이 약해지고, 자크에 대한 애정에 이끌려, 그리고 흥분과 욕정에 못 이겨 몸을 맡겼다…. 대담한 체념, 그런 제니의 태도에는 열정과 즐거움의 빛마저 역력했기 때문에 자크는 그것을 의심할 정도였다. 그리고 그러한 승낙 뒤에 공포와 체념과 자발적인 의지가 숨겨져 있다고는 생각지도 못 했던 것이다.

등을 벤치에 기대고, 스커트 위에 두 손을 마주 잡고 있는 퐁타냉 부인은 지금 무슨 생각을 할 기력도 없이 멍청히 앞을 바라보고 있었다.

시간이 흘렀다. 아침 햇살에 빛나는 공원은 새 소리, 푸르름, 꽃들, 그림자를 잔디 위로 길게 늘어뜨리고 있는 몇 개의 흰 조각과 함께 부인의 주변을 조용한 분위기로 감싸주었다. 급한 걸음걸이로 한길을 비스듬히 가로질러 가는 남자와 여자들은 벤치에 축 늘어져 있는 상복 차림의 부인을 거들떠보지도 않았다. 나뭇잎에 가려 그녀의 집 창문은 보이지 않았다. 그러나 우거진 나무 밑으로 집의 대문은 보였다.

그녀는 별안간 머리를 숙여 베일을 내렸다. 지금 막 자크에 뒤이어 제니가 문지방에 나타난 것이 아닌가…. 이쪽으로 걸어오지 않는 한 이 정도의 거리라면 그들의 눈에 띄거나 자신을 알아볼 염려는 없었다. 마음을 단단히 먹고 다시 얼굴을 들었을 때 그들은 빠른 걸음으로 뤽상부르 공원 쪽으로 멀어져 간 뒤였다.

부인은 안도의 숨을 내쉬었다. 혈관의 피가 끓어오르는 것 같았다. 그녀는 멍청하게 둘의 모습이 사라질 때까지 눈으로 그들의 뒤를 좇았다. 얼마 동안 맥을 놓고 그대로 앉아 있었다. 자리에서 일어나자 그녀는 확고한 걸음걸이로—어쨌든 하염없이 기다리고 있었던 덕분에 피로는 좀 풀린 편이었다—자기 집을 향해 걷기 시작했다.

73

"쉬고 있어." 자크가 제니에게 말했다. "나는 형을 역까지 배웅하러 갈 거야. 그리고 무를랑에게 가서 작별 인사를 하고 C.G.T.와 『위마니테』에 들를 작정이야. 그런 다음 정오까지는 다시 데리러 올게."

그러나 제니는 그렇게 하려 하지 않았다. 그녀는 오늘 아침 혼자 집에 남아 있지 않기로 결심했던 것이다.

"그렇지만 짐을 꾸려야 하지 않아? 어제 이야기한 뒤처리는? 우물쭈물하다가는 오늘 밤 출발할 수 없어." 하면서 자크는 제니를 달랬다.

그녀는 전에는 볼 수 없었던 미소, 수줍어하면서 육감적이고 눈물을 머금은 듯한 미소를 띠었다.

"지금 생각으로는… 전에 우리가 갔던 라 파예트 거리의 작은 공원에 가볼까 해. 당신은… 북부역에서 나오는 길에 거기에서 만났으면 하는데. 아니면 나중에라도 좋아."

그들은 뤽상부르 공원을 지나 위니베르시테가街까지 함께 걸어간 다음, 제니는 생 뱅상 드 폴 성당 앞까지 혼자 가서 거기에서 시간 여유를 가지고 자크를 기다리기로 했다. 그녀는 옷을 갈아입기 위해 뛰어갔다.

앙투안은 새벽 세시에 안과 헤어졌다.

그는 어제저녁 지난날처럼 그녀를 다시 보고 싶은 욕망을 물리칠 수 없었다. 마치 사형수가 특별 대우를 받듯이 아무런 환상도 갖지 않고 마지막으로 씁쓸한 기쁨을 맛보았다. 그러나 막상 헤어지려고 할 때 안이 보여준 비통한 절망, 그리고 그 유혹에 굴복했다는 후회 때문에 그는 몸을 떨며 좌절감에 빠졌던 것이다. 집에 돌아온 그는 새벽녘을 서랍 정리, 서류의 소각, 거기에 샬르 씨, 식모들, 베즈 양, 또한 베르뇌유가에 살고 있는 두 고아, 눈치 빠른 서기인 로베르 보나르와 그 동생 등 여러 사람들에게 보내려고 생각했던 약간의 돈을 봉투에 넣으면서 시간을 보냈다.(그는 지금까지 틈틈이 그런 사람들의 뒤치다꺼리를 해왔었다. 그리고 지금과 같은 이런 커다란 혼란의 처음 몇 주일 동안 그런 사람들을 무일푼으로 내버려두고 싶지 않았던 것이다.) 그런 다음 그는 지젤에게 영국을 떠나지 말고 그대로 있으라고 권고하는 긴 편지를 썼다. 그리고 또 한 통의 편지는 제네바 주소로 자크에게 썼다. 왜냐하면 자크는 어제의 사건으로 미루어 보아 자기에게 작별 인사를 하러 오지 않을 것으로 확신하고 있었기 때문이다. 그는 애정이 담긴 말로 어제 그의 마음을 상하게 해서 미안하며, 종종 소식을 보내줄 것도 부탁한다는 몇 마디를 썼다.

이런저런 일을 끝낸 다음 예비역 군복을 입기 위해 화장실에 들어갔다. 일단 군복을 입자 마음이 가라앉은 듯했다. 그것은 마치 오래 주저하던 일을 단호히 해치운 것 같은 기분이었다.

각반을 매면서 그는 마음속으로 출발 전에 해두고자 했던 여러 가지 일을 두루 생각해보았다. 아무것도 잊어버린 것은 없었다. 이렇게 모든 것을 확실하게 해놓으니까 마음이 한결 놓였다. 군의관으로서의 일을 효과적으로 수행하기 위해서는 여러 가지 물품이 부족하리라는 생각이 문득 들었다. 지금까지 매우 정성스럽게 마련해놓았던 장교용 트렁크 안에 있는 속옷 종류며 개인 용품이며 혹시나 해서 가져가려던 책들 등 대부분의 것을 몽땅 끄집어냈다. 그 대신 찬장 안에 있는 붕대, 찜질약, 핀셋, 주사기, 마취약, 소독제 등으로 가득 채웠다.

식모 둘은 벌써부터 잠자리에서 일어나 복도를 돌아다니고 있었다. (레옹은 이미 파리를 떠나고 없었다. 입대 전에 노인들을 보러 고향으로 떠난 것이다.)

아드리엔이 식당에 아침 준비가 되어 있다고 알리러 왔다. 눈은 울어서 충혈이 되어 있었다. 그리고 앙투안에게 포장을 잘했으니 닭고기 튀김을 짐 속에 넣어 가져가라고 애원하다시피 했다.

앙투안이 식탁에서 일어나려고 할 때 마침 벨이 울렸다.

그의 얼굴은 약간 파리해졌다가 부드러운 미소로 환해졌다. 자크일까…?

아닌 게 아니라 자크였다. 그는 문지방에 우뚝 서 있었다. 앙투안은 멋쩍은 듯이 앞으로 다가갔다. 감격한 나머지 목이 메어오는 것 같았다. 마치 어제 아무 일도 없었던 것처럼 형제는 말없이 손을 마주 잡았다.

"늦지 않았나 걱정했어." 마침내 자크가 더듬거리며 말했다.

"준비는 다 됐어? 나가려던 참이었군."

"그래…. 일곱시에…. 이제 시간이 되어가는군."

앙투안은 되도록 목소리를 침착하게 하려고 애썼다. 그는 쾌활한 동작으로 군모를 들어 머리에 썼다. 지난번에 입대했을 때보다 머리가 커진 것일까? 아니면 머리카락이 더 길어진 것일까? 머리 위에 얹혀진 군모가 우스꽝스러워 보였다. 그는 현관의 거울에 비친 자신을 보고는 눈살을 찌푸렸다. 그리고 어색한 솜씨로 혁대를 매면서 주위를 멍하니 둘러보았다. 자기 집과 시민으로서의 자신의 생활과 하직하는 것 같은 느낌이 들었다. 그러나 그의 두 눈은 끊임없이 거울에 비친 무뚝뚝한 자신의 모습으로 되돌아오곤 했다.

그때 마침 팔을 축 늘어뜨리고 나란히 서 있던 두 식모가 울음을 터뜨렸다. 그는 역정이 났지만 미소를 지어 보이며 두 여인에게 다가가서 손을 잡았다.

"자, 자…."

그의 군대식 말투는 어딘가 어색하게 울렸다. 자신도 그것을 눈치챘다. 그는 서둘러 나가려고 자크 쪽을 돌아보았다.

"이것을 내리게 도와주지 않을래?"

형제는 장교용 트렁크의 손잡이를 각자 붙잡고 층계참까지 왔다. 문을 지나다가 트렁크 모서리가 문에 부딪혀 바른 지 얼마 안 된 니스 위에 긴 자국을 냈다. 그것을 본 앙투안은 순간 자신도 모르게 얼굴을 찌푸렸다가 곧 못 본 체했다. 자신의 과거와 미래와의 단절을 가장 강렬하게 느낀 것은 바로 이 순간이었을지도 모른다.

그들은 한마디의 말도 나누지 않고 두 층을 내려왔다. 징이 박힌 군화를 신은 앙투안의 걸음걸이는 무거워 보였다. 단추를 채운 군복 웃옷과 딱딱한 칼라 때문에 숨이 막힐 것만 같았다. 아래층에 내려온 앙투안은 헐떡거리면서 중얼거렸다.

"바보짓을 했구나. 엘리베이터가 있다는 것을 생각 못 했어."

그는 택시를 못 잡을 것으로 예상했었다. 그래서, 운전기사 빅토르가 오늘 아침부터 트럭 징발을 위해 퓌토에 동원되었기 때문에 자기 차를 타기로 결정했다. 그리고 차를 다시 몰고 오도록 하기 위해 이웃에 있는 자동차 수리공장의 늙은 수리공을 데리고 가기로 했다.

정문 밑의 어두운 궁륭에서 흰옷을 입은 집 지키는 아주머니가 그의 출발을 지켜보고 있었다. 그녀는 훌쩍훌쩍 눈물을 흘리면서 말했다.

"앙투안 씨!"

앙투안은 그녀에게 쾌활하게 외쳤다.

"곧 다시 만나요!"

그러고 나서 그는 운전기사를 차 구석에 타도록 하고 자크를 자기 옆에 앉도록 했다. 그리고 자신이 직접 핸들을 잡았다.

이미 거리에는 많은 사람들이 오가고 있었다. 도로의 쓰레기 치우는 일도 엉망이어서 집집마다 문 앞에는 아직 수거하지 않은 쓰레기가 어지럽게 널려 있었다.

강변까지 온 차는 군인들이 운전하는 비무장 트럭이나 자동차의 행렬을 통과시키기 위해 오랫동안 멈추어야만 했다. 루아얄 다리 위에서 또다시 정지했다. 차도 가운데서는 보행자들이 하늘을 쳐다보며 즐거운 듯 모자를 흔들어댔다. 자크는 차창 밖으로 머리를 내밀었다. 엷은 구름이 낀 하늘 위에 마침 여섯

대의 비행기가 저공비행으로 삼각형을 이루어 북동쪽으로 비행하고 있었다. 아래 날개에는 삼색 표시*가 역력히 보였다.

리볼리가街에는 양쪽으로 서 있는 구경꾼들 사이를 야전복 차림의 식민지의 보병 일개 연대가 군악대도 없이 매우 인상적인 침묵 속에서 발을 맞추어 행진하고 있었다. 말을 탄 대대장이 지나갈 때마다 군중들은 모두 모자를 벗곤 했다.

오페라로路에는 발코니마다 깃발로 장식되어 있었다. 자동차는 적십자 자동차가 서 있는 옆을 지나 부삽과 곡괭이를 든 작업복 차림을 한 군인들의 일개 분대 옆을 지나갔다.

오페라로 광장에서 또다시 정지해야만 했다. 열 대 정도의 장갑차를 거느린 포병대의 탄약 보급차 대열이 바스티유 쪽을 향해 올라가고 있었다. 오페라 극장 옥상에서는 여러 팀의 일꾼들이 '단엽비행기'**가 야간에 파리 상공에 나타나는 것을 감시하기 위한 탐조등을 설치하고 있었다.

큰 거리마다 경찰관의 정리에도 불구하고 밤 동안에 약탈당한 독일계나 오스트리아계 상점 앞에 구경꾼들이 몰려들었다. 보헤미안 크리스털 상점 주위에는 유리 조각과 산산이 부서진 거울 조각으로 길이 온통 뒤덮여 있었다. 빈 맥주홀은 습격을 당한 것 같았다. 구멍이 뚫린 진열대를 통해 깨진 거울이며 부서진 테이블이며 의자 등이 보였다.

자크는 말없이 이런 애국심에 불타는 최초의 광란의 표시를 주시하고 있었다. 그는 열심히 거리와 사람들의 얼굴을 관찰했

* 프랑스를 나타내는 청·백·적의 삼색을 말한다.

** 제1차 세계대전 때의 독일 비행기를 뜻한다.

다. 가만히 있을 수만은 없는 심정이었다. 그렇다고 형에게 말할 거리가 있는 것도 아니었다. 게다가 차 구석에 운전기사가 있다는 것이 하나의 구실이 될 수 있었다…. 그는 몹시 초조한 마음으로 여러 가지 일을 생각했다. 제니, 어젯밤의 일, 앞으로 둘이서 제네바로 가는 일…. 그리고 그다음에는? 생각은 언제나 그 문제에 부딪치곤 했다…. 메네스트렐, **대화실**…. 그렇다. 어떤 명분이 있어도 두 번 다시 그러한 대기 상태의 생활, 허망한 음모, 장황한 논의를 하는 생활을 되풀이해서는 안 된다…. 그러면 어떻게 할까? 투쟁하고 행동하며 모험을 하는 것이다. 그런데 과연 저쪽에 가서 그렇게 할 수 있을까…?

자크는 별안간 몸서리쳤다. 그때까지 천천히 차를 몰던 앙투안은—보행자들이 인도 위에는 말할 것도 없고 차도에까지 몰려들었기 때문에 경적을 울리지 않을 수 없었다—잠깐 차가 멈춘 것을 기회로 한쪽 손을 핸들에서 떼고 한마디의 말도 없이 얼굴도 돌리지 않고 손을 자크의 무릎 위에 올려놓았다. 그러나 자크가 그러한 애정 어린 태도에 응할 틈도 없이 손을 다시 핸들로 가져갔다. 그리고 차는 다시 움직이기 시작했다.

모뵈주가街는 아내나 친척들의 환송을 받고 있는 동원된 사람들로 들끓었다. 그들은 빽빽이 열을 지어 역을 향해 올라가고 있었다.

"무척 서두르는군." 자크는 몹시 놀라며 중얼거렸다.

"그런데" 하고 앙투안이 억지로 웃어 보이면서 빈정거리듯 말했다. "저 패거리들이 기차를 타려면 반나절 아니 그 이상을 플랫폼에서 꼼짝없이 기다려야 할 거야!"

'늦지 않게 가려고 하는군.' 하고 자크는 생각했다. '처음부터 질서 있는 행동으로 전쟁을 하려고! 그들은 자신들의 수가 많다는 것, 그리고 자신들이 원하기만 한다면 지배자가 될 수 있다는 것을 깨닫지 못하고 있으니…!'

밤 동안에 서둘러 만든 나무로 된 방책이 사람들이 역 안으로 넘어오지 못하게 막고 있었는데, 그 주위로 군인들이 지키고 있었다. 어찌나 혼잡했던지 자동차로 접근한다는 것은 엄두도 내지 못할 정도였다. 앙투안은 차를 세웠다. 자크는 트렁크를 들고 차도를 건너는 형을 도왔다. 좁은 입구는 총검을 든 보병 일개 소대가 지키고 있었다. 동원된 사람들만이 울타리 안으로 들어갈 수 있었다.

특무상사 하나가 군대수첩을 조사하고 있었다. 그는 눈을 들어 앙투안의 견장을 보고 경례를 했다. 그리고 곧 한 사병을 시켜 '군의관'의 짐을 운반하도록 했다.

앙투안은 동생 쪽을 돌아보았다. 둘은 각자 상대편의 시선에서 똑같은 질문을 읽었다. '다시 만날 수 있을까?' 그들의 두 눈에는 동시에 눈물이 핑 돌았다. 둘의 모든 과거, 둘이서 같이 소유하고 있고, 비록 하찮은 것이긴 하지만 그들만이 가지고 있는 가정의 여러 가지 일이 불현듯 뇌리에 떠올랐던 것이다. 두 사람은 약속이나 한 듯이 팔을 벌려 어색하게 껴안았다. 자크의 펠트 모자가 앙투안의 군모 챙에 부딪쳤다. 둘이서 이렇게 껴안아본 지도 퍽 오래된 일이었다. 둘 모두가 그 어린 시절부터의 일을 순간적으로 되새겨보았다. 사역 당번병이 와서 트렁크를 붙잡았다. 그리고 어깨에 둘러메었다. 앙투안은 서둘러 동생에게서 물러섰다. 지금 그의 생각은 오직 한 가지밖에 없었다. 사역병의 뒤를 따라가는 일, 그리고 자신의 새로운 생활을 위해 유일한 소유물로 남아 있는 짐을 놓치지 않는 일이었다. 그는 이미 동생 쪽은 보지 않았다. 건성으로 손을 내밀어 자크의 손을 잡은 그는 그 손을 꽉 쥐었다. 그러고 나서는 약간 비틀거리면서 인파 속으로 휩쓸려 들어갔다.

눈물이 앞을 가린 채, 계속 몰려오는 사람들에게 밀린 자크는 몇 걸음 비켜섰다. 그리고 방책에 등을 기대었다.

동원된 사람들은 끊임없이 울타리 안으로 하나하나 들어갔다. 그들은 모두가 비슷한 또래였다. 모두 젊은 사람들이었다. 또 모두가 버려도 아깝지 않은 헌 옷을 입고 투박한 신발을 신었으며, 모자를 쓰고 있었다. 그리고 하나같이 터질 듯한 가방, 새 배낭을 어깨에 비스듬히 둘러메고 있었는데, 그 속에 들어 있는 빵과 포도주병의 가느다란 목이 불쑥 튀어나온 것이 눈에 띄곤 했다. 대부분의 사람들은 한결같이 무뚝뚝하고 체념한 듯한 표정, 궁지에 몰렸을 때처럼 절망과 공포가 깃든 표정을 하고 있었다. 자크는 그들이 배웅 나온 사람들과 헤어진 다음 군대수첩을 손에 들고 차도를 비스듬히 가로질러 가는 모습을 보고 있었다. 어떤 사람들은 길을 건너다 말고 방금 떠나온 인도 쪽을 되돌아보기도 했다. 자신들을 줄곧 정신없이 바라보고 있는 길 건너편의 남녀의 시선을 느꼈던지 손짓을 해 보이기도 하고, 때로는 심술궂은 미소를 슬쩍 지어 보이기도 했다. 그러고는 턱을 긴장시키고 똑같이 쥐덫 안으로 들어갔다.

"거기에 있으면 안 돼요! 가시오!"

총을 어깨에 메고 방책을 따라 보초를 서고 있는 현역 군인은 야전복 차림의 가슴이 딱 벌어진 청년이었다. 그의 두툼한 손은 개머리판을 잡고 있었다. 수염을 약간 기르고 있었으며, 그의 눈길은 사람의 시선을 피하는 순박한 데가 있었다. 그리고 임무의 중요성 때문인지 표정이 굳어져 있었다.

자크는 하라는 대로 차도 쪽으로 들어섰다.

그의 앞을 고급 승용차 한 대가 지나갔다. 앞창에는 좁다란 옥양목 띠에 **동원된 자들은 무료 승차**라고 쓴 것이 걸려 있었다. 운전기사는 제복을 입고 있었다. 차 안에는 배낭을 든 대여섯 명의 젊은이가 빽빽하게 타고 있었는데 그들은 신병처럼 목청을 다하여 고래고래 소리를 지르고 있었다. "**알자스와 로렌이다. 우리에게는 알-자스가 필요하다!**"

자크가 가까이 간 인도에서는 지금 막 한 쌍의 남녀가 작별을 고하는 중이었다. 남자와 여자가 마지막으로 서로의 얼굴을 바라보고 있었다. 어머니 곁에는 네 살쯤 된 사내아이가 놀고 있었다. 스커트에 매달려 노래를 부르면서 한 발로 깡충깡충 뛰었다. 남자는 몸을 굽혀 어린아이를 붙잡고 들어 올려 키스를 해주었다. 어찌나 세게 키스를 했던지 어린아이는 미친 듯이 몸부림쳤다. 남자는 어린아이를 땅에 내려놓았다. 여자는 가만히 있으면서 아무 말도 하지 않았다. 앞치마를 두르고 헝클어진 머리에 두 뺨은 울어서 얼룩이 진 채 미친 듯한 두 눈으로 남자를 뚫어지게 바라보고 있었다. 그때 남자는 여자가 자기에게 달려들어 놓아주지 않을까 봐 겁이 난 사람처럼 여자를 껴안으려고도 하지 않고 오히려 뒤로 물러서서 여자를 똑바로 쳐다보았다. 그러더니 갑자기 몸을 돌려 역 쪽으로 뛰어갔다. 여자는 남자를 다시 부른다거나 그의 뒷모습을 눈으로 좇으려고도 하지 않고 몸을 획 돌리더니 도망치듯 뛰어갔다. 여자의 뒤에 질질 끌려가던 어린아이는 무엇에 부딪혀 넘어질 뻔했다. 마침내 여자는 어린아이를 들어 올리고는 발길을 멈추지도 않고 어깨에 메었다. 그리고 황급히 달려갔다. 어쩌면 아무도 없는 집에 한시라도 빨리 가서 문을 잠그고 혼자 목놓아 울고 싶은 심정에서 그런지도 모른다.

가슴이 뭉클해옴을 느낀 자크는 얼굴을 돌렸다. 그리고 그는 광장에서 멀리 갔다 되돌아오곤 하면서 목적 없이 우왕좌왕하기 시작했다. 그러나 자신도 모르게 오늘 아침 수없이 많은 고난의 사람들이 마치 숙명적인 모임에 참석이라도 하는 것같이 인생의 끈을 끊기 위해 모여들었던 이 비통한 자리에 여전히 되돌아오곤 하는 것이었다. 자크는 슬픔과 용기를 보여준 그들의 시선 속에서 자기의 시선과 공감하는 시선이 없나 하고 찾아보았다. 하나의 눈길, 오직 하나의 눈길이라도 좋다. 비탄에 빠져 있지만 호주머니 속에서 두 주먹을 불끈 쥐고, 무력하나마 노여움에 떨고 있는 숨은 분노의 빛을 읽을 수 있는 눈길! 쓸데없는 일이었다! 도처에서 이런저런 모양으로 긴장되어 있던 사람들의 모든 얼굴에서는 똑같은 낙담, 똑같은 허망한 고뇌만 찾아볼 수 있을 뿐이었다! 이따금 맹목적인 용맹의 빛이 보이기도 했다. 그러나 도처에서 희생을 위한 똑같은 복종, 무의식적이건 또는 소심해서건 간에 똑같은 배신, 똑같은 자포자기밖에 볼 수 없었다! 그래서 자크에게는 이 세상의 모든 자유가 자기 이외에는 어느 누구에게서도 찾아볼 수 없는 것 같은 생각이 들었다.

이러한 생각으로 그의 마음은 갑자기 강한 힘과 오만으로 부풀어 올랐다. 그의 신념은 손상을 입지 않았다. 그는 이것을 대중의 무리보다 월등한 것으로 끌어올렸다. 비록 그 자신 누구하나 거들떠보지도 않는 버림받은 몸이기는 하지만, 허위에 물들고 인종忍從에 몸을 맡기고 있는 이런 민중에 견주면 홀로 이렇게 용감히 반항을 외치는 자기 자신이 그들보다 강하다고 느꼈다! 그는 정당하고 올바른 길을 가고 있었던 것이다. 자기 나름대로 정의를 알고 눈에 안 보이는 미래의 힘을 파악하고 있었던 것이다. 평화주의적 이상이 일시적인 패배를 가져올지 몰라도 그 위대함을 손상시키거나 그것의 승리를 위협할 수는 없다. 이 세상의 어떤 힘으로도 오늘 저질러지고 있는 이 잘못, 비록 그것이 몇백만의 희생자로부터 고귀하게, 그리고 견인堅忍 정신에 의해 받아들여지고 있다 하더라도 하나의 잘못, 엄청난 잘못임을 부정할 수 없는 것이다! '이 세상의 어떤 힘도 올바른 사상을 옳지 않다고 할 수는 없다!'라고 자크는 절망과 확신에 도취되어 되풀이했다. '어떠한 속박을 당하더라도, 일시적으로 후퇴하는 일은 있어도 언젠가는 진실이 명백히 드러나는 날이 올 것이다!' 그러나 이런 혼란 속에서 과연 그 진실이 도움이 될 수 있을까? 자크는 자유로워지고 싶기 때문에 도주하려는 것이다. 그러나 그러한 자유를 자신은 어떻게 하려는 것인가? 지난 며칠 동안 혁명에 대한 자신의 미온적인 태도는 뭔가 의욕 상실 때문이 아니었는가 하는 생각도 들었다. 그 이유를 제니와의 사랑 탓으로 돌리고 싶은 생각도 들었다. 별안간 제니가 생각났다. 그러면서 한 시간 전부터 그렇게도 쉽게 제니를 깡그리 잊고 있었던 자신에 대해 놀라지 않을 수 없었다. 그는 지금 제니가 살아 있으면서 자기를 기다리고 있고, 자기가 심취되어 있는 고독에서 자기를 앗아가려는 것이 원망스러울 정도였다. '그녀가 급사急死라도 했으면….' 하고 자크는 생각했다. 그리고 한순간 엉뚱한 공상에 사로잡혀 슬픔과, 다시 홀가분한 몸이 된다는 무언가 씁쓸함이 뒤섞인 기분을 맛보았다….

그러나 그는 지금 생 뱅상 드 폴의 작은 공원 쪽으로 걸음을 재촉하고 있었다. 그러면서 조금 전까지 미친 듯이 부인하던 것은 아랑곳없이, 게다가 뉘우치는 기색도 없이 그리운 사랑에 몸부림치며 벌써 미소를 짓고 있었다.

앙투안의 자동차가 위니베르시테가街를 떠난 지 십 분도 채 안 되어, 마치 박물관에 진열된 삯마차처럼 먼지투성이의 우중충한 구식의 짐마차 한 대가 대문 앞에 와서 멈추어 섰다.

마차에서 내린 소녀는 산울타리와 새로 칠한 건물 정면을 멋쩍은 눈으로 바라보았다. 그리고 나이 먹은 마부에게 돈을 지불한 다음, 의자에 놓았던 두 개의 손가방을 들고 서둘러 둥근 천장 밑으로 들어섰다.

짧은 웃옷을 걸친 수위 아주머니가 문 앞에 모습을 드러냈다.

"어머나! 지젤 아가씨 아니세요!"

그녀가 어찌나 겁에 질린 두 눈을 하고 있었던지 지젤은 무언가 심상치 않은 일이 기다리고 있다는 것을 직감했다.

"아가씨! 아무도 안 계세요! 앙투안 씨는 지금 막 떠나셨어요!"

"떠나셨다고요?"

"입대하셨답니다!"

지젤은 아무 대답도 하지 않았다. 귀여운 그녀의 눈길, 온순

한 동물 같은 그녀의 눈길이 어두워졌다. 그녀는 들고 온 손가방을 발 옆에 내려놓았다. 창백해진 이 혼혈아의 작은 얼굴에는 놀라움이 아주 자연스럽게 새겨지면서 잔주름들이 아롱지는 것 같았다. (그녀는 수녀원의 기숙사생들과 여름방학을 지내던 영국 해변에서 유럽에서 일어나고 있는 사태를 매우 피상적으로 들어왔을 뿐이다. 그런데 바로 어제 프랑스의 동원이 절박하다는 소식을 신문을 통해 알고 두려운 나머지 누구와 상의도 없이 런던에 들르지도 않고 도버로 뛰어가 프랑스행 첫 배를 탄 것이다.)

"남자분들은 누구나 할 것 없이 모두 소집을 당하셨어요." 하고 수위 아주머니가 설명했다. "레옹은 어제저녁 떠났습니다. 빅토르도. 집에는 아드리엔과 클로틸드밖에 없어요."

지젤의 얼굴은 환해졌다. 아드리엔과 클로틸드! …천만다행이다! 아직 희망은 있다. 자신을 길러준 두 식모, 그들은 결국 가족이나 다름없다. 자신에게 남은 가족이다…. 그녀는 기운을 내서 몸을 일으켰다. 그리고 손가방을 빼앗다시피 해서 받아 든 수위 아주머니 뒤를 따라 엘리베이터 쪽으로 걸어갔다.

"어머나, 모두가 변해버렸군요?" 하고 그녀는 중얼거렸다.

이 하얀 계단, 이 난간…. 불면으로 정신이 몽롱해진 그녀의 뇌리 속에는 여러 가지의 영상과 추억이 꼬리를 물고 이어졌다. 그런데 옛날 흔적을 찾아보려야 찾아볼 수 없는 변모된 이런 분위기 속에서는 아주 낯선 건물 안에 있는 것보다도 더 소외감을 느끼게 했던 것이다.

그런 지 삼십 분 뒤에 꽃무늬가 있는 무명으로 된 가운 차림의 지젤은 두 하녀와 함께 넓은 앙투안의 식당에 앉았다. 그녀

앞에는 어린 시절을 생각나게 하는 뜨거운 초콜릿과 버터를 발라서 구운 고기가 놓여 있었다. 식탁에 팔꿈치를 괴고 초콜릿이 들어 있는 찻잔을 스푼으로 저으면서 이 순간적인 안락에 어린애처럼 몸을 맡기고 있었다. 그녀는 지금까지 한 번도 생기에 넘친 적이 없었다. 모든 행동이 규칙에 의해 제한된 영국 수도원의 부속학교 생활이 그녀에게 솔선해서 무엇을 하는 성향을 키워줄 리가 만무했다.

어깨를 오므린 채 축 늘어진 젖가슴을 하고 긴장이 풀린 표정으로 자신을 내맡기고 있는 지젤의 모습에서 이미 젊음의 매력 같은 것은 찾아볼 수 없었다. 이제는 야성미가 넘치는 '니그로' 아가씨가 아니었다. 둔한 몸에 두툼한 입술을 하고, 크고 무표정한 시선에 노예 종족의 숙명적 굴종에 억눌린 하나의 유색 노예에 지나지 않았다.

지젤의 도착으로 인해 완전히 정신이 나가 있던 두 하녀에게는 뜻하지 않은 기분 전환의 기회가 주어진 셈이다. 지젤을 가운데 두고 앉은 두 여인은 우는가 하면 또 웃기도 하면서 서로 질세라 수다를 떨었다. 두 여인은 베즈 아주머니에 관해서 여러 가지 이야기를 들려주었다. 여인들은 매달 일요일에 꺼림칙한 것도 있고 해서 **양로원**에 바나나와 캐러멜을 가지고 갔었다고 했다. 클로틸드는 노인이 **노망이 났다**는 것을 숨기지 않고 말했다. 지금은 양로원의 하찮은 일 이외에는 어떤 일에도 관심이 없다는 것, 둘이 찾아가도 때로는 무엇인가 딴 뜻이 있어서 찾아오는 귀찮은 외부 사람 대하듯 퉁명스럽게 맞이한다는 것, 대부분의 경우 트럼프 놀이를 놓치지 않으려고 면회실의 문을 닫기도 전에 미리 둘을 쫓아버린다는 등의 이야기를 서슴없이 들려주었다.

지젤은 울어서 부어오른 두 눈을 하고 이 이야기를 듣고 있었다. 그녀는 한숨을 지으며 말했다.

"돌아가기 전에 뵈러 가겠어요."

"돌아가기 전에?"

두 여인은 느닷없이 큰 소리를 질렀다. 둘은 어떻게 해서든지 지젤이 다시 영국으로 돌아가는 것을 만류하기로 단단히 마음먹고 있었다. 앙투안 씨가 몇 달은 생활할 만한 돈을 지인들에게 주고 갔다고 일러주었다. 아드리엔은 벌써 셋이서의 생활이 어떠할 것인가를 자기 나름대로 상상하며 흥겹게 이야기하고 있었다. 그녀는 여러 가지 계획을 들려주면서 지젤을 어리둥절하게 했다. 아드리엔은 아침 신문에서 **조국의 방위를 위해 헌신하고자 하는 프랑스 여인들에게 보내는 호소**라는 기사를 오려놓았었다. 몸을 바쳐 나라에 봉사할 수 있는 기회는 얼마든지 있다! 동원된 사람들의 어린아이들을 위한 탁아소, 유아를 위한 유제품 배급소, 구급용 붕대류의 준비 작업, 군복 제조를 위한 일 등 모두가 국토방위를 위해 헌신할 의무가 있다! 문제는 어떤 일을 선택하는가에 있나고 떠들어댔다.

지젤은 마음이 동했던지 미소를 짓고 있었다. 특별히 서둘러 되돌아갈 이유는 없었다. 프랑스에 있으면 확실히 도움이 될 것이다….

수위 아주머니도 두 하녀도 모두 자크의 이름을 입 밖에 올리려 하지 않았다. 지젤은 자크가 스위스에 있는 줄로만 알고 있었다. 그래서 물어보려고 하지도 않았다. 이틀이 지난 뒤에 클로틸드가 수다를 떨다가, 그녀가 파리에 도착하던 날 자크는 파리에 있었다고 했을 때에야 비로소 그 사실을 알게 된 것이다. 그러나 좀 더 일찍 알았다고 해서 과연 그를 만날 수 있었을까? 그의 주소를 알고 있는 사람은 아무도 없었다. 게다가 자신이 그를 만나볼 생각을 했을까?

74

자크는 『에탕다르』의 계단을 올라가면서 층계참까지 이르기도 전에 무를랑의 방 앞 흙털개 위에 놓인 우유병을 보고 화가 난 듯 외쳤다.

"자리에 없구나!"

벨을 눌러보았으나 아무런 대답도 없었다. 자크는 혹시나 해서 간격을 두고 세 번 노크를 했다.

"누구야?"

"티보."

문이 열렸다. 무를랑은 윗몸은 벗은 채 수염과 머리는 온통 비누투성이가 되어 나왔다.

"실례했네!" 하고 그는 제니가 있는 것을 보고 말했다. "여인을 데리고 온다고 미리 말했으면 좋았을 것을." 그는 발로 문을 밀었다. "들어오게…. 앉아요."

입구 가까운 곳에 짚으로 된 의자가 하나 있었다. 제니는 곧 거기에 앉았다.

창문은 모두 닫혀 있었다. 방 안에는 판지 상자, 풀, 초석, 먼지 냄새가 가득했다. 끈으로 묶은 신문지 다발이 책상 위며 정원용 벤치 위며 부서진 나무통 위며 할 것 없이 곳곳에 쌓여 있었다. 마루 구석에 톱밥이 담긴 접시 옆에는 낡은 가스 계량기가 뒹굴고 있었는데, 절단되어 납작하게 된 가스관이 잘라버린 나무토막같이 튀어나와 있었다.

무를랑은 다시 부엌으로 갔다.

"지금 막 돌아왔어. 경찰에 쫓기는 몸이었어." 하고 그는 수도꼭지 아래에서 재채기를 하면서 멀리서 고함을 쳤다. 그는 곧 깨끗한 셔츠로 갈아입고 머리를 수건으로 쓱쓱 문지르면서 나타났다. "밤을 밖에서 지냈어. 바보같이 말이야…. 겁쟁이처럼…. 알다시피 동원이란 내 경우에는 말하자면 가택수색이며 검거야…. 가택수색 같으면 아무 때고 오라지. 아무것도 없으니까. 미리 대비해놓았거든. 하지만 검거라면 좀 기다려줬으면 해…. 뭐, 끌려가는 것이 그렇게 무서워서가 아니야." 하고 그는 장난기 서린 눈길로 제니를 바라보며 말했다. "구치소에 있던 몇 달만큼 마음이 편안해본 적이 없으니까…. 구치소가 없다면 아마 나는 책을 생각하거나 책을 쓰겠다는 생각은 아예 할 틈도 없었을 거야…. 그건 그렇고, 가장 먼저 잡히는 무리에는 끼고 싶지 않았어! …어제 병아리들*이 사방을 샅샅이 뒤졌어. 퓌터의 집, 겔파의 집…. 『에글랑틴』**까지 말이야. 멋지게 했지만 찾아낸 것은 아무것도 없어. 고작해야 피에르 마르탱의 선언문뿐. **양식에 호소한다**라는 그것 말이야, 알고 있지? 마침 동료들이 인쇄소에 쌓아두었던 것을 꺼내려는 순간에 덮쳤

* 경찰을 뜻한다.

** '들장미'라는 뜻.

어. 그런데 크레스, 로베르 크레스란, 『노동생활』의 그자 말이야.—병역면제를 받아 한 번도 군대에 들어가본 적이 없는 청년이야—그자가 끌려가 반군국주의 전단을 썼다고 고발당해 감금되어 있는 것 같아. 그리고 지금 제1차 신체검사를 기다리고 있는데 검사 뒤에는 일선으로 가게 되는 모양이야…. 어제 저녁에 그 사실을 들었어. 동호인 여러분에게 고함! …요컨대 붙잡힌다는 것은 어리석은 짓이라고 생각했기 때문에 나는 도망친 거야…."

"그래서?"

"친구들 집에 가면 은신처를 찾으리라고 믿었어. 그런데 천만에 말씀이야! 시롱 집은 여기보다 더 나을 것이 없었던 것 같아. 그래서 기요 집에 갔지. 아무도 없는 거야. 고티에의 집도 마찬가지로 아무도 없었어. 라세이뉴, 모리니, 발롱 집에도 그러했고. 모두들 서둘러 도망쳐버린 거야. 나처럼! 그래서 밤새도록 혼자 발길 닿는 대로 떠돌아다녔지. 오늘 아침 뱅센에서 신문을 사 보고서야 비로소 내가 운이 좋았다는 것을 깨달았어. 그래서 집으로 돌아온 거야. 일은 이렇게 됐어." 그는 눈썹이 덮인 두 눈을 자크 쪽으로 향했다. "자네 신문 보았나?"

"아니."

"아직도?"

무를랑의 눈길은 제니 쪽으로 쏠렸다가 다시 자크 쪽으로 와서 머물렀다. 그는 제니가 있다는 것, 거기에다 자크가 동원 다음 날 아침 열시에 아직 정보를 모르고 있다는 것 사이에 어떤 관계가 있는가를 찾는 것 같아 보였다. 그는 못에 걸려 있던 검은 작업복 호주머니에서 신문 한 뭉치를 꺼냈다. 그리고 오물을 줍기나 하듯이 손가락 끝으로 그 가운데에서 한 장을 꺼내고는 다른 신문은 타일을 깐 바닥에 던져버렸다.

"자, 이봐, 웃을 기분이 나면 웃어봐. 웬만한 일은 참고 견디는 이 몸이지만 이번에는 한 대 얻어맞은 기분이야! 『르 보네 루주』도 그렇고! 메를르와 알메레이다의 신문도 어느덧 푸앵카레 정부의 기관지가 되어버렸어! 오래 살다 보면 별의별 것을 다 보게 돼! 자, 읽어봐!"

자크는 무를랑이 못에 걸려 있던 작업복을 들고 노기에 차 옷을 팔에 끼우는 동안 낮은 목소리로 읽어 내려갔다.

"…우리는 정부가 블랙리스트를 이용하지 않으리라는 것을 명백히 말할 수 있다…. 정부는 프랑스 대중, 특히 노동자 계급을 신뢰하고 있다. 정부가 평화를 수호하기 위해 불가능한 것을 시도해왔고, 지금도 시도하고 있다는 것을 우리 모두는 알고 있다. 굳은 결의를 가지고 혁명의 뜻을 품은 자들의 명확한 의사표시야말로…."

"굳은 결의를 가지고 혁명의 뜻을 품은 자들이라! …너절한 놈들!" 하고 무를랑이 투덜거리며 말했다.

"…정부를 완전히 안심시킬 수 있다 …. 프랑스 국민은 모두가 자신의 의무를 다할 것이다 …. 바로 이것이 정부가 블랙리스트의 이용을 포기함으로써 얻고자 하는 것이다."

"어때? 어떻게 생각해? 나는 이것이 도대체 무엇을 뜻하는지 이해하기 위해 두 번이나 되풀이해 읽었어. 하여간 사실을 확실히 해두어야 해. 말하자면 프랑스의 프롤레타리아는 흔쾌히 그자들의 전쟁을 받아들이고 있는 거야. 그리고 노동자의 반대도 별로 위험한 정도가 아니야. 그래서 정부는 예방 검거를 주춤하고 있는 거야…. 알겠나? 그것은 모든 혁명가들에게 호소하고 상냥하게 귀를 잡으며 '**자아, 심술궂은 사람들아, 여러분의 반항을 용서해주겠소! 그러니까 여러분은 군인으로서의 의무를 다하시오!**'라고 하는 거나 같아. 정부는 마치 인정 많은 왕자같이 농담하며 블랙리스트 등을 찢어버리고 요주의 인물을 풀어주는 거야…. 왜냐하면 요주의 인물이래야 **별거 아닌 것들이니까**, 알겠나?"

무를랑은 웃고 있었다. 그 늙은 예수 같은 얼굴을 찡그리며 내는 괴상하고 호탕하며 듣기에도 불쾌한 그 웃음소리에는 무엇인가 섬뜩함을 느끼게 하는 것이 있었다.

"요주의 인물, 그런 것은 없어! **이제는 없어**! 알겠나? 정부가 이처럼 자신만만하게 나오는 것을 보면 혁명파의 지도자들이 내무부에 얼마나 확실한 보증을 해주었는지 알 만할 거야! 전쟁 첫날부터 아무런 위험을 느끼지 않게 이처럼 관대한 태도로 나오는 것을 보면 말이야! 지저분한 것들, 우리를 고스란히 정부에 **팔아넘긴** 거야! …흥! 이번에는 좋아. 이것으로 끝장났어! 참모본부가 유리한 입장에 있어! 전쟁을 하러 가는 자들은 어떤 불평도 할 자격이 없어. 불평을 할 자격이 있는 자는 전쟁을 시키는 자들이야!"

그는 헐렁헐렁한 작업복 허리에 뒷짐을 지고 몇 걸음 물러갔다.

"그렇지만 말이야!" 하고 그는 갑자기 획 돌아서며 말했다. "나는 그렇게는 생각할 수 없어! 이것으로 일이 끝장났다고는 생각할 수 없단 말이야!"

자크는 소스라쳤다.

"나도 그래요." 자크는 낮은 목소리로 말했다. "속수무책이라고는 생각하지 않아요! 지금이라도!"

"지금이라도!" 하고 무를랑이 메아리처럼 말을 되받았다. "하물며 며칠 뒤, 몇 주일 뒤에 짐승 같은 취급을 받는 불쌍한 그 족속들이 모두 전쟁터의 맛을 알게 되는 날에는 더더구나 그래! …아, 크로포트킨이 있었더라면…. 아니면 다른 누구라도 좋아. 무엇을 할 것인가를 말해주고 또 사람들이 경청할 만한 힘을 가진 어느 누군가가! 동지들은 모두 이 전쟁에 찬성했어. 그들은 속았기 때문이야. 그리고 이번에도 그들의 고지식함을 교묘히 이용했기 때문이야…. 하지만 사소한 계기가 생겨 돌연 다시 정신을 차리는 날에는 모든 것이 한순간에 뒤바뀔 수 있어!"

자크는 회초리에 맞은 사람처럼 자리에서 벌떡 일어났다.

"뭐라고? …사소한 계기? 무슨 계기?" 그는 무를랑 쪽으로 걸어갔다. "도대체 당신 생각으로는 사람들이 무엇을 할 수 있다는 겁니까?"

그의 목소리가 이상한 울림을 띠었기 때문에 제니는 그의 쪽을 뒤돌아보았다. 그리고 공포에 사로잡혀 입을 반쯤 벌린 채 한동안 숨을 죽이고 있었다.

어리둥절한 무를랑은 자크를 바라보았다. 자크는 더듬거리며 말했다.

"무슨 생각을 하는 겁니까? 말해보세요!"

무를랑은 좀 당혹해하며 어깨를 으쓱해 보였다.

"무슨 생각을 하느냐고? 당치도 않은 바보 같은 생각인지도 몰라…. 이런 거야…. 생각나는 대로 말하자면…. 모든 것이 다 너무나 터무니없어! 그건 그렇고, 나는 희망을 갖지 않을 수 없어. 어디까지나 희망을 갖고 있으며, 모든 것을 제쳐놓고서라도 희망을 계속 갖지 않을 수 없어! …민중은—상대국의 민중과 마찬가지로 우리 민중도—속은 것이 틀림없어! 누가 알아? 혹시나….”

자크는 무를랑을 뚫어지게 바라보고 있었다.

“혹시나라고요?”

“혹시나…. 글쎄, 어떻게 말하면 좋을지 모르겠군…. 만일 두 나라 군대 사이에 어떤 양심이 번득여서 이렇게 두터운 허위의 벽을 무너뜨릴 수 있다면! 이런 불행한 자들이 돌연 각성해서 불을 뿜는 전선을 사이에 두고 모두 똑같이 끌려나왔다는 것을 깨닫게 된다면 모두들 다 같이 폭발하는 분노와 반항에 분연히 일어나게 되지 않을까? 그리고 자신들을 끌어낸 그자들에게 등을 돌리게 되지 않을까…?”

자크는 눈이 부셔 돌연 앞이 잘 보이지 않는 것같이 깜박거렸다. 그리고 눈을 아래로 깔고 제니를 못 본 척하면서 그녀 곁으로 돌아와 앉았다.

잠시 어색한 분위기 속에서 침묵이 흘렀다. 셋이 모두 어렴풋이 느끼기는 했지만 무어라고 꼬집어 말할 수 없는 일이 일어난 것 같았다.

“그런데 그것은 거국적인 공감을 얻고 있어!” 무를랑은 잠시 사이를 두었다가 말했다. “지방에서는 사회당의 시의회가 모두 조국의 위기를 선포하고, 국토방위를 부추키며 독일을 문명국가군에서 추방하기로 한다는 의사일정에 찬성한 거야! 이봐, 자!” 하고 그는 아까 마룻바닥에 내던졌던 신문 한 뭉치를 주우면서 말했다. “이것은 C.G.T.의 성명서야. **프랑스의 무산계급**

에게 고함. C.G.T.가 무엇을 말하려고 하는지 알겠나? 사태는 우리들을 전쟁의 와중에 몰아넣었다 …. 프롤레타리아는 인류를 전쟁의 참화로부터 보호하기 위해 어떤 노력을 계속해야 되는지 일반적으로 충분히 이해하고 있지 못했다 …. 다시 말하면 '이제는 별수 없으니까 체념하고 가서 죽기나 하라지!'라는 식이야…. 이것이 철도 종사원 조합에서 낸 선언문이야… 철도 종사원의 것이야! 우리의 철도 종사원! 있을 수 있는 일인가 말이야! 이것이 오늘 아침 파리 전 시가지의 벽에 나붙었어. 동지들! 공동의 위기를 앞에 놓고 오래된 원한은 사라졌다. 사회주의자, 조합주의자, 혁명가 여러분, 여러분은 카이저의 비열한 계략을 타도하지 않으면 안 된다. 그리고 공화국의 부름이 있을 때 여러분은 앞장서서 그 소리에 응해야 한다! …잠깐, 기다려. …또 있어. 더 용감한 자의 소리를 들어봐! 자, 이것을 차분히 들어봐, 육군장관에게 보내는 공개장 …. 서명? 맞춰봐! 귀스타브 에르베라고 서명되어 있어! …들어봐. 프랑스가 이 큰 재앙을 피하기 위해 최선을 다한 것으로 사려되므로 특별한 배려에 의해 국경을 향해 출발하는 최초의 보병 연대에 편입할 것을 간곡히 부탁하는 바이다! 자, 이거야! 그래, 이봐! 멋지게 번질했어!『사회투쟁』의 주필이라는 귀스타브 에르베! 전에 어떤 국가든 간에 노동자의 피를 한 방울도 흘리게 할 자격이 없다고 부르짖던 귀스타브 에르베가! …그런 일이 있었기 때문에 정부로서는 아무 탈 없이 책상 서랍 속에 블랙리스트를 넣어둘 수 있는 거야! 정부는 이렇게 해서 우리의 위대한 혁명적 지도자들을 하나하나 손안에 넣은 거야!"

누군가가 문을 여러 번 노크했다.

"누구야?" 무를랑이 문을 열기 전에 물었다.

"시롱."

들어온 사람은 쉰 살쯤 되어 보이는 남자였다. 납작한 얼굴에 회색빛 수염을 기르고, 벗겨진 넓은 이마와 납작코에다 눈과 눈 사이가 굉장히 떨어져 있고, 빈정거리는 듯한 눈길을 보이고 있었다. 정력적이면서 침착해 보이는 얼굴, 그리고 약간 교만한 데가 있었다.

자크와는 이미 안면이 있는 남자였다. 유일하게 무를랑 집에서 자주 만났던 사람이다.

조합주의자이며 그의 혁명적 활동 때문에 여러 차례 형무소 신세를 진 일이 있는 고참 투사인 시롱은 최근 몇 년 동안 운동권에서 떨어져 살고 있었다. 그는 양성공養成工으로 여가가 생기면 팸플릿을 쓰기도 하고 『에탕다르』에 기고하기도 했다. 그리고 무를랑과 마찬가지로 독립행동가의 한 사람으로서 언제나 정신을 똑바로 차리고 있고, 확고한 신념을 가지고 의연하게 스스로를 지키며, 어리석은 일에 대해 엄하고 동료들에게보다 대의명분에 더 헌신적인 사람이었다. 그래서 모든 사람들에게서 존경을 받는가 하면 너무 신중한 태도 때문에 비난을 받기도 하고, 개인적인 재능 때문에 약간 질시의 대상이 되기도 하는 그런 사람 가운데 하나였다.

"앉게나." 무를랑이 말했다. 비어 있는 의자라고는 제니가 앉아 있는 것밖에 없었다. "그런데 읽어보았나, 놈들의 신문을?"

시롱은 어깨를 으쓱해 보였다. 그런 그의 태도는 신문 같은 것은 아무 문제도 아니며, 그가 찾아온 것은 이번 사건 때문이 아니라는 것을 말해주는 것 같았다.

"오늘 밤 장 바르 카페서 모임이 있어." 그는 무를랑을 바라보며 말했다. "자네에게는 내가 알리기로 했어. 꼭 나와주었으면 해."

"별로 생각 없어." 하고 무를랑은 퉁명스럽게 말했다. "안 가도 알 만해…."

"그게 문제가 아니야." 하고 시롱이 말을 가로막았다. "나는 갈 거야. 그들에게 말해줄 것이 있어. 그런데 꼭 둘이 같이 갔으면 해."

"그렇다면 이야기가 다르지." 하고 무를랑은 갈 뜻을 비췄다. "그럼 도대체 어떤 일이야?"

상대는 얼른 대답을 하지 않았다. 그는 자크와 제니를 바라본 뒤에 창가로 걸어가 창을 반쯤 연 다음 다시 무를랑 곁으로 돌아왔다.

"여러 가지 일을 말이야. 해야 할 일이 있는데 아무도 생각하는 것 같지 않아. 우리는 엄청난 궁지에 몰려 있어. 그것은 새삼 말할 필요도 없어. 그렇다고 팔짱을 끼고 그놈들에게 완전히 내맡길 수도 없는 노릇이야!"

"말해 봐."

"이런 거야. 만일에 사회당과 조합주의 지도자들이 정부에 동조해서 협력하는 것이 좋다고 생각할 경우에 적어도 그 협력의 대가로 자기들을 대표하고 있는 자들을 위해 어떤 보증을 요구해야 한다고 생각해. 자네 생각은 어떤가? 전쟁은 확실히 하나의 혁명적 상황을 만들어내. 그것을 잘 이용해야 해! 조레스라면 틀림없이 그렇게 했을 거야! 프롤레타리아를 위해 국가로부터 양보를 얻어냈을 것이 틀림없어…. 그것만이라도 어디야! 전쟁은 모두에게 속박과 희생을 요구해. 대단한 것은 아니지만 이런 처지에 놓이는 노동자들을 위해 최소한의 통제 기능은 확보해주자는 거야! 아직도 조건을 붙일 여지가 있어. 지금 정부는 우리가 필요한 거야. 그러니까 주는 데까지 주자는 거야…. 자네 생각은 어떤가?"

"조건이라고? 예를 든다면?"

"예를 든다면? 정부로 하여금 모든 군수공장을 징발하도록 해서 기업가들이 전쟁터에 죽으러 가는 백성들의 등을 쳐서 엄청난 이익을 얻지 못하게 하는 거야. 그리고 그런 공장을 조합관리 밑에 맡기는 거야…."

"나쁘지 않군." 무를랑이 중얼거렸다.

"한편 물가 상승을 막아야 해. 벌써 도처에서 그런 조짐이 보이고 있어. 한 가지 방법밖에 없다고 나는 생각해. 곧 정부가 필요 불가결한 모든 생필품을 압수해서 국가의 저장품으로 하고, 중개업자들과 투기하는 자들을 몰아내어 배급제를 하는 거야…."

"굉장한 시도를 꿈꾸고 있군…."

"기구이며 인원이며 모두 다 갖추어져 있어. 이미 움직이고 있는 협동조합을 이용만 하면 돼…. 자네 생각은 어떤가? 물론 이 모든 것은 두고 봐야 하겠지만. 그러나 프랑스 전국에 걸쳐, 알제리까지 계엄령이 선포되어 있으니까 욕심 많은 사업가들로부터 약자를 보호하기 위해서는 그 계엄령을 이용해야 할 거야!"

시롱은 자신의 침착한 목소리가 울려 퍼지는 방 안을 왔다 갔다 하고 있었다. 그는 이따금 두 젊은이를 건성으로 슬쩍 바라보곤 했지만 이야기는 무를랑을 상대로 할 뿐이었다. 주름

하나 없이 훤한 그의 이마에는 땀이 방울졌다.

자크는 잠자코 있었다. 얼굴은 예사롭지 않게 긴장되어 있고 눈빛은 빛나고 있었지만 두 사람의 대화에 귀를 기울이고 있지 않았다. 자신의 여러 가지 상념에 사로잡혀 갈피를 못 잡고 있는 그에게는 시롱이니, 공장의 징발이니, 계엄령이니, 국가의 저장품이니 하는 따위는 안중에도 없었다. …**갑자기 두 군대 사이에 무엇인가 양심이 번득여서 두터운 이 허위의 벽을 무너뜨릴 수 있다면!** …이라고 무를랑이 말했지….

자크는 무를랑이 잠시 말을 중단하는 틈을 이용해서 제니에게 눈짓을 한 다음 자리에서 일어났다.

"벌써 가나?" 하고 무를랑이 물었다. "오늘 밤 장 바르 카페에 오겠지?"

자크는 꿈에서 깨어난 사람 같아 보였다.

"나요?" 그는 반문했다. "못 가요. 오늘 밤은 외국인 퇴거의 마지막 날이에요. 우리 둘은 스위스로 가요…. 작별 인사를 하러 왔습니다."

무를랑은 제니를 본 다음 자크를 바라보았다.

"그래? 결심했니? …스위스에? 그래…. 잘했어…." 그는 갑자기 자신도 모르게 매우 흥분한 것 같아 보였다. "그럼" 하고 그는 퉁명스런 어조로 말했다. "가도록 해. 그런데 그쪽에 가더라도 우리를 위해 일을 잘해주기 바라네. 그럼 행운을 비네!"

자크는 마음이 격앙되고 당혹감을 느끼면서 잠시 혼자 있고 싶은 생각에 사로잡혀 어찌할 바를 모르고 있었다.

"그런데, 제니, 정신을 똑똑히 차리고 내가 하는 말을 들어."

하고 둘이 길거리로 나오자마자 자크는 낮은 소리로 말했다. 그는 제니의 팔을 잡고 그녀 쪽으로 몸을 기울이며 부드럽게 그리고 위엄을 보이면서 말을 계속했다. “당신은 저녁까지 해야 할 고된 일이 많아. 당신은 피곤해. 그러니까 집으로 돌아가는 게 좋겠어. 내 말을 들어. 당신은 좀 쉬어야 해. 벌써 열시 십오분이야. 내가 집에까지 데려다줄게…. 『위마니테』에는 혼자 가겠어. 그런 다음 당신의 출발을 위한 수속도 알아보아야지. 두 시간이면 모든 것이 끝나게 될 거야…. 알겠지?”

“네.” 제니가 말했다.

그녀는 매우 비참한 처지에 놓여 있는 것이 사실이었다. 지쳐 있는 데다가 몸은 열이 나고 육체적으로 완전히 탈진 상태였다. 그녀는 허리가 끊어지는 것 같았지만 작은 공원의 딱딱한 의자에 앉아 오랫동안 기다렸었다. 그곳은 자크가 ‘이 세상의 아무도 내가 당신을 사랑하듯이 나에게서 사랑을 받아본 적이 없어!’라고 말하던 바로 그 장소였다. 고통스러우리만큼 허탈감에 빠져 있던 그녀는 가깝기도 하면서 이미 먼 옛일과도 같이 되어버린 그날 밤의 모든 상세한 일들, 또 뒤에 잇단 매일 매일의 일들, 그리고 바로 어제저녁의 충격적이고 기적 같은 일들을 다시 생각했다…. 그리고 두 시간이나 기다린 끝에 자크가 계단 위에 모습을 나타냈을 때 제니는 고뇌의 빛에 살기를 띤 그의 얼굴, 멍한 그의 눈길을 보고 두 사람이 정신적으로 하나가 될 수 없다는 것을 깨달았다. 그러면서 그녀는 심한 슬픔을 느끼지 않을 수 없었다. 지금까지 자신이 긴 몽상에 잠겨 있었던 사실을 감히 이야기할 생각도 하지 못하고 다만 앙투안의 출발에 관해 한 이야기에 귀를 기울였을 뿐이었다. 제니는 걸어서 무를랑의 집에까지 끌려갔었다. 그러나 이제는 지칠대로 지쳐 있었다. 자크를 따라 딴 곳으로 간다는 것은 엄두도 못 낼 것 같았다…. 제니는 집에 돌아가 쿠션 사이에 몸을 파묻고 피로에 지친 몸을 달래고 싶은 생각밖에는 없었다.

전차는 아주 뜸해졌다. 그러나 다행히 아직 끊어지지는 않았다. 그들은 걷지 않고 바스티유에서 생 미셸로路까지 갈 수 있었다. 자크는 옵세르바투아르가街까지 그녀를 부축해서 걸어갔다. 그들은 문 앞에서 헤어졌다.

"그럼 다녀올게…. 한시와 두시 사이에 돌아올 테니까." 자크는 미소를 지으면서 말했다. "그리고 둘이 파리에서 마지막 저녁을 먹도록 하자고…."

그러나 그가 이십 미터도 채 못 갔을 때였다. 뒤에서 지금까지 들어보지 못한 비명과도 같은 목소리가 들려오는 것이 아니겠는가.

"자크!"

그는 후다닥 뛰어서 제니 곁으로 왔다.

"엄마가 돌아와 있어요!"

제니는 넋이 나간 사람처럼 자크를 바라보았다.

"수위 아주머니가 나를 붙잡고 일러주었는데… 엄마가 오늘 아침에 돌아오셨대요…."

둘은 온갖 생각으로 갑자기 정신이 나간 사람들처럼 서로 얼굴을 뚫어지게 바라보고 있었다. 제니의 머리에 얼핏 떠오른 것은 흐트러진 채로 있는 다니엘의 침대, 목욕실 안의 자크의 세면도구, 치우지 않은 채로 있는 어수선한 집 안 꼴이었다….

제니는 순간 마음을 정했다. 자크의 팔을 붙들었다.

"따라와요!"

그녀의 얼굴은 냉엄했으며, 속마음을 헤아릴 수 없었다. 그녀는 아무렇지 않은 것처럼 되풀이했다.

"따라와요. 함께 집으로 가요."

"제니!"

"따라오라니까요!" 하고 그녀는 냉담한 말투로 되풀이했다.

제니는 단단히 결심을 한 것 같아 보였다. 자크는 정신이 몹시 혼란스러워진 데다가 마음도 약해져서 아무런 저항 없이 그녀의 뒤를 따라갔다.

제니는 앞장서서 계단을 재빨리 올라갔다. 조금 전까지 느꼈던 피로도 완전히 잊었다. 어차피 이렇게 된 바에는 한시라도 빨리 일의 결말을 짓고 싶어 하는 것 같았다.

그러나 층계참에서 열쇠를 열쇠 구멍에 넣으려다가 멈추었다. 제니는 휘청거리고 있었다. 둘은 조용한 가운데 헐떡거리는 서로의 숨소리를 들을 수 있었다. 그녀는 아무 말도 하지 않았다. 몸을 뻣뻣이 하고 문을 열었다. 자크의 손목을 붙들더니 꼭 쥐었다. 그리고 그를 이끌고 집 안으로 들어갔다.

75

퐁타냉 부인은 부부 생활을 하면서 가장 고통스러운 때도 경험한 적이 없는 혼란 속에서 아침나절을 보냈다.

다행히 다니엘의 방문은 닫혀 있었다. 그리고 홍차를 끓여 마시려고 부엌에 가지 않았던들 아마 자신이 악몽에 희롱당하고 있지나 않나 하고 생각했을지도 모른다. 그러나 둘의 식기를 알아보았을 때 부인은 본능적으로 눈을 감고 발길을 돌렸다. 그리고 자기 방으로 돌아왔다.

낙담 속에서 보낸 몇 분 뒤에는 마치 몽유병자 같은 발열 상태가 계속되었다. 여행하면서 입었던 옷을 벗고 헌 옷으로 갈아입은 다음 방 안을 정돈하고 별로 대수롭지 않은 일도 정성들여 끝마쳤다. 부인은 어떻게 해서든지 마음을 가라앉히려고 햇볕이 스며드는 덧창이 달린 창가의 안락의자에 가서 앉았다. 무슨 일이 있어도 자제력을 되찾아야지. 그러기 위해서는 항상 가지고 다니는 작은 성경책이 필요하지만 여행용 가방 속에 넣어두었기 때문에 손 닿는 곳에 없었다. 부인은 선반 위에 있는 아버지의 헌 성경책을 찾으러 갔다. 그것은 검은색 겉표지로 된 묵직하고 두꺼운 성경책으로 퐁타냉 목사가 여백에 표시를 하고 주를 까맣게 달아놓은 것이었다. 부인은 아무렇게나 펼쳐 읽어보려고 애썼다. 그러나 경직될 대로 경직되어 있는 그녀의 머리에 성경 구절이 들어올 리가 없었다. 자신도 모르게 일관성 없는 여러 가지 영상과 상념에 빠져들었다. 그러는 가운데 다니엘의 생각이 떠오르는가 하면 빈에서 시업가들과의 일이며, 여행 동안의 고생스러웠던 일이며, 군대로 가득 찼던 여러 군데의 정거장의 기억이 뒤섞여 되살아나곤 했다. 그리고 그런 지리멸렬한 연상 끝에는 줄곧 제니와 자크가 껴안고 잠자던 침대의 광경이 눈에 선하게 떠오르는 것이었다. 가까운 거리를 지나가는 수송차의 소리가 벽을 뒤흔들며 부인의 머릿속에 울려오면서 그녀의 환상을 불길한 반주처럼 뒤덮었다. 난생처음 대처할 수 없는 갑작스러운 공포에 짓눌리는 것 같은 것을 느꼈다. 돌풍에 휘말려 끌려가는 느낌, 끔찍한 혼란으로 인해 유럽과 자기 집이 약탈당하고, '악령'이 전 세계를 지배하는 그런 느낌에 사로잡혔던 것이다.

부인은 갑자기 옆방 쪽에서 무엇인가 움직이는 소리를 들었다. 뒤이어 곧 복도에서 사람의 발소리가 나는 것을 들었다. 부인의 얼굴은 굳어졌다. 그렇다고 일어날 기력도 없었다. 그냥 윗몸을 일으켜보았을 뿐이다. 문이 열렸다. 그러자 검은 베일을 쓴 유달리 파리해 보이는 제니가 초췌한 모습으로 눈을 부릅뜨고 들어왔다.

꽃무늬가 있는 옷을 입고, 무릎 위에 성경책을 얹은 채, 늘 앉는 그 자리에 아주 침착한 모습으로 자리 잡고 있는 어머니를 보는 순간 제니는 깜짝 놀라 어찌할 바를 몰랐다. 지금까지 몇 년 동안이나 잊고 있던 자신의 과거가 눈앞에 아른거리는 것 같았다. 제니는 자기 뒤에서 이러지도 저러지도 못하고 있는 자크는 거들떠볼 생각도 하지 않고 어머니에게로 달려가 두 팔로 어머니를 감싸안았다. 그리고 더 몸을 가깝게 하려고 카펫 위로 몸을 미끄러뜨리며 이마를 어머니 옷에 파묻었다.

"엄마…."

애정과 연민의 마음이 퐁타냉 부인을 순식간에 극도의 불안으로부터 벗어나게 했다. 부인의 마음은 관용으로 가득 찼다. 동시에 자신이 목격한 그 비밀도 하나의 부정한 행위가 아니라 단순히 마음이 약해서 그러했던 것처럼 다른 각도에서 생각하게 되었다. 부인은 다시 찾은 딸을 향해 이미 몸을 구부리고 있었다. 그리고 두 팔로 안아주며 고백을 들은 다음 실수의 정도를 알아서 이해하고 도와주며 앞으로의 갈 길을 인도해주려고 했다. 그런데 갑자기 부인의 숨결이 멎었다. 복도의 벽에서 그림자 하나가 움직였던 것이다…. 제니는 혼자가 아니었다! 자크가 거기에 있는 것이 아닌가! 그리고 막 이 자리에 모습을 나타내려 하는 순간이었다! …딸의 목덜미에 얹었던 부인의 손은 경련을 일으켰다. 그녀는 열린 문을 계속 응시하고 있었다. 몇 초가 지났다. 크레이프 베일에서 참을 수 없을 정도의 역한 냄새가 풍겼다…. 마침내 자크가 문 앞에 모습을 나타냈다. 퐁타냉 부인의 눈앞에는 다시금 침대의 광경, 실신해 있는 것 같은 둘의 얼굴이 어른거렸다.

부인은 목이 멘 듯하면서도 다분히 질책과 공포의 뜻이 담긴 목소리로 더듬거리며 말했다.

"얘들아…. 딱한 아이들아…."

자크는 어느새 방 안에 들어와 있었다. 그는 부인 앞에 우뚝 서서 겸연쩍어 하면서도 거만한 태도로 부인을 바라보았다. 그때 부인은 분명하게 말했다.

"잘 있었어, 자크."

제니는 재빨리 고개를 치켜들었다. 물론 제니는 웃음을 띠고 있지는 않았나. 그러나 입을 비죽거리며 표정을 일그러뜨리고 있었기 때문에 얼굴 위에는 무언가 악마의 웃음 같은 것이 엿보이고 있었다. 푸른 두 눈동자는 본능을 그대로 드러내고 있다는 느낌을 줄 정도로 전연 다른 빛, 철면피 같은 빛으로 번득이고 있었다. 제니는 자크를 향해 팔을 뻗으면서 그의 손목을 덥석 붙잡고 세차게 끌어당겼다. 그리고 어머니 쪽을 향해 몸을 돌리며 짐짓 다정한 투로 말했다. 그러나 거기에는 의기양양해하는가 하면 또한 도전적이며 거의 협박조 비슷한 투가 깃

들어 있었다.

“엄마, 이분을 다시 만나게 되었어요! 그리고 영원히 같이 있을 거예요!”

퐁타냉 부인은 순간 둘을 차례로 쳐다보았다. 부인은 되도록 미소를 지으려고 했다. 그러나 뜻대로 되지 않았다. 두 입술 사이에서는 가벼운 한숨 소리가 흘러나왔다.

제니는 어머니를 유심히 바라보았다. 이 한숨 소리에서, 놀라워하면서도 또한 온정에 떨고 있는 어머니의 이 얼굴에서 제니는 승낙의 표시 같은 것을 읽을 수 있을 것으로 기대했었다. 그런데 그녀의 의심 많은 감수성은 오히려 자기를 한심하게 여기면서 반대하는 빛만을 보았던 것이다. 제니는 그 때문에 발끈했다. 그리고 자식으로서 품고 있는 애정의 깊은 속까지 상처받은 것으로 여겼다. 제니는 어머니에게서 물러났다. 그리고 재빠른 동작으로 일어나 자크에게로 가서 몸을 기대며 우뚝 섰다. 반항적인 그녀의 태도며, 흥분해 있는 듯한 그녀의 눈길에는 터무니없고 맹목적이며 뻔뻔스러우리만큼 도전적인 오만함이 엿보였다.

거기에 반하여 자크는 변함없는 친근감을 가지고 퐁타냉 부인을 바라보고 있었다. 그리고 만일 무슨 말을 해야 한다면 아마 이렇게 말했을 것이 틀림없다. ‘저는 당신을 이해합니다…. 하지만 당신도 저희를 이해해주셔야 합니다….’

퐁타냉 부인은 착잡한 눈길로 둘을 바라보았다. 그녀는 시선을 떨구었다. 다시금 침대의 광경이 눈앞에 아른거렸기 때문이다….

잠시 침묵이 흘렀다.

드디어 부인은 평상시의 습관대로 자크에게 관대한 태도를 보였다.

"얘들아, 그렇게 서 있지 말고… 자리에 앉으려무나…."

자크는 제니를 위해 의자를 가까이 가져다주었다. 그리고 자신은 퐁타냉 부인의 지시대로 왼쪽에 앉았다.

간단한 이 몇 마디가 긴장되었던 분위기를 한결 부드럽게 만드는 것 같았다. 단순히 방문을 했을 때처럼 세 사람이 둥그렇게 자리를 잡자마자 흥분 상태가 가라앉고 정상으로 되돌아온 것 같았다. 자크는 비교적 자연스러운 말투로 침묵을 깨고 부인이 여행에서 돌아오면서 겪은 이런저런 일에 대해 물을 수 있었다.

"그래, 내가 보낸 마지막 편지를 못 받았단 말이니?" 하고 퐁타냉 부인이 제니에게 물었다.

"아무것도. 편지라고는 한 통도. 엄마의 편지는 한 통도 안 왔어요. 이 엽서 말고는. 제일 먼저 부친 엽서. 월요일 빈역에서 쓴 엽서 말이에요." 제니는 이를 악물고 단속적으로 말했다.

"월요일?" 하고 퐁타냉 부인은 되풀이했다. 여행 동안의 하루하루를 생각해내려고 애쓰면서 부인은 눈을 끔벅거리고 있었다. "그렇지만 나는 매일 밤 두 통의 편지를 썼어. 한 통은 너에게, 그리고 한 통은 다니엘에게."

다니엘의 일을 생각한 부인은 새삼 가슴이 찢어지는 것 같았다.

"한 통도 안 왔어요." 하고 제니는 앙칼진 목소리로 말했다.

"그럼 다니엘한테서는 소식이 없었니?"

"있었어요. 꼭 한 번."

"지금 어디 있어?"

"뤼네빌을 출발했대요. 그러고 나서는 아무 소식이 없어요."

침묵이 흘렀다. 어색해진 자크는 다시 입을 열었다.

"그런데… 언제 빈을 떠나셨나요, 부인?"

퐁타냉 부인은 그것을 생각해내는 데 약간의 힘이 들었다.

"목요일." 하고 드디어 부인이 말했다. "그래. 목요일 아침이었군…. 그래도 우디네*에 도착한 것은 밤이었어. 그리고 다음날 정오가 되어서야 겨우 밀라노를 향해 출발할 수 있었어."

"목요일 아침에 오스트리아에서는 이미 베오그라드가 포격당하고 점령됐다는 것을 아셨습니까?"

퐁타냉 부인은 당황한 모습으로 자크를 바라보았다.

"기억이 안 나는데." 하고 부인은 솔직히 말했다. 빈에 체류하는 동안 부인은 오직 남편의 명예를 지키는 일에만 골몰했었다. 그래서 사태가 어떻게 돌아가고 있는지는 거의 모르고 있었던 것이다.

'제니는 내가 일처리를 잘했는지 어쨌는지 물어보려고 하지도 않는구나.' 부인은 생각했다. 그리고 딸을 보는 순간 갑자기 이런 비통한 생각이 떠올랐다. '내가 돌아온 것에 대해 실망하고 있는 것은 아닐까?'

자크는 무엇인가 말을 해야겠기에 계속해서 빈에서의 민심의 동향과 시위운동에 관해 물어보았다. 그리고 퐁타냉 부인도 자크와 마찬가지로 이처럼 대수롭지 않은 문제에 매달리면서 되도록 자크가 묻는 말에 대답하려고 했다. 그 길만이 무서운

* 이탈리아의 도시.

설명의 시기를 늦출 수 있었기 때문이다. 왜냐하면 세 사람 모두가 그 순간 어떤 형태로건 '설명'하는 것이 절박하며 불가피하다는 것을 계속 생각하고 있었기 때문이다.

자크는 제니를 대화에 끌어들이기라도 하려는 것처럼 계속 제니 쪽을 돌아다보았다. 그러나 아무런 반응이 없었다. 제니는 듣고 있는 것 같지 않았다. 뻣뻣이 세운 목이라든가, 여윈 얼굴에 일으키고 있는 경련이라든가, 냉혹하면서 사람의 시선을 피하는 눈길이라든가, 오늘 아침에는 입술을 꼭 다물고 턱을 앞으로 내밀고 있는 태도라든가 모든 것이 사람들을 기피하려는 마음가짐뿐만 아니라, 뭔가 숨기는 것 같으면서 경색된 태도, 거기에다 적의에 찬 긴장까지 보이고 있었다. 등받이가 허리를 제대로 받쳐주지 않는 의자에 앉아 있다 보니 몸이 괴롭고 신경이 곤두서서 제니는 냉담한 눈길로 방 안을 두리번거리고 있었다. 그러면서 별로 현실감이 나지 않는 무대장치 속의 조연 배우라도 보듯이 이따금 어머니를 힐끗 보곤 했다. 성경책을 손에 들고, 창가의 햇살을 받기 위해 언제나 비스듬히 놓여 있는 비로드 천이 씌워진 낡은 안락의자에 앉아 있는 퐁타냉 부인의 모습은 마치 태초부터 거기에 앉아 있는 사람 같아 보였다. 그것은 먼 옛날의 추억, 시시각각으로 서서히 그녀에게서 떨어져 나가는 지나간 과거(그것은 감동적인 장면도 있었지만 특히 짜증스럽게 생각되는 과거)를 상징하고 있었다. 그것은 배를 탄 사람들이 작별을 고하기 위해 배웅 나온 친척들과 멀어져가듯이 안개 속으로 깊이 빠져들어가는 거나 다름없는 과거였다. 제니는 벌써 다른 강기슭을 향해 노를 젓고 있었다. 그리고 출발 준비를 하는 선박처럼 가슴을 졸이며 새로운 생활을 위한 맥박이 고동치는 것을 느꼈다. 만일 이 순간 자크가 제니의 팔을 붙잡고 '따라와요. 모든 것을 영원히 버려요' 라고 말했다면 제니는 아마 뒤를 돌아보지도 않고 대뜸 떠나버렸을지도 모른다.

침묵 속에서 머리맡 탁자 위에 제롬과 다니엘의 사진 곁에 놓인 작은 시계가 길게 시간을 알렸다.

자크는 그쪽으로 눈을 돌렸다. 그리고 갑자기 도망가고 싶은 생각이 들어 제니 쪽을 향해 몸을 구부렸다.

"열한시군…. 나는 슬슬 가봐야겠어."

둘은 슬쩍 눈길을 주고받았다. 제니는 머리를 끄덕이며 동조의 뜻을 나타냈다. 그리고 곧 자크보다 먼저 일어났다.

퐁타냉 부인은 둘의 거동을 지켜보고 있었다. 부인에게 떠오른 생각은 퍽이나 괴로운 것이었다. 그토록 곧고 솔직하던 제니가… 전과는 달리 아주 딴사람이 된 것이다! '양심의 가책'을 느끼는 듯하며 사람을 회피하는 태도…. 그렇다. 겉으로는 아무렇지도 않은 것 같아 보이지만 지금 이 순간, 그들 둘의 거동에서 어쩐지 위선자 같은 모습이 엿보였던 것이다. 둘은 마치 자기들이 예언자이며, 비전을 전수받은 사람이나 되는 것처럼 어처구니없이 어색하게 거드름을 피우며 서로 얼굴을 마주 보고 있었다. 퐁타냉 부인은 '두 명의 공범자…'라고 생각했다. 그것은 틀림없는 생각이었다. 그들 사이에는 각자 심취되어 있는 사랑의 음모가 있었다. 절대적이고 신비스러우며 전례 없이 유일한, 그야말로 유일한 사랑의 음모, 마치 자기들 이외에는 어느 누구도 그런 사랑의 예외적인 특수성을 이해할 수 없는 것처럼!

제니의 동의에 힘을 얻은 자크는 작별 인사를 하기 위해 퐁타냉 부인 곁으로 다가갔다.

부인은 너무나 갑작스런 출발에 완전히 당황해버렸다. 둘은 이제 더 이상 아무 말도 하지 않고 자기를 혼자 남겨둔 채 가려는 것일까? 자신은 이제 신뢰의 대상이 될 자격이 없다는 말인가…? 부인은 자기 자신을 납득시키고, 자신에게 상처를 주는 이러한 무례까지도 감수하려고 노력하고 있었다. 어쩌면 자기 쪽에서 억지로라도 속내 이야기를 털어놓았어야 하지 않았을까? 그러나 이미 때는 늦었다. 그녀에게는 그럴 만한 용기가 없었다. 게다가 피곤하기도 했지만 지금까지 받은 정신적인 충격, 곧 불쾌감과 부당한 행위 때문에 신경이 날카로워져 있었다. 어쩌면 오랜만에 서로 마주 대하는 이 마당에 아무런 변명 없이 끝나는 편이 오히려 좋을지도 모른다…. 그러면서도 그녀는 딸을 원망하지 않을 수 없었다. 그러나 지금 더 원망스럽게 여기고 있는 것은 딸의 불륜의 이성 관계가 아니라, 오히려 이해할 수 없고 온당치도 않으며 받아들일 수도 없는 그 반항적인 태도였던 것이다! 부인은 자크를 나무랄 생각은 조금도 없었다. 오히려 이번 방문을 통해 호감까지 갖게 되었다. 겁을 먹은 듯하면서 공손하게 나오는 자크의 태도를 보고 무언가 남모를 이해심까지 느꼈다. 그런 자크에게서 부인은 순수한 양심, 저속함이 전혀 없는 내면의 생활을 엿볼 수 있었다. 게다가 그는 다니엘의 친구였던 것이다. 부인은 만일 주님의 뜻이라면 자크를 자식처럼 사랑해줄 마음의 준비도 되어 있었다.

부인은 자크에 대해서는 원망스런 생각을 갖고 있지 않았다. 그래서 막상 자크의 손을 잡는 순간, 마치 다니엘에게 하듯이 자크를 끌어당겨 '아니, 그것보다 포옹을 해주려무나, 얘야' 라고 말하려던 참이었다. 불행히도 그 순간 부인은 제니 쪽을 쳐다보았다. 제니는 두 사람 쪽을 향해 서 있었다. 그리고 증오심이 담긴 날카로운 눈길을 어머니에게 쏟고 있었다. 그러면서 그 눈길은 말하는 것 같았다. '그래요, 저는 엄마를 감시하고 있어요. 엄마가 무엇을 하려고 하는지 지켜보고 있어요. 내가 자크를 집에 데리고 들어온 뒤부터 엄마가 과연 어머니다운 태도를 보여주실 것인지 어떤지 보고 싶어요!' 그래서 부인의 마음은 그 어느 때보다도 노여움으로 불타올랐다. 그녀는 갑자기 자존심이 상했다. 자발적으로 하려던 것을 무언의 협박 같은 것 때문에 하기는 싫다!

부인은 조금 전까지 해줄 마음이 있었던 포옹을 단념하고 대신 자크에게 손을 내밀었다. 그리고 자크만이 악수를 통해서 그녀가 손을 떨고 있고, 감격해하며, 무언의 동의로써 애정을 보여주고 있음을 느꼈다.

이 모든 것도 한순간에 지나지 않았다. 자크가 제니를 데리고 나가는 것을 본 퐁타냉 부인은 자기와 제니와의 관계에서 앞날의 모든 행복이 상처를 받았고 위태롭게 되었다는 것, 그 어느 것과도 바꿀 수 없는 자기와 딸 사이의 관계가 끊겼다는 것을 순간적으로 직감하면서 몹시 가슴 아파 했다. 부인은 겁이 났다.

"제니…. 너도 가니?"

"아니요." 제니는 뒤도 돌아보지 않고 쌀쌀맞게 말했다.

복도로 나온 제니는 자크의 팔을 잡았다. 그리고 아무 말도 하지 않고 재빨리 자크를 현관까지 끌고 갔다.

거기에서 제니는 잡고 있던 자크의 팔을 놓았다. 서로 마주 보고 있는 그들의 눈길 속에는 당황해하는 빛이 역력했다.

"어쨌든 나하고 같이 가겠지?" 자크가 말했다.

제니는 몸을 움찔했다.

"아니, 새삼스럽게!" 그녀는 의심이라도 받은 것 같아 모욕감을 느꼈다.

"그렇지만 엄마한테 뭐라고 말할 거야…?" 하고 자크는 잠시 사이를 두었다가 물었다.

제니는 팔을 올려 손으로 참나무로 된 옷장의 기둥을 붙잡고 자크 앞에 서 있었다.

"오" 하고 제니는 고개를 심하게 흔들며 말했다. "이제 어떻게 되든 나에게는 상관없어요!"

자크는 놀라 그녀의 얼굴을 유심히 바라보았다. 그의 시선은 우중충한 나무를 꼭 쥐고 있는 그녀의 손, 가는 근육이 떨리고 있고 놀랄 만큼 흰 그녀의 손까지 미끄러져 내려갔다. 그는 그 손에 입을 맞추었다.

제니는 느닷없이 말했다.

"모시고 가면 어때요?"

"누구를? 당신 엄마를?" 자크는 잠시 망설였다. "좋아, 만일 당신이…. 물론이지…. 그런데 왜? 엄마가 우리와 같이 가실 거라고 믿어?"

"모르겠어요." 하며 제니는 서둘러 말을 계속했다. "아니야, 그렇지 않을 거라고 생각해요…. 그래도 앞으로의 일을 생각하면…." 그녀는 입을 다물었다. 그리고 살짝 미소를 지어 보였다.

"어쨌든 고마워요!" 하고 그녀는 말했다. "어디서 만날까요?"

"내가 당신을 데리러 여기에 오면 안 돼?"

"안 돼요."

"그럼 짐은?"

"그다지 무겁지 않을 거예요."

"혼자 전차 있는 데까지 갖고 갈 수 있을까?"

"갈 수 있어요."

"그럼 내 서류는? 요전에 당신 방에 놓아둔 꾸러미는…."

"내 짐 속에 넣을게요."

"그럼 리옹역에서 다시 만나는 걸로 하지…. 몇 시에?"

그녀는 잠시 생각에 잠겼다.

"두시에. 늦어도 두시 반에."

"구내식당에서 기다릴게. 됐어? 기차 시간까지 거기에 짐을 놓아두면 되니까."

제니는 다가와서 두 손으로 자크의 얼굴을 감쌌다. '나의 사랑.' 하고 그녀는 생각했다. 제니는 정열적인 눈길로 자크의 눈 속을 천천히 들여다보았다. 마침내 그들의 두 입술이 합쳐졌다.

이번에도 제니 쪽에서 먼저 몸을 떼었다.

"가요." 제니는 말했다. 그녀의 목소리에는 그 얼굴 모습과 마찬가지로 극도의 초조함과 피로가 섞여 있었다. "나 엄마한테 돌아가겠어요. 그리고 처음부터 끝까지 모두 이야기하겠어요."

76

제니의 집을 허겁지겁 나온 자크는 아까 『에탕다르』를 나올 때 몹시 혼자 있고 싶어 했던 마음의 동요에 다시 사로잡혀 우선 해야 할 일이 무엇인가를 잠시 생각해보았다. 그러자 갑자기 무를랑의 말이 다시 마음속에 울려왔다. **사소한 계기만 생긴다면 충분할지 몰라 …. 만일 두 나라 군대 사이에 어떤 양심이 번득여서….**

그렇게 된다면 더할 나위 없이 경탄할 만한 일이다. **두 나라 군대 사이에….** 이런 생각이 어찌나 강렬하게, 또 어찌나 구체적으로 명확하게 뇌리에 파고들었던지 자크는 손잡이에 손을 얹고 머리는 멍청해진 채 무모함과 희망에 가슴을 설레면서 계단 한가운데 우뚝 섰다. …몇 시간 전부터 무의식중에 그의 가슴속에서 꿈틀거리고 있던 하나의 계획이 마침내 명백해지면서 그의 마음을 온통 사로잡았다. 그것은 막연한 꿈이나 허황된 욕망만은 아니었다. 그의 마음속에서 갑자기 뚜렷해진 것은 무엇인가 확실한 계획, 단호하면서 자기 자신의 행동에 대한 계획이었다. 무정부주의자들이 은근히 품고 있는 것 같은 고정관념 가운데 하나였다. 그는 지금 자신이 왜 스위스에 가려고 하는지, 그리고 거기에 가서 무엇을 하려고 하는지를 알게 되었다! 아무런 활동도 하지 않고 무익하게 불안 속에서 여러 날을 지낸 뒤 지금에 와서야 비로소 그는 어떤 구체적인 행위를 통해, 고독하지만 어떤 과감한 행동을 통해 자신의 신념을 위해 투쟁할 것이며, 전쟁을 막기 위해 싸울 것인가를 알게 되었다! 어쩌면 전적인 희생이 따르는 행동인지도 모른다! 그 사실을 그는 즉시 알아차렸다. 그리고 별로 허세를 부리지 않고, 또 자기의 용기를 내세우려는 생각도 없이 그것을 받아들였다. 곧 자기가 목숨까지 바치려고 하는 이 행위만이 대중의 양심을 깨우쳐주고, 사태의 흐름을 단번에 변화시킬 수 있으며, 민중과 동포애와 정의에 역행해서 결속해 있는 세력을 타도하기 위해서 생각할 수 있는 마지막 수단이라는 절대적인 확신이 섰던 것이다.

자크는 퐁타냉 부인이 돌아왔다는 것, 지금 막 기이한 방문을 끝내고 오는 길이라는 사실을 까맣게 잊고 있었다. 뿐만 아니라 제니마저도 잊고 있었다.

반대로 제니는… 어머니의 방으로 돌아가기 전에 자크가 떠나가는 모습을 보기 위해 슬그머니 발코니로 나갔다. 그리고 그가 늦지나 않을까 은근히 불안해하고 있었다. 제니는 마침내 자크가 대문에서 나오는 것을 보았다. 그런데 그는 길에 가득 찬 통행인이나 차의 행렬 같은 것에는 아랑곳도 하지 않고 정신이 나간 사람처럼 생 미셸로路 쪽으로 달려가는 것이었다. 제니는 자크의 모습이 보이지 않을 때까지 눈으로 그의 뒤를 좇았다. 그러나 자크는 뒤를 돌아보지도 않았다.

홀로 남은 퐁타냉 부인은 안락의자 등에 머리를 기대고 얼마 동안 화석처럼 굳어진 채 꼼짝도 하지 않고 있었다. 그녀는 무엇 하나 생각을 명료하게 정리할 수가 없었다. 그러나 그녀의 느낌은 이렇게 낙담과 함께 되풀이하는 막연한 말로 구체화될 뿐이었다. '이거 큰일났군….' 부인은 자크와 제니가 같은 뿌리의 나무줄기처럼 나란히 자기 앞에 서 있던 모습을 계속 생각하고 있었다. 그리고 뜻하지 않은 어떤 연상 작용에 의해 자기 아버지의 엄숙한 응접실, 그리고 그 창가에 검은 장식끈을 두른 밝은색 모닝코트를 입은 약혼자 제롬이 몸을 뒤로 젖힌 채 활기차고 의기양양한 모습으로 자신에게 미소를 짓고 있던 모습이 눈앞에 떠올랐다. 자기들도 그 당시 얼마나 자신감을 가지고 미래를 향해 돌진했던가! 둘이 모두 얼마나 과감하게 가족들의 반대에 맞섰던가! 제롬이 곁에 있어주면 얼마나 대담했던가! …지난날에 흥분했던 일, 자기들만이 그런 열정을 알 수 있다고 확신을 가지고 있던 일이 주마등처럼 다시 떠올랐다. 그리고 이런 하찮은 일을 상기하면서 원망스럽다든가 혹은 우울하다는 느낌은 조금도 들지 않았다. 오히려 행복을 약속해 주는 이런 것들이 살아오는 동안 실현되기라도 한 것처럼 그녀는 기쁨으로 충만해 있었다.

부인은 딸이 돌아오는 발소리를 듣고 소스라쳤다. 각오를 단단히 한 것 같은 그 발소리며, 문을 닫는 태도이며, 긴장된 얼굴이며, 멍하면서 무엇에 홀린 듯하고, 격정적이면서 동시에 강렬한 그 눈길에 부인은 몸이 오싹해옴을 느꼈다.

그녀는 다정스럽게 대해주는 것만이 효과적인 치유 방법일 것이라고 생각하면서 조심스럽게 말했다.

"얘야, 엄마를 포옹해주렴…."

제니는 살짝 얼굴을 붉혔다. 입에는 아직 자크의 입술 냄새가 남아 있었다. 제니는 어머니의 말을 못 들은 척했다. 그리고 모자와 베일을 벗어 침대에 놓으러 가는 데만 정신이 팔려 있는 것처럼 했다. 그러고는 피곤해 못 견디겠다는 듯이 방구석에 있는 긴 의자를 보고 거기에 가서 누웠다.

제니는 들뜬 목소리로 좀 어색하게 외쳤다.

"엄마, 나 무척 행복해요!"

퐁타냉 부인은 날카로운 눈매를 하고 딸 쪽을 바라보았다.

약간 도전적인 투가 섞여 울리는 딸의 이 말에서 어머니로서의 부인의 마음은 무언가 비탄의 징후를 엿보는 듯했다. 부인의 입장으로서는 꼭 이행해야 할 하나의 의무, 마지막 의무가 하나 남아 있다고 생각하지 않을 수 없었다. 비록 위험이 따르는 한이 있더라도. 부인은 그 명령이 성령聖靈에 의한 것이라고 생각하면서 위엄을 보이며 다시 몸을 일으켜 세웠다.

"제니야." 부인은 말했다. "너는 단 한 번이라도 기도를 해봤니? 진심으로 기도를 해보았느냐 말이야? …너는 **성령이 나와 함께 있다**고 말할 수 있겠니?"

처음 몇 마디를 듣는 순간부터 제니는 발끈했다. 제니와 어머니 사이에는 신앙의 문제가 하나의 무서운 심연처럼 되어 있었다. 그리고 제니만이 그 심연의 깊이를 알고 있었다.

퐁타냉 부인은 말을 계속했다.

"제니야…. 나의 딸 제니야…. 너의 거만한 마음을 버려주기 바란다…. 함께 기도하자. 그리고 모든 것을 알고 계시는 그분께 구원을 청하자…. 그분과 함께 너의 마음속에 간직한 비밀을 들여다보아라…. 제니야! 너는 마음 구석에 무엇인가… 꺼림칙한 것을 느끼지 않니?" 부인의 목소리는 떨리기 시작했다. "…무엇인가 …누구인가가 …너는 잘못된 길로 가고 있는지 모른다고 너에게 가르쳐주시지 않니? 그리고 **너는 너 자신을 속이고 있는지 모른다**고 가르쳐주시지 않니?"

제니가 침묵을 지키고 있는 것을 보고 부인은 제니가 기도를 올리기 위해 마음을 가다듬는 줄로 알았다. 그러나 꽤 긴 침묵 끝에 제니는 한숨을 지었다.

"엄마는 이해 못 해요!"

그 말투는 거칠고 실망한 듯했으며, 적의마저 담겨 있었다.

"이해할 수 있단다, 얘야…. 이해하고말고!"

"이해할 수 없어요!" 제니는 말했다. 그리고 가만히 한쪽을 보고 있는 그 눈길에는 어쩔 줄 몰라 하면서도 완강한 일면이 엿보였다. 자신은 다른 사람으로부터 인정받지 못하고 있다는 생각, 그리고 자신은 학대받고 있다는 생각에 사로잡혀 그것을 일종의 병적인 쾌감을 가지고 즐기고 있었던 것이다. 그리고 하마터면 '엄마는 우리의 사랑 같은 것이 어떤 것인지 전혀 모를 거예요!'라고 말할 뻔했다. 그러나 '사랑'이라는 그 말을 큰 소리로는 말할 수 없었다. 제니는 억지로 미소를 지어 보였다.

"나는 아까 엄마가 이해하지 못한다는 것을 알았어요…. 전혀 이해하지 못한다는 것을!"

"무슨 말이니, 제니야? 아까 내가 너희들을 냉대라도 했단 말이니?"

"그래요."

"그래요라니?"

"그렇다니까요!" 제니는 천장을 쳐다보면서 분명하게 말했다. 그리고 불만이 가득 담긴 낮은 말투로 윗몸을 일으키면서 똑똑히 말했다. "만일 우리를 이해했다면 한마디쯤은 해주었어야 했을 거예요! 우리의 행복을 같이 나눈다는 것을 보여주기 위해서라도 한마디쯤은!"

퐁타냉 부인은 시선을 돌리면서 말했다.

"너의 생각은 옳지 않다, 제니야…. 어떻게 나에게 그런 섭섭한 말을 할 수 있니? 나는 오늘 아침 아무것도 모르고 여기에 왔단다…. 너는 나를 경원하고 있고, 나에게 모든 것을 감추고 있어….”

제니는 어깨를 한번 으쓱해 보이면서 어머니의 말을 가로막았다. 그런 몸짓은 그녀에게는 어울리지 않는 것으로, 어쩌면 그녀의 어머니도 딸이 그런 몸짓을 하는 것을 지금까지 한 번도 본 일이 없는, 말하자면 자크의 몸짓을 그대로 본뜬 것이었다. 제니는 고집스럽고 묘한 태도, 그러면서도 무엇인가에 만족해 있는 태도를 보이며 말했다.

“엄마에게 감춘 것은 아무것도 없어요! …아시겠죠. 엄마는 아무것도 모르고 나무라고 있는 거예요. 두 주일 전까지만 해도 나는 생각도 못 하고 있었어요….”

“그렇지만 내가 너를 떠난 지가 두 주일이 안 되었어. 오늘로써 겨우 한 주일…. 그런데 내가 떠날 때 너는 생각도 못 하고 있었다고…?”

“그래요!”

(제니는 거짓말을 하고 있었다. 자크와 북부역에서 만나던 날 밤에 어머니는 아직 파리에 있었다. 그녀는 머리를 뒤로 젖히고 얼굴을 돌려 어머니의 시선을 피했다. 그러나 그 목소리는 거짓말을 하고 있다는 것을 여실히 드러내고 있었기 때문에 모녀는 둘 다 똑같이 얼굴을 붉혔다.)

“만일 두 주일 전에” 하며 제니가 말을 계속했다. 그러면서 억지로 살짝 웃어 보이는 것으로 보아 마음의 동요를 느끼고 있는 것이 역력했다. “엄마가 자크에 대해 말을 해주었더라면 나는 그를 증오한다고 대답했을 거예요. 두 번 다시 만나지 않겠다고 말이에요!”

퐁타냉 부인은 두 손을 안락의자의 손잡이에 놓으면서 재빠른 동작으로 몸을 구부렸다.

"그렇다면 단지 며칠 사이의 일이란 말이니? …잘 생각해보지도 않고…." (부인은 하마터면 '나에게 말하지도 않고?…'라고 말할 뻔했다.) 부인은 다만 "저… 다니엘에게 의논해보지도 않고…"라고 덧붙였을 뿐이다.

"다니엘?" 하고 제니는 놀라는 척하면서 되풀이했다. "다니엘은 왜요?" 웬일인지 자신도 모르게 화가 치밀어(이것은 자신도 모르는 사이에 오랜 세월에 걸친 애정의 속박이라든가 말 못 하고 있던 역정스러운 일 때문에 치밀어 오른 것이 틀림없다.) 제니는 다시 오만한 웃음소리를 냈다. 그리고 어머니가 가장 상처받기 쉬운 곳을 찔러주고 싶은 기묘한 유혹을 느끼면서 말했다. "마치 다니엘이라면 무엇이든지 알 수 있고, 무엇이든지 이해할 수 있기라도 한 것 같군요! 그래, 다니엘이라면 저에게 무슨 말을 해주었을까요? 누구나가 말할 수 있는 어리석은 소리나 했겠지요! '분별 있는' 소리 말이에요!"

"제니야…." 퐁타냉 부인은 탄식하듯 말했다.

그러나 제니는 이미 자제력을 잃었다.

"엄마도 틀림없이 그런 것을 생각하고 계시겠지요? 똑똑히 말씀해보세요! …뭐라고요? 전쟁이라고요? …아니면 뭐예요? 자크와 제가 서로 잘 알지도 못한다고요? 제가 행복해질 수 없다고요?"

"제니야!" 또다시 퐁타냉 부인이 되풀이했다.

부인은 어안이 벙벙해서 딸의 얼굴을 뚫어지게 바라보고 있었다. 찌푸린 눈살이며, 굳어진 얼굴이며, 날카로운 목소리로 말하고 있는 제니는 부인이 이십 년을 곁에서 보아온 지난날의 제니와는 전혀 딴판이었다. 제니는 최근에 폭발한 본능에 사로잡혀 있었던 것이다…. 부인은 한편으로 '정말 무책임하다'라고 절망적인 느낌을 가지고 생각했지만, 또한 거기에는 관용과 스스로를 위안하는 마음이 담겨 있었다.

어머니의 반대, 심지어는 어머니가 괴로워하고 있는 것조차도 제니의 마음을 움직이기는커녕 오히려 자극했다.

"그이하고라면 불행해져도 상관없다고 한다면요? 다니엘과는 관계가 없어요! 오로지 저의 문제예요! 충고 따위는 듣고 싶지도 않아요! 다른 사람이 어떻게 생각하든 상관없어요! 그이하고 있는 이상 아무에게도 의논할 필요가 없어요!"

퐁타냉 부인은 새로운 일격을 얻어맞고 얼굴이 파랗게 질렸다. 그녀의 마음을 가장 아프게 하는 것은 그러한 무례가 꽤나 의도적이고 고의적이라는 사실이었다. '악의 영靈', '암흑의 영'이 딸의 마음에 자리 잡은 것이다! 부인은 주님을 향해 공포에 찬 호소를 했다. 그녀는 악의에 찬 이런 공기의 감염으로부터 더 이상 자기 자신을 지킬 수가 없었으며, 자신을 엄습하는 분노를 물리칠 수도 없었다. 그런 가운데서도 그녀는 여전히 단호한 말투를 유지하면서 조심스럽게 말했다.

"너는 지금까지 언제나 정신적으로 완전한 독립을 누려왔어, 제니야. 그것은 너도 잘 알고 있을 거다. 네가 양심의 소리를 들을 줄 아는 나이가 되면서부터 너에게 나의 의사를 조금도 강요한 적도 없고, 무리한 권고를 한 적도 없다. 지금도 너는 내 의견 같은 것은 물을 필요도 없이 마음대로 행동할 수 있다고 생각해도 좋아. 그러나 나는 나대로의 의무가 있으므로…."

"제발 그만, 엄마!"

"…너에게 말해줄 의무가 있어. 비록 그것이 헛된 일이라 할지라도 … 너를 너 자신으로부터 미리 보호해줄 의무 말이다…. 제니야…. 얘야…. 나는 너의 올바른 마음에 호소한단다…. 네가 선과 악의 관념을 완전히 잊고 있어서야 되겠니? 눈을 뜨고 다시 정신을 가다듬어야지! 너는 지금 엉뚱하게 길을 잃고 헤매고 있는 거야…. 너는 지금 열정에 너 자신을 내맡기고 있는 거야. 그러면서도 전혀 뉘우치는 기색이 없을 뿐만 아니라 오히려 그것을 마치… 힘이나… 용기나… 기품을 나타내는 것처럼 생각하고 있으니…." 부인은 헐떡거리고 있었다. 그녀는 자신의 역량이 부족하다는 생각, 너무 피곤해 있기 때문에… 방법이 서툴렀으며, 꼭 일러두었어야 할 말은 하지도 못하고 공연히 언성만을 높였다는 생각을 하면서 가슴이 찢어지는 듯했다. …만일 누워 있는 제니를 보는 순간 둘이 다니엘의 긴 의자 위에 엉켜 있던 광경이 갑자기 부인의 눈앞에 아른거리지 않았던들 그녀는 그냥 입을 다물어버렸을지도 모른다.

"너는 부끄럽게 생각해야 해!" 부인은 더듬거리며 말했다.

"제발 그만, 엄마!" 하고 제니는 그만하라는 식으로 매몰차게 되풀이했다.

"부끄러운 일이야!" 하고 부인은 말을 계속하면서 이번에는 스스로를 자제하지 않았다. "제니, 네가 어쩌면? 나의 어린 딸인 네가! …혼자 있게 되었다고 해서 그런 유혹에 빠지다니!" 부인은 자신도 모르게 분개한 것을 후회하면서 하던 말을 멈추고 이야기의 방향을 바꾸었다. "불과 며칠 사이에 이렇게 중대하고, 이렇게 엄청난 결과를 가져오는 결심을 하다니? 전 생애를 결정짓는 문제를? 그것도 너의 일생뿐만 아니라 우리의 생애가 걸려 있는 일인데…. 너의 오빠의 일생, 나의 일생…. 하여튼 그건 우리 모두의 장래가 걸려 있는 일이야! 너는 이런 것까지도 생각했어야 해! 그런데 그렇지 못했어! 나 없는 사이에도 그러했고…. 지금도 너는…."

"그만하세요, 엄마! 그만! 그만하세요!"

"너는 제정신이 아니야! 어린애 같은 짓을 한 거야!" 하고 몹시 지친 퐁타냉 부인이 말했다. 그러면서 끊임없이 마음속으로 되뇌던 말을 마침내 내뱉고야 말았다. "그래서는 좋을 게 하나도 없다!"

갑자기 이는 큰 파도가 그녀를 들어 올리듯이 제니는 마음속에서 억누르고 있던 격정이 끓어오름을 느끼면서 홀연히 일어섰다. 아, 제니는 오늘 자기 어머니를 얼마나 혹독하게 몰아세우는가! 몰이해하고, 냉담하며, 이기주의라고!

"내 입장에서 말할까요?" 제니는 어머니 쪽으로 걸어가면서 말했다. "우리 두 사람 가운데 자신을 똑똑히 알지 못하는 사람이 있다면 그것은 엄마 쪽이에요! 이제 와서야 알게 된 한 가지 사실은 지금까지 엄마는 자신을 위해, 자기 자신만을 위해 나를 사랑했다는 거예요! 우리들의 사랑에 반대하는 이유는 질투심 때문이에요! 엄마는 질투하고 있는 거예요! 질투! 엄마는 오직 한 가지 일만 생각하고 있어요. 나를 엄마 곁에 두고 싶다는 이기적인 생각! …그렇지만 그것은 기대하지 마세요! 너무 늦었어요! 걱정을 끼치고 싶지 않지만 그래도 빨리 엄마가 이 사실을 아시는 것이 좋을 것 같아서 그래요. 자크는 오늘 저녁 스위스로 떠나요. 그리고 나도… 나도 같이 떠나요!"

"오늘 저녁? 스위스로?" 하고 퐁타냉 부인은 들릴 듯 말 듯한 목소리로 중얼거렸다.

"갑자기 생각해낸 것은 아니에요. 엄마가 돌아오시기 전부터 그렇게 하기로 했어요. 막차로…."

"너도? 오늘 밤에?"

"네, 곧 떠날 거예요!"

"안 된다! 못 간다, 제니야! 그건 안 돼!"

"아무리 그러셔도 소용없어요, 엄마." 제니는 날카로운 목소리로 말했다. "이제는 아무도 우리의 생각을 바꿀 수는 없어요!"

"내가 반대한다! 알겠니?"

대답 대신에 제니는 어깨를 으쓱해 보였다.

"알겠니, 제니야? 나는 네가 출발하는 것을 **허락하지 않는다!**"

"무슨 말씀을 하셔도 소용없어요, 엄마…. 다시 말씀드리지만… 그리고 저더러 이래라저래라 하지 마시고 만일 엄마가… 조금이라도 애정이 있다면…."

"조금이라도 애정이 있다면이라고…?" 퐁타냉 부인은 더듬거렸다. 부인은 다른 말은 모두 잊어버렸다. 다만 이 끔찍한 몇 마디만이 기억에 남았다.

"그래요! 엄마가 정말 나의 행복을 생각해주신다면" 하고 제니는 울부짖었다. 제니는 이제 완전히 자제력을 잃고 말했다. "만일 엄마가 진정으로 저를 사랑한다면, 그래요, 엄마는 오늘…."

이 말을 들은 퐁타냉 부인은 이제 더 이상 참을 수가 없었다. 그녀는 두 손으로 이마를 감싸고 손가락으로 귀를 막으면서 살을 에는 듯한 딸의 목소리를 듣지 않으려고 했다. '결정은 인간이 하는 것이 아니고 신이 하는 것이다'라고 부인은 눈을 감으면서 생각했다. '주여, 당신의 뜻이 이루어지소서!'

부인은 쾅 하는 소리를 듣고 불안스럽게 머리를 들었다. 제니가 방을 나가면서 문을 닫는 소리였다. 침대 위에 놓았던 모자도 베일도 사라졌다.

'기도를 해야 한다…. 기도를 해야지.' 하고 퐁타냉 부인은 생각했다.

부인은 아까 본 제니의 모습, 극도로 흥분해서 버릇없이 서 있던 제니의 그 모습을 떨쳐버릴 수가 없었다….

"주여." 부인은 애원했다. "도와주소서. 저에게 힘을 주소서…. 돌이킬 수 없는 것은 아무것도 없사옵니다…. 당신이 만드신 인간에 대해서 절대로 절망해서는 안 되옵니다…." 부인은 천천히 두 번 성경 말씀을 암송했다. **눈에 보이는 것을 보지 말고 보이지 않는 것에 마음을 두어라. 눈에 보이는 것은 일시적인 것이고 보이지 않는 것은 영원한 것이니라.**

드디어 처음에는 멍한 상태가 잠시 지속되다가 곧이어 그와는 반대로 뜻하지 않게 활발한 정신의 움직임이 뒤따랐다. 몹시 피로를 느낀 부인은 어깨를 움츠리고 두 손을 모아 꼼짝도 하지 않고 안락의자에 몸을 파묻고 있었다. 그러나 머리는 지극히 명석하게 움직이고 있었다. 그녀는 인내를 가지고 최초의 자기반성에 노력을 기울여보았다. 언제나 시련의 순간에 그러하듯이 그녀는 자신의 고통을 분석하고 그 윤곽을 잡아, 말하자면 그것을 부각시키고 주님께 바칠 수 있도록 하나의 명확한 것으로 만들고자 애썼다. **주님께 바치는 것이야말로 잃은 것이 아니다 ….**

제니가 스위스로 떠난다고 해서 그것이 부인의 마음을 가장 아프게 하는 것은 아니었다. 게다가 그 사실이 믿어지지도 않았다. 옳건 그르건 간에 무엇보다도 괴로워하는 것은 자신이 속았다는 사실이다. 부인의 상처, 참되고 깊은 상처는 거기에 있었던 것이다. 부인은 자기가 너그러운 애정을 베풀어왔고, 제니가 아직 어린 소녀에 지나지 않았을 때부터 그 아이를 자유롭게 해주었기 때문에 모녀 사이에는 서로 신뢰하는 습관이 만들어져 중대한 결심을 할 경우에는 반드시 자기에게 그것을 알리고 자기의 동의를 구할 것으로 순박하게 믿어왔던 것이다. 그런데 일생의 가장 결정적인 시기에 제니는 어머니를 속인 것이다. 더구나 어머니가 집을 비운 틈을 이용해서 지금까지 어느 누구보다도 엄한 어머니의 보호 아래에서 자란 딸이 깜찍하게 속임수를 써서 행동한 것이다. 그리고 반항적인 태도를 취하면서 지금까지 아무것도 모른 채 꾹 참고 견딘 그 엄격한 보호를 박차고 나간 것이다. 물론 퐁타냉 부인으로선 바로 직전에 목격한 장면이 있기는 했지만 그렇다고 딸에 대한 애정에는 의심의 여지가 없었다. 마찬가지로 어머니로서의 애정이 그것 때문에 줄어들었다고도 생각하지 않았다. 부인이 타격을 받은 것은 자신이 품고 있던 **신뢰** 때문이었다. 부인이 딸에게 품고 있던 신뢰가 이토록 무참히 짓밟혔을 때 그것은 영원히 치유될 수 없는 상처로 남을 수밖에 없었다. 애정에서는 옛날과 조금도 다를 바 없는 사실이다. 그러나 과연 똑같은 신뢰를 가질 수 있을까? 아니다, 이제는 절대로.

이런 생각을 하면서 부인은 절망하지 않을 수 없었다. 성경을 다시 손에 들고 아무렇게나 펼쳤다. 별로 애쓰지도 않고 성경 구절에 주의를 집중시킬 수 있었다. 마음의 평온이 점차 찾아들었다. 그것은 이상하고 뜻밖의 일이며, 거의 불안스러울 정도의 평온함이었다. 좀 더 주의를 기울여 자기 자신을 살펴본 부인은 갑자기 평온의 끔찍한 비밀을 엿보는 듯했다. 그녀의 마음속에는 자신도 모르게 어떤 감정이 싹트며 서서히 그리고 확실하게 떠오르고 있었다…. 그 감정은 그녀의 생애에서 가장 괴로웠던 시절에 이미 체험해서 잘 알고 있는 것으로, 헛되이 더 이상 괴로워할 기력도 없고 또 그럴 필요도 없다고 판단한 나머지 제롬과 헤어지기로 결심했을 때 느꼈던 감정이다. 감정? 오히려 본능적인 반응이라는 편이 좋을 것이다. 그것은 본질적인 반응 같은 것이었다. '그것은' 하고 부인은 생각했다. '우리들로 하여금 얼마만큼의 고통을 참을 수 있도록 하기 위해 자연이 현명하게도 우리들에게서 끌어내주는 치유법이다….' 부인은 성경을 내려놓았다. 그리고 자신이 느끼고 있는 것의 특징을 규명하고 이름을 붙여보려고 애썼다. …체념일까? 초연한 태도? …아마도 애정과 무관심이라는 이토록 서로 모순된 두 감정의 혼합을 지칭할 만한 용어는 없지 않을까? **무관심!** 부인은 이런 가혹한 말을 생각하면서 몸을 떨었다. 기나긴 세월 동안 자신의 가슴을 뿌듯하게 했던 어머니로서의 애정이 어떤 사태의 급박감 때문에 어느 날 갑자기 무관심으로 바뀔 수 있다는 것—비록 지금 이 순간 그렇게 함으로써 다소의 위안이 될지는 모르지만—그것은 앞날을 위해 또 하나의 시련인 것이다. 부인은 눈을 감았다. 이제 더 이상 생각하고 싶지가 않았다. "당신의 뜻이 이루어지기를." 하고 그녀는 또 한 번 중얼거렸다.

그러나 부인은 슬픔에 몸 둘 바를 모르고 있었다. 또다시 두 손으로 얼굴을 감싸고 눈물을 흘렸다.

77

제니는 도망가기로 굳게 마음먹었다. 그리고 자기 장래의 모든 것이 걸려 있는 이 행동을 틀림없이 수행하기 위해서는 어떤 일이 있어도 어머니를 다시 만나서는 안 된다는 것을 본능적으로 깨달았다…. 그리고 깊이 생각할 시간을 가져서도 안 된다는 것을 알았다!

제니는 곧장 자기 방까지 달려왔다. 흥분 속에서 자기가 가지고 있던 속옷과 몇 가지의 검은 옷을 가방에 넣었다. 그 일이 끝나자 이를 악물고 얼굴을 붉히면서 모자와 베일을 썼다. 그리고 거울도 보지 않고 마치 무엇에 쫓기는 사람처럼 집을 나왔다.

'이제는 혼자이고 자유로운 몸이 되었다.' 하고 그녀는 공포와 일종의 흥분이 뒤섞인 마음으로 계단을 황급히 내려오면서 생각했다. '이제 나에게는 정말 그이밖에 없다!'

밖에 나온 제니는 잠시 현기증을 느꼈다. 어디로 갈까? 두시 전에 역 구내식당에 가보아야 자크가 자기를 기다리고 있을 리 없다. 지금은 정오를 좀 지났을 뿐이다. 아무래도 좋다. 짐이 있으므로 가장 간단한 방법은 지금이라도 곧 생 미셸로路와 생 제르맹로路를 지나는 전차를 타고 리옹역에 가는 것이다.

다행히 전차는 금방 왔다. 그리고 승강구 쪽에 자리를 잡을 수 있었다.

'아무것도 생각하지 말자.' 그녀는 마음속으로 생각했다. '아무것도 생각하지 말자.'

별로 애쓰지 않고도 그녀는 조금 전의 강박관념에서 벗어날 수 있었다. 왜냐하면 만원을 이루고 있는 전차 속에서는 마치 무슨 사건이 일어난 뒤처럼 모두가 왁자지껄 떠들고 있었기 때문이다. "그런데 그 결혼 때문에, 부인! 오늘 아침 구청 호적계 창구에는 어디에 머리를 내밀어야 할지 모를 정도였답니다. 동원 전에 결혼하려는 사람들이 하도 많아서 말입니다!"—"그럼 결혼 수속은…."—"아주 간소화됐더군요. 전시에는 전시에 맞도록 한다는 거지요…. 출생증명서 두 통과 군대수첩만 있으면 어떤 관계이든 간에 불과 오 초 만에 정식 결혼을 할 수 있거든요…."—"저는 아주 좋은 일이라고 생각해요. 정신적으로나 모든 면에서…."—"허허, 정신적인 면에서야 부족할 게 없지요! 프랑스의 경우 여차하면 언제든지 대처할 능력이 있으니까요."—"저는 성벽 가까운 곳에 살고 있습니다. 그런데 동이 트면 징병계의 사무실은 사람들로 바글거린답니다. 떼를 지어 몰려와요!"—"아니에요." 하고 한 군의관이 정정을 했다. "아직 지원을 받고 있지 않아요. 아마 문의나 신청 정도겠지요…."

바스티유에서 갈아탄 전차도 만원이었다. 승객들은 선 채로 의자 사이에 콩나물시루처럼 들어차 있었다. 그런데도 제니는 한 아낙네의 배려로 앉을 수 있었다. 짐을 들고 쩔쩔매는 그녀를 보고 자기의 어린 딸의 자리를 양보해준 것이다.

전차가 굴러가면서 내는 소리와 사람들의 이야기 소리에 스스로를 달래며 제니는 자신의 생각에서 벗어나기 위해 머리 위에서 주고받는 사람들 이야기에 의식적으로 귀를 기울이고 있었다.

전차는 소르본 쪽으로 올라가는 경포병 연대를 통과시키기 위해 생 자크가街 앞에서 멈추어야만 했다.

"파리에 주둔하고 있던 군대란 군대는 모두 슬그머니 떠난 것 같군요…."—"명령 체계가 잘되어 있는 것 같아요. 모든 것이… 군대식으로 진행되고 있어요."—"그건 그래! 처음부터 되어가는 걸로 보아 오래가지 않을 게 틀림없어!"—"나는 휴가로 보주 지방*의 리보빌레에 가 있었어요…. 그런데 동부의 용감한 군인들, 특히 보병들을 보았을 때—모두가 안심했답니다!"—"그건 그럴지도 몰라도 십 킬로미터나 후퇴하다니 바보 같은 짓이지요…."—"뭐 그 정도야! **그놈들** 등 뒤에는 이백만이나 되는 러시아의 보병이 있어요. 그리고 앞에는 우리가 있고…!"

—"호텔 주인한테서 들었는데요, 뤽상부르에서 온 여행자의 이야기로는 프랑스 비행사가 독일의 체펠린 비행선 한 대를 정면으로 공격했대요.—그 비행선은 마치 비눗방울처럼 산산조각이 났다는군요!"—"헛소문은 주의해야 해요." 하고 차장이 말했다. "아까도 어떤 손님이 말하기를 어제저녁에 알자스에서 결정적인 승리를 거두었다고 하더군요."—"농담이겠죠. 그것은 확실히 지나쳤어요! …그건 그렇고, 독일 척후대가 낭시 근처에 나타났다더군요…."—"낭시라니! 설마!"—"여러분, 수아송의 다리를 폭파시켰다는 것을 못 들으셨나요?"—"우리 쪽

* 프랑스 동북부의 산악 지방.

에서 했나요, 아니면 놈들이 했나요?"—"물론 우리 쪽이죠! 수아송에서요!"—"어쩌면 간첩의 짓인지도 모르지요…."—"간첩을 주의해야 해요! 득실거리고 있는 것 같아요! 경찰력만으로는 손이 모자랄 겁니다. 각자 동네와 집 안을 감시해야 할 거예요."—"내 동생은 오를레앙역에 근무하고 있는데 계수의 이야기로는 바로 옆방에 사는 남자가 침대 밑에 독일 국기를 감추고 있는 것을 보았대요."—"나 같으면" 하고 코안경을 걸친 한 신사가 점잔을 빼면서 말을 거들었다.—"나는 독일 사람이 '독일 만세!'라고 외친다고 해서 별로 문제될 게 없다고 생각해요. 물론 그것이 선동적인 성질의 것이 아니라는 조건에서 말이에요…. 어쩌겠습니까? 그들은 독일인이고, 그들에게는 조금도 죄가 없는데…."

전차는 모베르 광장에서 또다시 멈추었다. 군중이 완전히 길을 막고 있었기 때문이다. 제니는 모주가街 입구에서 손에 각목을 들고 날뛰는 군중의 일대가 마기 유제품 상점이라고 쓴 한 가게 진열장을 소란을 피우며 마구 부수는 것을 보았다.

전차 안 사람들도 흥분했다.

"용기를 내!"—"마기는 프로이센인이군요…." 하며 코안경을 쓴 신사가 말했다. "더구나 독일 창기병의 대령입니다! … 『악시옹 프랑세즈』가 오래전에 고발했어요! 동원령이 내리는 것을 기다려 한탕 한 거지요!"—"뭐 오늘 아침에 벨빌에서만도 그 가게 우유로 백 명 이상 어린아이가 목숨을 잃었다는 거예요!"

제니는 각목이 계속 오가는 것을 보고 있었다. 그것이 셔터에 부딪쳐 내는 둔탁한 소리가 들려왔다. 드디어 철판이 부서졌다. 내부의 유리창이 산산조각 났다. 가게 앞에 떼를 지어 모여 있던 군중이 기뻐서 어쩔 줄 모르고 있었다. "독일을 쳐부숴라! 배신자들을 죽여라!" 자전거를 탄 경찰관 일개 소대가 광장 모퉁이에 와서 내렸다. 그들은 개입하려고 하지 않고 멀리서 광경을 지켜보고 있었다. 요컨대 프랑스가 공격을 당했으므로 민중은 복수를 하는 것이다. 결국 하는 대로 내버려둘 수밖에 없었다.

마침내 전차는 리옹역에 다다랐다.

역 광장은 사람들로 꽉 차 있었다. 제니는 짐을 끌고 군중 속을 헤치며 식당에 들어가 자리를 잡았다.

활짝 열린 입구의 문을 통해 따가운 햇볕이 홀 안으로 쏟아져 들어오고 있었다. 제니는 구석 모퉁이에 몸을 쪼그리고 앉아 땀에 젖은 두 손을 꼭 쥐고 있었다. 자크가 오기까지는 시간이 아직 많이 남아 있었으나 그녀는 입구에서 눈을 떼지 않고 있었다. 찌는 듯한 더위였다. 전차에 흔들리며 온 뒤인 데다가 불편한 가죽의자에 앉아 있으려니까 사지가 온통 쑤셔왔다. 햇빛 때문에 눈을 뜰 수가 없었다. 많은 사람들이 역광을 받으며 계속 드나들었다. 다른 사람들은 짐을 실은 마차를 자기 손으로 밀면서 보도 위를 빠른 걸음으로 지나갔다. 제니는 주위를 둘러보는 것을 멈추고 곁에 두었던 가방을 쥐었다. 그러고는 가방을 테이블 아래로 밀어넣었다. 그러나 곧 다시 그것을 의자 위에 올려놓았다. 이런 부산한 그녀의 거동은 몹시 흥분해 있다는 것을 여실히 보여주고 있었다. 여기까지 오는 동안에 그녀는 다행히 마음을 딴 데로 돌릴 수 있었다. 그런데 지금은 별수 없이 자기 자신과 싸울 수밖에 없었다. 그리고 어쩌면 앞으로도 한 시간을 홀로 이런 내적인 흥분 상태로 거기에 있어야 한다는 생각에 그녀의 마음은 참을 수 없는 불안감으로 가득 찼다. 되도록 사소한 일에 마음을 돌리고, 대수롭지 않은 일을 여러 가지로 생각해보려고 했다. 그러나 지금까지 멀찌감치 밀어두었던 무서운 생각이 마치 주위를 둘러싸고 있던 육식 조류의 떼가 점점 거리를 좁혀오듯 자신의 머리 주위를 맴돌고 있음을 느꼈다…. 그녀는 스스로를 지키려고 잠시 눈앞에 가지런히 놓인 것을 살펴보기도 하고, 바구니 속에 있는 크루아상과 받침 접시의 각설탕을 세어보기도 했다. 그리고 또다시 입구 쪽으로 눈길을 돌려 사람들이 오가는 것을 눈여겨보았다. 모자를 쓰지 않은 반백의 한 여자가 문지방을 넘어 들어왔다. 입구 가까이에 있는 첫 번째 테이블을 보자 두 손으로 머리를 감싸고 털썩 주저앉았다. 그 순간 제니는 지금까지 뿌리치려고 하던 추억, 그리고 기회만 있으면 그녀에게 덤벼들려고 하던 추억에 사로잡히고 말았다…. 안락의자에 몸을 파묻고, 두 손을 관자놀이에 꼭 대고 있는 어머니, 홀로 남겨두고 온 어머니의 모습이 눈앞에 떠올랐다. 지금은 무엇을 하고 계실까? 점심을 드시려 하고 계실까? 제니는 어질러진 부엌 안, 더러운 접시 앞에 놓여 있는 두 사람분의 식기 앞에 있을 어머니의 모습을 상상해보았다…. 그러면서 이번에는 자신도 눈을 감고 이마를 두 손 안에 파묻었다.

얼마 동안 그녀는 꼼짝도 하지 않았다…. **엄마는 질투하고 있는 거예요! …엄마가 조금이라도 애정이 있다면**…. 그녀는 자신이 내뱉은 말을 되새기고 있었다. 어떻게 해서 그런 말을 입 밖에

낼 수 있었으며, 또 어떻게 해서 그런 짓을 한 다음에 집을 떠나올 수 있었는지 도무지 알 수가 없었다!

마침내 얼굴을 들었을 때 그녀의 표정은 침착해지고 굳어 있었다. 그리고 두 뺨에는 손가락으로 세게 누른 자국이 뚜렷이 나타나 있었다. '생각한들 무슨 소용이 있어.' 하고 제니는 생각했다. '결국 나는 그렇게 할 수밖에 없었어. 다른 도리가 없었어.' 그녀는 무엇인가를 보는 것도 아니면서 눈을 똑바로 뜨고 같이 떠나기로 결심한 그 부담감에 짓눌린 채 한동안 그대로 있었다. 지금 그녀가 망설이고 있는 일은 꼭 한 가지가 있었다. 그 행동, 거역할 수 없는 그 의무를 수행하기 전에 자크가 오는 것을 기다려야 할까? 왜? 그와 의논하기 위해서? 그러면 그가 자신으로 하여금 단념하도록 할지도 모른다는 비열한 희망을 자신이 간직하고 있다는 것일까? 아니다. 결심을 바꿀 수 없다. 그렇다면 가장 절박한 일은 어머니의 고통을 덜어드리는 일이 아닐까?

제니는 몸을 일으켜 보이를 불렀다.

"어디에 가면 속달을 부칠 수 있을까요?"

"우편국 말입니까? 오늘 같은 날에는 틀림없이 열려 있을 겁니다!* 자, 여기서 보입니다. 저 푸른 가로등이 있는 곳…."

"짐을 맡아주세요. 곧 돌아올 테니까."

그녀는 뛰어서 나갔다.

정말 우편국은 열려 있었다. 창구에는 시민들과 군인들이 몰려 있었다. 그녀는 속달우편 용지를 한 장 받자 단숨에 써내려

* 시간적 배경이 되고 있는 8월 2일은 일요일이다.

갔다.

엄마, 저는 제정신이 아니었어요. 엄마를 괴롭힌 저 자신에 대해서 자책감을 씻을 수가 없어요. 하지만 저를 이해해주시고 잊어주세요, 제발. 저는 떠나지 않겠어요. 오늘 밤 자크와 함께 스위스로 가려던 것을 그만두겠어요. 엄마를 홀로 있게 하고 싶지 않아요. 자크는 체류 기간이 다 됐어요. 그는 꼭 떠나야만 해요. 저는 뒤에 가기로 하겠어요. 될 수 있으면 엄마하고 같이 갔으면 해요. 어때요? 제가 자크를 다시 만날 수 있도록 동행하는 것을 거절하지 않으시겠죠?

곧 집으로 달려가서 엄마를 껴안고 싶어요. 하지만 그이가 출발하기 전에 몇 시간을 그이하고 같이 지내지 못한다면 그것은 너무나 가슴 아픈 일일 거예요. 오늘 저녁 저는 엄마 곁으로 돌아가겠어요. 그리고 죄다 말씀드리겠어요, 엄마. 그리고 용서를 빌겠어요.

J

제니는 다시 읽지 않고 편지를 봉했다. 그녀의 손은 떨리고 있었다. 그리고 그녀의 몸 전체도 마찬가지였다. 식은땀이 흐르면서 속옷이 살에 찰싹 붙었다. 속달 편지를 우체통에 넣기 전에 그것이 다음 시간에 배달된다는 것을 확인했다. 그러고 나서 천천히 광장을 다시 지나 식당 구석으로 되돌아와 앉았다.

지금 막 그 일을 끝낸 자신의 마음은 좀 진정되었을까? 자문해보았지만 아무런 대답을 얻을 수 없었다. 겸연쩍은 일을 했기 때문에 기진맥진해 있는 것 같았다. 피를 흘린 뒤같이 축 늘어진 기분이었다. 완전히 의기소침해 있어서 자크가 오는 것이 불안하게 여겨질 정도였다. 그에게서 멀리 떨어져 있으면 더 마음이 강해져서 약속을 지킬 수 있을 것 같은 느낌이 들었다. 자신의 행동에 대해 곰곰이 생각해보려고 했다. '며칠 뒤면… 한 주일 뒤면… 기껏해야 두 주일 뒤면….' 자크가 없는 두 주일 동안! 그런 이별을 앞두고 느끼는 공포는 정말 죽음의 공포나 다를 바 없었다.

드디어 입구 쪽에 자크의 옆모습이 뚜렷하게 드러났을 때 그녀는 자리에서 일어났다. 그리고 파랗게 질린 채 기운 없이 가만히 그가 있는 쪽을 바라보며 우뚝 서 있었다. 자크도 제니를 알아보았다. 그는 대뜸 무엇인가 심상치 않은 일이 일어났다는 것을 알아차렸다.

제니는 슬픔에 잠겨 있는 듯한 몸짓을 해 보이면서 어떤 질문에도 대답하지 않았다.

"여기서는 싫어요…. 나가요."

자크는 손에서 가방은 뺏어 들고 제니의 뒤를 따라 밖으로 나왔다.

제니는 인도 위에서 사람들 속을 헤치며 몇 걸음 걸었다. 그러다가 별안간 걸음을 멈추었다. 그리고 자크를 향해 비통한 눈길을 쏟으면서 매우 낮은 목소리로 빨리 말했다.

"나는 오늘 저녁 당신과 함께 떠날 수 없어요…."

자크의 입술이 반쯤 열렸다. 그러나 자크는 아무런 대답을 하지 않았다. 가방을 땅에 내려놓기 위해 몸을 굽혔다. 그리고 다시 몸을 일으켰을 때 거의 자신도 모르게 얼굴 표정을 다시

꾸밀 여유를 갖게 되었다. 아연실색하면서 믿을 수 없어 하는 표정에는 '나의 사명…. 이제 나는 자유의 몸이다…!'라고 처음에 자신도 모르게 떠올렸던 섬광 같은 생각은 조금도 찾아볼 수 없었다.

둘은 여행자들과 군인들에게 떠밀렸다. 자크는 제니를 두 개의 기둥과 기둥 사이에 움푹 들어간 곳까지 물러서게 했다.

제니는 다급한 투로 다시 말했다.

"나는 출발할 수 없어요…. 엄마하고 떨어질 수가 없어요…. 오늘은 안 돼요…. 실은… 엄마하고 몹시 다투었어요…."

제니는 그의 눈길을 감히 똑바로 쳐다볼 수가 없어서 아래를 보고 있었다. 한편 자크는 그녀를 관찰하고 있었다. 그리고 입술을 떨면서 눈에는 깊은 시름을 띤 채 그녀가 말하는 것을 도와주기라도 할 것처럼 몸을 구부렸다.

"이해해주시겠어요?" 하고 그녀는 중얼거리듯 말했다. "그 지경을 해놓고는 떠날 수가 없어요…."

"알겠어, 알겠어…." 하고 그도 어물어물 말했다.

"엄마와 함께 있어야 해요…. 적어도 며칠 동안이나마… 그 다음에 당신과 합류하러 그리로 갈게요…. 곧… 될 수 있으면 빨리."

"그래." 하고 그는 힘을 주어 말했다. "될 수 있으면 빨리!" 그러나 마음속으로는 이렇게 생각했다. '안 된다. 결코… 이것으로 끝장이다.'

둘은 얼마 동안 서로의 얼굴도 보지 않고 마비된 것처럼 말없이 있었다. 제니는 어머니와 자기 사이에 벌어졌던 일을 털어놓을 생각이었다. 그러나 일의 자초지종을 이제는 생각해낼 수조차 없었다. 하기야 생각해낸들 무슨 소용이 있을까? 그녀는 혼자 속을 태우며 말도 못 하고 있는 이런 비극 속에서 말할 수 없는 고독감을 느끼면서 여기에 자크는 아무런 관계가 없다는 것, 그리고 앞으로도 계속 방관자로 있으리라는 것을 깨달았다.

자크 역시 순간적으로 그녀와는 완연히 다르다는 것을 스스로 느끼고 있었다. 뿐만 아니라 다른 모든 사람들과도 다르다는 것. 두 시간 전부터 그의 마음을 사로잡고 있는 영웅적 행위에 대한 도취감은 그를 고립시키고, 모든 정상적인 감흥에 대해 무감각하게 만들었다. 무엇엔가 부딪혀 멈추어버린 시계처럼 그의 정신은 제니가 발설한—구세주와 같은—처음의 몇 마디, 곧 "당신과 함께 떠날 수 없어요"라고 한 말에 고착되어 움직이지 않고 있었다. 그의 태도에서 드러나듯이 괴로움과 환멸, 그것은 가장된 것은 아니었지만 피상적인 것이었다. 이것으로 마지막 속박이 끊어지고 마는 것이다. 드디어 출발이다. 홀로 출발하는 것이다. 모든 것이 간단해졌다….

제니는 이제 내일부터 자크를 보지 못하리라는 생각을 하며 그의 얼굴을 뚫어지게 바라보고 있었다. 그녀는 그의 얼굴에서 발산되는 위력에 압도당해 있었으며, 또 마음이 혼란해져 있었기 때문에 어떤 변화가 그의 마음속에서 일어나고 있는지, 또 그 결심에 의해서 어떤 새롭고도 해방된 얼굴이 나타나고 있는 것인지 분간할 수가 없었다. 그리움에 사무친 눈길로 그녀는 표정이 풍부한 그의 커다란 입언저리, 턱, 어깨… 전에 그것을 베개 삼아 잠들었던 심장이 고동치는 우람한 가슴 근처를 바라보고 있었다…. 그리고 오늘 밤에는 그에게 안겨, 그의 몸의 열기에 감싸여 지낼 수 없다고 생각하자, 그 괴로움이 어찌나 가슴을 에는 듯했던지 그녀는 나머지 모든 것은 잊고 말았다.

"나의 사랑…."

자크의 두 눈에서 무엇인가 번득이는 것을 보자 자신의 애정 표시가 너무 지나쳤다는 것을 알았다…. 전에도 겪었던 그 번득임을 상기하면서 갑자기 공포에 몸을 떨었다. 자신은 오직 그의 가슴에 안겨 잠들었으면 했던 것이다. 그것 이외에는 아무것도 바라는 것이 없었다….

자크의 거슴츠레한 눈길이 제니의 눈 속을 깊숙이 들여다보고 있었다. 그는 거의 입술을 움직이지도 않고 더듬거리며 말했다.

"떠나기 전에… 우리의 마지막 오후야…. 어때?"

제니는 이 마지막 기쁨을 감히 거절할 수가 없었다. 그녀는 얼굴을 붉혔다. 그리고 다정하면서 멋쩍은 미소를 지으면서 얼굴을 돌렸다.

자크의 눈은 그녀를 떠나 햇살이 드는 광장 저쪽 오텔 데 부아야죄르*…상트랄 팔라스**…오텔 뒤 데파르***…라고 쓴 황금빛 간판이 번쩍이고 있는 건물 정면을 두리번거렸다.

"따라와." 그는 제니의 팔을 잡으면서 말했다.

* '여행자들의 호텔'이란 뜻.

** '중앙 호텔'이란 뜻.

*** '출발 호텔'이란 뜻.

78

사프리오는 의심스럽다는 태도를 취했다.

"누가 그러던가?"

"카루주가街의 수위가." 하고 자크가 대답했다. "지금 기차에서 막 내려오는 길이야. 아직 아무도 만나지 않았어."

"Si, si….[*] 브뤼셀에서 돌아온 뒤로는 죽 내 집에 묵고 있어." 하고 사프리오가 털어놓았다. "그는 숨어 있는 거야…. 나는 알고 있었어. 알프레다 없이 자기 집에 가는 것이 괴로웠던 거야. 그래서 내가 잘해주었어. '조종사, 내 집으로 오게'라고. 그래서 온 거야. 그는 지금 위에 있어. 형무소 생활이나 다름없지. 하루 종일 침대에서 신문만 보고 있어. reumatizmes[**]때문에 한탄하고 있어…. 그것도 하나의 pretesto[***]야." 하고 그는 눈짓을 하며 덧붙여 말했다. "그것은 나가기도 싫고 누구와 이야기하기도 싫기 때문이야…. 아무도 만나려 하지 않아. 심지어 리차들레까지도! 아, 자네도 알다시피 그 사람 굉장히 변했어! 고약한 여자 때문에 완전히 기가 꺾여버렸어! 원 세상에, 저렇게 될 줄이야…." 사프리오는 절망적이라는 몸짓을 해 보였다. "이제 그는 끝장났어."

자크는 아무런 대답도 하지 않았다. 사프리오의 말은 자크에게 마치 안개 속을 지나듯 몽롱하게 들려왔다. 그는 파리에서

* 이탈리아어로 '그래, 그래'란 뜻.

** 이탈리아어로 '류머티즘'이란 뜻.

*** 이탈리아어로 '구실'이란 뜻.

제네바까지 열여덟 시간이라는 기나긴 여행을 하는 동안 겪은 몽유병자와 같은 상태에서 아직 헤어나지 못했던 것이다. 게다가 잇몸의 염증 때문에 고통을 겪고 있었다. 그는 이미 지난 몇 주일 동안 그 때문에 잠을 이루지 못한 적이 여러 번 있었는데, 어제저녁에는 기차에서 바람을 쐬어 더욱 악화되었던 것이다.

사프리오는 말을 계속했다.

"밥은 먹었나? 마실 것은? 아무것도 싫어? 그럼 담배나 한 대 피우게. 좋을 거야, 아오스타산産이야!"

"**그를** 만났으면 해."

"잠깐만 기다려…. 위에 가서 자네가 돌아온 것을 알려줄게. 만나줄지 어떨지 모르겠어…. 그러고 보면 자네도 많이 변했어!" 하고 그는 정다운 눈길로 자크를 유심히 바라보며 말했다. "Si, si! 내 말은 들은 척도 안 하고 전쟁을 생각하고 있군…. 모두가 변해버렸어…. 저쪽에서 본 것이나 이야기해보게. 그래, 자네를 떠나게 그냥 내버려두던가? …가장 꼴불견인 것은 말일세, 군인이 된 다음부터는 모두가 미쳐 날뛰는 거야! 그놈의 군가에 그놈의 광기 말이야! …동원된 자들을 태운 군용열차에서는 모두가 눈알을 반짝이면서 '베를린으로!'라고 외치고 있어. 그리고 저쪽에서는 'Nach Paris!'*라고 해."

"내가 본 사람들은 노래를 부르지 않았어." 하고 자크는 침울한 태도로 말했다. 그러고는 흥분한 목소리로 별안간 잠에서 깨어난 사람처럼 말했다. "사프리오, 꼴불견인 것은 그런 것들이 아니야…. 그것은 인터내셔널의 짓이야…. 인터내셔널은 아

* 독일어로 '파리로'란 뜻.

무것도 한 것이 없어. 인터내셔널은 배신했어…. 조레스가 죽자 모두가 제멋대로야! 모두가, 가장 기대했던 자들까지도! 조레스의 친구였던 르노델도! 게드도! 상바도! 바이앙도! 그래, 바이앙만은 괜찮은 자이지! 의회에서 유일하게 **전쟁보다는 봉기를!** 이라고 용감히 외친 자니까. 모두가 똑같아! C.G.T.의 지도자들까지도! …다른 것은 몰라도 이게 가장 이해할 수 없는 거지! 그렇다고 그자들이 의회주의에 물들었던 것은 아니야! 그리고 '선전포고와 함께 즉각적인 총파업!'…이라는 연방 회의의 결정도 형식적인 것이었어. 말하자면 동원령 전날에도 프롤레타리아는 여전히 망설이고 있었어. 마음만 먹었으면 단행할 수 있었을 텐데! 그런데 그자들은 시도해보려고도 하지 않았어! '**신성한 국토! 조국! 민족적 단결! …프로이센 군국주의에 대한 사회주의의 방어!**' 그들의 구호는 이런 것들뿐이었어. 그리고 '도대체 지금부터 어떻게 하자는 거야?'라는 질문에 그들은 '동원 주의서에 따르시오!'라고 대답하는 게 고작이었어."

사프리오의 눈에는 눈물이 가득 고여 있었다.

"여기도 모든 것이 뒤죽박죽이야." 하고 그는 좀 침묵을 지키다가 말했다. "동지들도 이제는 목소리를 낮추어 말하고 있어…. 두고 봐! 모두가 변해버렸어…. 겁이 나는 모양이야…. 지금 같아서는 연방 정부*는 중립이야. 우리를 저버리는 거지. 그런데 내일이라도? 떠나야 한다면 어디로 가지? …모두가 전전긍긍하고 있어. 경찰은 물샐틈없이 감시하고 있고… **본부**에는 아무도 없어. …리차들레는 밤에 자기 집 아니면 보아소니 집

* 스위스를 말한다.

에서 모임을 가질 거야. …신문을 갖고 오면 해독할 수 있는 자가 다른 사람들을 위해 번역을 해주고 있지. 그 뒤에 논쟁이 벌어지는데 모두가 흥분해…. 아무것도 아닌 일에 말이야! 그러고서야 무엇을 할 수 있겠어? …리차들레만이 일을 하고 있어. 그는 확신을 갖고 있어. **인터내셔널**은 몰락할 리가 없으며, 오히려 더 강하게 소생할 거라고 말하고 있어! 그의 말로는 이탈리아가 발언할 때가 바로 지금이라는 거야. 그러면서 스위스와 이탈리아의 사회주의자들이 단결해서 바야흐로 명예를 회복할 때라는 거야. …왜냐하면" 하고 그는 의기양양하게 얼굴을 치켜들면서 말을 계속했다. "자네도 알다시피 이탈리아에서는 프롤레타리아 전체가 충실해! 이탈리아야말로 혁명을 위한 진정한 조국이야! 당의 지도자들, 말라테스타, 보르기 그리고 무솔리니 모두가 그 어느 때보다도 열심히 싸우고 있어! 그것은 이탈리아 정부가 전쟁에 휘말리는 것을 막기 위해서뿐만 아니라 유럽의 모든 사회주의자들, 즉 독일과 러시아의 사회주의자들과 단합해서 조만간 평화를 되찾기 위해서인 거야!"

'그렇다….' 하고 자크는 생각했다. '평화를 되찾기 위해서는 더 빠른 길이 있다는 것을 그들은 잊고 있었던 것이다!'

"프랑스에도 아직 버티고 있는 몇 개의 집단이 없는 것은 아니야." 하고 자크는 마치 그런 문제가 이제 자기에게는 아무런 흥밋거리도 되지 않는다는 듯 초연한 투로 중얼거렸다. "예를 들면 금속공업 연합의 사람들과도 연락을 취해야 해. 거기에도 믿을 만한 사람들이 있으니까. 메르하임의 소문을 들었나? …모나트도 있고, 『**노동생활**』 그룹도 있어. 그자들은 꿈적도 하지 않았어…. 거기에다 또 있어. 마르도프…. 『**에탕다르**』 패들과 함께 무릎랑이 있고….”

“독일에는 리프크네히트가 있어…. 리차들레는 이미 그와 연락을 취하고 있는 중이야.”

“빈에도 있어…. 오스메르가…. 미퇴르크를 통하면 연락은 문제없어….”

“미퇴르크?” 하고 사프리오가 말을 가로막았다. 사프리오는 일어나 있었다. 그의 두 입술은 떨리고 있었다. “미퇴르크? 모르고 있단 말인가? …그자는 떠났어!”

“떠났다고?”

“오스트리아로!”

“미퇴르크가?”

사프리오는 눈을 아래로 깔았다. 로마인풍의 잘생긴 그 얼굴에는 동물적인 비통함이 적나라하게 드러나 보였다.

“브뤼셀에서 돌아온 날에 미퇴르크는 ‘나는 돌아간다’라고 말했어. 우리들은 모두 이렇게 말했어. ‘이봐, 미쳤군! 자네는 이미 탈영자로 낙인찍혔어!’ 그런데 그자는 이렇게 말하더군. ‘그건 틀림없는 사실이야. 하지만 탈영자라고 해서 비겁한 자라고는 말할 수 없어. 탈영자도 막상 전쟁이 나면 복귀한다고. 나는 가야겠어!’ 그래서 나는 말해주었어. ‘미퇴르크, 가서 무엇을 하려고 그래? 군인이 되려는 것은 아니겠지?’ 나는 납득할 수가 없었어! …그런데 그자가 하는 말이 ‘아니야, 군인이 되려고 그러는 것이 아니야. 본보기를 보여주기 위해서야. 모두가 보는 앞에서 총살당하는 내 꼴을 보여주기 위해서 말이야…!’ 사정은 이렇게 된 거야. 그리고 저녁에 그자는 떠나버렸어….”

그의 말은 결국 흐느낌으로 끝났다.

"미티르크가?" 하고 자크는 멍청한 눈길로 중얼거렸다. 얼마 있다가 그는 사프리오 쪽을 돌아보았다. "자, 내가 왔다고 **그에게** 가서 전해주지 않겠나?"

혼자 남은 자크는 낮은 목소리로 되풀이했다. '미티르크….' 미티르크는 무엇인가 할 일을 한 것이다. 그는 자신이 할 수 있는 것은 모두 했다. …자기 자신에게 충실하다는 것을 증명하기 위해 할 수 있는 것은 모두 한 것이다! …그리고 **본보기가 되는 행위**를 선택해서 자신의 생애를 거기에 바친 것이다….

사프리오는 이층에서 내려왔을 때 자크의 얼굴에서 미소의 그림자 같은 것이 남아 있는 것을 보고 깜짝 놀랐다.

"자네는 운이 좋군, 티보! 만나주겠대…. 올라오라고!"

자크는 사프리오의 뒤를 따라 약국가게 쪽에 달린 나선형 계단을 올라갔다. 다 올라가서 사프리오는 비켜서며 헛간 구석의 판자로 칸막이가 된 조종사의 은신처를 가리켰다.

"저기야…. 혼자 가봐. 그 편이 낫겠어."

메네스트렐은 문이 열리는 쪽으로 얼굴을 돌렸다. 그는 번들거리는 얼굴을 하고 침대에 누워 있었다. 땀으로 착 달라붙은 그의 검은 머리카락은 그렇지 않아도 작은 두개골을 더 작아 보이게 했으며, 이마는 훨씬 튀어나와 보이게 했다. 그는 축 늘어뜨린 손끝에 한 장의 신문을 들고 있었다. 머리 위로는 타는 듯한 하늘을 향해 나 있는 네모난 창을 배경으로 천창天窓이 하나 열려 있었다. 방 안 공기는 숨이 막힐 것 같았다. 타일을 깐 마루에는 몇 장의 신문이 어지럽게 널려 있는가 하면 반쯤 피우다 남은 담배가 흩어져 있었다.

침대 쪽으로 힘차게 걸어오다 말고 우뚝 서서 미소를 짓는 자크에게 메네스트렐은 아무런 반응도 보이지 않았다. 그러나 그는 류머티즘 환자답지 않게 기운찬 동작으로 ('그것은 oune pretesto*구나.' 하고 자크는 생각했다.) 벌떡 일어났다. 그는 퇴색한 아마포로 된 비행복을 알몸에 그대로 입고 있었다. 헤쳐진 옷깃 사이로 털투성이의 야윈 가슴이 드러나 보였다. 옷차림이 구접스러워 보여서인지 더러운 느낌마저 주었다. 너무 길어진 머리카락은 목덜미에서 마치 오리의 꽁무니뼈같이 깃털 모양의 커프스를 이루며 끝이 올라가 있었다.

"왜 돌아왔나?"

"거기서 제가 할 일이 뭐가 있겠어요?"

메네스트렐은 서랍장에 기대어 있었다. 그는 팔짱을 낀 채 수염을 어루만지면서 자크를 바라보았다. 전에는 보지 못한 안면 근육 경련이 왼쪽 눈을 계속 깜박거리게 했다.

자크는 이런 대접에 완전히 맥이 풀려 지금까지의 일을 되는 대로 주섬주섬 이야기해주었다.

"저쪽의 상황이 어떤지 당신은 상상도 못 할 겁니다, 조종사…. 집회는 모두 금지되어 있어서 미팅 같은 것은 가질 수도 없고…. 거기에 검열까지 있어서 어느 신문도 반대 기사 같은 것은 엄두도 못 내고 있는 실정입니다…. 어느 카페 테라스에서의 일인데 국기에 경례를 늦게 했다고 해서 맞을까 봐 줄행랑을 치는 한 녀석을 보았어요. …그런 상황에서 무엇을 한단 말입니까? 병영兵營에 전단이라도 뿌릴까요? 대번에 끌려가게

* 이탈리아어로 '하나의 구실'이라는 뜻.

요? 뭐라고요? 사보타주? 알다시피 내 취미에는 맞지 않고…. 게다가 포탄 저장고나 군수품 열차를 폭파시키려고 해도 수백 개의 저장고와 수천 대의 열차가 있으니… 그것도 안 되고. 지금으로서는 저쪽에서 할 일이 아무것도 없어요! 아무것도!"

메네스트렐은 어깨를 으쓱해 보였다. 그의 입술에는 힘없는 미소가 살짝 스쳐지나갔다.

"여기도 마찬가지야!"

"생각하기 나름이지요!" 자크는 시선을 돌리며 말대꾸했다.

메네스트렐은 자크의 그 말을 들은 것 같지 않았다. 그는 서랍장 쪽을 돌아보며 세면대에 손을 담그고 손으로 자기 이마를 적셨다. 자크가 빈 의자가 없기 때문에 서 있다는 것을 알아차리고는 서류가 가득 놓여 있는 나무걸상 하나를 치워주었다. 주위를 두리번거리는 그의 흐리멍텅한 눈길은 마치 무엇에 정신을 빼앗긴 것 같은 사람의 눈길이었다. 그는 다시 침대로 돌아가 두 팔을 흔들거리며 매트 끝에 앉아 깊은 한숨을 내쉬었다.

그러다가 느닷없이,

"자네도 알다시피, 나에게는 그녀가 필요해…."

또렷하면서도 거의 무관심한 것같이 내뱉는 그 말투는 다만 사실만을 말할 뿐, 다른 뜻은 없었다.

"그들 둘은 그런 짓은 하지 말았어야 했어요." 자크는 좀 망설이던 끝에 중얼거렸다.

이번에도 메네스트렐은 그 말은 못 들은 것 같았다. 그러면서도 그는 다시 일어나서 발로 신문 한 장을 걷어차더니 문 앞까지 걸어갔다. 그리고 잠시 동안 상처입은 곤충같이 한쪽 발을 끌면서 흥분과 무기력이 뒤섞인 모습으로 방 안을 가로질러

성큼성큼 걷기 시작했다.

'저렇게도 변할 수 있을까?' 하고 자크는 생각했다. 그는 아직도 의구심을 품지 않을 수가 없었다. 자크는 자기가 그 자리에 있다는 것을 상대가 잊고 있는 것 같아서 그만큼 천천히 그를 관찰할 수 있었다. 얼굴은 바싹 마른 것이 전에 보여주던 힘의 집중력이라든가 언제나 깨어 있던 명민한 표정은 이미 찾아볼 수 없었다. 눈은 끊임없이 움직이고 있었으나 총기가 없었다. 그리고 눈길은 놀라울 정도로 부드러워져서 이따금 일종의 차분함과 평온함 같은 것이 엿보였다. '아니다.' 하고 자크는 즉시 생각을 바꾸었다. '차분함과는 다르다. 무기력이다…. 무기력이 가져다주는 소극적인 평온이다.'

"그들 둘은 **그러지** 말았어야 했다고?" 하고 마침내 메네스트렐은 막연하게 묻는 것 같은 말투로 되풀이했다. 그는 계속 왔다 갔다 하면서 어깨를 으쓱해 보였다. 그러더니 갑자기 자크 앞에 우뚝 섰다. "**그 일이 있은 뒤** 지금 내가 더 이상 갖지 못하는 관념이 있다면, 그것은 책임의 관념이야!"

'그 일….' 자크는 메네스트렐이 단순히 자기 신상에 관한 일이라든가, 알프레다나 패터슨과의 일뿐만 아니고 유럽, 나아가서 그 지도자들, 그 외교관들, 또 당의 당원들, 그리고 어쩌면 자기 자신의 일, 자신의 임무를 저버린 것을 생각하고 있다는 느낌을 받았다.

메네스트렐은 다시 한번 이 벽에서 저 벽으로 걸어갔다가 다시 침대에 와 누우면서 중얼거렸다.

"결국 누구에게 책임이 있는 거야? 자신의 행위에 대해서, 자기 자신에 대해서 책임을 지는 사람 말이야? 자네는 책임을 질 줄 아는 사람을 알고 있나? 나는 지금까지 한 번도 그런 사람을 만난 적이 없어."

긴 침묵이 흘렀다. 불투명하고 견딜 수 없는 침묵, 그것은 더위, 가차 없이 내리쬐는 태양과 잘 어울렸다.

메네스트렐은 꼼짝도 하지 않고 눈을 감은 채 누워 있었다. 누우니까 아주 커 보였다. 손톱은 담배 때문에 누렇게 되어 있었고, 손가락은 눈에 안 보이는 공을 쥐고 있듯이 반쯤 펴져 있었는데 손바닥을 위로 한 채 그 손을 매트 밖으로 내놓았다. 소맷자락 밖으로 손목이 보였다. 자크는 맹수의 발톱 같은 그 손을 유심히 바라보았다. 지금까지 그것이 이토록 연약하고 여성적으로 보인 적이 없었다. '고약한 여자 때문에 기가 꺾여버렸군….' 그렇다. 사프리오의 말은 과장이 아니었다! …그렇지만 그런 사실을 인정한다는 것은 아무것도 설명해주지 못한다. 자크는 다시 한번 조종사의 비밀에 부딪쳤다. 모든 상황으로 미루어 보아 마침내 결단의 시기가 왔다고 희망을 가질 수 있는 이때 체념을 해서야 되겠는가? 더구나 이런 기질의 남자가….

'이런 기질이라고?' 하고 자크가 생각했다.

메네스트렐은 꼼짝도 하지 않고 느닷없이 말했다.

"미퇴르크는 과감하게 죽음에 맞부딪치러 갔어."

자크는 몸을 떨었다.

'각자 자기 나름대로의 죽음을 택한다.' 하고 그는 생각했다.

얼마가 지났다. 자크는 낮은 소리로 말했다.

"자기의 죽음으로 한 가지 일을 할 수 있다고 한다면 그렇게 어려운 일은 아닐 겁니다…. 의식적인 행위. 궁극적인 행위. 무엇인가 **유익한** 행위라면."

메네스트렐의 손이 약간 떨렸다. 눈을 아래로 깔고 있는 울퉁불퉁한 그의 얼굴은 화석처럼 굳어져 있었다.

자크는 상체를 일으켰다. 그는 초조한 몸짓으로 이마에 내린 머리를 쓸어 올렸다.

"나는" 하며 자크가 말했다. "그렇게 하고 싶어요."

갑자기 자크의 목소리가 이상한 떨림을 띠자 메네스트렐은 눈을 크게 뜨고 고개를 돌렸다. 자크는 천창을 응시하고 있었다. 빛을 가득 받고 있는 늠름한 자크의 얼굴에는 굳은 결의가 나타나 있었다.

"후방에서는 투쟁이 불가능해요! 적어도 현재로서는. 각국 정부에, 계엄령에, 검열에, 언론에, 애국적인 망상에 대항할 방법이 아무것도 없어요. 속수무책이지요! …그러나 전선에서는 문제가 달라요! 전선에 나가는 사람들에게는, 그래요, 영향력을 행사할 수 있어요! 바로 그런 사람들을 대상으로 해야 해요!" 메네스트렐은 아리송한 몸짓을 해 보였다. 자크는 그것을 자기 말을 의심하는 몸짓이라고 여겼지만 실은 신경질적인 경련에 불과했다. "들어보세요! …오, 그것은 나도 알아요. 오늘은 모두 총에 꽃을 꽂고 라 마르세예즈*나 바흐트 암 라인** 그래요. 그러나 내일이면? …노래를 부르며 떠나간 바로 그 남자는 현실에 직면한 가엾은 남자에 지나지 않을 겁니다! 전쟁과 직면할 겁니다! 배는 고프고 발은 피투성이가 된 채 지칠 대로 지쳐 있으며 포격이나 돌격, 부상자나 전사자들을 처음 보고 공

* 프랑스 국가이다.

** 독일 군가이다.

포에 떨고 있는 한 녀석… 바로 그런 남자에게 말해주어야 하는 겁니다! 그런 남자에게 부르짖어야 합니다. '바보 같은 녀석! 자네는 또 착취당했어! 자네의 애국심, 의협심, 용기를 착취한 거야! 모든 사람이 자네를 속였어! 자네가 믿었던 모든 사람들, 스스로를 지키기 위해서 자네가 선택한 사람들까지도! 그러나 이제는 그들이 자네에게 무엇을 바라고 있었는지 알아야 해! 반항해! 그들을 위해 목숨을 바칠 것을 거부하라고! 사람을 죽이는 일을 거부해야 해! 자네 앞에 있는 형제들에게, 자네처럼 속고 착취당한 사람들에게 구원의 손길을 내밀도록 해! 총을 버려! 그리고 모두가 반항하는 거야!'" 그는 감격한 나머지 숨이 막힐 것만 같았다. 그리고 잠시 숨을 돌린 다음 다시 말을 계속했다. "모든 것은 그런 사람을 움직이는 데 있어요! …'어떻게?'라고 당신은 나에게 물으시겠지요."

메네스트렐은 한쪽 팔꿈치로 몸을 일으켰다. 그는 눈에 감도는 비웃음을 감추지 못하고 주의 깊게 자크의 얼굴을 주시했다. 그런 그의 태도는 사실 이렇게 묻는 것 같았다. '그건 그래. 그런데 어떻게?'

"비행기로!" 하고 자크는 질문을 기다리지 않고 외쳤다. 그러고는 목소리를 낮추어 더 느린 말투로 말했다. "비행기라면 그들에게 도달할 수 있어요! …전선 위로 가야 해요. 프랑스 군대와 독일 군대 위를 나는 거예요…. 두 나라의 군대 위에 몇천, 몇만 장의 전단을 뿌리는 거지요…. 두 나라 말로 된 선전문 말입니다! …프랑스의 사령부와 독일의 사령부에서는 전단이 숙영지 안으로 들어오는 것을 막겠지요. 그러나 별수 없어요. 별수 없고말고요! 수천 킬로에 달하는 전선의 하늘 위로부터 눈송이 같은 전단이 내려와 여러 마을이며 야영지며 군인들이 밀접해 있는 모든 지역에 흩어지는 것을 막을 길이 없겠지요! …눈송이 같은 그 전단은 구석구석에 파고들 겁니다! 프랑스에서도 독일에서도 그것을 읽게 될 테고요! …모두가 알게 될 겁니다! …그리고 이 손에서 저 손으로 옮겨지며 예비 편대와 민간인의 손에까지 들어가게 될 겁니다! …프랑스, 독일의 모든 노동자, 모든 농민에게 그들의 실상이 어떠하며 그들이 무엇을 해야 할 것인가를 알려줄 겁니다! 그리고 그들 앞에 마주 선 동원병들이 어떤 자들인지를! 그리고 그들이 서로 죽이는 일이 얼마나 터무니없고 잔인한 짓이라는 것을 알게 될 겁니다!"

메네스트렐은 입을 열고 무슨 말을 하려고 하다가 그대로 입을 다물었다. 그리고 천장을 보면서 다시 누웠다.

"아, 조종사, 그런 전단의 효과를 생각해보세요! 항거를 하도록 유도하는 데 있어서는 대단한 호소력이 있습니다! …효과라고요? 아마 굉장할 것입니다! 적대시하고 있는 군대가 전선의 한 지점에서라도 서로 친해지기만 한다면 그것은 도화용으로 길게 뿌린 화약에 불이 옮겨가듯 곧 번져나갈 겁니다! 반항이지요…. 지휘관들의 사기 저하… 그런 비행이 있는 바로 그날 프랑스의 사령부와 독일의 사령부는 마비될 겁니다. …내가 비행할 지역에서는 모든 적대 행위가 불가능하게 되겠지요! …얼마나 멋진 일입니까! 선전 효과는 대단할 겁니다! 얼마나 놀라운 비행기입니까…. 평화의 사절이지요…. 동원령이 내리기 전에 인터내셔널이 거두지 못한 승리를 오늘에 와서 이룩하는 셈이지요! 프롤레타리아의 단결, 전면 파업에는 실패했지만 전투 요원들 사이에 형제애를 이룩하는 데는 성공을 거두는 셈입니다!"

메네스트렐의 입술에는 살짝 억지 미소가 감돌았다. 자크는 그를 향해 한 발 걸어갔다. 자크 역시 굳은 확신을 보이면서 미소 짓고 있었다. 그는 냉정함을 잃지 않고 목소리도 높이지 않으면서 말을 계속했다.

"지금 말한 것 가운데서 어느 것 하나 실현 불가능한 것은 없습니다. 다만 누군가가 나를 도와줄 필요가 있어요. 그래서 당신의 도움이 필요해요, 조종사. 당신은 옛날 관계도 있고 하니까 비행기를 나에게 구해다 줄 수 있어요. 그리고 며칠이면 나에게 조종술을 가르쳐줄 수 있을 테고요. 몇 시간만 목적지를 향해 날면 되니까요. 전선은 비행기로 날아갈 수 있는 거리에 있습니다. 스위스 북부를 향해 날아가면 알자스에 집결해 있는 프랑스 군대와 독일 군대에까지 도달하는 것은 아무것도 아닙니다…. 그래요, 그래. 저는 전부 검토해보았어요. 여러 가지 어려움과 위험에 대해서도…. 여러 가지 어려움이 있기는 해도 당신이 나서서 나를 도와만 주신다면 그런 것은 극복될 수 있습니다. 위험이 있다면, 그것은 한 가지밖에 없습니다. 그것은 저의 문제입니다!" 그는 별안간 얼굴을 붉히며 입을 다물었다.

메네스트렐은 슬쩍 눈짓을 해 보였다. 자크 쪽에서도 그것이 무엇을 뜻하는지를 이내 알아차렸다. 메네스트렐은 슬며시 몸을 일으켜 침대 끝에 앉았다. 그는 자크의 시선을 피했다. 두 발을 흔들거리며 손바닥으로 두 무릎을 가볍게 문지르면서 얼마 동안 아래를 보고 있었다. 드디어 그는 자세를 바꾸지도 않고 이야기를 시작했다.

"그런데, 프랑스를 도망해온 자네가 스위스에서 누구의 의

심도 받지 않고 어떻게 조종 연습을 할 수 있다고 생각하나? 그리고 며칠 동안의 훈련으로 이륙해서 혼자 지도를 보고, 지형을 판별하고 몇 시간 동안 혼자 날 수 있다고 생각하나?" 그의 목소리는 담담하고 약간 빈정거리는 투가 섞여 있었다. 그리고 얼굴은 무표정했다. 그는 한쪽 손을 턱 높이까지 올렸다. 그리고 잠시 멍청한 눈으로 더러운 손톱을 하나하나 살펴보았다. "그럼 이제는" 하고 그는 거의 퉁명스럽에 말했다. "어때? 나를 좀 혼자 있게…."

어리둥절해진 자크는 방 한가운데 꼼짝 않고 서 있었다. 그는 상대의 말대로 하기 전에 자신이 잘못 들은 게 아닌가 싶었다. 한마디 동조의 말이나 충고, 격려의 미소 같은 것도 없이 과연 이대로 돌아가라는 것인가 자문하면서 조종사의 시선을 포착하려고 애썼다.

"그럼 잘 가게." 하고 메네스트렐은 눈을 들지 않고 분명하게 말했다.

"다시 뵙지요." 하고 자크는 문 쪽을 향해 걸어가면서 중얼거렸다.

문지방을 넘어서려는 순간 그는 화가 치밀어 홱 돌아섰다. 조종사의 두 눈은 그를 응시하고 있었다. 옛날과 다름없는 열렬한 눈길, 그 눈길은 놀란 듯 자크를 응시하고 있었다. 그러나 그것은 언제나처럼 저의를 알 수 없는 눈길이었다.

"내일 또 와주게." 하고 메네스트렐은 매우 빠른 투로 말했다.(그의 목소리는 옛날 그대로의 음색, 단호함, 빠른 말투를 되찾았던 것이다.) "내일 오전 중, 느지막이. 열한시에…. 그리고 피신하도록 해. 알겠나? 나타나지 말게. 아무에게도! 자네가 되돌아온 것을 여기서는 아무도 눈치채지 못하도록 해야 해.” 별안간 메네스트렐의 얼굴은 전혀 뜻하지 않게 그 어느 때보다도 부드러운 미소로 빛났다. “그럼 내일 보세.”

‘그렇다.’ 하고 메네스트렐은 자크가 나간 뒤 문이 닫히자 생각했다. ‘이렇게 된 바에야 못할 것도 없지 않을까…?’

그는 이런 엉뚱한 계획의 효과를 꼭 믿지는 않았다. 적대 관계에 있는 군대들 사이의 화해라! 언젠가는 가능할지도 모른다. 여러 달 동안의 고통과 살육이 있은 뒤에는! …그러나 여하튼 사기를 저하시키고 반항의 씨를 뿌린다는 것은 나쁘지 않다….

‘그의 생각은 잘 알겠다. 결국 자신의 의열義烈을 성취시켜보겠다는 생각이다….’

그는 일어나서 빗장을 지르고 방 안을 가로질러 몇 걸음 걸어갔다.

‘이 기회다….’ 하고 그는 침대 쪽으로 되돌아오면서 생각했다. ‘어쩌면 단 한 번 주어지는 기회일지도 모른다…. 한 가지 해결 방법일지도 모르고…!’

79

자크는 지금 머리를 나무칸막이에 기대고 있다. 기차의 소음은 몸속까지 파고들어 퍼지면서 그를 흥분시킨다. 삼등칸 안에는 자크 혼자이다. 창은 활짝 열려 있었으나 가마솥 같은 더위,

그는 땀에 흠뻑 젖은 채 그늘진 의자에 몸을 내던졌다…. 이제 들리는 것은 기차가 굴러가는 소리가 아니고 발동기가 돌아가는 소리이다…. 하늘을 나는 비행기… 무수한 하얀 전단이 허공에 흩어진다….

이마를 스쳐가는 바람마저 덥게 느껴진다. 그러나 내려진 블라인드의 부딪치는 소리가 어쩐지 서늘한 느낌을 주는 듯하다. 그의 눈앞에서는 여행 가방이 기차의 동요에 따라 계속 흔들거린다. 빛이 바랜 누런 부대용 삼베로 된 여행 가방, 마치 순례 배낭처럼 불룩해 있다. 이 마지막 여행까지 충실하게 따라다니는 낯익고 정든 벗…. 자크는 몇 가지의 서류와 속내의 등을 여기에다 부랴부랴 쑤셔넣었다. 시간이 없어서 되는대로 골랐다. 간신히 급행열차 시간에 대어 올 수 있었다. 그는 메네스트렐의 지시에 따라 행선지도 남겨놓지 않고 또 아무도 만나지 않고 한 시간 만에 제네바를 떠나온 것이다. 아침부터 아무것도 먹지 않았다. 역에서 담배를 살 만한 여유도 없었다. 그런 것은 대수로운 것이 아니다. 그는 그냥 떠나버렸다. 이번이야말로 그것은 정말 **출발**이다. 고독한 익명의 출발, 돌아올 수 없는 출발이다. 이 더위, 성가시게 하는 이 파리 떼, 망치로 머리를 두들기는 듯한 이 모루 소리만 없다면 한결 마음이 평온할 텐데. 평온하면서 든든할 텐데. 지금까지 겪은 고뇌와 절망의 나날은 이제 지나가버린 일이다.

그는 잠시 눈을 감았다. 그러나 곧 다시 눈을 떴다. 자신의 꿈을 실현하기 위해서는 명상 같은 것은 전혀 필요치 않다….

언덕 꼭대기를 스치고 날아가 푸른 골짜기를 향해 하강해서 초원이며 숲이며 도시 위를 날아간다. 메네스트렐의 뒷자리에 앉아 있다. 발밑에는 전단이 쌓여 있다. 메네스트렐이 신호를 했다. 비행기가 지상에 가까워진다. 우글거리는 푸른 군모, 붉은 바지, 회녹색의 긴 윗옷.* …자크는 몸을 구부려 전단을 한아름 안아 아래로 던진다. 엔진이 붕붕 소리를 낸다. 비행기가 태양을 향해 날아 올라간다. 자크는 몸을 숙였다가 다시 일으켜 무수한 흰 전단을 끊임없이 아래로 뿌린다. 메네스트렐은 어깨 너머로 자크를 보면서 웃음 짓는다!

메네스트렐… 메네스트렐, 자크의 사명감은 이 단단한 지점을 중심으로 계속 돌고 있다.

자크는 지금 막 그와 작별하고 오는 길이다. 오늘 아침의 그는 어제의 메네스트렐과 완전히 딴사람이 되어 있었다! 옛날의 보스 모습 그대로였다! 곧은 상반신, 정확하고 기민한 몸짓. 정장을 하고 구두를 신고 마침 외출하려던 참이었다. 처음 맞이할 때부터 의기양양한 그 미소! '잘돼가! 운이 좋았어. 생각했던 것보다는 모든 것이 수월할 거야. 사흘 뒤면 우리는 이룩할 수 있어.' **우리**라고? 자크는 뭐가 뭔지 이해할 수 없어 모호한 몇 마디를 더듬거리며 말했다. "…그룹의 핵심인 사람들이… 귀중한 생명을… 내던진다는 것은 큰 잘못인데…." 그러나 메네스트렐은 단번에 말을 막았다. 그리고 냉혹한 눈길을 보이면서 어깨를 으쓱했다. 그것은 그의 아주 인간미 넘치는 동작으로써 '나는 이제 어떤 일에도 누구에게도 도움이 안 되는 사람이다…'라고 말하는 것 같았다. 드디어 그는 다시 몸을 일으켜 재빨리 말했다. "쓸데없는 말은 하지마…. 자네는 빨리

* 프랑스 사병의 복장을 말한다.

바젤에 가. 거기에는 여러 가지 이유가 있어. 국경에서 뜨면 우리 비행기는 곧 알자스를 날게 될 거야…. 각자 최선을 다하는 거야. 나는 비행기를 준비하고 자네는 전단을 준비하는 거야. 우선 문장을 만들어야지. 쉬운 일은 아니겠지. 하지만 자네는 이미 그것을 생각해두었을 거야. 그러고 나서 인쇄하는 거야. 그것은 프라트넬에게 맡기면 돼. 자네는 그를 모르나? 여기에 소개장을 써놓았어. 그라이펜가세에 있는 책가게야. 인쇄소를 갖고 있고 안심할 수 있는 직공도 있어. 거기에 있는 사람들은 독일어는 물론 프랑스어도 유창하게 해. 그들은 자네의 전단을 번역해줄 거야. 며칠 밤만 작업하면 두 나라 말로 된 전단을 백만 장은 찍어낼 수 있어…. 어쨌든 모든 것은 토요일까지 준비되어 있어야 해. 사흘을 꼬박 일해야 해. 불가능한 것은 아니야…. 서신 왕래는 금물이야. 나에게도 그렇고 어느 누구에게도. 우편은 감시받고 있어. 무슨 일이 생기면 믿을 만한 사람들을 시켜 미리 알려줄 테니까. 주소는 이 봉투 안에 있어. 그 밖에 다른 확실한 지시와 함께. 그리고 몇 개의 지도도…. 안 돼. 지금 꺼내보지마! 가는 도중에 살펴보도록 해…. 그래서 내가 지정하는 장소에 내가 정한 그날 바로 그 시간에 국경 가까이 오는 거야… 알겠나?" 그제야 비로소 그의 얼굴 표정에는 부드러움이 감돌고 목소리도 조금 누그러졌다. "잘됐어. 열두시 삼십분발 바젤행 열차가 있어." 메네스트렐은 앞으로 걸어나가면서 자크의 어깨 위에 두 손을 얹었다. "고마워… 힘든 일을 맡아주어서…." 그의 눈길은 빛을 잃고 있었다. 자크는 순간 메네스트렐이 자기를 얼싸안으려고 그러는 줄 알았다. 그러나 조종사는 반대로 급격한 동작으로 손을 도로 뒤로 당기며 생각했다. '나는 하마터면 어리석은 짓을 할 뻔했구나. 그에게는 적어도 할 일이 있는데.' 그는 약간 다리를 절면서 자크를 문 쪽으로 밀고 갔다. "기차를 놓치겠어. 그럼 또 만나!"

자크는 일어나 바람을 좀 쐬려고 창가로 갔다. 그는 밖을 내다보았다. 하지만 팔월의 햇볕에 눈부시게 빛나고 있는 낯익은 호수와 알프스의 경치도 그의 눈에는 들어오지 않았다.

제니…. 바로 그제까지만 해도 파리에서 오는 기차의 긴 의자에 앉아 그녀와의 일을 되새길 때마다 무언가 견디기 어려운 고통이 그의 가슴을 에는 듯하곤 했다. 다시 한번 푸른 눈동자의 작은 머리를 자신의 두 손으로 잡고, 머리털 속으로 손가락을 넣어 그녀의 두 눈이 감동에 젖고, 두 입술이 방긋이 열리는 것을 아주 가까이에서 보았으면! 한 번만, 오직 단 한 번만, 그렇게도 유연하고 타오르는 것 같은 그 젊은 육체가 자신에게 기대는 것을 다시 한번 느껴보았으면! …그는 벌떡 일어나 통로로 나가 두 손으로 창틀을 꽉 잡았다. 그리고 눈을 감은 채 몸을 비틀고, 가슴을 두근거리면서 바람과 매연과 탄각이 마구 스치는 대로 얼굴을 내맡겼다. …지금 그는 그다지 괴로움 없이 그녀를 생각할 수 있게 되었다. 그녀는 지금 그의 추억 속에 고이 잠들어 있다. 정열적으로 사랑했던 사람이 죽은 거나 다름없는 것이다. 탄식해보았자 돌이킬 수 없는 일이라는 생각이 그의 마음에 안정을 가져다주었다. 목적 달성이 눈앞에 다가옴에 따라, 모든 것—어제까지의 생활도, 파리도, 지난 한 주일 동안의 격동도—모두가 별안간 먼 옛날 일처럼 여겨졌다! 그는 지금 제니와의 사랑도 마치 어린 시절의 일, 아무리 해도 되살릴 수 없는 지나간 과거의 일처럼 생각하고 있다. 지금 그에게 주어진 미래란 한낱 번개 같은 내일에 불과한 것이다….

자크는 무심코 들어 올렸던 블라인드를 다시 아래로 내렸다. 그는 두 손을 호주머니 속에 넣었다가 축축해진 것을 알고는 곧 다시 꺼냈다. 더위 때문에 짜증이 났다. 게다가 먼지며 소음이며 이 파리 떼들! 그는 다시 의자에 앉아 칼라를 떼어냈다. 그러고는 의자 끝에 쪼그리고 앉아 한쪽 팔을 창밖으로 내밀고 생각에 잠겨보려고 애썼다.

중요한 일이 남아 있다. 전단을 쓰는 일, 모든 것은 여기에 달려 있다. 그것은 밤하늘의 섬광과도 같은 것으로서 서로 죽이려고 하는 사람들의 폐부를 찌르고 그들의 마음속에 명백히 파고들어 모두가 다 같이 분연히 일어나게 해야 한다!

머릿속에서는 이미 두서없는 여러 가지 말이 떠오르고 있다. 심지어는 문장까지도 집회에서 하듯이 울림을 갖고 막연하게 떠오르고 있다.

'적대시하고 있는 군대들이여… 어째서 적대시한단 말입니까? 프랑스인, 독일인… 모두 우연히 태어난 것뿐입니다 …. 인간으로서는 똑같은 것입니다! 노동자, 농민 대중, 근로자! 근로자 여러분! 어째서 서로가 적입니까? 국적이 달라서인가요? 그러나 동일한 이해가 있습니다! 모든 것이 그들을 한데 묶고 있습니다! 모든 것이 그들을 자연의 벗으로 만들고 있습니다!…'

그는 수첩과 몽당연필을 호주머니에서 꺼냈다. '머리에 떠오르는 것을 아무렇게라도 적어놓을까?'

프랑스인여, 독일인이여, 모두가 형제들입니다! 여러분은 같은 인간입니다! 그리고 똑같이 희생자들인 것입니다! 허위를 강요당한 희생자인 것입니다! 여러분 중의 그 어느 누구도 여러분과 똑같은 근로자들의 표적이 되기 위해 자진해서 처자와 집과 공장과 가게와 논밭을 버린 사람은 없을 것입니다! 죽는다는 것은 누구에게나 무서운 일입니다. 살상 행위도 누구나가 혐오하는 일입니다. 생명이란 성스러운 것이라는 확신은 누구나가 갖고 있습니다. 전쟁이란 어리석은 짓이라는 것을 누구나가 잘 알고 있습니다. 이런 악몽에서 벗어나고 싶은 욕망, 처자와 일거리, 자유와 평화를 하루속히 되찾고 싶은 욕망은 어느 누구에게나 마찬가지입니다! 그런데 여러분은 지금 서로 알지도 못하면서, 또 서로 죽일 아무런 이유도 없이, 그리고 사람들이 어째서 여러분들을 살인자가 되도록 몰아붙이는지조차 알지 못하면서 총에 탄환을 장전한 채 서로 마주 보며 여차하면 어리석게도 서로 죽이려고 하고 있습니다!

기차는 속력을 늦추더니 마침내 정지했다.

"로잔!"

숱한 추억이 깃든 도시…. 캄메르진 하숙에서 황금빛 전나무로 된 방…. 소피아….

사람 눈에 띌 것 같아 내려가 보고 싶은 유혹을 뿌리쳤다. 커튼을 조금 열어보았다. 역, 플랫폼, 신문 판매대…. 어느 겨울날 저녁, 아버지의 별세로 인해서 파리로 돌아가기 전에 앙투안과 함께 서성거리던 곳이 바로 저기 보이는 삼 번 플랫폼이다…. 형과 함께 여행하던 때가 십 년은 된 것 같은 느낌이 들었다!

복도에서는 짐을 든 사람들이 어린아이들을 손에 잡고 오가고 있었다. 헌병 둘이 지나가며 차 안을 검사하고 있다. 나이 든 한 쌍의 부부가 자크가 있는 칸으로 들어와 자리를 잡았다. 남자는 일 때문에 손이 거칠어진 늙은 노동자로 여행을 위해 나들이옷을 입고 있었는데, 윗옷과 넥타이를 벗고 이마의 땀을 닦으며 여송연을 피워 물었다. 아내는 그 윗옷을 얌전히 접어 자기 무릎 위에 놓았다.

자크는 한쪽 구석에 몸을 파묻고 수첩을 다시 들었다. 몹시 흥분된 상태에서 그는 계속 갈겨썼다.

불과 이 주일도 안 되었는데 집단적이고 악마 같은 광기, 유럽 전체가 그렇다! 신문은 모두 엉터리 보도뿐, 모든 나라의 국민이 한결같이 거짓말에 취해 있다! 어제까지만 해도 있을 수 없는 가증스러웠던 일이 지금은 불가피하고 필연적이며 정당한 것으로 되어 있다! …어디를 가나 민중은 인위적으로 만들어진 흥분에 들떠 이유도 모르고 서로 달려들려고 하고 있다! 죽고 죽이는 것이 영웅주의와 지고한 정신의 동의어나 되는 것처럼! …이 모든 것이 어째서 그렇단 말인가? 누구를 위하여? 그 책임자들은 어디에 있단 말인가?

책임자들…. 그는 지갑 속에서 접힌 종이 한 장을 꺼냈다. 그것은 기욤 2세에 관한 책 속에서 카이저가 한 연설의 한 구절을 반네드가 그를 위해 발췌해준 것이다. **나는 굳게 믿고 있다. 국가 사이의 분쟁의 대부분은 이런 범죄적인 방법에 의하여 오직 자신의 권력을 지키고 자신의 인기를 높이려는 몇몇 장관의 술책과 야심**

의 결과라고.

'이것의 독일어 원문을 찾아야겠는데.' 하고 그는 생각했다. '그래서 그들에게 이렇게 말해주어야겠다. "자! 이것이 당신들의 카이저의 말이다…!" 원문을 찾아야지. 어디서? 어떻게? … 반네드에게 물어볼까? 서신은 불가능하다. 메네스트렐이 금지시켰으니까…. 원문을 찾아야지! 바젤의 도서관에서? 그런데 책의 표제는? 그리고 찾는 데는 시간이 걸린다…. 안 되겠다…. 그러나…! 원문을 찾아야지…!' 피가 머리끝까지 올라와 그를 얼떨떨하게 만들었다. '책임자들…. 책임자들….' 그는 흥분한 나머지 자세를 바꾸었다. 이런 자들 때문에 그는 몹시 화가 났다. 노파가 놀란 눈으로 그를 유심히 바라보고 있다. 노파는 앞에 있는 좀 높은 의자에 앉아 있다. 검은 구두에 흰 양말을 신고 있다. 기차의 흔들림으로 그녀의 다리가 흔들거린다… '책임자들…. 원문을 찾아야지….' 노파가 계속 자기 쪽을 보고 있다면 그는…. 노파는 바구니에서 빵 한 조각과 자두를 꺼낸다. 그것을 천천히 씹는다. 그리고 결혼반지가 빛나고 있는 손안에 씨를 뱉어낸다. 이마 위에는 파리 한 마리가 마치 시체 위를 지나는 것처럼 왔다 갔다 하는데도 노파는 느끼지 못하는 것 같다. …참을 수 없다!

자크는 일어났다.

어떻게 그 원문을 구해야 하나…. 바젤에서? 안 된다, 안 돼. 헛수고일 뿐이다…. 너무 늦어…. 그것을 못 찾을 것은 뻔한 일이다!

신선한 바람을 쐬고 싶어서 그는 통로에 나와 두 손으로 창틀을 잡았다. 어두운 구름이 마침 알프스산맥을 덮고 있다. '소

나기가 올 것 같군. 그러니까 이렇게 무덥지….'

위에서 내려다보이는 호수는 짙은 수은색을 띠고 있어서 찬란한 빛을 잃었다. 호반까지 늘어져 있는 유황을 함유한 것 같은 포도밭이 독에 물든 듯 푸른빛을 띠고 있다.

'책임자들…. 방화범을 찾으려면 우선 그 화재 때문에 이득을 보는 사람을 생각해봐야지….' 그는 얼굴의 땀을 닦은 다음 다시 연필을 들었다. 그리고 선 채로 창틀에 몸을 기대고 노파며, 소나기를 머금은 후텁지근함이며, 파리 떼며, 기차의 소음과 흔들거림이며, 적개심을 불러일으키는 온갖 세상, 이 모든 것에 신경을 쓰지 않으려고 노력하면서 열기에 들뜬 듯이 적기 시작했다.

불가사의한 위력을 갖고 있는 국가가 마치 농부가 그 가축을 다스리듯이 여러분을 다스려왔습니다! …국가! 국가란 무엇입니까? 프랑스 국가, 독일 국가, 그것은 과연 국민들이 진정으로 믿을 수 있는 대표자인가요? 대다수의 이익을 옹호하는 입장에 있는가요? 아닙니다! 독일과 마찬가지로 프랑스라는 국가도 소수의 집단이 대표하고 있는 국가이며 투기업자 일당의 대리공사에 지나지 않습니다. 그들 일당에게는 금전만이 힘이며, 더구나 그들은 오늘날 은행이며, 큰 회사며, 운수 업체며, 언론이며, 군수 업체 등 모든 것을 장악하고 있습니다! 그들은 절대다수의 희생으로 몇몇 사람들의 이익을 꾀하려는 예속화된 사회조직의 절대군주인 것입니다! 지난 몇 주일 동안 우리는 이러한 조직의 활동을 보아왔습니다! 또 우리는 이런 조직의 복잡한 톱니바퀴가 모든 평화적 저항을 하나씩 분쇄하는 것을 보아왔습니다! 바로 이런 조직이 지금 총대를 메게 한 다음 여러분을 국경에 내몰아 대부분의 여러분과는 아무런 관계도 없을뿐더러 죽음마저 예고하는 이익을 지키도록 하고 있습니다! …죽음으로 끌려가는 사람들은 자신들의 희생이 과연 누구의 이익을 위한 것인지를 자문해볼 권리가 있습니다! 자신의 목숨을 바치기 전에 그것이 누구를 위하고, 무엇 때문에 바치는지를 알 권리가 있는 것입니다!…

첫 번째 책임자들을 꼽는다면 소수의 공익 착취자, 대금융가, 대기업가들로서 그들은 이 나라에서 저 나라로 옮겨 다니면서 악착스러운 경쟁을 시도하고, 그리고 오늘날 자기들의 특권을 공고히 하기 위해 그리고 자기들의 번영을 계속 확장하기 위해 서슴지 않고 대중을 희생시키고 있습니다! 그들이 말하는 번영이란 대중을 부유하게 만들고 대중의 조건을 개선하기는커녕 오히려 살상 행위를 삼가고자 하는 여러분들을 더욱더 노예화할 뿐입니다!…

그러나 이들 착취자들만이 책임져야 하는 것은 아닙니다. 그들은 각 나라마다 정부의 요직 인사 가운데서 지지자들과 보조자들을 확보해놓고 있습니다…. 책임자들 가운데 제2선에는 카이저 자신이 공언했듯이 과대망상증에 걸린 소수의 정치가들이 있습니다….

'원문을 찾아야지.' 하고 그는 생각했다. '원문을 찾아야 해….'

…이런 소수의 협잡꾼, 장관, 대사, 야심적인 장군들은 외교의

참모본부를 배경으로 음모와 정치적 책략을 통해 인정사정없이 여러분의 생명을 걸도록 한 것입니다. 그러면서도 그들은 그들 계략의 대상이었던 프랑스 국민, 독일 국민인 여러분의 의사를 묻지도 않을뿐더러 알리지조차 않았습니다…. 그 이유는 이러합니다. 민주화된 이십세기의 유럽에서 그 어느 나라 국민도 그들 나라의 대외 정책의 방향에 대해 관여할 줄 몰랐던 것입니다. 그리고 여러분이 선출했고 당연히 여러분을 대표해야만 할 의회조차도 훗날 여러분을, 여러분 모두를 살상의 마당으로 이끌고 갈 비밀조약을 전혀 알지 못했던 것입니다!

그리고 이런 엄청난 책임자들 배후에는 독일과 마찬가지로 프랑스에도 대은행업자의 투기를 조장하거나 또는 당파심을 가지고 정치가들의 야심을 부채질하면서 어느 정도는 의식적으로 전쟁을 가능하게 만드는 자들이 있습니다. 보수정당, 고용주 단체, 민족주의 언론이 여기에 속합니다! 또한 교회도 여기에 속한다고 보아야 할 것이 도처에서 성직자란 자들이 사실은 유산계급을 위해 일종의 정신적인 헌병대 노릇을 하고 있습니다. 그러면서 교회는 스스로의 초자연적인 의무를 거역하면서 도처에서 금전의 위력에 영합하며 그 인질이 된 것입니다!

자크는 쓰던 것을 멈추고 다시 읽어보려고 했으나 뜻대로 되지 않았다. 몽당연필로 썼던 탓으로 손가락에 경련이 일어나고, 흥분도 했고 불편한 자세에다가 기차가 흔들거리기 때문에 글씨를 거의 읽을 수가 없었다.

'정리를 해야겠군.' 하고 자크는 생각했다. '제대로 안 되었어…. 반복한 말이 많아…. 너무 길고…. 설득력이 있으려면 짧고 짜임새가 있어야 해…. 그러나 그들로 하여금 깊이 생각할 수 있게 하고 생각을 다시 하게 하려면 근본적인 사상도 필요하다! …어렵군!'

이제 더 이상 서 있을 수가 없다. 다시 앉자. 혼자 있었으면…. 그는 비어 있는 칸을 찾기 위해 통로를 따라 걸어보았다. 모두 차 있을뿐더러 시끄러웠다. 하는 수 없이 먼저의 자리로 되돌아와야만 했다.

기울어져가는 태양은 열차칸을 눈이 부실 정도의 황금빛으로 가득 채웠다. 노인은 더위에 지쳐 꺼진 여송연을 입에 문 채 한쪽 팔꿈치를 괴고 코를 골며 자고 있다. 노파는 여전히 무릎 위에 윗옷을 놓고 신문으로 부채질하고 있다. 백발이 섞인 머리털의 컬이 바람에 흔들리고 있다. 그녀는 자크의 눈길을 피한다. 그러나 자크는 자기 쪽으로 시선을 고정시키고 슬쩍 몰래 엿보는 그녀의 무서운 눈초리를 줄곧 놓치지 않고 있다.

그래서 그는 팔짱을 끼고 눈을 감았다. 그러고는 억지로 마음을 가라앉히기 위해 백까지 세었다. 갑자기 그는 피로에 눌려 잠들어버렸다.

자크는 소스라치며 눈을 번쩍 떴다. 자신도 모르게 잠들어 있었던 것이다. 몇 시일까? 기차는 속력을 늦추고 있다. 어디쯤 왔을까? 같은 칸에 있던 사람들은 서 있다. 노인은 윗옷을 입고 다시 꽁초에 불을 붙였다. 노파는 장바구니를 맹꽁이자물쇠로 잠그고 있다…. 자크는 어리둥절해서 어느 역인가 살폈다. 베른? 벌써 도착했나?

"Grüetzi!"* 하고 그의 앞을 지나면서 노인이 말했다.

플랫폼에는 많은 사람이 있다. 앞을 다투며 기차에 올라탄다. 열차칸은 독일어를 하는 수다스러운 한 가족이 차지한다. 어머니, 할머니, 두 어린 딸과 가정부. 선반에는 시장바구니와 어린애 장난감이 산더미같이 쌓여 있다. 여자들은 지치고 겁에 질린 듯한 얼굴을 하고 있다. 더위에 지친 두 어린 딸은 빈 구석 자리를 차지하려고 아우성이다. 아마 여름휴가를 왔는데 전쟁이 나서 자기 나라로 돌아가는 사람들 같다. 아버지는 첫 번째 날에 연대에 소집당한 것이 틀림없다.

열차가 다시 출발했다.

자크는 승객으로 가득 찬 통로로 나갔다. 대부분은 남자들이다.

왼쪽에는 세 사람의 스위스 청년이 목소리를 높여 불어로 잡담을 하고 있다.

“비비아니가 아직 수상이긴 하지만 아무런 권한도 없어…..”—“외상이 된 도메르그란 어떤 자야?”

오른쪽에는 팔에 가방을 끼고 있는 한 젊은 학생과 교수로 보이는 코안경을 쓰고 나이가 지긋한 한 남자가 신문을 읽고 있다.

“보셨습니까?” 하고 청년은 『제네바』 일보를 교수 쪽에 내밀면서 비웃는 투로 말했다. “교황이 놀라운 일을 했군요! **전 세계의 가톨릭 신도들에게 호소함**이란 것을 냈으니 말입니다!”

“그래서?” 하고 나이가 든 사람이 반문했다. “자네가 바라든

* 스위스 독일어 ‘Gott grüsse Sie’의 줄임말로 ‘신의 가호가 있기를’이라는 뜻.

바라지 않든 간에 세계에는 아직도 몇백만의 가톨릭 신도가 있는 것이 사실이야. 교황의 파문破門이라고? 그것이 단호한 것이라면 대단한 반향을 불러일으키는 것이지…. 적어도 일이 시작되기 **전에** 나왔으면 좋았을 뻔했는데!…"

"읽어보십시오." 하고 학생이 말했다. 아마 "교황이 전쟁을 공식적으로 비난하고 있다고 생각하시겠죠? 권력층을 비난하는 것일까요? 모든 교전국을 아무런 차별 없이 똑같이 떠들썩하게 파문 선고의 대상으로 여긴다고 생각하십니까? 그런데 잠깐! 교황의 신중함일까요? 아닙니다. 아니에요…. 내일이라도 사람을 죽이기 위해 무장하게 될 몇백만의 가톨릭 신도를 그리고 어쩌면 자신들의 양심에 따라 떳떳하게 행동하기 위해 교황의 명령을 불안스럽게 기다리고 있는 그들에게 교황의 입장에서 기껏 할 수 있는 말, '살상해서는 안 된다! 거부하라!'가 아닙니다. 그랬더라면 사실 전쟁을 불가능하게 했을지도 모르지요…. 그게 아닙니다! 교황은 자랑스럽게 이렇게 말했습니다. '자, 궐기하십시오, 성도들이여!…궐기하십시오. 그러나 **그리스도를 향해 그대들의 영혼을 드높이는 것을** 잊지 마십시오!'"

자크는 건성으로 듣고 있었다. 그는 어디에서인가 본 적이 있는 동원된 사제가 문득 생각났다. 어디에서였던가? 앙투안을 배웅하러 간 북부역에서였다…. 초롱초롱한 눈매에 운동선수 같은 젊은 신부('청소년 후원회의 신부', '청소년 지도자' 같은 사제)로서 등산가가 신는 것 같은 새 편상화 위로 걷어 올린 수단*을 가로질러서 두 개의 잡낭을 걸고, 중사가 쓰는 작은 약모를 귀 위에 멋지게 걸치고 있었다…. 북부역, 앙투안… 앙투안, 다니엘, 제니… 자신도 모르게 생각나는 사람들, 그리고 주위에 보이는 이 모든 남자와 여자들은 지금 자기와는 다른 세계에 속하는 사람들이다. 곧 미래가 존재하는 산 사람의 세계, 그리고 자신이 없어도 인생행로를 계속 걸어갈 사람들이다….

왼쪽에서는 세 사람의 스위스 청년들이 독일이 벨기에에 보낸 최후통첩에 대해 분통을 터뜨렸다.

자크는 한 발 다가가 귀를 기울였다.

"정말 붙어 있었어. 독일의 일개 군단이 어젯밤에 벨기에 국경을 넘어 리에주를 향해 진군하고 있다는 거야."

한 젊은 남자가 옆 칸에서 나와 그들과 합류했다. 벨기에인이다. 급히 나무르에 돌아가 군에 지원하려는 남자다.

"나는 사회주의자입니다." 하고 그 청년은 곧 자신을 소개했다. "그렇기 때문에 나는 '힘'이 '권리'를 억누르는 것을 받아들일 수 없어요!"

그는 즉흥적으로 구변 좋게 지껄이고 있다. 그는 목소리를 높여 튜턴 민족의 야만성을 규탄하고 서구 문화를 예찬하고 있다.

다른 승객들도 가까이 모여들었다. 모두가 한결같이 독일 정부의 파렴치에 분개하고 있다.

"벨기에 의회는 오늘 회의를 열었습니다." 하고 오십 세쯤 되어 보이는 남자가 말했다. 심한 튜턴 억양에 프랑스어를 하는 남자이다. "사회주의자들이 국방 예산을 가결한 것으로 생각하십니까?"

* soutane. 성직자가 제의 밑에 받쳐 입거나 평상복으로 입는, 발목까지 오는 긴 옷.

"만장일치로" 하고 벨기에 청년이 덤벼들 듯이 눈을 부릅뜨고 상대를 위압하면서 외쳤다.

자크는 아무 말도 안 했다. 그는 벨기에 청년이 말한 것이 옳다고 생각했다. 그러나 그는 브뤼셀에서의 벨기에 사회주의자들의 태도, 그들이 전적인 평화주의 정책을 표방하던 것을 상기하면서 몹시 분개했다! …반데르벨드… 지난주 목요일이었으니 아직 엿새도 안 되었구나!….

"파리에서도" 하고 스위스 청년 가운데 한 사람이 말했다. "전시 예산을 위해 오늘 의회를 소집해놓고 있습니다."

"파리도 마찬가지일 겁니다!" 하고 벨기에 청년이 열을 올리며 말했다. "어느 연합국치고 사회주의자들이 예산에 찬성하지 않는 나라는 없을 겁니다. 뻔한 일이지요! 정의는 우리 편입니다! …이번 전쟁은 강요당한 전쟁입니다. 프로이센 군국주의에 대항해서 싸우는 이 전쟁에서는 진정한 사회주의자라면 모두가 앞장서야 합니다!" 그는 그렇게 말하면서 독일 사투리를 쓰는 남자를 계속 아래위로 훑어보았다.

위기에 처한 조국을 구하자! 독일 제국주의를 타도하자! 이것이 모든 사람들의 입에서 되풀이되는 말이었다. 자크가 어제 읽은 프랑스 좌익계 신문의 최신판에서도 같은 구호가 여기저기에서 눈에 띄었다. 도처에서 사회주의자들은 전쟁 반대를 포기했다. 바로 어제도 교외의 이곳저곳에서 모임이 있었다고 한다. 그러나 그것은 '동원된 사람들의 가족을 돕는 방법에 관한 토의'를 하기 위한 것이었다! 이제 전쟁은 하나의 기정사실이 되어버렸다. 그것은 어떤 항변도 받아들여지지 않는 하나의 사실이다. 특히 『사회투쟁』 호는 이런 면에서 매우 의미심장하다. 귀스타브 에르베는 첫 페이지에 이렇게 뻔뻔스럽게 썼다. **조레스, 당신은 우리의 꿈이 무산되는 것을 보지 않으니 행복하구려…. 그러나 나는 이처럼 신경질적이고 감격하기 잘하며 또 이상주의적인 우리 국민이 이 괴로운 의무를 완수하러 가기로 수락하는 것을 못 보고 타계한 당신을 못내 아쉬워하고 있습니다! 당신이 계셨더라면 우리 사회주의 노동자들을 보고 아마 자랑스럽게 여겼을 것입니다!**…. 더 그럴싸한 것은 지금까지 그렇게도 반민족주의를 내세우던 철도종사원 조합이 「철도종사원에게 보내는 글」이었다. **공통의 위기를 앞에 놓고 우리의 오래된 원한은 사라졌다! 사회주의자들이여, 조합 활동가들이여, 그리고 혁명주의자들이여, 카이저의 저속한 계략을 무찌릅시다. 그리고 공화국의 목소리가 울려 퍼질 때에 부름에 앞장서서 응답합시다!** '정말 웃기는 일이다…' 하고 자크는 생각했다. '지금까지 불가능한 것으로 여겨왔던 민중 각 파의 의견 통일이 이제 모든 나라에서 이루어지다니! 그것도 전쟁에 의해 실현되었다니! 그런데 전쟁 반대 때문에 그것이 실현되었더라면…. 정말 웃기는 일이다! 오늘 인터내셔널의 동지들은 도처에서 한결같이 **범민족적으로** 전쟁을 받아들이고 있다! 사실 부름 전에 인터내셔널의 동지들이 합심해서 예방책으로 파업을 결정하기만 했더라도 전쟁을 충분히 막을 수 있었을지 모른다!' 자크는 마지막으로 유일하게 독립적인 자세를 취하고 있는 논조를 영국의 신문 『데일리 뉴스』지에서 볼 수 있었다. 신문 논설은 성명서의 논조를 띠고 있었는데, 독일이 벨기에에 최후통첩을 보내기 전에 쓰여진 것이었다. 그 신문은 영국의 여론에서 최초의 호전적인 풍조가 나타나기 시작한 것을 개탄하고 있었다. 그러면서 영국은 그런 풍조의 만연으로부터 스스로를 지키고 자유와 절대적 중립을 고수하며, 어떤 경우에도 **비록** 적의 군대가 벨기에 국경을 침범하는 모험을 저지르는 한이 있더라도 절대 불간섭의 필요성을 단호하게 선언하고 있었다. 틀림없이 그랬어…. 그러나 오늘 영국 정부 당국의 말에 의하면 영국도 과감하게 이 죽음의 무도舞蹈에 끼어들고 있다는 것이다!

벨기에 청년의 떨리는 목소리가 통로에 울려 퍼졌다.

"아마 조레스 자신이 앞장서서 모범을 보였을지도 모르죠! 조레스 말입니다, 선생은 어떻게 생각하세요?"

'조레스…' 하고 자크는 생각했다. '그는 과연 당원들이 탈당하는 것을 막을 수 있었을까? 끝까지 버틸 수 있었을까?' 자크는 갑자기 몽마르트르가의 카페 앞에서 제니와 함께 서 있었던 자신을 떠올렸다…. 어둠 속에서 아무 말 없이 떼를 지어있던 군중… 구급차… '오늘이 그의 장례식이다.' 하고 그는 생각했다. '화환, 연설, 삼색기, 군악대에 휩싸여 있을 그의 관! 그자들은 위대한 조레스의 유해를 독차지해서 그것을 조국의 이름으로 휘둘러대고 있다…. 아, 조레스의 관이 동원령이 내려져 있는 파리 시내를 통과할 때 정말 아무런 소요도 일어나지 않는다면 그것은 모든 것이 끝장났기 때문이며, **노동자에 의한 인터내셔널**이 완전히 망했기 때문이며, 조레스와 함께 매장되기 때문인 것이다….'

그렇다. 현재로서는 저쪽 최면술에 걸린 여러 대도시에서는 모든 것이 끝장났다. 후방도 그렇다. 현재로서는 모든 수단이 끊겼다. 그러나 전선에서는 분명히 전쟁을 마주 대하고 있는 불행한 사람들이 지옥의 호림을 끊기 위해 오직 한마디의 부름을 기다리고 있다…. 불똥이 한번 튀기기만 하면 해방을 위한 폭동이 마침내 폭발할 것이다…!

일관성 없는 몇 마디가 다시 그의 머리에 떠올랐다. **'여러분은 젊고 생기발랄합니다…. 그런 여러분을 죽음으로 몰아가려고 하고 있습니다…. 여러분에게서 생명을 강제로 빼앗으려고 하고 있습니다! 무엇 때문에 그럴까요? 대은행가의 금고 속에다 새로운 자본을 만들어 넣기 위해서입니다!…'** 그는 호주머니 속의 편지를 만져보았다. 그러나 사람들이 오가고 하는 북새통 속에서, 이런 소음 속에서 어떻게 적을 수 있겠는가? 게다가 이십 분도 채 못 되어 바젤에 도착할 텐데. 프라트넬을 찾아 숙소를 알아본 다음 일을 할 수 있는 은신처를 찾아야지….

곧 그는 마음을 정했다. 잠을 잔 것이 다행이었다. 머리가 맑아지고 몸에는 정력이 넘쳐흐르는 것을 느낀다. 프라트넬은 기다려줄 것이다. 가라앉을 줄 모르는 이 흥분을 그냥 가시게 하는 것은 바보 같은 짓이리라. 거리로 나가지 말고 역 대합실 구석에 가서 몸을 숨기자. 그리고 머리에 떠오르는 여러 가지 말을 즉석에서 종이 위에 쓰자…. 대합실 아니면 역 구내식당에서. 배도 몹시 고프다.

80

예상 밖의 은신처! Restauration Dritterklasse*는 매우 넓어 손님이 많기는 해도 홀의 가운데만 차 있었고 구석은 완전히 비어 있었다.

자크는 비어 있는 큰 테이블 가운데서도 벽 쪽에 있는 큰 테이블을 하나 골랐다.

그는 윗옷을 벗고 칼라를 풀어 헤쳤다. 그리고 프라이팬에다 화이트소스로 튀기고 거기에 당근을 곁들인 기름기가 철철 흐르는 맛 좋은 송아지고기 일인분을 눈 깜짝할 사이에 먹어치웠다. 차가운 물 한 병을 깨끗이 비웠다.

천장에는 송풍기가 윙윙거리고 있었다. 식당 여종업원이 그윽한 향기를 풍기고 있는 커피잔 가까이에 쓸 것을 놓았다.

한 소년이 쟁반 모양의 판을 들고 계산대 앞에서 맴돌고 있다. Cigaren! cigaretten! 아, 그래, Cigaretten! …열두 시간 동안의 금연 뒤에 첫 한 모금은 정말 꿀맛 같다! 머리가 핑 도는 쾌감, 끓어오르는 듯한 생동감이 혈관 속을 흐르면서 그의 두 손을 떨리게 한다. 테이블에 몸을 구부린 채 이맛살을 찌푸리고 담배 연기에 두 눈을 깜박거리면서 그는 머릿속에 잡다하게 떠오르는 여러 가지 생각을 애써 정리하려고 하지 않는다. 정리는 나중에 곰곰이 생각하여 침착하게 하기로 하자….

참다못한 그의 펜은 이미 종이 위에서 재빨리 움직이기 시작한다.

> 프랑스인 혹은 독일인 여러분, 여러분은 속고 있습니다!
>
> 두 진영에서는 여러분에게 이번 전쟁은 단순한 방어전뿐만이 아니라 여러 국민의 권리, 정의, 자유를 위한 싸움이라고 말하고 있습니다. 왜냐고요? 그것은 독일 노동자, 농민의 어느 누구도,

* 독일어로 '삼등 여객 식당'이란 뜻.

또 프랑스의 노동자 그 어느 누구도 침략 전쟁을 위해서라면, 또는 영토나 시장의 정복을 위해서라면 그들의 피를 흘리기를 거부했으리라는 것을 잘 알고 있기 때문입니다!

여러분 모두에게 이웃의 군국주의적 제국주의를 타도하기 위한 전쟁에 나가는 것으로 믿게 하고 있습니다. 마치 군국주의는 모두가 비슷한 것같이 말입니다! 프랑스에서 최근 몇 년 동안 호전적 민족주의가 독일에서만큼 동조자를 얻지 못한 것처럼 말입니다! 또 여러 해 전부터 여러분의 두 나라 정부의 제국주의가 똑같이 전쟁의 위험을 무릅쓰지 않은 것처럼 말입니다! …여러분은 계속 속고 있습니다! 그들은 여러분 모두에게 침략자의 사악한 침입에 대항해서 조국을 지키는 것으로 믿게 하고 있습니다. 그런데 프랑스와 독일의 참모본부는 여러 해 전부터 둘이 똑같이 후안무치하게 각자 먼저 전격적인 공격을 개시할 방법을 연구하고 있었습니다! 그리고 두 나라 군대의 지휘관들은 이러한 '공격'에 따른 이익을 확보하고자 애쓰고 있었습니다. 그러면서 지금에 와서는 '자신들이 준비하고 있었던' 이 전쟁을 여러분들에게 정당한 것으로 보이게 하려고 상대방이 먼저 선전포고를 한 것처럼 발뺌을 하고 있는 것입니다!

여러분은 속고 있습니다! 여러분 가운데 우수한 사람들도 여러 국민의 권리를 위해 기꺼이 몸을 바치는 것으로 믿고 있습니다. 국민도 그렇고 권리도 그렇고, 그런 것은 공식적인 연설을 떠나서는 지금까지 한 번도 고려의 대상이 되어본 적이 없습니다! 또 전쟁에 뛰어든 나라치고 어느 한 나라도 국민투표에 부쳐 의사를 물어본 사실이 없습니다! 여러분 모두는 내용도 모를 뿐더러 여러분 가운데 어느 누구도 거기에 부서하지 않았을 옛날의 독단적인 비밀조약의 노리개가 되어 죽음을 향해 끌려간 것입니다! …여러분은 모두가 속고 있는 것입니다! 속고 있는 프랑스인 여러분, 여러분은 독일의 침략을 막고, 야만족의 위협으로부터 문명을 지켜야 한다고 생각하고 있습니다. 속고 있는 독일인 여러분, 여러분은 독일이 포위되고 국가의 운명이 위기에 처해 있으며, 외국의 선망으로부터 여러분의 번영을 지켜야 한다고 생각하고 있습니다. 독일인이든 프랑스인이든 여러분 모두가 똑같이 속고 있으면서 이 전쟁이 '신성한 전쟁'이라고 마음속으로 믿고 있습니다. 그리고 기꺼이 애국심의 발로에 따라 국가의 '명예'를 위해, '정의의 승리'를 위해 여러분의 행복이라든가 자유라든가 목숨 따위는 희생해야 한다고 믿고 있습니다! …여러분은 속고 있습니다! 불과 며칠 사이에 파렴치한 선전이 꾸며낸 허망한 선동에 여러분 모두가 끌려 그것의 제물이 되고 있으며, 사실 아무런 위험에도 처해 있지 않은 조국이 부르자마자 서로 싸우기 위해 용감하게 출정한 것입니다! 더구나 여러분은 똑같이 자신들이 지배계급의 장난감에 지나지 않는다는 것을 모르고 있습니다! 뿐만 아니라 자신들이 그들의 책략의 도구에 지나지 않고, 또 자신들이 지배욕과 이익을 만족시키기 위해 그들이 낭비하고 있는 금전과 다를 바 없다는 것을 모르고 있습니다!

프랑스와 독일 두 정부는 그야말로 똑같은 거짓말을 하면서 교활하게 여러분을 속이고 있습니다! 지금까지 유럽의 어떤 정부도 그런 파렴치한 짓을 한다든가, 중상모략을 하기 위해 이토록 교묘한 짓을 일삼는다든가, 거짓 설명을 시사한다든가, 허위 보도를 퍼뜨린다든가, 여러분을 그들의 공범자로 끌어들이기 위해 온갖 수단을 다 써서 증오를 불러일으킨다든가 하는 따위의 일을 한 적이 없습니다! …여러분은 불과 며칠 사이에 그들이 자신들에게 요구하는 희생이 얼마나 큰 것인가를 생각할 겨를도 없이 입영해서 무장했으며 또 살상과 죽음을 향해 끌려나간 것입니다. 모든 자유를 일시에 박탈당한 것입니다! 두 나라에서 같은 날 계엄령이 내려졌습니다! 또한 두 나라에서 똑같이 무자비한 군부독재가 등장했습니다! 그 이유를 따지고 책임을 묻고 스스로 각성하고자 하는 사람에게는 화가 있을 뿐입니다! 하기야 여러분 가운데 누가 과연 그것을 할 수 있었겠습니까? 여러분은 진실을 전혀 모르고 있었습니다! 여러분이 얻는 유일한 정보는 관영통신을 통한 것 즉 '국가적 거짓말'을 통한 것이었습니다! 폐쇄된 국경 안에서 절대적인 권력을 휘두르는 그들 언론은 지금 오직 한 가지의 목소리입니다. 그리고 그런 자들에게는 여러분의 순진한 무지와 순종이 자신들의 악랄한 목적을 달성하는 데 필요한 것입니다!

여러분의 잘못이 있다면 그것은 제때에 불을 끄지 못했다는 것입니다! 여러분은 전쟁을 막을 수 있었습니다! 여러분은 평화를 사랑하는 압도적인 절대다수이면서도 이것을 결집시켜서 조직할 줄 몰랐으며, 방화범들에 대항해서 모든 계층, 모든 나라의 운동을 개시하기 위해, 또 평화를 갈구하는 여러분의 의사를 유럽 나라에 강요하기 위해 일관성 있고 결정적인 방법을 시의적절하게 쓸 줄 몰랐던 것입니다.

지금 도처에서는 무자비한 채찍질이 개개인의 양심을 침묵시켜버렸습니다. 도처에서 여러분은 눈을 가린 동물처럼 맹목적인 복종을 강요당하고 있습니다…. 일찍이 이처럼 방자한 짓, 이와 갈은 지성의 망동을 경험해본 적이 없습니다! 또한 권력이 이처럼 양식 있는 사람들에게 철저한 포기를 강요하고 이처럼 잔인하게 대중의 열망을 짓밟아버린 적도 없습니다!

자크는 입술 위로 타들어가던 담배꽁초를 받침 접시에다 비벼 껐다. 그는 역정이 난 듯한 몸짓으로 흘러내린 머리카락을 쓸어 올리고 뺨으로 흘러내리는 땀을 닦았다…. '이처럼 잔인하게 대중의 열망을 짓밟아버린 적이 없다!' 이 말의 울림은 막연한 환각 속에서, 마치 실제 눈앞에 있는 두 군대의 전선에서 자신이 큰 목소리로 외치는 것같이 그의 귓전을 때렸다. 자크는 바로 얼마 전에 자신을 열광시켰던 것과 똑같은 감격, 흥분, 자기 초월을 느끼고 있었다. 그는 어떤 집회에서 느닷없이 연단에 뛰어올라가 대중을 굽어보며 스스로 즉흥적인 자기도취에 빠져 연설을 했던 것이다.

자크는 호주머니에서 담배를 꺼냈지만 불을 붙이는 것도 잊고 다시 펜을 움직였다.

이제 여러분은 그들의 전쟁이 어떤 것인가를 알았을 것입니다! …여러분은 총알 소리, 부상자들, 죽어가는 자들의 신음 소리를 들었을 것입니다! 이제는 그들이 준비하고 있는 참혹한 대량 살상을 예감할 수 있을 것입니다! 벌써부터 여러분 대부분은 새삼 환상에서 깨어나 그토록 쉽게 속아 넘어간 것을 양심의 밑바닥으로부터 부끄럽게 생각하며 몸을 떨고 있을 것입니다! 사랑하는 사람들을 그렇게도 서둘러 버리고 왔다는 생각이 지금 여러분의 뇌리를 떠나지 않고 있을 것입니다. 여러 가지 현실에 쫓기는 여러분의 정신은 다시 깨어나고 있으며, 여러분의 두 눈은 마침내 열리고 있습니다! 이번 전쟁의 발단자인 금전의 지배 세력이 말도 되지 않는 동기에서, 어떤 정복과 주도권의 야욕에서, 여러분과는 아무런 관계가 없을뿐더러, 여러분 가운데 그 어느 누구도 결코 그 혜택을 보지 못할 어떤 물질적 이익의 추구를 위해 여러분에게 이 엄청난 희생을 강요한다는 사실을 여러분이 알게 될 때 그것은 얼마나 기가 막힌 일입니까!

여러분의 자유는 어떻게 된 것입니까? 여러분의 양심은? 인간의 존엄성은? 가정의 행복은 어떻게 된 것입니까? 국민의 한 사람으로서 마땅히 지켜야 할 하나밖에 없는 보배인 여러분의 목숨은 어떻게 되었습니까? 프랑스 정부든 독일 정부든 간에 가장 명백한 여러분의 개인적 이익에 역행해서, 여러분의 의사에 역행해서, 여러분의 선조에 역행해서, 무엇보다도 인간적이고 무엇보다도 순수하고 무엇보다도 정당한 여러분의 본능에 역행해서 여러분을 가정으로부터 빼앗고, 여러분을 일터에서 빼앗고, 여러분의 생명을 마음대로 처분할 권리를 그들이 갖고 있는 것일까요? 도대체 무엇이 그들에게 여러분의 생사를 마음대로 처분할 수 있는 그 엄청난 권한을 가져다준 것일까요? 여러분의 무지인 것입니다! 여러분의 소극적인 태도 때문인 것입니다!

정신을 차려 분발해서 반항을 한다면 지금이라도 여러분은 자유의 몸이 될 수 있습니다!

여러분이 그렇게 할 수 없다니! 포탄이 난무하고 육체적으로나 정신적으로 최악의 고통을 당하는 여러분에게는 머나먼 평화, 전쟁의 최초의 제물인 여러분도 영원히 알지 못할 그 평화를 기다린다는 것인가요? 여러분의 뒤를 따라 대거 전선으로 끌려간 여러분의 후배들, 여러분과 마찬가지로 '영광스러운' 대량 학살의 희생자인 그들이라고 해서 여러분이 모를 그 평화를 알게 되리라고 생각하십니까?

너무 늦었다고 말하지 마십시오. 그리고 이제는 굴종과 죽음만이 있다고 체념하지 마십시오! 그것은 비겁한 짓입니다!

그리고 그것은 그릇된 생각입니다!

반대로 속박을 벗어날 때가 온 것입니다! 자유, 안전, 여러분이 박탈당한 삶의 즐거움, 이 모든 것을 다시 쟁취하는 것은 오로지 여러분에게 달려 있습니다!

늦기 전에 정신을 차리십시오!

여러분은 참모본부가 이런 골육상쟁을 하루라도 더 계속 못하게 하는 방법, 매우 확실한 한 가지 방법을 갖고 있습니다. 그것은 **싸우기를 거부**하는 것입니다! 총궐기해서 반항함으로써 그들의 위력을 사정없이 꺾어버리는 것입니다.

여러분들은 할 수 있습니다!

내일이라도 할 수 있습니다!

여러분은 그것을 할 수 있습니다. 그렇다고 보복을 당할 위험은 추호도 없습니다!

그러나 그러기 위해서는 세 가지 조건, 분명한 세 가지 조건이 필요합니다. 즉 여러분의 봉기가 **급작스러워야** 하며, **모두**가 **동시에** 일어나야 합니다.

급작스러워야 한다는 것은 여러분의 지휘관들이 여러분에 대해서 예방 조치를 취할 만한 시간적 여유를 갖지 못하도록 해야 하기 때문입니다. 모두가 그리고 동시에 일어나야 하는 것은 국경을 마주 대하고 있는 두 진영에서 '동시에' 일어나 **집단행동**을 하느냐 여하에 따라 성공 여부가 결정되기 때문입니다! 만일 희생을 거부하는 자가 오십 명밖에 안 될 경우 여러분은 가차 없이 총살당할 것입니다. 그러나 그것이 오백 명, 천 명, 만 명이라면, 쌍방의 진영에서 동시에 집단으로 일어난다면, '여러분의 반항의 외침이 두 나라 군대의 이 연대에서 저 연대로 퍼져나가 마침내 수적으로 엄청난 힘을 발휘할 수 있을 때면 **어떤 억압도 불가능하게 되는 것입니다!** 그리고 여러분을 지휘하는 사령관들, 그리고 그런 사령관을 임명한 정부는 비록 가증스러운 권력 안에 안주하고 있어도 불과 몇 시간도 안 되어서 영원히 마비되고 말 것입니다!

이러한 결정적인 순간이 얼마나 엄숙한가를 여러분 모두 이해하십시오! 단번에 여러분의 독립을 되찾으려면 위의 세 가지 조건만 갖추면 됩니다. 그리고 이 세 조건 모두가 여러분에게 달려 있습니다. 여러분의 봉기가 **급격히, 만장일치로** 그리고 **동시에** 행해져야 합니다!

자크의 얼굴은 긴장되고 호흡은 가빠져서 휘파람 소리를 내는 듯했다. 그는 잠시 쓰던 것을 멈추었다. 그리고 유리로 덮인 큰 천장을 맹인 같은 눈길로 쳐다보았다. 현실의 세계는 사라져버렸다. 아무것도 눈에 들어오는 것이 없으며 아무것도 귀에 들리지 않았다. 그의 앞에는 오직 괴로운 듯한 얼굴을 향하고 있는 수많은 수난자의 모습만이 어른거렸다.

프랑스인 그리고 독일인 여러분! 여러분은 같은 사람이며, 형제 사이나 다름없습니다! 여러분의 어머니, 여러분의 아내, 여러분의 어린것들을 대신하여, 여러분에게 더할 나위 없이 고귀한 것을 대신하여, 몇 세기에 걸쳐 인간으로 하여금 그들이 정의롭고 이성적인 것이 되도록 만들고자 한 창조주의 입김을 대신하여 말씀드립니다만 이 마지막 기회를 잡아야만 합니다! 구원은 여러분 눈앞에 있습니다! 일어서십시오! 모두 일어서십시오! **늦기 전에!**

이 외침의 전단은 오늘 일제히 프랑스와 독일, 그리고 여러분의 모든 전선에 걸쳐 무수히 투하됩니다. 지금 이 순간에도 두 나라 진지에서는 수많은 프랑스인과 독일인의 마음이 여러분의 마음과 똑같이 희망에 부풀어 떨고 있으며, 수많은 주먹이 올라가고 수많은 양심이 허위와 죽음에 대항해서 삶의 승리를 쟁취하기 위해 반항하기로 결의를 굳히고 있습니다!

용기를 내십시오! 망설이지 마십시오! 조금이라도 망설인다면 여러분을 파멸로 이끌 수 있습니다! **내일 당장**에 반란을 일으켜야 합니다!

내일 해가 뜰 무렵에 프랑스인, 독일인 여러분, **모두** 한꺼번에 같은 시각에 똑같은 용맹성과 형제애를 갖고 개머리판을 거꾸로 드십시오.* 그리고 무기를 버리고 똑같은 해방의 외침을 부르짖으십시오!

일제히 일어나서 전쟁을 거부하십시오! 각국에 즉각적인 평화 수립을 요구하십시오!

내일 해가 뜨자마자 일제히 일어나십시오!

* '싸우기를 거부한다'라는 의미.

자크는 조심스럽게 펜을 잉크스탠드에 놓았다.

그는 천천히 상체를 일으키면서 테이블에서 약간 물러났다. 그는 아래로 눈을 내리깔았다. 몸의 움직임은 유연하고 조심스러우며 조용해져서 마치 참새들이 놀라는 것을 두려워하기라도 하는 듯했다. 얼굴에서 모든 긴장이 사라졌다. 마치 무엇인가를 기다리는 듯했다. 약간 괴롭긴 하지만 마음속에 두고 있던 일을 끝마친 것 같아서 마음은 한결 가라앉고, 머리가 아까처럼 심하게 때리지도 않고, 별로 고통도 느끼지 않으면서 마침내 천천히 현실 쪽으로 되돌아오는 것이었다….

자크는 몹시 흥분해서 쓴 몇 장의 종이쪽지를 기계적으로 다시 모았다. 거기에는 삭제할 곳이 한 군데도 없었다. 그는 종이쪽지를 접어 얼마 동안 그것을 만지다가 갑자기 그것을 가슴에 꼭 안았다. 그는 잠시 몸을 수그렸다. 그리고 입술을 움직이지 않고 마치 기도하는 것같이 중얼거렸다. '…세상에 평화를 가져다주어야지….'

81

프라트넬은 자크를 한 노파 집에 유숙시켰다. 노파는 스툼프라는 투사의 어머니로서 당이 얼마 전에 그녀의 아들을 임무 수행차 어디엔가로 파견했다. 자크는 바젤에 살면서 서점에서 일하는 것으로 행세했다. 프라트넬은 그에게 규정에 따른 계약서를 작성해주었다. 이렇게 해둠으로써 선전포고가 있은 뒤부터 활동이 그 어느 때보다도 적극적인 경찰이 그가 여기에 와 있는 것을 수상쩍게 여겨 문의해올 경우 그는 일자리와 주소를 댈 수 있을 것이다.

프티바젤*의 에르렌 스트라세(프라트넬이 가게를 내고 있는 그라이펜가세에서 그리 멀지 않았다.) 빈민가에 있는 스툼프 노인의 집은 금세 쓰러질 것 같은 누추한 집이었다. 자크가 빌린 방은 좁은 복도같이 되어 있으며 그 양 끝에는 낮은 창이 달려 있었다. 유리가 끼어 있지 않은 창 하나는 가운데 마당을 향해 있었다. 그리고 거기에서는 토끼장의 악취와 시큼한 야채 껍질 냄새가 올라왔다. 또 하나의 창은 거리 쪽으로 향해 있었으며, 길 건너 저쪽에는 바젤역의 석탄 설비가 보였다. 그것은 거의가 독일 점령지였다. 머리 바로 위로 손이 닿을 듯한 천장에는 햇볕에 뜨겁게 달은 기왓장이 널려 있었는데 거기에서는 가마 속 철판 같은 뜨거운 열기가 밤낮없이 발산되고 있었다.

이런 한증막 같은 곳에 갇혀서 자크는 전단을 손질하고 있다. 그리고 먹을 것이라고는 아침에 스툼프 부인이 문 앞에 놓고 가는 커피와 거위기름을 바른 빵뿐이다. 이따금 정오경에 더위가 기승을 부릴 때면 만사 제쳐놓고 나가버리기도 한다. 그러나 밖에 나가자마자 그 누추한 집이 그리워져 급히 돌아오곤 한다. 그리고 침대에 누워 땀투성이가 된 채 눈을 감고 자신의 꿈의 실마리를 다시 이어본다…. 하늘을 나는 비행기…. 메네스트렐 뒤에 자리를 잡고 자신은 몸을 구부리고 여러 묶음의 전단을 움켜쥔다. 그리고 그것을 공간에 뿌린다…. 엔진의 붕붕거리는 소리와 피의 고동이 뒤섞인다. 그는 지금 커다란 날

* 바젤시 변두리의 한 구역을 말한다.

개를 가진 새나 다름없다. 그는 이 전단을 자신의 가슴으로부터 끄집어내어 땅 위에 뿌린다…. **내일 해가 뜨자마자 일제히 일어나십시오!** 전단의 여러 부분이 정리되어간다. 문장이 차츰 형성되어간다. 이제는 암기해버렸다. 침대에 누워 가만히 천정을 올려다보면서 끊임없이 그것을 암송해본다. 가끔 벌떡 일어나 앉아 테이블로 달려가 한 단락을 다시 손질하거나 한 단어의 위치를 옮긴다. 그러고는 침대에 돌아와 다시 눕는다. 주위의 초라한 장식쯤은 별로 안중에도 없다. 그는 자신의 비전 속에서 살고 있다…. 반란이 점점 가까워온다고 생각한다…. 지휘소에서는 장교들이 몰려들고 있으며 부관들이 미친 듯이 날뛴다. 사령부와의 통신 연락도 끊겼다. 아무리 억압해도 소용없다. 각국 정부가 지금이라도 체면을 유지하고자 한다면 한 가지 길밖에 없다. 급히 휴전협정을 맺는 일이다….

그의 집념은 그를 괴롭히면서도 힘을 북돋아준다, 커피와도 같이. 그는 지금 이 두 가지 가운데 어느 한쪽이 없어도 견딜 수 없다. 어떤 절박한 일이 생겨서, 가령 잠시 서점에 들른다든가, 층계참에서 스튬프 부인을 한번 만난다든가 해서 잠시라도 자신의 꿈에서 벗어나기만 해도 그는 마음이 정말 불안해져 약에 중독된 환자처럼 황급히 고독 속으로 되돌아오곤 한다. 그러면 곧 마음의 안정을 되찾는다. 그것은 단순한 평온이 아니고 행복한 활기에 넘친 일종의 흥분과도 같은 것이다. …이따금 손이 떨려와서 쓰던 것을 멈추거나 혹은 벽에 걸린 거울 조각 속에서 땀으로 번질거리는 자신의 얼굴, 푹 팬 두 뺨, 노쇠한 듯한 자신의 눈길을 발견할 때 그는 난생처음 자신이 병들어 있다는 것을 알게 되곤 한다. 그런 생각을 하면서 그는 미소 짓는다.

지금 이 시점에서 그것이 무슨 상관이 있단 말인가? …그는 찌는 듯한 더위 때문에 잠을 이룰 수가 없는 밤에는 십 분마다 일어나서 대야에 물수건을 담가 타는 듯한 자신의 몸을 식힌 다음 느긋하게 천창天窓에 가 있곤 한다. 천창은 '지옥'을 향해 열려 있다. 석탄 설비의 소음 속에서 많은 무리의 철도 종업원들이 아크등 불빛 아래에서 움직이고 있다. 더 멀리 줄지어 있는 창고의 어둠 속에는 트럭이 흔들거리고, 광차가 서로 부딪치며 무수한 빛을 사방으로 비추고 있다. 좀 더 멀리 반짝거리는 철로 위에는 끝없는 수송 열차가 전쟁 중인 독일의 어둠 속으로 빠져들어가기 전에 기적을 울리면서 조작 중에 있다. 자크는 자신도 모르게 미소를 지었다. 자신만이 알고 있다. 이런 모든 소요가 헛된 짓이라는 것을 자신만이 알고 있다…. 해방의 날이 멀지 않다…. 벌써 전단도 썼다. 카펠이 그것을 독일어로 번역할 것이다. 프라트넬이 백이십만 장을 찍을 것이다…. 취리히에서 메네스트렐이 비행기를 마련한다…. 아직 며칠 남아 있다! **내일 해가 뜨자마자 일제히 일어나십시오**….

사십팔 시간의 끈질긴 작업 끝에 자크는 마침내 자신의 원고를 인쇄에 맡기기로 했다. "토요일까지는 끝내야 한다"라고 메네스트렐이 말했지….

프라트넬은 주위에 종이 뭉치가 산더미처럼 쌓여 있고, 입구에는 몰스킨으로 된 이중문이 있으며, 아침인데도 덧문이 모두 닫혀 있는 그의 서점 뒷방에 있었다. (그는 사십 세가량 되어 보이며 키가 작고 생김새가 추하며 건강도 좋지 않은 남자이다. 위가 나빠서 입에서 악취가 난다. 새가슴처럼 불룩 나온 가습이며, 완전히 벗겨진 머리며, 가느다란 목이며, 튀어나온 매부리코가 독수리를 연상케 한다. 툭 튀어나온 코는 몸을 앞으로 내밀어 몸의 중심을 잃은 것 같아 보이게 한다. 이런 것은 프라트넬 자신에게도 줄곧 불안정감을 안겨다주고, 그가 거북해하는 그런 모습은 곧 상대편에게도 전달되곤 한다. 그의 이런 추한 모습을 늘 대하다 보면 순박한 눈길, 친근감을 느끼게 하는 미소, 좀 느릿느릿하면서 상대편의 말에 쉽게 감동하는 부드러운 목소리, 그리고 여차하면 언제나 우정을 바칠 것처럼 소곤대는 그런 목소리의 소유자라는 것을 알게 된다. 그러나 자크에게는 지금 새 친구 같은 것은 필요 없다. 그에게는 이제 아무도 필요치 않다.)

프라트넬은 실의에 빠진 것 같다. 지금 바로 독일 의회에서 전쟁 예산이 가결됐다는 확실한 정보를 사회민주당의 소수파 의원으로부터 받았기 때문이다.

"프랑스 사회당 의원이 의회에서 찬성투표를 했다는 사실 자체가 벌써 크나큰 충격이야" 하며 그는 분노에 차 떨리는 목소리로 털어놓았다. "여하튼 조레스의 암살 뒤 다소는 예측했던 일이지만…. 그러나 독일 놈들이! 유럽에서 최대의 프롤레타리아 세력인 우리의 사회민주당이! …투사로서의 나의 생애를 통해서 가장 견디기 어려운 충격이야! …나는 처음부터 관보를 믿으려고 하지 않았어. 나는 사회민주당원 모두가 제국주의 정부에 대한 공공연한 비난을 가할 것으로 믿었어. 통신사의 기사를 읽었을 때 나는 웃지 않을 수 없었어! 당치도 않은 거짓말, 책략의 냄새를 풍기고 있었으니까! 나는 '내일이면 취소될 것이다!'라고 생각했던 거야. 그런데 이 꼴이 되고 말았으니. 일이 이쯤 되고 보면 꼼짝없이 굴복하는 수밖에. 모든 게 명확해, 이상할 정도로 명확해! …어떤 간계로 인해서 일이 이렇게 되었는지 나는 아직도 모르겠어. 어쩌면 영원히 진실을 알 수 없을지도 몰라…. 레이어에 따르면 베트만홀베크가 29일에 쥐데쿰을 불러 사회민주당의 반대를 중지시켰다는 거야…."

"29일?" 하고 자크가 반문했다. "그렇지만 29일에는 하제가 브뤼셀에서 연설했는데! …나도 거기에 있었어! 그 연설도 들었고!"

"그럴 수도 있지. 레이어에 따르면 독일 대표가 베를린으로 돌아왔을 때는 이미 지도위원회가 소집되고 굴복한다는 것이 정해져 있었다는 거야. 즉 카이저는 동원령을 내려도 좋다는 것, 반란이나 총파업 따위는 없을 거라는 것을 알고 있었다는 거야! …의회의 투표 전에 비밀회의에서 당의 집회도 가졌을 거야. 그런데 조용히 진행되지는 않은 것이 틀림없어! 나는 아직 리프크네히트, 르데부르, 메링, 클라라 체트킨, 로자 룩셈부르크 같은 사람들을 의심할 생각은 없어! 다만 그들은 소수였음이 틀림없어. 그래서 배신자들에게 굴복할 수밖에 없었던 거야…. 그러나 사실은 사실이야. 그들은 전쟁을 **가결**했어! 삼십 년의 노력, 삼십 년의 투쟁, 긴 세월에 걸쳐 어렵게 쟁취한 것을 한 번의 투표로 날려버린 거야! 사회민주당은 하루 만에 프롤레타리아 세계로부터 영원히 신망을 잃은 거야…. 적어도 두마*에서는 러시아 사회주의자들이 차리즘에 대항했어! 그들은 모두 전쟁 반대를 투표로 가결했어! 세르비아에서도 마찬가지

* 러시아 의회를 말한다.

였고! 나는 두샨 포포비치의 편지 복사를 보았어. 세르비아 사회주의자들의 반대는 요지부동이었다는 거야! 국토방위를 위한 애국심이 그런대로 명분을 갖고 있는 유일한 나라지! …영국에서도 저항은 집요했어. 키어 하디는 꿋꿋하게 버텼어. 여기 최근의 **인디펜던트 레이버 파티***가 있어. 어쨌든 이 모두가 용기를 북돋우는 일이 아니겠나? 절망해서는 안 되네. 조금씩 우리의 목소리를 들려주어야 해. 우리 모두의 입을 틀어막을 수는 없을 거야…. 무슨 수를 써서라도 저항하는 거야! 인터내셔널은 재기할 거야! 그런 날에는 인터내셔널이 신뢰를 받았는데도 불구하고 제국주의적 독재에 형편없이 굴복한 자들에게 그 책임을 묻게 될 거야!"

자크는 그가 말하는 것을 듣고만 있었다. 그는 상대에 대한 예의 때문에 찬성의 뜻을 표했다. 그는 자기가 파리에서 본 것을 생각하며 이제는 어떤 배신에도 놀라지 않았다.

자크는 테이블 위에 흩어져 있는 몇 장의 신문을 들고 큰 표제를 읽었다. **독일 병력 십만이 리에주를 향해 진군하고 있다… 영국은 육해군을 동원하다… 니콜라이공이 러시아 총사령관에 임명되다… 이탈리아가 중립을 공식 발표… 알자스에서 프랑스군의 결정적인 공격.**

알자스에서…. 자크는 신문을 밀어 놓았다. 알자스에서 공격…. **여러분은 이제 전쟁이 어떤 것인가를 알았습니다! 여러분은 총알이 난무하는 소리를 들었습니다…** 그는 지금 자신의 고독한 흥분을 방해하는 그 어떤 것도 참을 수 없었다. 한시라도 빨리 여

* 영어로 '독립 노동당'이란 뜻.

기를 나가 밖에 있고 싶었다.

프라트넬이 조판을 시작하기 위해 원고를 손에 들자마자 부랴부랴 뛰쳐나갔다.

바젤은 자크가 한가로이 거닐 수 있는 장소를 제공해주었다. 바젤, 웅장한 라인강이 흐르고 있고, 광장과 여러 공원이 보인다. 그늘과 빛, 타는 듯한 더위와 서늘함이 대조를 보이고 있는 바젤. 자크가 땀에 젖은 손을 담그고 있는 생수가 솟아나고 있는 샘…. 8월의 태양이 하늘을 뜨겁게 달구고 있다. 아스팔트 도로에서는 역한 냄새가 올라오고 있다. 자크는 좁은 길을 지나 성당 쪽으로 올라갔다. 뮌스터 광장은 텅 비어 있다. 자동차도 통행인도 전혀 눈에 띄지 않았다…. 1912년의 바젤회의! … 성당은 닫혀 있는 것 같다. 붉은 사암砂巖은 옛날 토기와 같은 색채를 보이고 있다. 낡은 테라코타로 된 성골함은 웅대하고 조용한 모습으로 햇빛에 내던져진 것 같다.

여기 라인강이 내려다보이는 언덕 위, 성당의 뒤편 그늘과 강의 흐름 덕분에 서늘한 바람이 통하는 마로니에 나무 그늘 밑에 자크가 홀로 있다. 아래쪽 숲에 가려진 수영 강습소에서는 이따금 유쾌한 소리가 들려온다. 자크만이 산비둘기의 친구가 되고 있다. 잠시 날개를 치며 날아가는 산비둘기를 눈으로 좇는다. 그렇다. 바젤에 오기 전까지는 이렇게 처절하게 고독을 느껴본 적이 없다. 그는 완벽한 고독의 존귀함과 그 위력을 취한 듯이 음미하고 있다. 모든 일을 끝낼 때까지 이런 고독에서 벗어나고 싶지 않은 것이 지금 그의 심정이다…. 갑자기 아무런 이유도 없이 이렇게 생각한다. '나는 다만 절망감에서 이렇게 행동하고 있다. 나는 다만 기분풀이로 이렇게 행동하고 있다…. 나는 전쟁을 막지 못할 것이다…. 나 자신 이외에는 아무도, 아무도 구출하지 못할 것이다…. 그러나 할 일을 끝마치면 달아나야지!' 자크는 무서운 생각을 떨쳐버리기 위해 일어났다. 그는 주먹을 불끈 쥐었다. '다른 모든 사람들과는 달리 옳게 행동해야 한다! 그리고 죽음 속으로 도망치는 거다…'

불그스레한 난간 너머로 다리와 다리 사이에 라인강이 만들고 있는 곡선 저편, 종탑과 프티바젤의 공장 굴뚝 저쪽, 더운 안개에 쌓인 저 풍요롭고 숲이 많은 지평 전체가 독일, 지금의 독일, 동원령이 내려진 독일, 총검 소리가 이미 지축까지 흔들고 있는 독일이다. 자크는 서쪽 국경선이 라인강과 맞닿는 곳, 이쪽 스위스의 높다란 둑에서 돌을 던져도 거의 가서 떨어지게 될 독일 영토인 그 강변, 그 평야에까지 가보고 싶은 생각이 들었다.

자크는 생 알반 동네를 빠져나가 교외로 나왔다. 태양은 가차 없이 내리쬐면서 하늘 저쪽에 천천히 솟아오르고 있다. 잘 가꾸어진 울타리에 쌓여 푸른 잎으로 지붕이 덮인 정자며, 그 속의 그네며, 잔디밭을 적시는 분무기며, 꽃무늬가 있는 식탁보에 덮인 흰 테이블 등이 놓인 여러 채의 별장을 볼 때 열화에 휩싸여 있는 유럽인데도 불구하고 아직 평온함을 유지한 채 보호받고 있는 구석이 있다는 것을 알 수 있다. 그런데 비르스펠덴에서 그는 군가를 부르며 숲에서 내려오고 있는 훈련복 차림의 스위스병 대대와 마주쳤다.

라하르트 숲은 오른쪽 언덕 중턱에 있다. 라인강과 나란히 나 있는 길고 좁은 길은 어린 나무들이 빽빽이 들어선 숲을 가로질러 뻗어 있다. **발트하우스**라고 적혀 있는 표지판이 눈에 띄었다. 왼쪽으로는 나무 사이를 통해 양지바른 녹색의 벌판이 펼쳐지며, 그 가운데로 꾸불꾸불한 라인강이 흐르고 있다. 이런 풍경과는 대조적으로 오른쪽에는 숲이 우거지고 나무가 많은 험하고 가파른 산이 우뚝 솟아 있다. 자크는 아무 생각도 하지 않고 천천히 걸어갔다. 며칠 동안 갇혀 있던 생활 뒤에 이렇게 햇볕을 쬐며 집 사이를 걸어서인지 나무 그늘이 말할 수 없이 마음을 가라앉히는 것 같았다. 산기슭 언덕 위, 숲에 얹혀 있는 흰 건물 하나가 녹음 사이로 보였다. '저곳이 **발트하우스**임에 틀림없다.' 하고 자크는 생각했다. 샛길 하나가 비스듬히 둑까지 나 있다. 물 가까이에 있어서인지 잣나무 그늘이 한결 시원하다. 자크는 돌연 라인강 강가로 나왔다.

독일이 저기 있다. 오직 이 물과 빛나는 물줄기에 의해 갈라져 있을 뿐이다.

독일 쪽은 삭막하다. 앞에 보이는 모래사장에는 낚시꾼 하나 보이지 않는다. 사과밭에도 한 사람의 경작자조차 보이지 않는다. 사과밭은 지평선을 가로막고 있는 언덕 아래에 종탑을 중심으로 그 주위에 모여 있는 붉은 지붕의 작은 마을과 강 사이로 뻗어 있다. 그러나 자크는 물가에, 경사가 진 가시덤불 속에 삼색의 오막살이 집 지붕이 숨겨져 있는 것을 알아볼 수 있다. 보초의 파수막인가? 아니면 국민병의 초소? 아니면 세관원 사무실?…

자크는 여러 가지 아리송한 표적을 담고 있는 이 풍경에서 눈을 뗄 수가 없다. 두 손을 호주머니에 찔러 넣고 축축한 땅 위에 우뚝 선 채 그는 독일과 그리고 유럽을 바라보고 있다. 그에게는 이러한 역사적인 강변에 홀로 서서 세상과 자신의 운명에 대해 눈을 크게 뜨고 있는 이 순간만큼 차분하고 머리가 맑으며 또 의식이 명석해져 본 적이 지금까지 한 번도 없었다. 언젠가는, 언젠가는 올 것이다! …마음이 서로 일치해서 고동치는 날이 올 것이다. 인간의 평등이 인간의 존엄성과 정의로움 속에서 이루어지는 날이 올 것이다…. 동포애의 시대가 열리기까지 인류는 이러한 증오와 폭력의 시기를 어쩌면 거쳐야 할지 모른다…. 자신에게는 이제 기다릴 시간이 없다. 지금 자신을 송두리째 내던져야만 하는 인생의 시점에 와 있는 것이다. 지금까지 자신의 몸을 바쳐본 적이, 송두리째 바쳐본 적이 있는가? 어떤 사상을 위해, 어떤 친구를 위해, 어떤 연인을 위해 몸을 바쳐본 적이 있는가? …없다. …혁명적 사상을 위해서도 그러지 못했고, 제니를 위해서도 그러지 못했다! 자신을 송두리째 바칠 수 있을 때도 자신의 소중한 부분은 언제나 제외시켜 왔다. 자신에게서 버릴 만한 부분이 있으면 그것을 인색하게 골라서 버리는 소심한 아마추어로서 인생을 살아왔다. 지금에 와서야 자기 자신의 전부를 어디에 소멸시켜야 하는지를 알게 된 것이다…. 이제 마음속에서는 자신의 몸을 희생하겠다는 생각이 불꽃처럼 타오르고 있다. 끊임없이 절망 속에서 헤매며, 매일같이 모든 것을 포기하고 싶은 생각과 싸우면서 살아야만 하던 시기도 이제는 끝났다! 스스로 죽음을 받아들이는 것은 스스로를 포기하는 것과는 다르다. 이것이야말로 하나의 운명에 꽃을 피우는 것이다!

수풀 속에서 사람의 발소리가 들려 자크는 무심코 돌아보았다. 검은 옷을 입은 나무꾼 부부이다. 남자는 허리춤에 낫도끼를 끼고 있다. 여자는 두 손에 바구니를 하나씩 들고 있다. 두 사람 모두 스위스 농부 같은 근엄한 얼굴, 꼭 다문 입, 불안한 듯한 눈초리를 하고 있는 것이 인생은 산책로가 아니라는 것을 굳게 믿고 있는 것 같다. 둘 다 이런 소관목 속에 몸을 반쯤 숨기고 **그쪽** 동태를 유심히 살피고 있는 낯선 남자를 만난 것이 뜻밖인지 경계하는 눈초리로 이쪽을 살피고 있다.

너무 국경 가까이까지 온 것이 잘못이다. 강기슭에는 어쩌면 세관 관리의 순찰대나 척후대가 있을지 모른다…. 자크는 급히 길을 되돌아왔다. 그리고 큰길로 나오기 위해 잡목림을 가로질러 내달았다.

같은 날 저녁 무렵 자크는 카펠이 지정한 장소에 나갔다.

"밖에서 기다려 줘." 하고 카펠이 말했다. "지금 재진찰 시간이어서 과장님이 안 계셔. 십 분 뒤에 다시 올게."

소아병원은 프티바젤의 강변에 자리 잡고 있다. 담쟁이 덩굴로 산울타리를 친 좁은 마당이 사층 건물을 둘러싸고 있다. 각 층마다 요양소처럼 테라스가 달려 있는데 거기에는 병든 아이들의 침대가 해가 쬐는 쪽을 향해 줄지어 있다. 나무가 우거진 숲 그늘에는 흰 의자가 몇 개 놓여 있다. 자크는 거기에 가서 앉았다. 얼마나 한가롭고 얼마나 조용한가…. 그 정적을 깨는 것은 새소리와 좀 더 멀리 자크가 나뭇가지 사이로 보고 있는 어린 환자들의 재잘거리는 소리뿐이다. 이따금 간호사가 곁에 가면 어린 환자는 나약한 상체를 일으키곤 한다.

조약돌 위를 급히 걸어오는 발소리가 들렸다. 카펠이다. 가운도 걸치지 않고 안경도 끼지 않은 채 헐렁헐렁한 셔츠와 리넨 바지만을 입은 그의 모습은 장난꾸러기 같아 보였다. 머리카락은 멋진 금발이며 볼이 조금 패고 피부는 부드럽고 매끈매끈하다. 그러나 놀라운 것은 그의 이마이다. 주름이 팬 이마는 마치 노인의 이마 같다. 그리고 황금색 속눈썹에 가려진 금속성의 푸른빛을 띤 눈도 그 성숙함을 통해 사람을 놀라게 한다.

카펠은 독일 사람이다. 그는 이곳 바젤에서 의학 공부를 계속하고 있다. 그러면서 독일에 되돌아갈 생각도 안 하고 있다. 낮에는 Kinderspital*에서 웨브 교수와 함께 일한다. 초저녁부터 밤까지는 혁명을 위해 열성적으로 투쟁한다. 서점 단골이라는 인연 때문에 프라트넬은 그에게 오후 시간에 독일어 번역을 부탁했다. 그는 자크의 계획에 대해서는 아무것도 모르고 있다. 따라서 아무런 질문도 하지 않았다.

카펠은 호주머니에서 고딕체의 가늘고 뾰족한 글씨로 쓰인 네 페이지 정도의 종이를 꺼냈다. 자크는 그 종이쪽지를 빼앗다시피해서 손에 들고 매만지면서 살펴보았다. 그의 손끝은 떨리고 있다. 이 독일인에게 자신을 짓누르고 있는 그 목적을 들려주고 털어놓아야 할까?… 안 된다. 심정을 토로하고 우정을 나눌 때가 아니다. 자신에게 남아 있는 이 며칠을 강자답게 고독에 파묻혀 있는 도리밖에 없다. 그는 종이를 잡고 간단히 말했다.

"고마워."

카펠은 벌써 조심스럽게 화제를 바꾸었다. 그는 호주머니에서 한 장의 신문을 꺼냈다.

* '소아병원'이라는 뜻.

"이것 봐, 여기 이런 것이 나 있어. **아카데미 데 시앙스 모랄*에서 현 위원장인 앙리 베르그송 씨가 벨기에의 통신회원들에게 경의를 표하는 발언을 했다.** 그가 말하기를, **독일과 싸우는 이번 전쟁은 그야말로 문명이 야만과 싸우는 전쟁이다**…. 베르그송이!…"

이렇게 말하면서 그는 멀리서 나는 소리에 귀를 기울이기라도 하는 것처럼 갑자기 하던 말을 중단했다.

"바보 같은 소리야…. 자네는 그렇게 생각하지 않나? 나는 하루에도 몇 번이나—특히 저녁때와 밤에—무엇인가 쿵 하고 부딪치는 듯한 소리를 듣는 것 같아…. 엘자스**에서의 포성 같은 것 말이야…"

자크는 눈을 돌렸다. 알자스에서… 그렇다. 거기에서는 벌써 대량 학살이 시작된 것이다…. 무언가 새로운 생각이 머리에 떠올랐다. 수많은 무고한 희생자들이 영문도 모르고, 타의에 의해 희생을 강요당하고 있는 이 순간에 자신은 그래도 자신의 운명을 지배하고 있고, 자신의 죽음을 스스로 택했다는 것에 대해 긍지를 느끼고 있다. 이러한 죽음이야말로 신념에 따른 행위이자 최후의 항의일 것이며, 또한 부조리한 세상에 대한 최후의 반항이나 다름없을 것이다. 이것은 깊이 생각한 끝에 계획한 일이므로 자신의 흔적을 남길 것이며, 자신이 거기에 부여하려고 했던 정확한 의미를 충분히 발휘하게 될 것이다.

카펠은 잠시 말을 중단했다가 다시 시작했다.

* '정신과학 학술원'을 말한다.

** 알자스 지방을 독일식으로 발음한 것이다.

"어렸을 때 나는 라이프치히에 있었는데 그때 우리는 바로 구치소 근처에서 살고 있었어. 어느 겨울날 저녁때—마침 눈이 오고 있었어—동네에 소문이 나돌길 사형 집행인이 왔는데 새벽에 사형 집행이 있을 거라는 거야. 지금도 기억하고 있어. 나는 아무 말도 하지 않고 야음을 틈타 빵소니를 쳤던 거야. 밤도 깊었어. 눈도 꽤 쌓여 있었고, 밖에는 사람의 그림자조차 얼씬거리지 않았어. 광장 근처에는 소름이 끼칠 정도로 조용했어. 나는 혼자서 몇 번이나 구치소 근처를 서성거렸지. 집에 돌아갈 수 없었어. 나는 이런 생각을 머리에서 떨쳐버릴 수가 없었어. 저기 벽 다른 한쪽에 한 사람이 있다. 다른 인간들이 사형 선고를 내린 사람인데, 자신도 알고 있으면서 사형을 기다리고 있는 사람…."

몇 시간 뒤에 자크는 싸구려 시가 연기가 자욱한 카페할레* 구석, 싸늘한 도자기 난로에 등을 기댄 채 밀크 커피 찻잔에 빵을 담가 먹으면서 생각에 잠겨 있다. 거미줄 끝에 매달린 거미같이 천장에 달려 있는 갓 없는 전등불이 눈을 부시게 하고 온통 정신을 빼앗으면서 그를 혼자의 세계로 끌어들였다.

프라트넬은 그를 저녁 식사에 잡아두려고 했다. 그러나 자크는 피곤하다는 구실로 선전 전단의 교정을 급히 본 뒤 도망치다시피 부랴부랴 그곳을 빠져나왔다. 그는 프라트넬에게 호감을 갖고 있으면서도 그런 감정을 그에게 좀 더 확실하게 보여주지 못하는 자신을 원망했다. 그러나 진부한 이야기로 꽉 찬

* 독일어로 '카페'라는 뜻.

혁명에 관한 그의 수다며 상대를 바라보는 그 집요한 눈길이며 상대의 팔 위에 손톱이 긴 손을 줄곧 올려놓는 버릇이며 또 보기 흉한 가슴 위로 턱을 느닷없이 수그리는가 하면 자신의 속마음을 털어놓는 음모자처럼 아주 낮은 목소리로 말을 얼버무리는 수법, 그 모든 것이 자크를 몹시 짜증 나게 하고 정신적으로 견딜 수 없게 했다.

그러나 여기에 있으면 마음이 아주 편하다. 카페할레는 음산하고 초라하며, 식탁보도 놓여 있지 않은 커다란 식탁은 나무도 낡고 칠도 벗겨져 있어서 마치 호밀빵 색감과 감촉을 느끼게 하는 그런 곳이다. 여기서는 호배추를 곁들인 소시지라든가 수프라든가 둥그스름하게 자른 빵 조각 같은 것을 지극히 싼값으로 먹을 수 있다. 조용하지는 않지만 자크는 여기에서 고독을 찾을 수가 있다. 잡다한 무리 속에서 그 어느 누구도 눈치채지 못하는 고독이다.

카페할레는 늘 대만원이다. 여기에 와서 진을 치고 있는 손님들이란 기이한 무리들로서 세상을 등진 사람들, 독신자, 떠돌이 신세를 면치 못하는 인간들이다. 손님들 가운데는 단골로 드나들면서 시끄럽게 구는 학생들도 있는데 그들은 여자 종업원들의 이름도 모두 알고 있다. 그들은 오늘 저녁 신문의 지급편에 관해 이러쿵저러쿵 떠들어대는가 하면 칸트며 전쟁이며 세균학이며 동물기계론이며 매춘 행위 등에 관해서 번갈아 토론을 벌이고 있다. 또한 상점의 종업원이라든가, 사무실에 근무하는 직원들도 보인다. 그들은 단정한 옷차림으로 말수가 적으며, 반半부르주아적인 조심성을 부담스럽게 여기면서도 그것을 극복하지 못하고 서로를 경원하는 그런 사람들이다. 다른 한편에는 몸이 허약해 보이며 분류하기에 좀 힘든 패거리들, 실직 노동자들, 아직 요오드포름 냄새를 풍기고 있고, 병원에서 퇴원한 듯한 회복기의 환자 같은 패거리들, 문 가까이에 자리를 잡고 얌전히 무릎을 고이고 그 위에 조율사의 도구 주머니를 놓고 있는 맹인 같은 불구자들도 있다. 카운터 앞에 있는 둥근 테이블에는 구세군 여자 셋이서 저녁 식사를 하고 있다. 야채만 먹고 있으며, 앞 챙이 둥그스름한 모자를 쓰고 무엇인가 경건한 속내 이야기를 서로 소곤거리고 있다. 그 밖에 표류물처럼 정처 없이 떠돌아다니는 무리들, 어떤 괴로움과 범죄, 또는 어떤 불운의 파도에 휩쓸려 여기까지 왔는지 알 수 없는 녀석들, 하지만 여기 이렇게 앉아 있는 것만으로도 다행스럽게 여기며 감히 눈을 치켜들 생각도 하지 않고 등을 구부린 채 쓰라린 과거를 생각하면서 수저로 수프를 뜨기 전에 우선 그 속에다 빵을 한참 동안 넣어두는 그런 손님들도 있다. 마침 그들 가운데 한 사람이 자크 정면에 와서 앉았다. 순간 둘의 눈이 마주쳤다. 자크는 그 남자의 눈길에서 모든 무법자들이 암호문처럼 슬쩍 암시하는 듯한 어렴풋한 빛을 얼핏 감지했다. 그것은 안테나 끝에서 나누는 지극히 친근하고 수수께끼 같은 감정의 교환, 번개처럼 짧고 언제나 똑같은 질문이다. '그런데 자네는? 자네도 역시 부적격자, 반항자, 쫓기는 자인가?'

한 젊은 여인이 문지방에 나타나 홀 안으로 성큼성큼 걸어 들어온다. 늘씬한 몸매에 가벼운 발걸음이다. 검은 투피스를 입고 있다. 여인은 누군가를 찾고 있는 눈치였으나 상대가 눈에 띄지 않는 모양이다.

자크는 고개를 수그렸다. 별안간 가슴이 답답해왔다. 그는 돌연 자리에서 일어나 도망쳐 나왔다.

제니… 지금쯤 어디에 있을까? 자기가 없는 제니, 프랑스 국경에서 보낸 지극히 간단한 엽서 이외에는 아무런 기별을 받지 못한 제니는 어떻게 지내고 있을까? 자크는 이렇게 열정적인 충동, 제니가 보고 싶은 충동이 문득 일 때마다 그녀를 자주 생각하곤 한다. 그리고 잠 못 이루는 밤마다 그녀를 미친 듯이 껴안고는 한다. …그녀에게는 자기가 필요할 것이라는 생각, 자기에게서 버림받은 그녀의 장래가 불확실하다는 생각을 하면 그는 못 견디게 가슴이 아파온다. 그렇다고 그런 일에 크게 마음을 두고 있는 것은 아니다. 실은 그녀를 위해 생명을 유지하고 싶다는 생각은 추호도 가져본 적이 없다. 그는 자신의 사랑을 희생하는 것이 배신이라고는 생각하지 않는다. 곧, 제니가 사랑해준 당사자인 자기 자신에게 충실할수록 오히려 자기의 사랑에도 충실한 것이라고 생각한다.

밖에는 밤이 깃들이고, 거리는 적막에 쌓였다. 그는 정처 없이 거의 뛰다시피 걸었다. 걸어가면서 그의 입에서는 은은하고 남성적인 노래가 흘러나왔다. 이제는 제니의 생각도 떠오르지 않았다. 그는 이제 누구의 손길도 닿지 않는 곳에 와 있다. 그의 마음속에는 지금 격렬하고 사람을 순수하게 만드는 영웅적인 흥분만이 끓고 있을 뿐이다.

82

매일 자크가 무엇보다 마음을 쓰고 있는 것은 메네스트렐에게서 받은 지시 사항 중 하나를 따르는 것이다. **매일 아침 여덟시와 아홉시 사이에 융스트라스 3번지 앞을 지나갈 것. 창에 붉은 천이 걸려 있는 날 흘츠 부인을 청해 '빈방이 있다고 해서 찾아왔는데요'라고 말할 것.**

8월 9일 일요일 여덟시 반쯤 엘세제르 슈트라스와 융스트라스 모퉁이를 지나던 그는 순간 심장이 멎는 것 같았다. 3번지 발코니에 마른 빨래가 널려 있다. 그리고 식탁보, 수건 사이에 눈에 잘 띄게 붉은 무명이 걸려 있는 것이 아닌가!

이 주변 동네의 거리에는 작은 집들이 늘어서 있는데, 집과 길 사이에는 정원이 있다. 자크가 3번지의 낮은 계단을 올라가려고 할 때 문이 저절로 열렸다. 현관의 어슴푸레한 빛 속에서 밝은색의 블라우스에 소매를 걷어 올린 금발의 여인이 나타났다.

"마담, 흘츠?"

그녀는 대답도 하지 않고 그를 들여보낸 다음 문을 닫았다. 복도는 좁은 현관처럼 되어 있는데 문이란 문은 모두 닫혀 있어서 꽤 어두웠다.

"빈방이 있다고 해서 찾아왔는데요…."

그 여인은 재빠르게 블라우스 안에 두 손가락을 넣더니 무엇인가를 꺼내 그에게 내밀었다. 전서구傳書鳩에게 주는 것 같은 반투명의 얇은 용지를 둘둘 만 것이다. 자크는 그것을 호주머니 안에 넣으면서 그 종이에서 잠시 여인의 살의 온기를 느낄 수 있었다.

"미안합니다만 잘못 아셨어요." 하고 여인은 큰 소리로 말했다.

그와 동시에 여인은 다시 낮은 층계 쪽으로 나 있는 문을 열어주었다. 자크는 여인의 눈길을 찾았으나 여인은 눈을 아래로 내리깔고 있었다. 그는 목례를 하고 밖으로 나왔다. 그러자 곧 문이 닫혔다.

몇분 뒤 자크는 프라트넬과 같이 현상 접시 위로 몸을 구부리고 전갈을 해독하고 있다.

> 알자스에서의 작전에 관한 정보에 의하면 즉시 행동에 옮길 필요가 있다. 비행은 10일 월요일로 결정한다. 새벽 네시에 출발, 일요일부터 월요일까지 야음을 이용해 전단을 디팅겐 북동 고지에 보낼 것. 프랑스 참모본부 발행의 국경지도를 참고할 것. Burg의 G와 Ditting의 D 사에에 직선을 그을 것. 회합 지점은 G와 D와 같은 거리에 있는 곳, 비포장 도로가 내려다보이는 엄폐물이 없는 고원 지대. 동이 트자마자 비행기를 살필 것. 가능하면 착륙에 이상이 없도록 하기 위해 지상에 흰 천을 펼쳐놓을 것. 연료 오십 리터를 가져올 것.

"오늘 밤이다…." 하고 자크는 프라트넬 쪽을 돌아보며 중얼거렸다. 그의 얼굴에는 오로지 흥분의 빛만이 나타나 있다.

프라트넬은 선천적으로 음모자 기질을 타고난 사람이다. 일찍부터 서적상으로 잔뼈가 굵은 이 병약자는 일당을 거느리기에 알맞은 풍부한 상상력과 재빠른 결단력을 갖고 있다. 천성적으로 위험과 모험을 즐기는 그의 성격 때문에 혁명당을 위한 그의 헌신은 확고한 신념 못지않게 언제나 중요시되어 왔다.

"그 점에 관해서는 이틀 동안 충분히 생각해보았어." 하고 프라트넬은 즉시 말했다. "우리가 결정한 것을 하는 것으로 만족해야 해. 나머지는 실행뿐이야. 나에게 맡겨. 자네는 될 수 있는 대로 표면에 나타나지 않는 것이 좋아."

"하지만 소형 트럭은? 오늘 밤 안에 댈 수 있을까? 그리고 운전기사는? …카펠에게는 누가 알리러 가지? 전단을 급히 비행기까지 운반하려면 여러 사람이 필요할 텐데…."

"나에게 맡겨" 하고 프라트넬이 되풀이했다. "결정대로 모두 준비해놓을 테니까."

그건 그렇다. 만일 자크가 자기 혼자 모든 것을 해야만 했다면 프라트넬과 똑같이 앞장서서 필요한 일을 했을 것이다. 그런데 며칠 동안 홀로 있으면서 활동도 하지 않은 데다가 육체적으로 지쳐 있는 지금의 자크의 입장으로서는 프라트넬에게 전적으로 일임하는 것이 오히려 편했다.

벌써 프라트넬은 세부 사항을 모두 미리 정해놓았다. 그는 자기 지역의 투사들 가운데서 믿을 수 있는 폴란드 태생의 자동차 정비공장 주인을 한 사람 알고 있다. 그는 그를 만나기 위해 자전거에 올라탔다. 자크는 가게 뒷방에, 아직도 메네스트렐의 지시 사항이 떠 있는 작은 현상통을 지키며 혼자 있기로 했다.

기다리는 동안 자크는 꼼짝도 하지 않았다. 그는 프라트넬에게 부탁해서 얻은 참모본부의 지도를 무릎 위에 펴놓고 부르그와 디팅겐을 찾았다. 그러나 모든 것이 뒤죽박죽이 되었다. 정신적인 부담감에 짓눌려 있는 그는 무엇을 생각할 마음이 도무지 나질 않았다. 지난 일주일 동안 오로지 그 목적만을 생각하며 꿈속에서 살다시피 했다. 자기 자신이라든가 앞으로의 운명

같은 것은 어쩌다 생각날 뿐이었다. 지금 그는 돌연 몇 시간 뒤면 수행하게 되며, 그에게는 마지막이 될지도 모를 행위를 눈앞에 두고 있다. 그는 마치 자동인형처럼 되풀이하고 있다. '오늘 밤… 내일… 내일 새벽이면… 비행기.' 그러면서 이 생각뿐이다. '내일이면 만사가 끝난다.' 그는 되돌아오지 못한다는 것을 알고 있다. 메네스트렐이 아주 멀리 연료가 바닥이 날 때까지 날아가리라는 사실을 알고 있다. 그 뒤에는… 그 뒤에는 어떻게 될 것인가? 비행기가 전선에서 격추된다? …아니면 그대로 노획당할까? …군법회의에 회부당한다면 그것은 프랑스 쪽일까 아니면 독일 쪽일까? …어쨌든 현행범이다. 재판도 받지 않고 처형당한다…. 무서운 생각이 들면서 놀라울 정도로 의식이 또렷해진 자크는 순간 두 손으로 이마를 감쌌다. '생명은 유일한 재산이다. 그것을 희생한다는 것은 미친 짓이다. 그런 희생이야말로 죄악이다. 자연에 위배되는 죄악이다! 영웅적인 행위는 모두가 어리석은 범죄행위인 것이다!…'

그런데 갑자기 마음속에 이상하리만큼 평온함이 찾아들었다. 공포의 물결이 지나간 것이다…. 그 물결은 그로 하여금 갑岬을 돌게 해서 다른 해변가에 이르도록 했다. 그는 지금 다른 수평선을 바라보고 있다. …전쟁을 막을지도 모른다. …반란, 동포애, 휴전! '성공을 거두지 못하더라도 훌륭한 본보기이다! 어찌 되었건 나의 죽음은 하나의 **행위**인 것이다…. 명예를 지켜야 한다…. 충실하고… 충실하고 또 유익한 존재가 되어야 한다…. 중요한 것은 **유익한 존재가 되는** 일이다! 나의 삶을, 쓸모없었던 나의 삶을 회복하는 일이다…. 그리고 무한한 안식을 찾는 일이다….'

지금 그의 온몸에는 어떤 정신적인 이완, 휴식을 취할 때처럼 포근한 느낌이 감돌고 있다. 그것은 일말의 슬픔이 깃들어 있는 충족감 같은 것이다…. 이것으로 그는 마침내 무거운 짐을 벗게 된다…. 고달프고 실망만 안겨다주는 이 세상, 비타협적이고 기대에 어긋나기만 했던 자기 자신과 끝장을 보게 된다…. 그는 아무런 미련 없이 삶을 생각한다. 삶과 죽음을…. 아무런 미련도 없이 오직 동물적인 망연자실 속에서, 어찌나 골똘해 있었던지 다른 것은 아무것도 머리에 들어오지 않았다…. 삶과 죽음만이….

프라트넬이 자크를 다시 보았을 때 그는 아까와 똑같이 꼼짝도 않고 두 무릎 위에 팔을 괸 채 두 손으로 이마를 감싸고 있다. 자크는 무의식적으로 일어나서 낮은 목소리로 말했다. "아, 사회주의가 배신하지 않았더라면…!"

프라트넬은 자동차 정비공장 주인을 데리고 왔다. 머리털이 희끗희끗하고 얼굴은 침착하고 결단력이 있어 보이는 그런 남자이다.

"안드레예프야…. 소형 트럭은 준비되어 있대. 우리들을 안내할 거야. 전단과 연료는 구석에 넣고…. 카펠에게도 알렸어. 곧 올 거야…. 해질 무렵에 떠나도록 하자고…."

두 사람이 도착하자 정신이 번쩍 든 자크는 더욱 안전을 기하기 위해 해가 있을 때 길을 알아두자고 제의했다. 안드레예프도 동의했다.

"따라오게. 거기까지 안내할 테니까." 하고 안드레예프가 말했다. "소형 무개차를 몰고 가겠어. 그러면 둘이서 산책이라도 하는 것처럼 보일 테니까….”

“그런데 전단을 끈으로 묶어야지?” 하고 자크가 프라트넬에게 물었다.

“거의 끝났어…. 한 시간만 작업을 하면…. 자네가 돌아올 때까지는 되어 있을 거야.”

자크는 지도를 들고 안드레예프의 뒤를 따라갔다.

프라트넬은 카펠과 함께 짐 포장을 끝내고 지하실에서 둘을 기다리고 있다.

전단은 네 페이지에 걸쳐 인쇄되어 있다. 두 페이지는 프랑스어로, 그리고 다른 두 페이지는 독일어로. 모두가 가볍고 질긴 특수용지에 인쇄되어 있다. 자크는 백이십만 장의 전단을 이천 장씩 다발로 나누어 각 다발마다 손톱으로 끊을 수 있는 얇은 종이띠로 묶었다. 전체 무게는 이백 킬로를 약간 넘을 정도이다. 자크가 지시한 대로 프라트넬은 카펠의 도움을 얻어 다발을 열 개씩 포장했다. 육십 개의 꾸러미가 되었다. 각 꾸러미의 끈은 한 손으로 쉽게 풀 수 있도록 매듭이 지어져 있다. 자크는 예순 개나 되는 이 꾸러미를 쉽게 운반하기 위해 우체국 직원들이 쓰는 것과 같은 커다란 배낭을 구해놓았다. 이렇게 해서 짐꾸러미는 모두가 여섯 개로 줄었으며, 각 꾸러미의 무게는 삼십 킬로 정도였다.

안드레예프의 자동차는 다섯시가 되어서야 돌아왔다.

자크는 안절부절못하며 불안해하고 있다.

“아주 사정이 나빠…. 메제르렌을 지나가는 길은 경계가 심해…. 도저히 안 되겠어. 세관 관리며 초소며…. 라우펜을 거쳐 뢰센츠까지는 길이 좋지만 거기까지 가서는 통행이 불가능할 정도의 비포장도로로 가야 해…. 소형 트럭은 못 갈 거야…. 자동차로는 단념해야 해…. 수레를 구해야겠어…. 말 한 마리가 끄는 농부의 수레 말이야…. 수레라면 어디나 갈 수 있어. 그리고 사람들 눈길도 끌지 않을 테고."

"수레라고?" 프라트넬이 말했다. "어려울 것 없지…." 그는 호주머니에서 수첩을 꺼내 거기에 써 있는 명단을 살폈다. "나를 따라와." 하고 그는 안드레예프에게 말했다. "둘은 남아서 짐을 꾸리도록 해."

프라트넬이 아주 자신만만해 보였기 때문에 자크는 그와 동행하는 것을 삼가기로 했다.

"나머지 짐을 끈으로 묶는 것쯤은 나 혼자 해도 돼." 하고 단둘만이 남자 카펠이 자크에게 말했다. "자네는 쉬도록 해. 좀 자두는 게 좋을 거야…. 안 그래?" 카펠은 곁으로 와서 자크의 손목을 잡았다. "열이 있는데" 하고 그는 좀 사이를 두었다가 말했다. "키니네를 줄까?" 자크가 어깨를 한번 으쓱해 보이며 거절하자 "그러면 풀 냄새 나고 숨도 제대로 쉴 수 없는 이 구멍 속에 있지 말고… 나가서 산책이라도 좀 해!"

그라이펜가세 거리는 나들이옷을 입고 놀러 나온 가족들로 꽉 차 있다. 자크는 인파에 섞여 다리까지 갔다. 거기에서 그는 좀 망설이다가 왼쪽으로 돌아 강변까지 내려갔다. '운이 좋다… 얼마나 멋진 저녁 하늘인가….' 그는 머리를 우뚝 쳐들고 미소까지 지었다. 아무 생각도 하지 말 것, 그리고 긴장하지 말

것…. '그들이 수레를 구하면 좋겠는데…. 모든 일이 순조롭게 되어가면 좋겠는데….'

둑을 따라 난 길에는 사람의 모습이 거의 보이지 않았다. 그는 석양빛에 붉은 주물과 같은 색을 이루고 어른거리는 강물을 내려다보았다. 그 아래 경사지, 예인선 위에서는 수영객들이 석양빛에 몸을 말리고 있다. 자크는 잠시 발길을 멈추었다. 공기는 이루 말할 수 없이 평화롭다. 웃통을 벗은 상체가 풀 속에서 아주 부드럽게 빛나고 있다…. 그의 눈에는 눈물이 핑 돌았다. 그는 다시 걷기 시작했다. 메종 라피트에서의 일, 센 강변에서의 일, 여름에 다니엘과 물놀이하던 일….

운명이란 어떤 숱한 길을 걷게 하며, 어떤 숱한 길을 돌아가게 하기에 옛날 그 아이를 오늘 이 마지막 저녁까지 데리고 온 것일까? 그것은 우연의 연속일까? 아니다. 결코 아니다! …그의 모든 행동은 서로 연관성이 있다. 지금 그는 그것을 느끼고 있으며, 막연하게나마 그것을 줄곧 느껴왔다. 그의 생애는 무언가 수수께끼 같은 인생행로, 운명적인 쇠사슬에 오랫동안 몸부림치며 굴복해온 생애에 불과하다. 그런데 지금 그 종착역에, 화려한 피날레에 도달한 것이다. 죽음은 장려한 이 일몰처럼 그의 눈앞에서 빛나고 있다. 그는 이미 두려움 같은 것은 초월했다. 헛된 허세는 버리고 무언가 비애를 느끼면서도 단호하고 생기발랄한, 그리고 심취된 마음가짐으로 그 부름에 응하고 있다. 이런 것을 의식하고 죽음에 임하는 것이야말로 삶의 완성인 것이다. 이런 죽음은 자기 자신에 대한 충실함… 반항적 본능에 충실하기 위한 궁극적인 행위의 기본 요건인 것이다…. 그는 어릴 때부터 언제나 '아니다!'라고 말해왔다. 자신을 확인하는 데 다른 방법은 가져본 적이 없었다. 그렇다고 삶에 대한 부정은 아니었다… 세상에 대한 부정이었다! …그런데 그는 지금 자신의 마지막 거부, 인간들이 지금까지 살아온 모습에 대한 그의 마지막 '아니다!'에 와 있는 것이다….

무턱대고 걷다 보니 어느새 베트슈타인 다리 아래까지 왔다. 머리 위에는 차, 전차 등이 지나가고 있다, 살아 있는 것들이. 아래쪽 공원에는 정적과 녹음과 신선함이 은신처처럼 마련되어 있다. 그는 벤치에 앉았다. 여러 갈래의 산책길이 잔디밭과 숲 주위에 나 있다. 서양 삼나무의 낮은 가지 위에서는 여러 마리의 비둘기가 울고 있다. 산책로 건너편에는 아직 젊어 보이는 한 여인이 앉아 있다. 몸집은 어린 소녀 같은데 초췌한 얼굴을 하고 있다. 여인 앞에 있는 유모차 안에서는 갓난아이가 자고 있다. 머리털도 제대로 안 나고 밀랍색 얼굴을 한 태아 같은 어린아이. 여인은 빵 조각을 게걸스럽게 물어뜯고 있다. 그녀는 멀리 강 쪽을 바라보고 있다. 그리고 어린아이 같은 가냘픈 손으로 이은 부분이 삐걱거리는 낡은 유모차를 건성으로 흔들고 있다. 엷은 보라색 앞치마는 색이 바래 있지만 깨끗하다. 빵은 버터를 바른 것이다. 그녀의 표정은 평화스럽고 거의 만족스러워 보인다. 가난에 몹시 시달린 흔적은 전혀 보이지 않았다. 하지만 시대의 온갖 빈곤이 차마 눈 뜨고 볼 수 없을 만큼 드러나 보이는 것 같아서 자크는 자리에서 일어나 도망쳤다.

프라트넬이 서점에 막 돌아왔다.

눈을 반짝이며 가슴을 불쑥 내밀면서 말했다.

"드디어 구했어! 덮개가 있는 마차야. 무엇을 실어도 눈에 안 뜰 거야. 끌고 가는 것은 멋진 암말이야. 안드레예프가 몰고 갈 거야. 소년 시절에 폴란드에서 농장에 있었으니까…. 시간은 훨씬 더 걸리겠지만 어디나 갈 수 있어."

83

하일리히 가이스트키르헤 교회 종탑에서 자정을 알리는 종이 울렸다. 야채를 실은 수레 한 대가 남쪽 변두리의 인적 없는 곳을 천천히 지나 에시 큰길에 이르렀다.

두꺼운 포장마차 덮개 밑은 사방이 노끈으로 묶여 있어 안은 철저하게 가려져 있다. 프라트넬과 카펠은 차 뒤에 앉아 손으로 입을 가리고 낮은 목소리로 이야기를 나누고 있다. 카펠은 담배를 피우고 있다. 이따금 담뱃불이 움직이는 것이 보인다.

자크는 맨 구석에 처박혀 있다. 두 개의 전단 꾸러미 사이에 어깨를 구부리고 앉아 두 손으로 무릎을 조이면서 어둠 속에 몸을 웅크리고 있다. 그는 흥분을 가라앉히기 위해 눈을 감고 되도록 몸을 움직이지 않으려고 한다.

소리를 죽여가며 말하는 프라트넬의 목소리가 들려온다.

"그런데 카펠, 우리 일을 생각해보자구. 이런 때 비행기 한 대가 뜬단 말이야…. 우리 셋이 의심받지 않고, 거기에서 무엇을 하는지 심문당하지도 않고 무사히 마차로 다시 출발할 수 있을까? 자네는 어떻게 생각하나?" 하고 프라트넬은 마차 안을 들여다보면서 물어보았다.

자크는 아무런 대답을 하지 않는다. 그는 착륙했을 때의 일을 생각하고 있다…. 지상에 내렸을 때 살아 있는 사람들에게는 무슨 일이 일어날지를!…

"더군다나" 하며 수다스러운 프라트넬이 말을 계속한다. "마차는 숲속에 감추어둔다고 하더라도… 짐을 내리면 비행기가 오기 전에 안드레예프와 마차는 보내야 해. 날이 밝기 전에 한길로 나올 수 있게 말이야."

자크는 벌써 비행기를 타고 있는 자신을 생각하고 있다… 그는 비행기의 동체에서 몸을 내민다…. 무수한 흰 종이가 공중에서 소용돌이친다. …초원, 숲, 집결한 군대… 무수한 전단이 들판 위에 뿌려진다…. 총소리가 요란하다. 메네스트렐이 뒤를 돌아다본다. 피투성이가 된 그의 얼굴이 보인다. 그의 미소는 이렇게 말하는 것 같다. '이것 봐. 우리들은 그들에게 평화를 가져다주고 있어. 그런데 그들은 우리에게 총질을 해오고 있으니!…' 비행기가 날개에 총탄을 맞고 활공하며 하강을 시작한다…. 신문에 날까? 아니다. 언론에는 함구령이 내려져 있다. 앙투안도 모를 것이다. 앙투안은 영원히 모를 것이다.

"그런데 우리들은 어떻게 하는 거야?" 카펠이 물었다.

"우리들? 비행기에 짐을 실으면 각자 수단껏 철수하는 거야!"

"All right!" 카펠이 말했다.

짐수레는 평지에 나온 것 같다. 말이 약간 빠른 속도로 달리기 시작했다. 수레 자체가 높은 데다가 짐이 적게 실려서 계속 흔들린다. 그리고 그런 어둠 속에서의 단조로운 동요는 사람을 침묵과 졸음으로 끌어넣게 마련이다. 카펠은 담뱃불을 껐다. 그리고 두 발은 짐짝 위에 길게 뻗고 있다.

"잘 가게."

얼마 있다가 프라트넬이 투덜거리기 시작했다.

"바보 같은 안드레예프. 이런 속도로 가면 예정보다 빨리 도착하게 돼, 안 그런가?"

카펠은 아무 대답도 하지 않았다. 프라트넬은 자크 쪽을 돌아다보며 말한다.

"일찍 갈수록 들킬 위험이 더 많아, 안 그래? …이것 봐, 자는 거야?"

자크는 듣지 못했다. 그는 넓은 방 한가운데 서 있다. 소년원에서 입었던 것과 똑같은 올이 굵은 마포로 된 작업복을 입고 있다. 자기 앞에는 반원형으로 군사 회의의 장교들이 앉아 있다. 그는 의연하게 얼굴을 들고 한마디 한마디를 똑똑히 말하고 있다. '나는 나 자신을 기다리고 있는 것이 무엇인지 알고 있습니다. 그러나 나는 나에게 남아 있는 마지막 권리를 행사합니다. 당신들은 내 말을 듣고 난 다음에 나를 처형하도록 하십시오!' 그곳은 중세풍의 큰 홀로 된 재판소로 호화스러운 격자천장이 달려 있으며, 그것을 더 돋보이게 하기 위해 금색이 칠해져 있다. 재판을 주재하는 사람은 장군으로 법정의 중앙에, 높은 자리에 앉아 있다. 그 사람은 크루이 소년원의 원장이었던 펨므 씨이다. 자원해서 입대해 장군이 된 것일까? …옛날 그대로이다. 젊고 금발이며, 면도를 심하게 한 다음 분을 바른 그의 둥근 두 뺨, 반짝거리는 안경 뒤에 가려져 있는 그의 눈길이 그때나 다름없다. 그리고 아스트라한이 달린 검은깃 겉옷을 멋지게 입고 있다. 그 아래에는 두 사람의 늙은 상이군인이 가슴에 찬란한 훈장을 달고 작은 테이블을 나란히 하고 앉아 있다.

그들은 끊임없이 무엇인가를 쓰고 있다. 테이블 밑으로는 그들의 의족이 앞으로 나와 있다. '나는 나 자신을 변명하려는 것은 아닙니다! 확신을 갖고 행동한 일이니까 아무런 변명도 할 필요가 없습니다. 그러나 여기에 있는 당신들은 이제 곧 죽게 될 한 사람의 입에서 나오는 참된 소리를 꼭 들어주어야 합니다….' 그의 손은 바로 앞에 마루 위에 세워진 반원형의 난간을 잡고 있다. 여기에 있는 사람들…. 그는 자기 뒤에 까마득히 줄지어 있는 방청석, 관중들로 꽉 차 있는 자전거 경기장의 관람석과 같은 것이 있는 것을 느낀다. 제니가 와 있다. 그녀는 혼자 벤치 끝에 앉아 있다. 그리고 엷은 보라색의 앞치마를 두르고 유모차와 함께 창백한 얼굴에 멍청한 모습을 하고 있다. 그러나 그는 그쪽으로 고개를 돌리려고 하지 않는다. 그녀를 위해 말하는 것은 아니다. 또 자신의 목덜미를 향해 무겁게 시선을 쏟으며 이상하게 침묵을 지키고 있는 이 군중을 위해 말하는 것도 아니다. 그렇다고 그를 향해 시선을 집중시키고 있는 이들 장교들을 위해 말하고 있는 것도 아니다. 옛날 자신에게 그렇게 자주 모욕을 주었던 펨므 씨만을 상대로 해서 말하고 있는 것이다. 그는 태연한 상대의 얼굴을 정면에서 미친 듯이 쳐다보고 있다. 그러나 상대는 잠시도 그의 눈길을 받아주지 않는다. 눈이라도 뜨고 있는 것일까? 번쩍거리는 안경과 군모의 그늘 때문에 확실한 것은 알 수 없다. 자크는 작은 회색빛 눈 속에서 빛나던 그의 심술궂은 눈빛을 아주 잘 기억하고 있다! 아니다. 얼어붙은 것 같은 얼굴 표정으로 보아 집요하게 눈을 아래로 깔고 있는 모양이다. 그는 묘하게도 원장 앞에 혼자 서 있는 듯한 느낌이 든다! 함부르크의 설비 사이에서 발견한 곱슬

곱슬한 긴 털의 절름발이 강아지와 함께 이 세상에 홀로 있는 듯한 느낌…. 만약 앙투안이 온다면 펨므 씨의 눈을 억지로라도 뜨게 할 텐데. 그는 혼자다! 모두에게 맞선 채 그는 혼자다. 장군, 장교들, 상이군인들, 이름도 모를 이 군중, 그리고 제니까지 모두 그를 피고인으로 생각하고 그에게서 해명을 들으려고 한다. 얼마나 바보 같은 짓인가! 그를 재판할 권리라도 갖고 있는 것처럼 행세하는 사람들 중에 그 어느 누구보다도 자신은 위대하고 순수하다! 자신이 지금 맞서고 있는 것은 사회 전체인 것이다…. '여러분의 법보다 우수한 법이 있습니다. 그것은 양심의 법입니다. 내 양심은 여러분의 모든 법전보다 더 큰 소리로 말하고 있습니다…. 나는 전쟁터에 나가 어리석은 희생을 당하느냐 아니면 여러분에게 속은 사람들을 해방시키기 위해 반항하다가 죽느냐 하는 갈림길에 있었습니다. 그러다가 나는 선택을 한 것입니다! 나는 기꺼이 죽기로 했습니다. 그러나 그 죽음이 여러분에게 도움을 주기 위한 것은 아닙니다! 내가 죽음을 택한 것은 그것이 여러분이 아무리 그런 행위를 증오해도 나에게는 가장 귀중한 것으로 여겨지는 것, 즉 인간들 사이의 형제애를 위해 여러분의 간섭을 받지 않고 끝까지 싸울 수 있는 유일한 방법이기 때문입니다!' 한마디 한마디가 끝날 때마다 마루에 세워놓은 작은 난간 손잡이가 손안에서 떨리고 있다. '나는 선택을 했습니다! 그리고 어떤 운명이 나를 기다리고 있는지도 알고 있습니다!' 그는 갑자기 자신에게 총을 겨누고 있는 일개 소대의 병사의 모습이 떠올라 몸서리를 쳤다. 맨 앞줄에서 그는 파제스와 쥐믈렝의 모습을 알아보았다. 그는 다시 머리를 들었다. 그리고 다시 법정에 서 있는 자신의 모습을 보았다. 사형을 집행하는 병사들의 영상이 어찌나 똑똑히 떠올랐던지 그는 얼굴에 경련을 일으키며 찌푸렸다. 그러나 자신의 찌푸린 얼굴을 이내 도도한 웃음으로 바꾸는 데 성공했다. 그는 차례로 장교들의 얼굴을 바라보았다. 그 옛날 불안한 마음과 경계심을 갖고 원장의 침묵이 무엇을 감추고 있는지를 알아내려고 할 때 그랬던 것처럼 그를 뚫어지게 바라보았다. 그는 날카로운 목소리로 소리를 질렀다. '나는 어떤 운명이 나를 기다리고 있는지 알고 있습니다! 그러나 여러분은 그것을 알고 있습니까? 여러분은 여러분 자신이 가장 강하다고 믿고 있습니까? 오늘날! 물론 한 번의 신호와 총 몇 발로 나를 침묵케 했다고 자랑할 수야 있겠지요. 그러나 나 하나를 제거했다고 해서 모든 것을 막을 수는 없습니다! 나의 메시지는 내가 죽어도 계속 살아남습니다! 내일이라도 그것은 여러분이 생각지도 못했던 수확을 거두게 될 것입니다! 그리고 나의 호소가 아무런 반향을 일으키지 못하는 경우가 있더라도 여러분에 의해 피를 강요당하고 있는 국민들은 곧 눈을 뜨고 정신을 차리게 될 것입니다! 내 뒤에도 나와 똑같은 수많은 사람들이 그들의 양심과 그들의 연대 의식에 고취되어 여러분을 적으로 삼고 봉기하는 것을 여러분은 보게 될 것입니다! 여러분과 여러분의 범죄적인 체제에 대항해서 인간다운 현실과 정신적인 힘이 일어설 것이며, 그 앞에서 여러분의 가장 악랄한 탄압 수단은 맥도 못추게 될 것입니다! 이 세상의 진보도 미래도 확실히 여러분에게 불리하게 작용하고 있습니다! 국제사회주의는 여전히 활동하고 있습니다! 이번에 어쩌다가 비틀거리는 일이 있기는 했습니다. 그리고 여러분은 그 비틀거림을 잔인하게 이용했습니다. 그렇습니다. 여러분은 마침내 동원을 성공시켰습니다! 그러나 그런 하잘것없는 성공에 대해 착각하지 마십시오! 여러분은 사회질서를 여러분 편리한 대로 정복할 수는 없을 것입니다. 결국 인터내셔널리즘*이 여러분을 물리칠 것입니다! 전 세계에 걸쳐 승리를 거둘 것입니다! 그러므로 이 몸 하나를 처형한다고 해서 대세를 막을 수는 없는 것입니다!' 그의 두 눈은 펨므 씨의 얼굴을 찾았다. 맹인의 얼굴, 밀랍인형의 얼굴, 불가지의 무관심을 보여주는 불타의 아련한 미소…. 자크는 화가 치밀어 몸을 떨었다. 어떻게 해서라도 자신의 적인 이 남자와 대적해야지! 한 번만이라도 이쪽을 꼭 보게 해야지! 그는 느닷없이 이렇게 외쳤다. '원장 선생님, 나를 보세요!'

"어떻게 된 거야? 뭐라고 말하는 거야? 나를 불렀나?" 하고 프라트넬이 물어보았다.

장군은 눈꺼풀을 치켜올렸다. 냉담한 눈길. 직업간호병이 병원에 입원해 있는 위독한 환자를 보면서, 임종을 앞둔 이 남자가 이제는 매장 직전의 시체에 불과하다고 생각하는 그런 눈길…. 이때 갑자기 아주 무서운 생각이 자크의 뇌리를 스쳐갔다. '저 사람은 내 개까지 죽일 거야. 집 지키는 아르튀르를 시켜서. 아르튀르가 그의 부관이 됐으니까!…'

"뭐라고?" 프라트넬이 되풀이했다.

자크가 아무런 대답을 하지 않자 그는 어둠 속에서 손을 펴 자크의 정강이를 건드렸다. 자크는 눈을 떴다. 그러나 우선 눈에 들어온 것은 포장을 씌운 수레의 천장이 아니고 황금빛의

* '국제 노동자 연맹주의'를 말한다.

중죄 재판소의 격자천장이었다. 마침내 그는 의식을 되찾았다. 프라트넬, 전단이 들어 있는 짐, 짐수레…

"나를 불렀나?" 프라트넬이 되물었다.

"아니."

"이제 라우펜 가까이에 온 것 같아." 하고 프라트넬이 잠시 침묵을 지키고 있다가 말했다. 그러고 나서 자크로 하여금 입을 열도록 하는 것을 체념한 듯 자기도 입을 다물었다.

카펠은 짐수레 위에 누워 어린아이같이 잠을 자고 있다.

프라트넬은 이따금 일어나 짐수레 덮개의 터진 틈으로 밖을 살피고 있다. 얼마 있다가 그는 낮은 목소리로 알렸다.

"라우펜이다!"

마차는 쓸쓸한 마을 한가운데를 보통 속도로 지나갔다. 두시다.

이십 분 정도 더 가더니 말이 걸음을 멈추었다.

카펠이 자리에서 벌떡 일어났다.

"왜 그래? 무슨 일이야?"

"쉬, 조용해!"

마차는 뢰셰츠를 지나가고 있다. 이제부터는 계곡을 벗어나야 한다. 마을을 나오자 길은 먼지가 푸석푸석 이는 웅덩이투성이의 가파른 비포장도로로 이어지고 있다. 안드레예프가 마차에서 내렸다. 그는 등불을 끄고 말의 고삐를 잡았다. 일행은 행진을 계속했다.

마차는 울퉁불퉁한 길 때문에 심하게 흔들렸다. 마차의 용수철과 나무로 된 타원형의 작은 문이 삐걱 소리를 냈다. 자크, 프라트넬, 카펠 세 사람은 좁은 마차 안에서 짐이 좌우로 미끄러지는 것을 막으려고 몹시 애를 썼다. 짐짝이 미끄러져 서로 부딪치는 소리가 자크에게는 하나의 리듬, 부드럽고 향수를 불러일으키는 듯한 악절을 연상케 했다. 그러나 처음에는 그것이 무엇인지 알지 못했다…. 쇼팽의 연습곡이다! 제니… 메종라피트의 정원… 옵세르바투아르가街의 응접실… 그의 요청에 따라 제니가 피아노를 쳐주던 그날 저녁이 엊그제 같은데 벌써 아득한 옛일이 되고 말았다….

반 시간 정도 왔을까, 마침내 마차는 다시 멈추었다. 안드레예프가 말의 엉덩이끈을 풀려고 온다.

"다 왔어."

세 남자는 아무 말도 않고 마차에서 뛰어내렸다.

이제 겨우 세시다. 별이 총총한 밤인데도 여전히 캄캄하다. 그러나 동쪽에서는 하늘이 훤히 밝아오기 시작한다.

안드레예프는 말을 작은 나무 기둥에 매었다. 이제 프라트넬은 침묵을 지키고 있다. 가게에 있을 때만큼 자신감이 있어 보이지 않는다. 그는 주위의 어둠을 눈여겨 살피면서 중얼거린다.

"그런데 자네가 말하는 고원지대는 어딘가?"

"따라와." 하고 안드레예프가 말했다.

넷은 작은 관목을 심어놓은 경사지를 기어올랐다. 언덕 꼭대기, 고원지대 가까이에 이르자 앞에서 걸어가던 안드레예프가 걸음을 멈추었다. 잠시 숨을 돌리기 위해 한쪽 손을 프라트넬의 어깨 위에 얹고 다른 손으로는 어둠을 가리키며 설명한다.

"저기부터는—곧 알게 되겠지만—나무가 없어. 그래서 고원지대라는 거야. 거기를 선택한 그분은 자기가 할 일을 알고 있는 사람이야.

"이제부터는" 하며 카펠이 독촉했다. "안드레예프가 다시 돌아갈 수 있도록 급히 마차에서 짐을 내려야 해."

"시작합시다!" 하고 자크가 큰 소리로 말했다. 의연한 자신의 목소리에 자크 자신도 놀랐다.

네 사람 모두 경사지를 내려왔다. 부대와 물통을 운반하는 일은 고원지대와 길 사이가 급경사인데도 불구하고 불과 몇 분 만에 끝났다.

"좀 더 날이 밝아지면" 하고 자크가 흰 천을 땅에 내려놓으면서 말했다. "흰 천을 중심에서 떨어진 곳 서너 군데에다 펼쳐놓도록 하자고, 착륙을 위해서 말이야."

"이제 자네는 마차를 끌고 꺼져버리는 거야!" 하고 프라트넬이 안드레예프에게 말했다.

안드레예프는 세 사람 쪽으로 몸을 돌리고 잠시 꼼짝도 하지 않았다. 드디어 그는 자크 쪽으로 한 걸음 걸어왔다. 그의 얼굴 표정은 확실히 보이지 않았다. 자크는 자연스럽게 두 손을 앞으로 내밀었다. 너무 감격한 탓으로 말이 나오지 않았다. 그는 앞으로 다시는 보지 못할 이 남자에 대해 무언가 애정을 느꼈다. 상대는 이 사실을 두고두고 기억할 것이다. 안드레예프는 자크가 내민 두 손을 꽉 움켜쥐었다. 그리고 몸을 구부려 아무 말도 않고 자크의 어깨를 얼싸안았다.

얼마 동안 비탈길을 내려가는 그의 발소리가 울렸다. 차축이 삐걱거리는 소리가 들렸다. 마차가 방향을 바꾸고 있다. 그러고 나서 더 이상 아무 소리도 들리지 않았다…. 안드레예프가 포장을 내리거나 아니면 마차에 오르기 전에 마구를 점검하는 것이 틀림없다…. 드디어 마차가 흔들린다. 그리고 마차 바퀴와 용수철이 삐걱거리는 소리, 말발굽이 모래땅에 박히는 소리가 처음에는 분명하게 들려왔으나 차츰 어둠 속으로 사라져 간다. 프라트넬, 카펠, 자크 셋은 경사지 끝에 나란히 서서 말 한마디 주고받지 않고 어둠 속으로 눈길을 던지면서 소리가 멀어져 가기를 기다렸다. 마침내 정적만이 찾아들자 카펠이 먼저 고원지대 쪽으로 돌아가 땅 위에 느긋하게 몸을 죽 펴고 누웠다. 프라트넬은 옆에 가서 앉았다.

자크는 서 있었다. 지금으로서는 아무것도 할 일이 없다. 날이 밝기를 기다리며 비행기가 오기를… 어쩔 수 없이 꼼짝 못 하고 있어야 한다는 생각이 그를 다시금 번민 속으로 빠뜨렸다. 아, 이 마지막 순간을 혼자 있을 수 있다면…. 그는 동료들에게서 빠져나오기 위해 몇 걸음 앞으로 걸어갔다. '지금까지는 모든 일이 잘되어갔다…. 이제 메네스트렐을 기다리기만 하면 된다…. 멀리서도 들리겠지…. 좀 더 밝아지면 천을 깔아야지….' 어둠 속은 온통 벌레들의 울음소리로 들끓고 있다. 열병에 시달리고 피로한 탓으로 몸도 제대로 가누지 못하면서 상쾌한 밤공기를 쐬기 위해 얼굴을 내밀었다. 어둠 속에서 가끔 속삭이고 있는 프라트넬과 카펠에게서 너무 떨어지지 않기 위해 둘의 주위를 맴돌며, 그리고 우툴두툴한 지면 때문에 휘청거리면서 고원지대 위를 아무렇게나 왔다 갔다 했다. 마침내 맹목적인 산보로 인해 두 다리의 힘이 빠지자 그는 땅바닥에 주저앉았다. 그리고 두 눈을 감았다.

두꺼운 벽을 통해 돌바닥 위를 살금살금 걸어오는 발소리가 들렸다. 제니가 무슨 수를 써서라도 감옥 안으로 들어와 다시 한번 자기한테까지 오리라는 것을 알고 있었다. 그렇게 하기를 기다리고 있었고 바라고 있었지만 지금은 원치 않는다…. 몸부림친다…. 문을 닫아주시오! 혼자 있게 해주시오! …그러나 너무 늦었다! 그녀가 온다. 창살을 통해 그녀의 모습이 보인다. 그녀는 진료소의 희고 긴 복도 구석으로부터 그를 향해 걸어온다. 그의 앞에서는 벗어서는 안 되는 크레이프로 된 베일을 반쯤 치켜올린 채 그를 향해 오고 있다. 그것을 벗으면 안 된다고 한 것은 **그자들**이었다…. 자크는 맞이할 생각이 없는 듯 가만히 그녀를 보고만 있다…. 그녀 가까이 가려고도 하지 않는다. 그 누구와도 더 이상 접촉하려 하지 않는다. 그는 창살 저쪽의 인간이다…. 그러나 지금 자신도 모르게 크레이프를 걸친 채 떨고 있는 그녀의 작고 둥근 머리를 손바닥으로 움켜쥐고 있다. 베일을 쓴 채 경련을 일으키고 있는 그녀의 모습을 뚜렷이 알 수 있다. 그녀는 낮은 목소리로 묻는다. '당신 두려워하세요?'—'그래….' 이가 어찌나 심하게 떨리는지 그는 말을 할 수가 없다. '그래. 당신만이 그 사실을 알 수 있어.' 그녀는 한편 놀라워하면서도 조용한 목소리로, 전혀 그녀답지 않은 노래하는 듯한 목소리로 속삭였다. '그렇지만 이제는 끝났어요…. 모든 것을 다 잊을 수 있어요. 최후의 평화를 얻을 수 있어요….'—'정말 당신 말대로야. 그러나 당신은 그것이 어떤 것인지 모르고 있어…. 당신은 이해할 수 없어….' 그의 뒤편에서 누군가 감방 안으로 들어왔다. 그는 뒤돌아보려고 하지 않는다. 그는 어깨를 오므린다…. 모든 것이 사라졌다. 누군가가 그의 두 눈을 가렸다. 여러 사람의 주먹이 그를 떼민다. 그는 걸어간다. 상쾌한 바람이 목덜미의 땀을 식혀준다. 잔디를 밟고 걸어간다. 눈은 가려져 있지만 자신이 병사에 둘러싸여 플랑팔레 광장을 건너가고 있다는 사실은 분명히 **알고 있다**. 병사들이 있건 말건 아무래도 좋다. 그는 아무것도, 그리고 어느 누구도 생각하지 않는다. 그는 오직 자신의 몸을 둘러싸고 있는 미풍, 밤이 끝나고 날이 새는 그 평화스러움에만 골몰하고 있다. 그의 두 뺨 위로 눈물이 흐른다. 그는 눈을 가린 얼굴을 높이 치켜들고 걸어간다. 확고한 걸음걸이지만 불안정하게, 마치 관절이 탈구된 꼭두각시처럼 걸어가고 있다. 왜냐하면 사지를 더 이상 자유롭게 쓸 수가 없는 데다가 발걸음을 내딛는 땅에 구멍이 움푹 패여 있는 것 같은 생각이 들었기 때문이다. 아무래도 좋다. 그는 앞으로 걸어가고 있다. 주위에서는 웅성거리는 소리가 마치 바람의 속삭임같이 부드럽게 계속 들려온다. 한 발을 내딛을 때마다 그는 목적에 가까이 온다. 그리고 무엇인가 부서지기 쉬운 것을, 두 손에 봉헌물을 바치듯이 들고 있다. 넘어지는 일 없이 그것을 마지막까지 갖고 가야 한다…. 어깨 뒤에서 누군가가 히죽히죽 웃는다…. 메네스트렐인가?…

그는 천천히 눈을 떴다. 머리 위의 하늘에서는 벌써 별이 사라져가고 있다. 밤은 끝나가고 있다. 산등성이 뒤, 동쪽에서부터 훤해지면서 물들기 시작한다. 그리고 황금빛의 분을 바른 듯한 노란 하늘 위로 산등성이의 윤곽이 선명해지고 있다.

그는 깨어 있다는 느낌이 들지 않았다. 악몽 때문에 모든 것을 깡그리 잊어버린 것이다. 힘차게 피가 뛰고 있다. 정신은 마치 비 온 뒤의 풍경같이 맑고 상쾌한 느낌이다. 이제 행동의 시간이 다가오고 있다. 메네스트렐이 곧 올 것이다. 준비는 모두 되어 있다…. 여러 가지 생각을 분명하게 이어가는 예민한 머릿속에서는 쇼팽의 악절이 음을 약화시킨 반주처럼 가슴을 에는 듯한 감미로운 소리로 들려온다. 호주머니에서 수첩을 꺼내 한 장을 찢었다. 그것을 프라트넬에게 맡길 생각이었다. 무엇을 쓰는지 잘 보지도 않고 급히 써내려갔다.

> 제니, 나의 생애를 통해 하나밖에 없는 사랑. 나의 마지막 마음을 당신에게 바치오. 나는 당신에게 오랜 세월에 걸쳐 사랑을 줄 수도 있었을 것이오. 그런데 고통만을 안겨주었어. 나에 대해 한 가지 추억만이라도 꼭 간직해주었으면 하오….

무언가 둔탁한 소리가 들려오더니 곧이어 그의 발밑에서 대지를 흔든다. 그는 쓰던 것을 멈추었다. 그것은 멀리로부터 들려오는 연속적인 폭음이었다. 그는 그 소리를 듣는 순간 땅에 엎드렸다. 즉시 알아차렸다. 대포 소리라는 것을! …수첩을 호주머니에 넣고 펄쩍 일어났다. 고원지대 끝 쪽, 경사지 가까이에 있던 프라트넬과 카펠은 벌써 일어나 있다. 자크는 그들이 있는 곳으로 뛰어갔다.

"포성이야! 알자스에서 나는 포성이야!"

세 사람은 한곳에 모여 목을 앞으로 내밀고 눈을 똑바로 뜬 채 꼼짝도 않고 있다. 그렇다. 전쟁이다. 저곳에서는 떠오르는 아침 햇살을 기다리며 또다시 전쟁이 시작된 것이다…. 바젤에서는 이런 소리가 들리지 않았다….

그들이 숨을 죽이고 있는 동안 대지의 반대쪽에서 별안간 다른 소리가 들려와 그들은 동시에 돌아다보았다. 셋은 눈짓으로 서로 물어보았다. 들릴까 말까 하는 그 소리, 그러면서도 시시각각으로 크게 들려오는 그 소리가 무엇을 뜻하는지 그들 가운데 어느 누구도 감히 말하려고 하지 않았다. 포성은 먼 곳에서 규칙적으로 정확한 간격을 두고 들려오고 있다. 그러나 그것도 벌써 세 사람의 귀에는 들리지 않았다. 세 사람은 남쪽을 향한 채 곤충 같은 것이 부르릉거리며 귀청을 울리는 희끄무레한 하늘을 유심히 살피고 있다….

갑자기 세 사람은 동시에 두 손을 높이 들었다. 호게르발트의 정상 위로 검은 점이 하나 솟아오른 것이다. 메네스트렐이다!

자크는 외쳤다.

"표시가 보인다!"

셋은 각자 한 장의 헝겊을 손에 들고 고원지대의 서로 다른 지점을 향해 달려갔다.

자크가 가장 멀리까지 가야만 했다. 그는 접은 헝겊을 가슴에 꼭 안고 흙덩이에 부딪치면서 뛰어갔다. 시간에 맞추어 고지대 끝까지 가야 한다는 것 이외에는 아무것도 생각나는 것이 없다. 그는 고개를 쳐들고 부르릉거리는 소리가 그의 귀를 멍멍하게 하면서 날아오는 비행기를 잠시도 놓치지 않고 계속 눈으로 좇았다. 비행기는 벌써 먹이를 좇는 새처럼 원을 그리며 그를 태우고 가기 위해 그에게 덤벼드는 것 같았다.

84

혹독하게 싸늘한 바람이 얼굴을 채찍으로 후려치고 콧구멍과 입을 막으며 마치 물에 빠진 듯한 느낌을 가져다주는데도 자크는 자신이 앞으로 나가고 있다는 느낌이 전혀 들지 않았다. 마치 기차의 차량과 차량 사이를 연결하는 통로의 흔들거리는 철판 위에 서 있는 것같이 계속 흔들리는 한편, 비행모 귀마개가 있는데도 불구하고 천둥이 치는 것 같은 소리가 고막을 울려 귀가 멍멍해진 자크는 비행기가 심하게 동요를 계속하면서 고원지대를 순식간에 이륙한 것도 몰랐다. 주위의 공간은 휘발유 냄새가 나는 솜덩어리뿐이다. 눈은 뜨고 있지만 시선과 사고는 모두 이 솜덩어리 속에 빨려들어갔다. 그는 재빨리 호흡을 되찾았다. 그러나 머리를 찧는 듯 마비시켜며, 손발 끝까지 끊임없이 방전을 느끼게 하는 이 격렬한 소리에 신경이 익숙해지게 하기 위해서는 더 많은 시간이 필요했다. 그러나 점차로 그의 의식은 여러 가지 형상이나 관념을 정리하기 시작했다. 아니다. 이것은 벌써 꿈이 아닌 것이다! …그의 몸은 의자 등에 매여 있고, 두 무릎은 주위에 가득 쌓여 있는 전단 때문에 조금도 움직일 수가 없었다. 몸을 일으켜보았다. 앞쪽, 주위에 뒤범벅이 되어 있는 희끄무레한 전단 뭉치 속에서 그는 한 사람의 옆모습, 어깨, 비행모 등이 크고 검은 날개 그늘에 그림자놀이같이 뚜렷하게 드러나는 것을 보았다. 조종사다! 곧 열광적인 환희가 그를 사로잡았다. 비행기가 이륙한 것이다! 지금 한창 날고 있는 것이다! 그는 동물적인 외침, 승리의 긴 함성을 울렸다. 그러나 그것도 노호하는 폭풍 속에 삼켜져 메네스트렐의 등은 미동도 하지 않았다.

자크는 밖으로 고개를 내밀었다. 바람이 심하게 그를 때리는가 하면 숫돌에 칼을 갈 때와 같은 날카로운 소리가 그의 귓전에서 휘파람을 분다. 눈에 들어오는 것은 쥣빛의 거대하고 형체를 알 수 없는 프레스코화, 옆으로 눕혀서 아주 높고 먼 곳에서 보는 프레스코화이다. 빛도 바래고 금이 가고 석고같이 말라 흐린 색채를 띤 몇 개의 작은 섬을 나타내고 있는 프레스코화. 아니다. 프레스코화가 아니다. 이것은 우주지도의 한 페이지이다. 탐험되지 않은 커다란 공간이 있는 미지의 대지의 말없는 지도이다. 그는 이때 프라트넬과 카펠은 아래쪽에서 마치 날개가 없는 곤충같이 땅을 기어다니는 생활을 계속하고 있다는 놀라운 사실을 생각하고 있다…. 현기증이 나면서 시야를 어지럽혔다. 그는 얼떨떨해져서 다시 자리에 앉아 눈을 감았다…. 그러자 갑자기 어릴 때의 자신의 모습이 떠올랐다. 아버지의 모습… 앙투안과 지젤… 다니엘… 그리고 이어지는 하나의 희미한 모습. 테니스복을 입고 있는 메종 라피트 공원에서의 제니의 모습…. 그러고는 모든 것이 사라졌다. 그는 눈을 다시 떴다. 그의 앞에는 여전히 메네스트렐이 등을 구부리고 둥근 비행모를 쓴 채로 있다. 아니다. 환각이 아니다. 드디어 꿈이 실현된 것이다! 그런데 그것이 어떻게 이루어졌던가? 그 자신도 어떻게 된 영문인지 모른다. 고원 위에서 열심히 천을 펼치려고 하던 그때부터—그는 그때 괴물이 자신을 덮치는 것으로 알고 반사적으로 땅바닥에 엎드렸다—지금 보듯이 이런 놀라운 순간이 올 때까지 자기 행동의 통제력을 완전히 잃어버렸던 것이다. 기억력은 무의식적으로 아무런 통일성도 없는 몇 가지의 영상을 기록하고 있을 뿐이었다. 새벽의 어렴풋한 여명 속에서 움직이는 망령과도 같은 몇 개의 그림자…. 그는 생각해보려고 했다. 돌연 그에게 다시 떠오르는 것은 메네스트렐이 악마와도 같이 갑자기 모습을 드러냈을 때의 일이다. 그때 메네스트렐은 하늘에서 떨어진 운석에 생명과 목소리를 불어넣어주면서 동체 밖으로 상반신과 가죽 비행모에 싸인 얼굴을 내밀고 "전단을 빨리!"라고 외쳤었지. 또한 자크는 어두운 밤의 고원지대를 뛰던 사람들, 이 손에서 저 손으로 건네주던 전단 주머니를 떠올렸다. 그리고 자신이 휘발유통을 갖고 메네스트렐 곁에 기어올라간 순간 조종사가 전깃불에 비쳐진 기체 속에 웅크린 채로 긴 스패너를 갖고 나사못을 조이며 이쪽을 돌아보고는 "접촉이 나빠! 기사가 없군!"이라고 말하던 일도 떠올렸다. "마차와 같이 돌아갔습니다." 그러자 메네스트렐은 한마디도 하지 않고 다시 자기 자리로 돌아가버렸다…. 그런데 자신은 어떻게 해서 여기에 와 있는 것일까? 이 비행모는? 누가 이 벨트를 묶어주었나?

그런데 비행기는 날고 있는 것일까? 비행기는 집요한 소리로 공간을 가득 채우면서 빛 속에서 정지한 채로 움직이지 않는 물체처럼 보였다.

자크는 돌아다보았다. 태양은 뒤에 있다. 아침 해이다. 그러면 방향은 북서인가? 확실히 '알트키르히 턴'*이다…. 그는 밖을 내다보기 위해 몸을 일으켰다. 경탄할 만한 이 풍경! 안개는 걷혔다. 지금 비행기 아래쪽 까마득히, 그가 지난 나흘 동안 눈이 아플 정도로 눈여겨본 참모본부의 지도가 햇볕이 드는 곳에 선명하게 그리고 생생하게 전개되고 있다!

대단한 호기심을 느낀 자크는 금속성 창틀에 턱을 괴고 생소

* 알자스 지방의 지역명.

한 이 세계를 바라보는 데 넋을 놓고 있다. 프로펠러가 남겨놓고 지나간 흔적 같은 넓고 희끄무레한 한 줄의 선이 풍경을 두 개로 갈라놓고 있다. 계곡인가? '일' 계곡인가? 이런 은하의 중앙에서 볼 때 은빛의 수증기에 의해 군데군데 가려진 물결치는 파충류와 같은 것, 그것은 강이다. 그리고 오른쪽에서 그 강을 끼고 달리고 있는 청백의 선은? 길일까? 알트키르히의 대로인가? 그리고 정맥과 소정맥이 복잡하게 얽혀 있는 것 같은 것, 그것은 서로 교차하고, 안개 낀 평원의 푸른 들 위에 뚜렷이 솟아 있는 수많은 다른 길들이 아닐까? 그리고 처음에는 눈에 들어오지 않았지만 잉크로 그은 것 같은 선, 거의 직선에 가까운 저 선은? 철로인가? 온몸의 생명력은 이렇게 열심히 내려다보고 있는 눈길 속에 응집되어 있다. 그는 지금 계곡을 끼고 서 있는 언덕의 기복을 분명히 분간할 수 있다. 여기저기 잠들어 있는 것 같던 안개의 늪이 바람에 기지개를 펴며 흩어지면서 지금까지 보이지 않았던 커다란 공간을 보여주고 있다. 여기 나무가 많은 산꼭대기가 짙은 녹색을 보여주고 있다. 저기 오른쪽에 지금 막 안개가 걷히는 데서 얼굴을 내미는 것은 무엇일까? 마을일까? 언덕 중턱에 층층으로 만들어진 하나의 마을, 햇빛을 받아 장밋빛으로 빛나며, 눈에 보이지 않는 무수한 생명이 우글거리고 있을 작은 마을 풍경….

비행기는 살짝 뒤쪽으로 기울어지고 있다. 자크는 지금 자신이 민첩하게, 그리고 확실하게 계속 상승하고 있다는 것을 느낀다. 이제는 엔진 소리에도 익숙해져 오히려 그것이 필요했고, 그것 없이는 못 견딜 것 같으며, 그것에 자신을 내맡기면서 도취되어 있다. 그것은 지금 그의 흥분의 음악적 표출같이 되어버렸다. 또한 그것은 교향곡과 같은 것으로서 힘찬 음파가 이런 기적적 사실을, 자크가 그 목적을 향해 날아가고 있는 이 이상한 비행을 하나의 소리 나는 언어로 표현해주고 있는 것 같다. 이제 그에게는 투쟁한다든가 선택한다든가 하는 따위는 문제가 되지 않는다. 무엇을 하거나 이미 자신의 뜻에서는 모든 것이 떠나 있다. 해방! 바람을 타고 가는 비행, 고공에서의 대기, 꼭 성공하고야 말겠다는 확신, 이런 것들이 그의 맥박을 더 빨리, 더 강하게 뛰게 했다. 그의 가슴속 깊은 곳에서 심장의 고동이 빨리, 그리고 율동적으로 고동치고 있음을 그는 느꼈다. 그것은 인간적인 반주와 같은 것이며, 그의 주위의 모든 공간을 진동케 하는 전설적인 개가凱歌를 위해 그의 온몸이 참여하는 것이나 다름없는 것이다….

메네스트렐은 몸을 움직인다.

조금 전에도 그는 몸을 앞으로 구부렸다. 지도를 읽으려고 하는 것일까? 아니면 단순히 조종 장치를 단단히 조이려고 하는 것일까? …자크는 신이 나서 메네스트렐의 동작을 눈여겨보았다. "이것 봐!" 하고 메네스트렐이 외쳤다. 그러나 거리와 시끄러운 소리 때문에 두 사람의 의사소통은 불가능했다.

메네스트렐은 다시 몸을 일으켰다. 그러더니 다시 몸을 구부렸다. 얼마 동안 상체를 숙인 채 있었다. 자크는 신기한 듯이 그를 관찰했다. 메네스트렐이 무엇을 하는지 보이지 않았다. 그러나 어깨가 급히 움직이고 있는 것으로 보아 무엇인가 열심히 하고 있고, 손으로 무엇을 만지고 있는 것 같다. 긴 스패너를 사용하고 있는 것이 틀림없다. 그는 고원지대에서 메네스트렐이 그것을 손에 들고 있던 것을 본 기억이 났다.

그러나 별로 걱정할 필요는 없다. 메네스트렐은 그 일에 정통하니까….

별안간 공중에서 일종의 진동, 충격 같은 것이 일어났다. 도대체 무슨 일일까? 자크는 놀라 주위의 공간을 살펴보았다. 잠시 뒤에 그는 그 이유를 알았다. 이 충격, 에어포켓과 같은 돌연한 이 공간은 단지 정적이 뜻하지 않게 갑자기 생긴 데서 오는 것이다. 엄숙하고 완전한 정적, 우주적인 정적, 그것이 엔진의 붕붕거리는 소리로 갑자기 대치되었기 때문이다…. 왜 엔진을 껐을까?

메네스트렐은 다시 몸을 일으켰다. 서 있는 것이 틀림없다. 그의 상반신은 비행기 앞부분을 가리고 있다.

자크는 눈을 똑바로 뜨고 움직이지 않는 상대의 등을 유심히 살피고 있다. 서로 말을 주고받지 못하는 것이 몹시 안타깝다!…

비행기는 정적에 놀란 것같이 여러 차례 유연하게 물결치듯 하더니 곧 화살이 날아가는 것과 같은 소리를 내며 공중으로 휙 날면서 곧장 뻗어갔다. 활공인가? 아니면 급강하인가? 왜 이런 조작을 하는 것일까? 메네스트렐은 소리 때문에 비행기의 위치가 알려질 것이 두려워서 그러는 것일까? 그렇지 않으면 하강이라도 하려는 것일까? 벌써 전선 가까이까지 온 것일까? 이제 곧 최초의 전단을 뿌릴 때가 온 것일까? 그렇다, 틀림없다. 메네스트렐은 돌아보지도 않고 살짝 왼쪽 손짓을 해 보였다. …자크는 몸을 떨면서 전단 묶음 하나를 잡으려고 손을 뻗었다. 그러나 느닷없이 좌석에서 미끄러져 중심을 잃었다. 벨트가 겨드랑이를 꽉 조였다. 무슨 일일까? 비행기는 수평을 잃고 아래로 곤두박질한다. 무엇 때문일까? 일부러 그러나? … 일말의 의구심이 마음속에 파고든다. 어쩌면 어떤 위험이 있을지도 모른다는 생각과 메네스트렐에게 품고 있는 전적인 신뢰감이 서로 교차하고 있다…. 그는 한쪽 손으로 좌석 끝을 움켜잡고 밖을 보기 위해 몸을 일으키려고 했다. 이 얼마나 놀라운 일인가! 풍경이 뒤집힌다. 조금 전까지만 해도 융단처럼 펼쳐져 있던 밭이며, 초원이며, 숲이 지금은 흔들거리고 울툭불툭하게 보이며, 마치 타오르는 수채화처럼 오므라든다. 그러고는 돌풍처럼 노호하며 대이변이 일어났을 때와 같은 속도를 보이면서 어지러울 정도로 점점 자신을 향해 올라온다!

그는 허리에 힘을 주어 벨트를 끊고 몸을 뒤로 젖혔다.

추락이구나! 모두 끝장이다….

아니다. 비행기는 기적적으로 동체를 뒤로 젖히더니 거의 정상 비행 태세로 다시 돌아왔다…. 메네스트렐은 아직 조종을 계속하고 있다…. 다행이다!

비행기는 조종 불능에 이르러 한순간을 표류한다. 그러자 노도와 같은 것이 비행기를 덮치면서 들어 올리더니 흔들어놓았다 마침내 기체의 분해가 시작된다. 기체가 삐그덕거린다. 비행기는 왼쪽으로 기울어진다. 날개 위로 급선회하는 것인가? 아니면 불시착인가? 자크는 몸을 둥글게 하고 금속판에 매달린다. 그러나 손톱이 미끄러져 잡을 수가 없다. 확실한 환상이 망막에 떠오른다. 햇살에 비친 전나무 숲, 목장… 그는 본능적으로 두 눈을 감았다. 무한을 느끼게 하는 한순간. 머리는 띵하고 가슴은 죄이는 듯하다…. 고양이 울음소리 같은 것이 고막을 찢는다. 그는 불꽃과 같은 장밋빛 창에 휩싸여 몸을 구르며,

소용돌이치는 무수한 빛 속으로 이끌려 간다. 요란하게 계속 울리는 종, 종… 그는 외쳐보려고 했다. '메네스트…' 그의 턱은 상상을 초월할 정도의 격렬한 충격에 의해 문드러졌다…. 몸이 공간으로 내던져졌다. 그리고 마치 회반죽을 한번 펴서 내던지듯이 몸이 벽에 부딪혀 엎어지는 것 같았다.

강렬한 열기… 불꽃이 튀기는 소리, 화재로 인한 악취… 뾰족한 것, 예리한 것이 수없이 그의 두 다리를 뚫는다. 숨이 차서 몸부림친다. 열화 속에서 밖으로 기어나오기 위해 초인적인 노력을 한다. 꼼짝을 할 수가 없다. 그의 두 다리는 화염에 꼭 묶여 있다.

뒤쪽에서 단단한 두 개의 갈퀴 같은 것이 어깨를 붙잡고 그를 끌고 간다. 처참하게 찢기고 찢긴 그는 울부짖는다… 사람들이 그를 징 박은 횡단보도로 끌고 간다. 몸은 갈가리 찢겨진다….

갑자기 이 모든 공포가 평온함 속으로 가라앉는다. 암흑. 허무….

85

여러 사람의 목소리…. 펠트로 된 두꺼운 커튼을 통해 멀리서 들려오는 말소리. 그런데 그들의 말이 끈질기게 마음속에 파고든다…. 누군가가 그에게 말을 걸어온다. 메네스트렐인가? … 메네스트렐이 그를 부른다…. 그는 몸부림친다. 이 불완전한 수면 속에서 빠져나오려고 안간힘을 쓴다.

"당신 누구야? 프랑스인인가? 스위스인인가?"

그의 허리며 허벅지며 무릎은 물어뜯기는 듯 견딜 수 없을 만큼 고통스럽다. 온몸을 송곳으로 찔러 땅에 박은 것 같은 느낌이다. 그의 입은 상처투성이이다. 혀는 부풀어 오를 대로 올라 숨을 쉴 수가 없다. 눈을 감은 채 목덜미를 뒤로 젖히고 고개를 좌우로 흔들어본다. 소용없는 짓인 줄 알면서 몸을 다시 일으키기 위해 어깨에 힘을 주어본다. 그러나 등을 찌르는 것 같은 아픔 때문에 비명을 지르며 고개를 떨군다. 휘발유 냄새, 타는 헝겊 냄새가 코와 목구멍을 꽉 메우고 있다. 입에서는 침이 질질 흐른다. 그리고 꽉 다물다시피 한 입가에서는 과육 같은 끈끈한 핏덩어리가 쏟아진다.

"국적은? 어떤 사명을 띠고 있었나?"

귓속에서는 사람의 목소리가 윙윙거린다. 그리고 인사불성인 그를 괴롭힌다. 무서운 눈초리가 불투명한 어둠 속에서 떠올랐다가 눈꺼풀 사이로 슬그머니 지나가더니 한순간 환히 떠오른다. 나무 꼭대기와 하늘이 보인다. 흰 먼지투성이의 각반… 붉은 바지… 군대다…. 한 무리의 프랑스 보병이 몸을 굽히고 그를 내려다보고 있다. 그들이 그를 죽인 것이다. 그리고 죽어가고 있다….

그런데 전단은? 비행기는?

그는 머리를 약간 쳐들었다. 눈길이 병사들 다리 사이를 뚫고 간다. 비행기는… 삼십 미터쯤 떨어진 곳에 형체를 알아볼 수 없는 잔해가 꺼진 장작더미처럼 한구석에서 연기를 뿜고 있다. 고철 더미, 거기에 숯덩이처럼 된 몇 개의 헝겊 조각이 걸려 있다. 좀 떨어진 곳에 갈가리 찢긴 날개 하나가 땅에 깊이 박혀 풀 위로 우뚝 솟아 있는 것이 마치 허수아비 같다…. 전단은! 그는 한 장의 전단도 던져보지 못하고 죽어가고 있다! 지금 그 묶음은 불에 타 영원히 재 속에 파묻혀버렸다! 그리고 앞으로는 어느 누구도 다시는, 두 번 다시는…. 그는 머리를 뒤로 젖혔다. 그의 눈길은 맑은 하늘을 멍청히 바라보고 있다. 전단에 대해 한없는 연민을 느끼고 있다…. 그러나 너무나 고통스럽다. 다른 것은 아무것도 생각나는 것이 없다…. 두 다리의 골수까지 파고드는 화상. 그렇다, 죽어버리는 거다! 되도록 빨리, 빨리….

"들리나? 대답해 봐! 프랑스인가? 비행기 안에서 무엇을 하고 있었나?"

아주 가까이에서 들려오며 숨 가쁜 목소리다. 억세기는 하지만 거칠지는 않은 목소리다.

그는 눈을 떴다. 아직 젊어 보이는데 피로 때문에 퉁퉁 부어오른 얼굴. 푸른 헝겊커버를 씌운 군모의 챙에 코안경을 낀 푸른 두 눈. 또 다른 사람들의 목소리가 들려오며 서로 뒤섞이더니 이렇게 주고받는다. "정신이 든 것 같군!"—"중대장에게 보고했나?"—"중위님, 무슨 서류를 지니고 있을 겁니다. 뒤져보아야겠습니다…."—"하여튼 운 좋게 살았군!"—"이제 곧 군의관이 올 겁니다. 파스켕이 부르러 갔으니까요…."

코안경을 낀 남자가 한쪽 무릎을 꿇었다. 흙을 푼 긴 웃옷 위로 수염이 텁수룩한 턱과 목이 보인다. 가슴 위에는 가죽띠와 걸어 맨 가죽끈이 서로 교차하고 있다.

"프랑스어를 모르나? …Bist du Deutsch? Verstehst du?"*

* '독일 사람인가? 무슨 말인지 이해하나?'를 묻는 독일어.

거친 손가락으로 타박상을 입은 그의 어깨를 잡아당겼다. 알아들을 수 없는 신음 소리가 새어 나온다. 중위는 곧 손을 도로 뺐다.

"괴로운가? 물을 줄까?"

자크는 눈을 꿈벅거리면서 그렇다는 표시를 했다.

"어쨌든 프랑스어를 아는군" 하고 중위가 몸을 일으키며 중얼거렸다.

"중위님, 간첩인 것이 틀림없습니다…."

자크는 귀에 거슬리는 그 목소리 쪽으로 고개를 돌리려고 했다. 그때 마침 한 무리의 병사가 이동하고 있었는데, 거기에서 삼 미터쯤 떨어진 곳에 검은 덩어리가 땅에 엎어져 있는 것이 눈에 띄었다. 무엇인지 구분할 수 없을 정도로 까맣게 타버린 것으로, 사람 같아 보이는 것이 있다면 풀 위에 던져진 오므라든 팔뚝만이 있을 뿐이다. 그리고 그 팔 끝에는 맹금의 발톱처럼 검은 것이 보이는데 자크는 거기에서 눈을 뗄 수가 없다. 가늘고 신경질적인 손, 반쯤 오그라든 손가락은 무엇을 잡을 듯이 하늘을 향하고 있다…. 자크 주위에 있던 여러 사람의… 떠들썩한 목소리가 차츰 흐려져가는 것 같다….

"중위님, 파스케이 군의관을 모셔 왔습니다…. 파스케은 모든 것을 보았습니다. 마침 초소로 주스를 가지고 가는 길이었답니다…. 그런데 비행기가…."

펠트 커튼을 통해 들려오는 그 목소리는 차츰 멀어져간다. 하늘로 솟아 있는 나무 꼭대기가 아른거린다. 그리고 고통도 차츰 멀어져가더니 불쾌한 나른함으로 바뀌었다…. 전단… 메네스트렐… 자신도 이렇게 죽어가는 것이겠지….

도대체 어떤 신비롭고 불가항력적인 이유 때문에 자신은 지금 짓눌리고 갈팡질팡하며 무력해진 이 배의 밑창에 머물러 있는 것일까? 메네스트렐은 이미 오래전에 물속으로 자신의 몸을 내던졌다. 왜냐하면 호수 위에 몰아치는 그 폭풍우가 그들의 배를 너무나 거세게 뒤흔들어 놓았기 때문이다…. 태양은 녹아내린 납처럼 뜨겁다. 자크는 이 열기를 피하려고 애를 썼으나 헛된 일이다. 어깨를 움직이려고 노력하면서 그는 눈꺼풀을 반쯤 열었다가 이내 다시 감았다. 왜냐하면 황금빛 화살이 그의 눈 속까지 상처를 입혔기 때문이다. 그는 고통스러워하고 있다. 보트 밑에 있는 수많은 뾰족한 자갈이 그의 몸 전체에 극심한 고통을 주고 있다. 메네스트렐을 불러보고 싶지만 입속에 타오르는 목탄 같은 것이 있어서 혓바닥을 몹시 아프게 한다…. 충격. 말초신경까지 그것을 느끼면서 그는 고통스러워하고 있다. 갑작스러운 파도에 밀려 배가 선창가에 부딪힌 것이 틀림없다. 그는 눈을 떴다…. "이것 봐, **취급 주의**, 물을 줄까?" 군모… 그렇게 말한 것은 헌병이다…. 본 적도 없고, 면도도 제대로 하지 않은 시골 신부의 얼굴을 한 헌병이다. 주위에서는 거칠고 탁한 목소리들이 서로 엇갈린다. 고통스러워하고 있어. 다쳤나 봐. 무슨 사고를 당한 것이 틀림없어. 목이 마르다…. 불덩어리 같은 입술에 양철컵의 모서리가 닿는 것을 그는 느낀다. "뭐, 그까짓 놈들의 소총쯤이야 별거 아니야. 문제는 기관총이지! 더구나 놈들은 어디를 가거나 갖고 다니거든!"—"뭐, 기관총이라면 우리 쪽도 있으니까! 이제 곧 그 맛을 보여주게 될 거야!"

마시고 싶다…. 햇볕에 노출되어 있고 더구나 땀에 흠뻑 젖어 있는데도 불구하고 그는 오한으로 몸을 떨고 있다. 치아를 덜덜 떨면서 양철컵의 물을 마신다. 그의 입은 온통 상처투성이다…. 물 한 모금을 정신없이 들이켜자 목이 조여온다. 약간의 물이 턱 위로 흘러내린다. 팔을 올려보려고 한다. 손목에 수갑이 채워져 있는 데다가 또 손목이 들것의 가죽끈에 단단히 묶여 있다. 더 마시고 싶다. 그러나 컵을 쥐고 있던 손이 뒤집혔다…. 문득 생각나는 것이 있다. 모든 것이! 전단… 검게 탄 메네스트렐의 손, 비행기, 열화… 그는 뜨거운 햇살과 눈물과 먼지와 땀 때문에 눈이 쓰라려 눈을 감았다…. 목이 마르다…. 고통스럽다…. 이제는 고통스럽다는 생각밖에는 아무것도 떠오르는 것이 없다. 그러나 주위에서 웅성거리는 소리가 들려 눈을 다시 뜬다.

주위에는 옷차림이 단정치 못하고 땀 때문에 머리털이 찰싹 달라 붙은 꼴사나운 보병들이 오가면서 무엇인가 떠들어대고 서로 부르며 고함친다. 이런 병사들이 우글거리는 길가, 풀 위에 놓여 있는 들것에 그는 누워 있다. 조랑말이 끄는 몇 대의 마차가 삐걱거리며 그가 누워 있는 바로 곁을 굉장한 먼지를 일으키면서 서지도 않고 천천히 지나간다. 이 미터쯤 떨어진 길가에서는 헌병들이 서서 수통을 높이 들고 번갈아 물을 마시고 있다. 길가에는 세워놓은 총과 산더미처럼 쌓아놓은 배낭이 끝없이 줄지어 있다. 병사들은 경사지에 옹기종기 무리를 지어 누워서 한담을 하기도 하고 몸짓 손짓을 하기도 하며 담배 연기를 내뿜기도 한다. 피로에 지친 병사들은 길게 누워 얼굴 위에 팔을 얹고 뙤약볕 아래에서 잠을 자고 있다. 바로 곁에 있는 구덩이에서는 아주 어린 병사가 팔짱을 끼고 두 눈을 크게 뜨고는 하늘을 쳐다보면서 풀잎을 씹고 있다. 마시고 싶다, 마시고 싶다…. 고통스럽다. 아프지 않은 데가 없다. 입이며 다리며 등이며… 열로 인한 전율이 허리를 스쳐간다. 그리고 그때마다 가는 신음 소리가 입 밖으로 흘러나온다. 그렇지만 추락 뒤, 비행기가 불에 휩싸인 직후 살을 파고드는 것 같던 고통과는 다른 것이다. 누군가가 보살피고 치료를 해준 것이 틀림없다. 그러자 문득 어떤 생각이 비몽사몽간에 그의 뇌리를 스쳐 갔다. 두 다리의 절단 수술을 했나 보다…. 이제 와서 무슨 상관이 있는가? 그래도 절단이라는 생각이 머리를 떠나지 않는다. 두 다리를… 그 두 다리를 느낄 수 없다. …무엇이 어떻게 됐는지 알고 싶다…. 몸은 가죽끈으로 들것에 단단히 묶여 있다. 그렇지만 목만은 치켜올릴 수 있다. 피투성이가 된 두 손과, 무릎까지 절단된 바지 아래로 쑥 나와 있는 두 다리가 보인다. 내 다리다! 두 다리가 다 있다…. 살아 있는 다리일까? 붕대로 두 다리를 감았다. 그리고 무릎에서 발목까지 상자에서 떼어 낸 듯한 쐐기 모양의 나뭇조각을 대고 두 다리를 단단히 묶어놓았다. 그 나뭇조각에는 **취급 주의**라고 쓴 검은 글씨가 아직도 선명하게 남아 있다…. 그는 피로에 지쳐 고개를 축 늘어뜨렸다.

주위에는 많은 사람들의 목소리… 수많은 사람들, 수많은 병사들… 전쟁… 어떤 병사들은 이런 말을 주고받는다. "어떤 용기병의 말에 의하면 연대는 저쪽에 집결되어 있다는 거야…."—"뭐, 대열에 끼어 있기만 하면 돼. 저쪽에 가서 슬슬 붙으면 모를 거야."—"자네들은 도대체 어디서 왔나?"—"이름을 대면 어딘지 알겠나? 저쪽에서 왔어…. 자네들은?"—"우리들도 마찬가지야. 금요일부터 줄곧 걸었어!"—"우리들도 마찬가지야!"—"이봐, 우리들도 뻔해. 공격이 시작되면서부터—7일, 금요일부터 오늘까지 꼭 사흘째야, 안 그래?—통틀어 여섯 시간도 못 잤어. 그렇지 않아, 마이아르? 더구나 아무것도 못 먹었어. 토요일에는 약간의 지급이 있었어. 저녁으로. 그러나 후퇴를 시작한 뒤부터 이런 소동 속에서는 보급이 전무 상태야! 마을에 나가 어떻게 했으면 됐을 것을…." 좀 더 멀리서 성난 목소리가 들려왔다. "그러나 이대로 막을 내릴 수는 없어!"—"확실히 이것으로 볼 장 다 본 거야! 안 그래, 샤보? 깨끗이 끝장났어! 다시 공세를 취한다면 생각지도 않았던 장애에 부딪혀 반드시 지고 말 거야!…"

가장 고통스러운 것은 뭐니 뭐니 해도 입의 상처이다. 그것 때문에 침을 삼킬 수도, 말을 할 수도, 물을 마실 수도, 숨조차 거의 쉴 수가 없다. 조심스럽게 혀를 움직여보려고 한다. 목구멍 구석에는 휘발유와 탄 니스 냄새가 가실 줄을 모른다….

"더구나 밤마다 밖에서 경비를 해야 하고… 거기에 부대가 카스파치의 전면에 나가게 되면…."

그렇다. 혀에 상처를 입은 것이다. 부어 있으며, 심하게 찢어졌다…. 얼굴에 파편을 맞았거나 아니면 추락할 때 턱이 으스러진 것이 틀림없다. 그런데 아픈 곳은 입안이다. 중추 기관은 여전히 움직이고 있다. '치아로 혀가 잘렸구나' 하고 그는 생각했다. 그러나 너무 긴장하고 있었기 때문에 기진맥진해졌다. 망연자실한 그는 다시 눈을 감았다. 감고 있는 눈앞에는 무수한 불꽃이 춤을 춘다. 두 다리의 격통은 끊일 줄을 모른다. 그는 나지막하게 끙끙 앓는 소리를 냈다. 그러다가 갑작스럽게 찾아드는 평온한 마음에 몸을 맡긴다…. 망각….

"온통 화상투성이군…. 두 다리는 엉망진창이고…. 간첩인지도…."

그는 다시 눈을 떴다. 보이는 것은 여전히 장화와 각반.

헌병들이 들것 옆으로 왔다. 그 주위를 여러 사람이 둘러쌌다. "하여튼 비행기는…."—"놈들이 탄 **토브***를 브리카르 그자가 보았어…."—"브리카가?"—"아니! 제5중대의 몸집 큰 하사관 브리카르 말이야."—"놈들이 탔던 **토브**는 형체조차 찾아볼 수 없게 되었어!"—"이것으로 한 대가 준 셈이군!"—"아무튼! **취급 주의**, 저 녀석은 운이 좋은 편이야…. 다리는 엉망이지만 살 것 같아…." 이렇게 말하는 사람의 목소리는 생소하지가 않았다. 그는 고개를 돌렸다. 지금 말하면서 자크를 관찰하고 있는 남자는 벗겨진 이마에 생기 없는 눈을 하고 있는 시골 신부 같은 그 늙은 헌병이다. 바로 자크에게 물을 준 그 남자이다. "됐어!" 하고 다른 헌병이 소리 질렀다. 이글이글 타는 듯한 두 눈에 머리털이 검고 살갗이 갈색이며, 작달막하고 딱바라진 코르시카 사람의 얼굴을 한 남자이다. "아세요, 부대장님? 마르주라 말에 의하면 **취급 주의** 저놈 살기는 살 거라는 거예요! 그러나 오래는 못 갈 거라는군요!" 헌병반장은 히죽히죽 웃었다. "오래는 못 갈 거야, 그래… 파오리 말이 옳아. 오래는 못 갈 거야!" 그는 소매에 여러 줄의 새 금장식을 붙인 아주 덩치가 큰 남자이다. 검은 수염이 잔뜩 나 있는 그의 얼굴에서 보이는 것은 고기색을 띠고 있는 두 개의 광대뼈뿐이다. "그럼 왜 그 자리에서 처치하지 않았나요?" 하고 병사 하나가 반장에게 물었

* 제1차 세계대전 때의 독일의 단엽비행기 이름이다.

다. 반장은 아무런 대답을 하지 않았다. "그러면 이대로 운반하실 건가요?"—"군단에 인계해야 해." 하고 코르시카인이 설명했다. 반장은 불쾌한 듯 고개를 돌렸다. 그리고 거드름 피우는 투로 중얼거렸다. "명령을 기다리고 있는 거야." 건달같이 생긴 보병하사가 갑자기 껄껄대고 웃기 시작했다. "우리들과 똑같군! 이틀째 그 명령이라는 것을 기다리고 있으니!"—"먹을 것도 그렇고!"—"이 꼴이 뭐야!"—"연락병도 없나 봐…. 연대장이다…." 호각 소리에 모두 이야기를 멈추었다. "풀어 총! 대대 출발!"—"배낭을 메라! 이것 봐, 일어나! 배낭을 메라니까!"

자크 주위는 지금 이동하느라고 소란을 피우며 야단법석이다. 대대는 다시 행진을 시작한다. 그는 어두운 굴 속으로 빠져 들어간다. 배 주위에서는 물소리가 찰랑거린다. 심한 파도가 일며 배를 들어 올려 흔들다가 물결치는 대로 이끌고 간다…. "오른쪽으로 밀어!"—"무슨 일이야?"—"오른쪽으로 밀라니까!…" 동요 때문에 그는 눈을 떴다. 눈앞에는 들것의 앞부분을 들고 있는 헌병의 등이 보인다.

대열이 흔들린다. 그 물결은 두 다리를 공중으로 뻗고 배가 불룩해진 채 노상에 버려진 노새의 시체를 피해 지나간다. 사람들은 썩은 냄새 때문에 침을 뱉는가 하면 자기들 얼굴에 날아드는 파리를 쫓느라고 잠시 몸부림을 친다. 그 뒤에 대열은 다시 절룩거리며 이루어진다. 그리고 징 박은 구두창이 자갈투성이의 땅 위를 소리를 내며 다시 걷는다.

몇 시나 됐을까? 해가 머리 위에서 내리쬐어 얼굴이 뜨겁다. 고통스럽다. 열시나 열한시쯤 되었겠지? 어디로 데려가는 것일까? …먼지 때문에 몇 미터 앞도 보이지 않는다. 왼쪽에 있는 연대마차는 여전히 질식할 듯한 뽀얀 먼지 속을 아주 느리게 가고 있다. 길은 온통 먼지로 자욱하며, 말똥, 축축한 모직물, 가죽끈, 땀투성이의 사람 냄새를 풍기고 있다. 고통스럽다. 무엇보다도 기운이 없다. 생각할 힘도, 마비 상태에서 빠져나올 기력도 없다. 목은 먼지 때문에 칼칼해지고, 잇몸은 열과 갈증 때문에 마를 대로 말라 있으며, 혀는 완전히 피투성이가 되어 있고, 수많은 병사들의 발소리, 행군하는 군대의 소리 속에 홀로 내버려진 채 삶과 죽음의 갈림길에서 헤매고 있다…. 인사불성과 악몽이 긴 간격을 두고 교차하는 가운데서도 이따금 정신이 반짝 들 때면 계속 마음속으로 되풀이한다. '기운을 내자… 기운을 내야 한다….' 가끔 병사들이 들것에 바싹 붙어서 걷기 때문에 그에게는 흔들거리는 그들의 상반신과 총신, 그리고 자신과 하늘 사이에서 흔들거리는 공기만이 보일 뿐이다. 마치 넘실거리면서 지나가는 숲 한가운데 있는 듯한 느낌이 든다. 얼빠진 듯한 그의 눈은 흔들거리는 불룩한 잡낭, 푸른 헝겊으로 싼 물통에 매달려 반짝이는 컵에 집요하게 쏠렸다. 많은 병사들은 배낭의 가죽끈을 풀고 그 배낭을 허리 아래에 내려놓는다. 그들의 어깨는 축 늘어져 있고 얼굴은 먼지와 땀투성이다. 어쩌다가 자기에게 쏠리는 눈길과 부딪히면 주의 깊고 동시에 넋 나간 것같이 당황한 표정을 짓는다. 그것은 보기에 불안스럽고 놀라울 정도로 멍청한 표정이다…. 그들은 어깨를 나란히 하고 아무것도 보지 않으며 묵묵히, 비틀거리면서도 살아남는 길은 이렇게 후퇴하는 것이라는 집념에 사로잡힌 채 계속 앞으로 걸어가고 있다. 그리고 그들의 기력은 맷돌 위에서처럼 이렇게 길 위에서 쇠진되고 만다. 오른쪽에는 균형 잡힌 얼굴에 기력이 없어 보이는 키가 큰 병사가 의무병 완장을 달고 머리를 치켜들고는 마치 기도라도 하는 듯 명상에 잠긴 채 근엄한 걸음걸이로 걷고 있다. 들것 왼쪽에는 조심스러운 걸음으로, 더구나 절룩거리면서 걷고 있는 몸집이 작은 병사가 있다. 멍청한 자크의 눈길은 계속 뒤에 처져 있으며, 힘들여 발길을 옮길 때마다 무릎을 약간 절룩거리는 이 병사의 다리로 쏠린다. 가끔 패주 대열이 흐트러질 때면 수목이며, 울타리이며, 초원이며, 햇볕을 가득 받고 있는 전원 풍경이 온통 자크의 눈에 들어온다…. 꿈이 아닐까? 조금 전에 길가에서 농가가 눈에 띄었는데, 주위에는 벽토로 된 헛간이며 덧문이 닫혀 있는 회색빛 집이며 여러 마리의 닭이 모이를 쪼아 먹고 있는 산더미 같은 두엄이 있었다. 그리고 가축들이 배설한 오물 냄새가 그가 있는 곳까지 풍겨왔다…. 멍청해진 자크는 거의 눈을 감은 채 흔들거리는 대로 몸을 맡기고 있다. 두 다리가… 입이… 누가 물이라도 한 모금 주는 사람이 있으면…. 행군은 급작스러운 멈춤으로 계속 중단되곤 한다. 그리고 그 뒤에 병사들은 간격을 좁히기 위해 그리고 벌어진 사이로 짐마차가 끼어들지 못하게 하기 위해 헐떡거리며 뛰어야만 했다. “이런 꼴을 봐야 한다는 건 딱한 일이야! 왜 모두 같은 길로 들어서는지!”—“이봐, 어디나 다 그래! 길이란 길에는 어디를 가나 차량투성이야! 하여튼 사단 전체가 후퇴하고 있으니까!”—“사단이라고? 칠 군단 전체인가 봐!”

“이것 봐, 자네는 어디로 가는 거야?”—“자네 미치지 않았나?”—“이것 봐, 국민군!” 한 보병이 사람 물결을 거슬러 길을 비스듬히 가로질러 가면서 적이 있는 동쪽으로 향했다…. 부르는 것도 아랑곳하지 않고 그는 여러 대의 수레와 병사들 사이로 끼어들었다. 젊어 보이지는 않는다. 그의 턱수염은 회색이다. 그것은 먼지 때문만은 아니다. 총도 없고 배낭도 없이 농부가 입는 누런색 바지에 색이 바랜 군용 외투 차림이다. 허리에는 탄약갑이며 수통이며 잡낭 등 건들거리는 물건들을 잔뜩 차고 있다. "이봐, 뚱보, 도대체 어디로 가는 거야?" 그는 앞으로 내민 팔을 뿌리친다. 험상궂은 얼굴에 집요하고 험한 눈길. 두 입술을 움직이고 있는 것이 마치 망령과 속삭이기라도 하는 것 같다. "이봐, 고향에라도 돌아가는 건가?"—"행운을 비네!"—"돌아가면 엽서를 잊지 말게!" 뒤를 돌아보지도 않고 한마디의 말도 없이 그 남자는 앞으로 갔다. 돌더미를 넘어 도랑을 건너가더니 목장의 경계를 이루고 있는 소관목을 헤치며 갔다. 그러고는 자취를 감추었다.

"어럽쇼! 배가 있네!"—"도로 위에?"—"뭐라고?"—"가교병대대의 후퇴다!"—"대열을 막아버렸어."—"어디야?"—"정말이군! 저것 봐! 수륙양용 배야! 꼴좋다!"—"이것 봐, 조제프, 이번에도 라인강을 건너는 것은 체념해야 하나 보군!"—"앞으로!"—"전진!" 대열이 동요하더니 또다시 행군을 계속한다.

백 미터쯤 떨어진 곳에서 대열은 또다시 멈추었다. "또 무슨 일이지?" 이번에는 정지 상태가 지연된다. 도로와 철도가 교차하는 곳에서 텅 빈 객차의 길디긴 열이 지나가고 있다. 파열할 만큼 가열된 기관차가 씩씩거리며 그것을 천천히 끌고 있다. 헌병들은 먼지 속에다 들것을 내려놓았다. "반장님, 아무래도 형세가 좋지 않은 것이 틀림없어요. 군용 물자를 계속 후송하고 있는 것을 보니 말입니다!" 하고 마르주라가 살짝 웃음을 띠며 말했다. 반장은 열차를 바라보고 있다. 그리고 얼굴의 땀을 씻으면서 아무런 대답도 하지 않는다. "자 빨리!" 하고 코르시카 태생의 키가 작은 남자가 빈정거리며 말했다. "반장님, 마르주라 저자는 후퇴를 시작한 뒤로 아주 좋아하고 있어요!"—"마르주라" 하고 또 다른 헌병 한 사람이 말했다. 목줄기가 단단하고 건강하게 생긴 남자이다. 그는 돌더미 위에 앉아 빵 조각을 씹고 있다. "저놈 그저께 적의 창기병이 나타났을 때 어쩐지 마음이 동한 것 같더니…." 마르주라의 얼굴이 붉어졌다. 코가 크고 커다란 회색 눈의 마르주라. 그의 눈길은 슬픔에 잠겨 있고 사람의 시선을 피하는 듯하지만 그래도 의지가 엿보이고 있다. 고집스러워 보이는 상판에 언제나 타산을 잊지 않는 농부의 얼굴이다. 그는 말없이 자기를 보고 있는 반장에게 하소연한다. "반장님, 분명히 말씀드리지만 저에게는 전쟁이란 것이 통 성미에 맞지 않아요. 저는 코르시카 사람이 아닙니다. 저는 본래 전쟁을 좋아하지 않습니다."

반장은 못 들은 척했다. 그는 오른쪽을 돌아다보았다. 둔탁한 말발굽 소리가 열차 소리와 함께 들려오고 있다. 도로를 따라 기마병 일대가 말을 타고 달려오고 있다. "수색대인가?"—"아니야, 참모부야."—"그럼, 무슨 명령이라도 있었나?"—"길을 비켜라!" 흉갑기병의 대위를 선두로 두 하사와 몇 명의 기병이 기마병 일대를 뒤따르고 있다. 그들을 태운 말은 차량과 병사들 사이를 뚫고 들것을 돌아 길을 건너더니 다른 쪽에 가서 집결해서 밭을 가로질러 서쪽으로 가버렸다. "저자들은 운이 좋군!"—"농담 말아! 기병 사단은 우리들 뒤쪽에서 적이 우리들을 공격하지 못하도록 남아서 끝까지 사수하도록 명령을 받은 것 같아!"

들것 주위에서는 병사들이 이런저런 이야기를 나누고 있다. 단추를 푼 군용 외투 안쪽, 땀이 흐르고 있는 가슴팍 위에는 전사할 경우 군번을 알 수 있도록 검은 끈 끝에 인식표가 매달려 있다. 저들은 나이가 얼마나 됐을까? 모두가 주름지고 더럽고 하나같이 노인 같은 얼굴을 하고 있다. "물이 좀 안 남았나?"—"한 방울도 안 남았어!"—"칠 일째 되는 날 밤에 우리들은 체펠린*을 보았거든. 바로 숲 위를 날아가고 있었어…."—"후퇴하는 것이 아니라고? 뭐? 이것이야말로 후퇴하는 거나 다름없어!"—"아니야. 참모부의 한 장교가 '상관'에게 말하는 것을 여단의 연락장교가 들었다고 하면서 전하는 말이 후퇴하는 것이 아니래!"—"자네들 알겠나? 그의 말에 따르면 후퇴하는 것이 아니라는 거야!"—"아니고말고! 소위 전략적 후퇴라는 거지. 반격을 준비하기 위한 거야…. 그래놓고 멋지게 한방 먹이는 거야…. **놈들은** 독 안에 든 쥐야."—"뭐라고?"—"독 안에 든 쥐! 특무상사님께 물어봐. 독 안에 든 쥐라는 것이 무슨 뜻인지 알겠나? 독 안으로 들어가게 하는 거야, 알겠지? 그다음에 쾅! 독 뚜껑을 닫는 거야. 그러면 놈들은 꼼짝 못 하고 우리의 것이 되는 거지!"—"**토브**다!"—"어디?"—"바로 저기!"—"어디 말이야?"—"퇴비 더미 바로 위에."—"**토브**다!"—"앞으로 가!"—"특무상사님, **토브**예요!"—"앞으로 가라니까! 저기에 수송 차량이 있다…. 열차의 꼬리가."—"어떻게 **토브**라는 것을 알았어?"—"이것 봐요! 사방

* 독일의 체펠린 장군에 의해 설계된 비행선을 말한다.

에서 쏘아대고 있어요. 저런!" 공중에서 번쩍번쩍 빛나는 작은 점을 중심으로 작은 솜털 같은 것이 뭉게뭉게 피어나서 잠시 뭉쳐 있다가 바람결에 흐트러지고 만다. "대열을 만들어라! 앞으로!" 몇 량의 마지막 객차가 천천히 선로 위를 지나간다. 건널목 차단기가 올라간다.

밀고 밀리는 대혼잡…. 오! 이렇게 뒤흔들리다니…. 용기를 내자, 용기를…. 순간적으로 정신이 들자 그의 귀에는 머리 위로 들것의 앞부분을 든 헌병의 헐떡거리는 소리가 들린다. 뒤이어 온 천지가 뒤집히는 것 같다. 현기증과 구역질. 용기를 내자…. 병사들의 지리멸렬한 대열이 붉고 푸른 목마같이 빙글빙글 돌며 지나간다. 그의 입에서는 신음 소리가 흘러나온다. 가냘픈 손, 메네스트렐의 손이 검게 보이다가 눈에 띄게 오그라들며 불에 탄 닭다리처럼 된다. 전단은! 모든 것이 타버리고, 모든 것이 사라졌다…. 죽는 거다… 죽는 거다….

자동차의 클랙슨 소리. 그는 눈꺼풀을 치켜올렸다. 대열은 어떤 마을 입구에서 멈춘다. 자동차가 경적을 울린다. 그 차는 뒤에서 오는 것이다. 병사들은 자동차가 통과하도록 길 옆으로 피한다. 반장은 차렷 자세로 경례를 한다. 작은 기를 단 무개차다. 장교들이 가득 타고 있다. 차 구석에는 금테를 두른 장군 모자. 자크는 다시 눈을 감았다. 군법회의의 환상이 머리를 스쳐 지나간다. 그는 법정의 중앙, 금테를 두른 모자를 쓴 장군 앞에 서 있다…. 펨므 씨이다…. 경적이 계속 울리고 있다. 모든 것이 뒤죽박죽이다…. 다시 눈을 뜨자 잘 다듬어진 울타리, 잔디밭, 제라늄, 줄무늬의 블라인드가 있는 별장이 보인다…. 메종 라피트… 철문 위에 적십자기가 걸려 있다. 정면 계단 앞에는 총탄 세례로 창이 온통 깨진 빈 구급차가 한 대 있다. 대열이 지나간다. 대열은 몇 분간 전진하더니 정지한다. 들것을 난폭하게 내려놓는다. 대부분의 병사들은 잠시만 정지해도 서서 기다리지 않고 마치 그 자리에서 죽어도 좋다는 식으로 배낭도 총도 그대로 멘 채 정지한 곳에 털썩 주저앉는다.

마을에서 이백 미터쯤 떨어진 곳이다. "마을까지 가서 정지할 것 같은데" 하고 반장이 말한다.

또다시 출발하느라고 야단법석이다. "출발!" 대열은 다시 출발하여 오십 미터쯤 가다가 또 정지한다.

충격. 무슨 일이지? 해는 아직 중천에 있어 몹시 뜨겁다. 도대체 몇 시간 전부터, 며칠 전부터 이렇게 걷고 있는 것일까? 고통스럽다. 입안에 삼출된 피가 침에 고약한 맛을 주고 있다. 조랑말에 붙어 있던 파리가 턱과 손 위에 덤벼든다.

마을의 한 개구쟁이가 눈을 반짝이며 주위를 둘러싸고 있는 병사들에게 웃음을 지으면서 이야기를 해주고 있다. "면사무소 지하실… 채광 환기창 바로 앞에… 셋이 있어요! 포로가 된 독일 창기병 셋이 있어요…. 모두 벌벌 떨고 있어요! 꼭 흰담비 같아요! …아이들을 보면 자기들의 팔이라도 자르기 위해 온 줄로 알아요… 보초 둘 사이에 끼여 오줌 누러 나온 놈이 있었는데… 정말 죽이고 싶었어요!" 반장은 아이를 불렀다. "이 근처에 아직 포도주가 있을까?"—"물론 있어요!"—"자, 여기 이십 수가 있다. 가서 일 리터만 사 와라."—"반장님, 돌아오지 않을 겁니다…." 하고 마르주라가 뻔한 일이라고 말하면서 반대했다.—"전진! 중대, 앞으로 가!" 다시 오십 미터쯤 행진.

어느 길의 교차지점까지 왔을 때 일개 소대의 기병대가 말에서 내렸다. 오른쪽, 흰 나무판자로 둘러싸인 아래쪽 지면에서는—장터임에 틀림없다—여러 명의 하사관이 보병 중대의 생존자를 모으고 있다. 한가운에서는 대위가 장황하게 연설을 하고 있다. 그것이 끝나자 대열이 흩어졌다. 짚가리 근처에서 이동 취사차가 수프를 나누어주고 있다. 그릇이 부딪치는 소리, 떠드는 소리, 다투는 소리, 마치 벌집을 쑤셔놓은 것 같다…. 아이가 헐레벌떡 뛰어와 포도주 한 병을 쳐들고 흔든다. 그는 웃고 있다. "이것 봐요, 말씀하신 포도주예요. 이게 십사 수랍니다. 도둑놈들이지요."

자크는 다시 눈을 떴다. 포도주병은 찬 김으로 뒤덮여 언 것 같아 보인다. 자크는 그것을 보면서 눈을 깜박거린다. 그 병을 보고만 있어도… 마시고 싶다… 마시고 싶다…. 헌병들은 반장 주위에 모였다. 반장은 우선 손바닥으로 그 차가운 것을 즐기기라도 하려는 듯 병을 두 손으로 들고 있다. 그는 서두르지 않는다. 두 다리를 벌리고 편히 앉아 병을 들어 햇볕에 비쳐본다. 그리고 병을 입술에 갖다 대기 전에 입안을 깨끗하게 하기 위해 마른기침을 하고는 침을 뱉어낸다. 한 모금을 마시고 난 그는 미소 지으면서 제일 고참인 마르주라에게 병을 내민다. 마르주라는 과연 자크를 생각할까? 아니다. 그는 포도주를 마시고 난 다음 옆에서 콧구멍을 벌름거리고 있는 파오리에게 넘겨준다. 자크는 슬며시 눈을 감는다. 더 이상 그런 광경을 보고 싶지 않기 때문이다….

주위에서는 많은 사람들의 목소리가 들려온다. 그는 눈을 떴다가 다시 감았다. 용기병 하사들—그들 중의 일개 소대는 지름길에서 대기하고 있다—이 대열이 정지해 있는 것을 기회로 보병들에게 접근해서 잡담하고 있다. "우리들은 경기병 여단에 속해 칠일에 제7군단과 같이 전투에 들어갔어…. 탄까지 가 거기에서 이렇게 선회해 라인강을 따라 다시 올라가 배수진을 치려고 했던 거야. 그런데 너무 급히 서둘렀어. 잘못 들어갔던 거야, 알겠나? 너무 급히 서둘렀었던 거지. 말은 허덕이고 병사들은 지쳐 있었고…. 그러니 후퇴할 수밖에."—"그야말로 난장판이더군!"—"그 정도는 아무것도 아니야! 우리들은 모두 북부에서 오는 길이야…. 거기야말로! 도로 위에는 군대뿐만 있는 것이 아니라 겁을 먹은 마을 사람들까지도 소개하느라고 야단법석이니까!"—"우리들은" 하고 한 보병중사가 낮은 목소리로 열을 내며 말했다. "전위 쪽에 파견됐어. 해 질 무렵에 알트키르히에 도착했어."—"8일에?"—"8일 토요일, 바로 그제 말이야…."—"우리들도 거기에 있었어…. 보병들은 정말 잘했어. 훌륭했어. 알트키르히는 프로이센병으로 득실거렸어. 보병이 놈들을 눈 깜짝할 사이에 무찔러 쫓아버렸어…. 그리고 우리들은 그날 밤 놈들을 발하임까지 추격했어."—"우리들은 타골스하임까지도 갈 수 있었어."—"그다음 날 우리들 앞에는 쥐새끼 한 마리 없었어…. 쥐새끼 한 마리도! 뮐루즈까지… 베를린까지 그런 식으로 가는 줄 알았지! 웬걸, **놈들이** 우리를 진격하도록 내버려둔 것은 **놈들대로** 속셈이 있어서 그랬던 거야. 그제부터 **놈들은** 반격으로 나왔어. 저쪽은 대단한 격전이었나 봐."—"다행히 후퇴하라는 명령을 받았으니 망정이지! 안 그랬으면 아마 지금쯤은 모두 전사했을 거야." 대열에 있던 보병 특무상사와 몇 사람의 중사가 이야기를 들으려고 왔다. 특무상사는 핏

발이 선 눈에 광대뼈는 붉게 상기되었으며, 목소리는 단속적이었다. "우리들은 열세 시간 동안, 계속해서 열세 시간 동안이나 싸웠어! 안 그래, 로세? 열세 시간이나… 적의 창기병들은 우리들 앞, 전나무 숲속에 숨어 있었어. 일생을 두고 못 잊을 거야. 놈들을 쫓아버린다는 것은 불가능한 일이었어. 그래서 중대를 왼쪽으로 보내 숲을 우회하도록 한 거야. 나는 퓌토에 있는 짐메르*에서 회계를 맡았던 몸이야! …그런 내가 일 킬로 이상이나 포복을 했으니 말이야. 두 시간, 세 시간 동안이나. 목적지인 농가까지는 무슨 짓을 해도 못 갈 줄 알았어. 그런데 거기에 도달한 거야. 농가에 있던 놈들은 모두 지하실에 있었어. 여자들과 아이들은 울고 있었고. 불쌍한 생각이 들더군…. 결국 가두어놓고 열쇠로 잠갔지. 알자스인이었어. 하지만 안심할 수는 없었지…. 그리고 벽에다 총안을 만들었어…. 그리고 모두 삼층으로 올라가 창마다 침대의 매트리스를 세워놓았어. 기관총은 한 대밖에 없었는데 탄약통은 산더미처럼 있었고. 그래 꼬박 하루는 버텼던 거야! 연대장은 우리가 모두 끝난 줄로 알았던가 봐…. 그런데 이렇게 되돌아왔어! 어떻게 해냈는지 믿을 수가 없을 정도야! 　그래도 원대 복귀하라는 명령이 떨어지자, 글쎄, 모두가 기다렸다는 듯이 서둘러 돌아오더군! 숲을 떠날 때는 이백 명은 족히 되었었어. 그런데 농가를 떠날 때는 육십 명을 넘지 못했어. 그중 이십 명은 부상자였고…. 그런데 실은—내 말이 믿어지지 않겠지?—별로 무섭다는 생각이 안 들었던 거야…. 무섭게 여기지 않았던 이유는 모두가 흥분한

* 맥주 회사 이름.

나머지 자기가 무슨 짓을 하는지 모르고 있었기 때문이야. 사병도 장교도 모두가 정신없었어. 아무것도 보이지도 않고, 뭐가 뭔지 통 알 수 없는 상황이었어. 모두가 피신하기에 바빴거든. 전우가 쓰러지는 것조차 모르고 있었으니까. 내 바로 곁에서 전우 하나가 피를 뿜으면서 쓰러졌어. '아이고 죽었다'라고 말하더군. 지금도 귀에 선해. 그의 목소리가 들리는 것 같아. 그런데 누구였는지 전혀 모르겠어. 그를 돌아다볼 사이도 없었으니까. 그저 정신없이 돌진하고 고함치고 쏘아댔어. 모두 제정신이 아니었지. 안 그래, 로세?"—"우선" 하고 로세는 화가 난 듯한 태도로 상대의 얼굴을 하나하나 바라보면서 말했다. "확실히 말해두겠는데 프로이센 그놈들 우리들 앞에서는 전혀 문제가 되지 않아!"—"반장님!" 하고 한 헌병이 외쳤다. "출발입니다!"—"뭐? 그럼 전진!" 하사관들은 제자리로 뛰어갔다. "그쪽은 더 좁혀라! 좁혀!"—"앞으로!"—"그럼 또 만나세. 행운을 비네!" 하고 용기병들 앞을 지나면서 반장이 외쳤다.

대열은 다시 행군을 시작했다. 이번에는 정지하는 일 없이 밀집한 대열로 길을 꽉 메우면서, 그리고 가축들이 발을 구르는 것과 같은 소리로 길을 온통 뒤덮으면서 어떤 마을로 들어갔다. 행군의 속도가 늦추어졌다. 들것의 동요로 인한 고통도 한결 줄어들었다. 자크는 주위를 살펴보았다. 많은 집…. 이제 고통도 이것으로 끝인가?…

집집마다 문 앞에는 동네 사람들이 떼를 지어 서 있다. 늙은이, 어린애를 안고 있는 여인들, 어머니의 치맛자락에 매달려 있는 꼬마들하며. 그들은 몇 시간 전부터, 어쩌면 새벽부터 벽에 등을 기대고 목을 내밀고는 걱정스러운 얼굴로 먼지와 햇볕에 눈이 가려 앞을 제대로 분간하지도 못하면서도 끊임없는 연대의 차량 행렬, 군수품, 식량 수송 차량의 행렬, 위생반, 포대, 피로에 지친 연대의 행렬 등이 길을 가득 메운 채 지나가는 것을 바라보고 있는지 모른다. 얼마 전까지만 해도 국경을 향해 가고 있는 이들 당당한 '국경수비대'를 그들은 마음 든든하게 생각하며 바라보았던 것이다. 그런데 지금은 적의 침략에 자신들을 남겨놓고 이렇게 궤주하고 있는 것이다. 먼지 때문에 숨도 제대로 쉴 수 없는 이 마을은 건물 해체 현장처럼 햇볕에 먼지가 뽀얗게 일고 있다. 벌집을 쑤셔놓은 것 같은 윙윙거리는 소리가 도처의 큰길, 작은 골목, 광장을 가득 메우고 있다. 가게란 가게는 모두 남아 있는 빵, 육류, 포도주를 약탈해가는 병사들로 야단법석이다. 교회 앞 광장은 병사들과 멈추어 있는 차량들로 꽉 차 있다. 용기병들은 고삐를 잡고 그들의 말을 끌고 와 그늘이 약간 져 있는 오른쪽에 떼 지어 있다. 얼굴이 붉고 화가 난 듯한 지휘관 한 사람이 말의 목 위로 몸을 구부리고 오페레타에서 입는 것 같은 제복을 입은 늙은 전원 간수에게 욕설을 퍼붓고 있다. 교회의 정면 현관문은 활짝 열려 있다. 어둠침침한 중앙회중석, 짚으로 된 잠자리 위에는 부상병들이 줄지어 있고, 그 주위에서 여자들, 간호사들, 흰 앞치마를 두른 군의관들이 바삐 움직이고 있다. 밖에, 햇볕이 쨍쨍 내리쬐이는 짐수레 위에서 보급계 하사관이 떠들썩한 소란 속에서 악을 쓰듯이 고함을 지르고 있다. "제5중대! 배급!…" 종대는 점점 더 천천히 전진하고 있다. 교회 뒤에 있는 대로는 좁아지더니 하나의 오솔길을 이루었다. 빽빽한 공간에 대열이 들어서자 병사들은 그 자리에서 발을 구르며 욕설을 퍼부어댄다. 한 노인이 집 문 앞에서 등받이가 달린 안락의자에 앉아 마치 구경거리라도 있는 듯이 한 손을 무릎 위에 얹고보고 있다. 노인은 마침 앞을 지나가는 반장을 불렀다. "아직 이렇게 후퇴하려면 멀었나요?"—"모르겠어요. 명령을 따를 뿐이죠." 노인은 물과 같이 맑은 눈길로 들것, 헌병들을 두리번거리며 잠시 바라보았다. 그러고 나서 못마땅하다는 듯이 고개를 내저었다. "나도 칠십년 전쟁 때 모두 경험했어…. 하지만 그때는 더 오래 버티었는데…."

자크의 시선은 동정 어린 노인의 눈길과 마주쳤다. 포근한 느낌….

대열은 행군을 계속하고 있다. 이제는 마을의 중심지도 지나갔다. "마지막 끝 민가에서 휴식을 취할 것 같은데." 하고 조금 전에 헌병 중위에게 묻고 온 반장이 말했다. "그런 편이 낫겠네요." 하고 마르주라가 말했다. "다시 출발할 때는 맨 앞장을 서게 될 테니까요." 포석길이 끝나고 양쪽에 낮은 민가와 작은 정원이 있고, 인도도 없는 넓은 길이 다시 계속되었다. "정지! 차를 지나가게 해라!" 연대에 소속된 차량이 계속 앞으로 가고 있다. "너희들" 하며 반장이 말했다. "혹시 급식 차량이 뒤늦게 오지 않나 살피고 와… 배가 고파서…. 나는 **취급 주의**도 있고 하니 파오리와 남아 있겠어…."

들것은 모든 부대의 병사들이 물통에 물을 채우려고 몰려드는 길가 근처에 놓였다. 우물 둘레의 돌 위로 넘쳐흐른 물은 작은 도랑을 이루며 흐르고 있다…. 자크는 흐르는 그 물에서 눈을 뗄 수가 없다. 입안은 고약한 철 냄새로 가득했다. 침은 마치 물에 젖은 솜 같았고…. "마실 것을 줄까?" 꿈같은 이야기이다!

흰 주발이 한 늙은 시골 노파의 손에서 빛나고 있다. 주위에는 구경꾼들이 몰려들었다. 병사들, 민간인들, 거무죽죽한 피부의 노인들, 꼬마들, 아낙네들. 주발이 자크의 입술 가까이로 다가온다. 그는 몸을 부들부들 떨고 있다…. 눈길은 개의 눈과 같이 고맙다는 표시를 하고 있다. 우유다…. 그는 고통스러운 듯이 한 모금 한 모금 마신다. 노파는 앞치마 끝으로 조심스럽게 턱을 닦아준다.

계급줄을 세 개 두른 한 군의관이 그곳을 지나다가 그의 옆으로 다가왔다. "부상자인가?"—"네, 군의관님. 재미없는 놈입니다…. 간첩입니다…. **독일놈**으로…" 시골 노파는 놀란 듯 벌떡 몸을 일으켰다. 그리고 주발에 남아 있던 우유를 대뜸 먼지 속으로 내던졌다. "간첩… **독일놈**…." 그 말은 입에서 입으로 전해졌다. 자크 주위에는 사람들이 모여들어 적의에 불타고 위협적인 태도를 보이고 있다. 그는 혼자인 데다가 몸이 묶여 있어서 속수무책이다. 그는 시선을 돌렸다. 뺨의 화상 때문에 온몸이 떨린다. 사람들은 비웃고 있다. 얼굴 위로 푸른색의 웃옷을 입고 있는 한 견습공의 상체가 보인다. 그 아이는 심술궂게 웃고 있으며, 손가락 사이에 꺼지지 않은 담배꽁초를 들고 있다. "조용히 내버려둬!" 하고 반장이 꾸짖었다. "간첩이라면서요!" 하고 애놈이 대들었다. "간첩이다! 와서 구경해! 간첩이래!…." 인접한 여러 집에서 사람들이 몰려나와 증오에 찬 한 떼를 이루었다. 헌병들은 그들을 가까이 오지 못하게 하느라고 진땀을 뺐다. "무슨 짓을 했어?"—"어디서 붙잡았대?"—"왜 죽이지 않아?" 한 꼬마가 자갈 한 줌을 주워 그를 향해 던진다. 다른 꼬마들도 이 아이를 따라한다. "그만해! 귀찮게 굴지 말아, 빌어먹을 놈들아!" 하고 화가 난 반장이 소리 질렀다. 그리고 파오리를 향해 "이 녀석을 가운데 마당으로 옮겨. 그리고 살문을 닫도록 해."

자크는 들것이 들려 옮겨지는 것을 느꼈다. 그는 눈을 감았다. 욕하는 소리, 비웃는 소리가 멀리서 들려온다.

주위는 조용해졌다…. 도대체 어디일까? 그는 용기를 내어 살펴보았다. 사람들 눈에 띄지 않도록 하기 위해 어떤 농가의 가운데 마당, 건초 냄새가 물씬 나는 헛간 그늘에 옮겨다 놓았던 것이다. 옆에는 낡은 사륜마차의 두 개의 연결봉이 공중으로 들려 있는데, 그 위에서 닭 몇 마리가 졸고 있다. 이 얼마나 조용한 그늘인가! …아무도 없다… 이런 곳에서 죽을 수 있다면….

난데없이 헌병들이 들이닥쳐 요란하게 그를 흔들어 깨운다. 닭들은 놀란 듯 꼬꼬댁거리며 날개를 크게 펴고 날아간다.

무슨 일이 일어났을까? 사방에서 부르는 소리, 이리 뛰고 저리 뛰는 소리, 온통 야단법석이다. 반장은 황급히 긴 웃옷과 장비를 몸에 걸쳤다. "자! 취급 주의야, 부탁한다…. 빨리!…" 마당 저쪽에는 좁은 길이 나 있는데 구급차의 행렬이 그곳을 쏜살같이 지나간다. "반장님, 응급치료소마저 옮기는군요."—"그런가 봐. 마르주라는 어디에 있어? 서두르자, 파오리… 뭐라고? 공병까지도?" 일개 분견대가 뒤따르는 두 대의 소형 트럭이 마당 안으로 들어왔다. 병사들은 급히 말뚝과 가시철망 굴레를 내려놓았다. "저 구석에다 말 울타리를 만든다…. 나머지는 이쪽에…. 빨리해!" 반장은 불안한 얼굴로 작업을 감독하고 있는 중사에게 물어본다. "전황이 그렇게 나쁜가?"—"아무래도 그런가 봐요! …우리는 진지를 구축하고 오는 길입니다…. **놈들**은 보주산맥*을 이미 점령하고 있는 것 같아요… 그리고 놈들은 벨포르**를 향해 오고 있는 것 같고요…. 점령당하는 것을 피하려고 항복을 생각하고 있다는 것도 같고…."—"농담이겠지? 그렇다면 우리들은 끝장이지 뭐야?"—"어찌 되었던 당신들의 경우 줄행랑을 치는 것도 나쁘지는 않을지 모르지요… 주민들을 정렬시키고 있어요. 한 시간 안에 마을을 철수시키는 겁니다…." 반장은 부하 병사들 쪽을 돌아보았다. "그런데 이번에는 누가 **취급 주의**를 맡을 차례지? 마르주라, 꾸물거릴 시간이 없어! 자 빨리!" 엔진 소리가 마당을 뒤덮었다. 짐을 내린 트럭은 되돌아갔다. 소란 속에서 대위의 목소리가 크게 울려 퍼진다. "쟁기며 쇠스랑이며 눈에 띄는 것은 무엇이든지 모아 와…, 풀 베는 기구까지도…. 그리고 주민들이 덤프차를 가지고 가는 일이 없도록 중위에게 가서 일러두게. 도로에 바리케이드를 쌓는데 그것들이 필요할 테니까…."—"자, 마르주라!" 하고 반장이 고함쳤다.—"네, 반장님…"

네 개의 팔이 들것을 움켜잡았다. 자크는 신음 소리를 냈다. 헌병들은 이미 종대가 행군을 시작하고 있는 도로로 재빨리 나왔다. 대열이 하도 빽빽하기 때문에 들것을 들고 그 사이로 끼어들기란 여간 어려운 일이 아니었다. "밀어! 무슨 일이 있어도 안으로 끼어들어가야 해!"—"제기랄!" 하고 파오리가 중얼거

* 프랑스 동북부에 있는 산맥 이름.

** 프랑스 알자스 지방 도시 이름.

렸다. "아무렴 이놈을 끌고 며칠이고 행군할 수는 없는 일이 아닌가!"

심하게 흔들린다… 또 흔들린다… 온몸의 아픈 데가 다시 눈을 뜬 것 같다….

마을은 온통 혼란에 빠져 있다. 집집마다 마당에서는 사람 부르는 소리, 고함치는 소리, 비탄의 소리만이 들려온다. 농부들은 급히 말에 수레를 달고 있다. 여인들은 그 수레에 작은 봇짐, 트렁크, 유아용 침대, 먹을 것이 들어 있는 바구니를 아무렇게나 싣고 있다. 많은 가족들은 병사들 틈에 끼여 여러 가지 물건들을 잔뜩 실은 외바퀴 손수레, 유모차를 밀면서 걸어서 피란 가고 있다. 도로 왼쪽에서는 군수품 수송 차량, 덩치가 큰 페르슈산産 말이 이끄는 공병차가 귀청을 찢는 듯한 소리를 내면서 급히 달리고 있다. 사방의 골목길에서는 당나귀나 말들이 끄는 짐수레가 쏟아져 나오고 있다. 노파와 어린아이들은 가구며 나무 상자며 매트 등이 산더미처럼 쌓여 있는 그 위에 앉아 있다. 민간인 마차는 도로의 중앙을 차지해서 가고 있는 연대 차량 사이를 끼어들어간다. 보병들은 오른쪽으로 밀려 길옆이든 도랑이든 닥치는 대로 아무 데나 걸어가고 있다. 해가 쨍쨍 내리쬐고 있다. 그들은 등을 구부리고 군모를 깊숙이 내려쓴 채 목에 손수건을 걸고, 짐을 실어 나르는 동물같이 짐을 잔뜩 짊어지고는 (어떤 사람은 등에 장작더미까지 지고 있다) 총총걸음으로 말 한마디 없이 걷고 있다. 그들은 자신들의 연대로부터 이미 이탈한 보병들이다. 어디에서 오는지 그리고 어디로 가는지도 모르고 있다. 그런 것은 별문제가 되지 않는다. 여드레 동안의 전투를 한 그들로서는 무엇이 어떻게 되어가는지 이해하려는 것을 단념한 지가 이미 오래다! 알고 있는 것은 '후퇴하고 있다'는 사실뿐이며, 그래서 후퇴하고 있는 것이다…. 피로, 공포, 치욕, 도망간다는 기쁨, 이런 것들이 한결같이 그들로 하여금 거친 표정을 짓도록 했다. 그들은 서로 누구인지도 모른다. 서로 말을 주고받으려고도 하지 않는다. 어쩌다가 서로 부딪치면 욕설이나 퉁명스러운 말을 주고받을 뿐이다….

자크는 심하게 흔들릴 때마다 눈을 떴다 감았다 한다. 두 다리의 통증은 헛간 그늘에서 쉬고 있는 동안에 조금 가라앉은 것 같다. 그러나 타는 듯한 입속은 계속 아파온다…. 주위에서는 사람들의 상반신과 총이 흔들거린다. 먼지와 짐승 같은 취급을 받는 이들 인간 무리의 열기 때문에 숨이 막힐 것 같다. 아무렇게나 흔들거리고 있는 많은 몸뚱아리의 물결이 빈 그의 위 속에 뱃멀미 같은 구역질을 불러일으킨다. 그는 생각하려고도 하지 않는다. 이미 모든 사람들로부터 그리고 자기 자신으로부터도 버림받은 한 물건에 지나지 않는다….

행군은 계속된다. 두 비탈길 사이에서 길은 좁아졌다. 계속 길이 막혀 멈춘다. 그때마다 들것을 땅에 내려놓으면서 거칠게 다룬다. 자그는 그때마다 눈을 뜨고 신음 소리를 냈다. "제기랄" 하고 파오리가 중얼거린다. "반장님, 이렇게 가다가는 곧 프로이센 놈들에게 그만…"—"그럴 리가" 하고 반장은 신경질을 내며 소리 질렀다. "보다시피 다시 전진하고 있어!" 종대는 다시 움직여 그럭저럭 오십 미터쯤 가더니 또 멈춘다. 헌병들은 지금 보병 일개 중대가 총을 메고 밀집해서 기다리고 있는 비포장도로의 교차 지점에 멈추어 있다. 장교들은 중대장을 중심으로 경사지 위에 서서 무엇인가 의논하면서 지도를 보고 있다. 반장은 호기심을 갖고 들것 옆으로 다가온 중사를 잡고 물었다. "당신들은 어디로 가는 길입니까?"—"몰라요…. 중대장님은 명령을 기다리고 있습니다."—"아무래도 정세가 좋지 않은 모양이지요?"—"네, 어지간히…. 북쪽에 적의 창기병대가 나타난 것 같아요…." 한 장교가 언덕 위까지 가더니 외쳤다. "총을 들어! 사열 종대로 서서 내 뒤를 따라와!" 그리고 혼잡한 도로를 왼쪽으로 하고 병사를 데리고 도로를 쭉 따라 풀밭으로 들어갔다. "저 친구 바보는 아니군요, 반장님! 저 친구 우리보다 먼저 숙영지에 도착할 겁니다!" 반장은 수염을 만지작거리면서 아무 대답도 하지 않았다.

이번의 정지 상태는 오래 지체되고 있다. 대열은 정말 봉쇄당한 것 같다. 왼쪽의 포열마저도 꼼짝을 않고 있다. 자전거반의 일개 소대는 자전거를 밀면서 차량 사이를 교묘히 빠져나가려고 했다. 그러나 그들 역시 뒤얽힌 이 혼잡 속에 빨려들어가고 만다.

이십 분이 지났다. 대열은 십 미터도 전진하지 못했다. 오른쪽 들판으로는 보병 부대가 도로 따위는 아랑곳도 하지 않고 무조건 서쪽으로 후퇴하고 있다. 조바심이 난 반장은 부하를 향해 눈짓을 해 보였다. 모두들 들것 위로 머리를 향해 무엇인가 낮은 소리로 밀담을 나눈다. "빌어먹을, 이렇게 하루 종일 시간을 낭비하며 있을 수는 없어…. 부대 놈들 그런 생각이라면 멋대로 가게 내버려두는 거야…. 나는 나대로 특별한 임무가 있어, 안 그래? 이 녀석은 오늘 저녁 헌병대 본부에 인계하도록 해야겠어…. 모든 것은 내가 책임질 테니까. 나를 따라와! 자, 어서!" 헌병들은 지체하지 않고 그 말에 따른다. 주위에 있는 병사들을 떠밀며 모두가 들것을 움켜쥐고 도랑을 넘어 비탈길을 올라갔다. 그러고는 꼼짝 못 하고 발이 묶여 있는 호송대와 도로를 이탈해서 들을 가로질러 내달았다.

도랑을 뛰어넘고 언덕을 오를 때 자크는 길고 목이 쉰 것 같은 신음 소리를 내지 않을 수 없었다. 그는 목덜미를 돌려보았다. 부어오른 입술을 좀 벌려보려고 했다…. 또 몹시 흔들거린다…. 다시 흔들거린다…. 하늘이며 나무며 모든 것이 흔들거린다…. 비행기가 불길에 휩싸인다, 그의 두 발이 탄다, 죽음이, 끔찍한 죽음이 두 다리와 넓적다리를 휘어잡더니 드디어 심장까지 올라온다…. 그는 기절을 했다.

갑자기 무엇엔가 부딪혀 그는 의식을 회복했다. 어디인가? 들것은 풀 위에 놓여 있다. 언제부터? 이런 도피 행각이 그에게는 며칠 전부터 계속되어온 것 같다…. 햇살이 달라졌다. 해가 더 낮아지면서 저물기 시작했다…. 죽음이 찾아들고 있다…. 심한 통증이 약이라도 먹은 것처럼 온몸을 마비시킨다. 그는 충격이라든가 소리라든가 사람의 목소리라든가 이런 것들이 아득히 개미 소리처럼 들려오는 깊은 지하에 파묻혀 있는 것 같다. 삼자고 있었나? 꿈을 꾸고 있었니? 흰 염소가 풀을 뜯어 먹고 있던 아카시아 숲이라든가 헌병들의 장화가 진창에 빠지면서 자기에게 진흙을 튀기던 질퍽한 초원이 기억에 떠올랐다…. 눈을 크게 뜨고 주위를 보려고 했다. 마르주라, 파오리, 반장 등 세 사람이 한쪽 무릎을 꿇고 있다. 전방, 몇 미터 앞에는 움직이고 있는 커다란 무리. 엎드려 있는 보병 중대. 배낭이 뒤얽혀 있어 마치 풀 속에서 움직이고 있는 거대한 등딱지 같다.

대위 하나가 병사들 뒤에 서서 쌍안경으로 지평선 쪽을 살피고 있다. 왼쪽에는 언덕, 비탈진 초원 위로 붉고 푸른 군대가 도박대 위에서 트럼프가 펼쳐지듯 부채 모양으로 전개되어 있다….

"반장님, 무얼 기다리고 계십니까?"—"명령을."—"만일 뛰기라도 해야 한다면" 하고 마르주라가 말했다. "이런 **취급 주의**를 들고 어떻게 쫓아간단 말입니까?"

대위는 반장 곁으로 다가와 쌍안경을 넘겨주었다. 별안간 말발굽 소리가 오른쪽에서 들려온다. 기병대 일개 소대. 선두에 있는 용기병 하사는 말의 등자 위에 똑바로 서 있어 헬멧의 장식털이 바람에 나부끼고 있다. 하사는 대위 앞까지 와서 말을 세웠다. 기운차고 쾌활한 얼굴에 어린아이 같은 용모를 하고 있다. 하사는 장갑을 낀 손으로 오른쪽을 가리켰다. "**놈들은** 저기에 있습니다…. 언덕 뒤에… 여기서 삼 킬로 떨어진 곳에…. 지금쯤은 아마 사단병력이 투입되었을 겁니다!"

하사는 큰 소리로 말했다. 자크는 그를 얼핏 보았다. 헬멧을 쓴 다니엘의 모습이 혼수상태에 빠져 있는 자크의 뇌리를 스쳐 갔다….

쇠가 서로 부딪치는 소리가 공중에서 진동한다. 그것을 들은 맨 뒷줄의 병사가 명령을 기다리지도 않고 곧 총에 칼을 꽂았다. 같은 동작이 옮겨지더니 지상은 곧 번쩍번쩍 빛나는 총검의 들판이 되었다. 모든 사람들은 고개를 치켜들었다. 그들의 시선은 한결같이 그 위의 하늘이 조용히 맑게 금색으로 물든 음침한 언덕 위로 향했다…. 하사는 눈짓으로 부하 기병들을 다시 불러모았다. 그들의 말은 풀 위에서 발을 구르더니 소대는 급히 다시 출발했다. 대위가 고함쳤다. "이것 봐, 우리에게 명령을 하달하라고 말해줘!" 그리고 대위는 반장 쪽을 돌아보면서 말했다. "알겠나? 왼쪽도 연락 두절! 오른쪽도 마찬가지야! 이런 혼란 상태에서 도대체 우리더러 어떻게 하라는 거야?" 대위는 부하들 쪽으로 걸어갔다. "반장님, 여기에 있어서는 안 되겠는데요…" 하고 마르주라가 더듬거리며 말했다. "저런" 하고 파오리가 말했다. "저쪽에서 움직이기 시작했어!" 정말 그렇다. 목장에 흩어져 있던 대대는 한 줄 한 줄 계속 뛰어나와 언덕 꼭대기로 왔다. 그리고 병사들의 열은 차례대로 비탈 저쪽으로 사라져갔다. "진격!" 대위가 고함쳤다.—"우리들도 진격!" 반장이 말했다.

들것을 들어 올리면서 또 흔들어댔다. 자크는 신음했다. 그러나 그 소리에 귀를 기울이는 사람이 아무도 없을뿐더러, 아무에게도 그 소리가 들리지 않았다. 아, 이대로 내버려두었으면… 이대로 그냥 죽게 내버려두었으면…. 그는 눈을 감는다. 오, 또 심한 충격… 오십 미터쯤 갈 때마다 들것은 난폭하게 풀 위에 놓인다. 헌병들은 무릎을 꿇고 앉아 잠시 숨을 돌리고는 다시 떠난다. 병사들은 오른쪽 왼쪽으로 껑충껑충 뛰어서 제각기 언덕을 기어올라가기 시작한다. 헌병들은 마침내 정상을 몇 미터 남겨놓은 지점까지 도달했다. 대위는 바로 그곳에 있다. 그는 이렇게 설명했다. "저쪽 협곡 깊숙한 곳에 틀림없이 숲과 길이 있을 거야…. 분명히 숲을 지나 남서쪽으로 갈 수 있을 거야. 빨리 서둘러야 해…. 정상을 지나면 보일 거야…." 마지막 보병부대가 나올 차례다. "앞으로!"—"우리도 뒤따르자!"하고 반장이 외쳤다. 들것은 또 난폭하게 들어 올려져 정상에 도달했다. 군데군데 관목이 잘려 있는 작은 목장이 나무가 무성한 협로 쪽으로 비탈져 있다. 그 협로 저쪽으로 숲이 시작되면서 지평선을 가리고 있다. “지름길을 곧바로 내려가기만 하면 된다! 앞으로!” 그러나 갑자기 하늘이 갈라질 듯한 소리가 길게 울려 퍼진다. 무엇인가 빙빙 돌며 날라오는 듯한 날카로운 소리가 점점 커진다…. 들것은 또 풀 위에 쾅 놓인다. 헌병들은 병사들과 함께 땅바닥에 찰싹 몸을 엎드린다. 각자 머리에 떠오르는 생각은 한 가지밖에 없다. 될 수 있는 대로 납작하게 엎드려, 간조 때 혀가자미가 모래에 묻히듯 땅속에 숨는 일이다. 귀청이 터질 것 같은 요란한 소리가 전방의 협로 저쪽, 숲속에서 작열한다. 모두가 공포에 질린 얼굴을 하고 있다. “우리의 위치를 알고 있는 모양이다!”—“앞으로!”—“놈들의 숲속에서 당하겠다!”—“협로로! 협로로 가자!” 병사들은 허리에 힘을 주고 다시 일어나 언덕 위로 뛰어 올라간다. 그들은 다시 뛰어가기 전에 지면의 하찮은 기복, 조그마한 관목까지 이용하면서 땅에 납작 엎드린다. 헌병들은 들것을 분해라도 할 듯이 마구 흔들어대면서 뒤를 따른다. 그들은 마침내 숲 기슭에 이르렀다. 그들에게 지금 자크는 상처를 입어 꼼짝도 못 하는 고깃덩어리에 불과한 것이다. 내려오는 동안 온몸의 무게가 부러진 두 다리로 몰렸다. 가죽띠가 팔과 넓적다리에 끼어든다. 지금은 아무런 의식이 없다. 숲의 경계를 짓고 있는 전나무 사이를 들것이 마치 총알처럼 들려가는 동안 그는 언뜻 눈을 떠본다. 여러 군데를 찔렸으며, 얼굴과 두 손이 벗겨져 있다. 뒤이어 갑작스러운 진정 상태. 피를 송두리째 흘렸을 때처럼 생명이 흘러가고 있다는 느낌이 들었다. 미적지근하고 구역질 나게 하는 피의 흐름… 현기증… 공중에서의 추락… 비행기, 전단….

공기를 가르는 듯한 신관信管 소리가 가까워지다가 멀어진다…. 자크는 눈을 떴다가 다시 감는다…. 사람들의 웅성거리는 소리…. 그림자, 꼼짝 않고 있는 사람들의 모습….

들것은 숲속, 하늘을 찌를 듯한 전나무가 늘어선 땅 위에 놓였다. 주위에는 무엇인가 석연치 않은 움직임…. 보병들은 서로 상반신을 붙이고 한곳에 몰려 있다. 어찌나 서로 밀착되어 있던지 마치 한 덩어리로 뭉쳐 있는 것 같다. 그들은 자신들의 장비 속에 목이 푹 파묻힌 채, 나뭇가지에 걸리는 총과 배낭 때문에 꼼짝달싹 못 하면서 앞으로 가지도 몸을 돌리지도 못하고 제자리에 서서 발을 동동 구르고 있다. "밀지 마!"—"무엇을 기다리는 거야?"—"수색대를 내보냈어."—"숲이 안전한지 어떤지 살펴봐야 해!" 장교들과 하사관들은 병사들을 다시 집결시키려고 이리 뛰고 저리 뛰고 있지만 소용없다. "조용히들 해!"—"제6중대 모여라!"—"제2중대!…" 들것 곁에 있던 한 병사가 전나무에 등을 기대고 있다. 졸음이 대뜸 죽음과 같이 엄습해왔다. 젊은 남자이다. 윤곽이 뚜렷하고 얼굴색은 쥣빛이다. 뻣뻣한 팔로 총을 무의식적으로 허리에 꼭 끼고 있는 것이 마치 받들어총을 하고 있는 것 같다. "제3대대가 후원하기 위해 측위에 나갔나 봐…." "이것 봐, 모두 이쪽이야! 이쪽!" 뚱뚱하고 촌놈 같은 하사 하나가 병아리를 거느린 암탉같이 그의 분대를 이끌고 숲속으로 들어갔다.

한 중위가 들것 위를 성큼 뛰어넘어 갔다. 겸손할 줄 모르는 상관의 거만하고 비열한 그 태도로 미루어 보아 자신의 위신을 지키기 위해서는 무슨 일이든지 서슴지 않고 할 사람이다. "하사관들, 모두들 조용히 하라고 해! 말을 들을 거야 안 들을 거야? 제1소대 집합!" 병사들은 얼굴을 찌푸리며 슬금슬금 움직이려고 한다. 자신들에게도 임무가 있고 소속한 데가 있다고 생각하면서 자신들의 지휘관들과 동료들을 찾고 있을 뿐이다. 어떤 병사들은 마치 전쟁이 어디까지나 숲 기슭 저쪽, 평지에서 일어나고 있고, 전나무 숲의 지평 이쪽은 한계를 긋고 있기라도 한 것처럼 터무니없는 생각을 하면서 시시덕거리고 있다. 가끔 한 연락병이 땀을 흘리면서 그리고 숨을 헐떡이면서 상대를 못 찾아 화가 난 듯 욕설을 내뱉으며 사람들을 헤치고 나아갔다. 그리고 연대명 또는 연대장의 이름을 미친 듯이 부르며 관목과 병사 사이로 모습을 감추었다…. 또 한 번의 신관이 아까보다 더 귀청을 찢는 듯이 날카로운 소리를 내며 나무 위로 지나갔다. 주위는 곧 조용해졌다. 모두가 등을 굽히고 메고 있는 배낭 밑으로 고개를 파묻는다. 이번에는 오른쪽에서 폭발했다…. "칠십오 밀리다!"*—"아니야! 칠십칠 밀리야!**…" 헌병들은 들것 주위에 있는 것이 당연한 것처럼 그 주위에 모여 꼼짝 않고 고립된 집단을 이루고 있다. 거기에 인간의 물결이 와서 부딪친다.

숲 기슭에서 별안간 누군가의 목소리가 터져 나왔다. "조준기 천팔백 미터! …조준선 산등성이…, 검은 작은 숲…. 명령에 따르라! 발사!…" 맹포화로 인해 하늘이 뒤흔들린다. 숲속이 조용해졌다. 다시 포격이 시작된다. 뒤이어 포탄이 점점 더 줄지어 날아간다. 숲 기슭에 있던 병사들은 모두 들판 쪽을 돌아보았다. 발사하라는 명령이 내리지 않았는데도 쏘는 재미로 대

* 프랑스군의 대포를 말한다.
** 독일군의 대포를 말한다.

강 겨냥을 하고 나뭇잎 사이로 쏘아대고 있다. 조금 전에 나무에 기대어 잠자고 있던 젊은 병사는 지금 들것 끝에 무릎을 꿇고 총을 두 나뭇가지 사이에 얹고 계속 열심히 쏘고 있다. 쏠 때마다 자크는 채찍으로 얻어맞는 것 같은 느낌이 든다. 그렇다고 눈을 뜰 기력도 없다.

갑자기 오른쪽에서 몇 마리의 말이 달려오고 있다…. 말을 탄 한 무리의 장교, 곧 두 지휘관과 대령 한 사람이 나뭇가지를 요란스럽게 꺾으면서 숲속으로 몰려들어갔다. 누군가의 날카로운 목소리가 총성을 압도하며 들려온다. "누구의 명령이야? 정신 나갔나? 어디를 향해 쏘고 있는 거야? 여단 전부를 쏠 작정인가?" 사방에서 하사관들이 고함친다. "쏘지 마! 모두 집합!" 지금까지의 소동이 순간적으로 멈추었다. 모두가 한곳에 밀집되어 있어서 결코 정렬을 가다듬을 것 같지 않아 보였지만 일단 집단에 속해 있다는 충동을 느끼자 병사들은 차츰 혼란에서 벗어나 같은 방향으로 발길을 돌렸다. 서로 바싹 다가서서 서로 부딪치고 말없이 서로 밀고 하면서도 이윽고 상급장교들의 뒤를 따라 철새처럼 천천히 남쪽을 향해 움직이기 시작했다. 냄비며 수통이며 반합이 부딪치는 소리가 부드러운 흙을 밟고 가는 투박한 군화 소리와 함께 마치 양 떼가 지나가듯이 수풀 속을 가득 메운다. 진 냄새가 뒤섞인 먼지가 적갈색 구름처럼 나무 사이로 올라온다.

"반장님, 저희들은 어떻게 하지요?" 반장은 이미 결심한 바가 있다. "우리들도 따라가는 거야!"—"그래, 이 **취급 주의**를 데리고 말입니까?"—"별수 없지! …자! 나를 따라 앞으로 가자!" 공격하러 나가기라도 하려는 듯이 헌병 둘을 뒤에 거느리고 부랴부랴 인파 속으로 끼어들어갔다. 남은 두 사람은 재빨리 자크를 들어 올렸다. "알겠어, 마르주라?" 하고 파오리가 속삭였다. 그리고 자신도 인파 속으로 끼어들려 했으나 너무나 빽빽이 늘어서 있어서 가려고 할 때마다 들것은 사정없이 밀려나고 말았다. "간격이 좀 생길 때까지 기다리자." 하고 마르주라가 일러주었다. "제기랄!" 하고 파오리가 말하면서 뒤에서 들고 있던 들것을 난폭하게 내려놓았다. "그렇다면 나는 반장님께 가서 기다려달라고 말해야겠어⋯." — "이것 봐, 파오리, 나를 남겨놓고 가지 않겠지!" 하고 소리 지르면서 마르주라도 똑같이 들것을 팽개쳤다. 그러나 파오리에게는 이미 그 말이 들리지 않았다. 그는 뱀장어같이 민첩하게 사람들 틈 속에 끼어들어갔다. 그리고 그의 푸른 군모와 햇볕에 그을린 짧은 목덜미도 이내 시야에서 사라졌다. "빌어먹을!" 하고 마르주라는 말했다. 그는 자크에게 마실 물을 줄 때처럼 자크에게 몸을 구부렸다. 그의 두 눈은 분노로 번득였다. "개새끼, 공연히 우리를 고생만 시키는군!" 그러나 자크의 귀에는 들리지 않았다. 그는 의식을 잃은 것이다.

마르주라는 나뭇가지를 헤치며 마침 지나가던 보병의 견장을 붙들려고 했다. "이것 봐, 좀 같이 들어줘!" — "나는 들것병이 아니야" 하고 상대는 말하면서 재빨리 팔을 뿌리쳤다. 마르주라는 호인 같아 보이는, 몸이 큰 금발의 병사를 찾아냈다. "이것 봐, 좀 도와줘!" — "농담 말아!" — "도대체 이 녀석을 어떻게 해야 하나." 마르주라는 중얼거렸다. 그는 손수건을 꺼내 무심코 얼굴의 땀을 닦았다.

이윽고 사람의 물결은 좀 줄어들었다. 파오리만 돌아온다면 문제없이 전진할 수 있을 텐데! "대위님!" 하고 마르주라가 더듬거리며 불렀다. 마침 한 장교가 고삐를 잡고 말을 끌면서 지나갔다. 그는 앞을 똑바로 바라보면서 이쪽으로 고개를 돌릴 생각도 하지 않았다…. 지금 걸어가고 있는 병사들은 낙오자들이다. 고개를 축 늘어뜨린 채 지친 몸으로 발을 질질 끌며 뒤에 처지지나 않을까 걱정하면서 정신없이 걸음을 재촉하고 있다. 부탁해보았지만 소용이 없다. 아무도 거추장스러운 이따위 들것은 떠맡으려고 하지 않을 거야….

갑자기 숲 기슭 저쪽, 들판 쪽에서 여러 사람의 목소리와 황급히 달려가는 발소리가 들렸다…. 마르주라는 얼굴이 새파랗게 질려 돌아보았다. 본능적으로 그의 손가락은 권총 케이스를 열고 총대를 잡았다. 그게 아니었다! 프랑스 사람들의 목소리였다. "저쪽이야! 저쪽!…" 부상자 한 사람이 전나무 사이에서 나타났다. 머리에는 붕대를 감고 핏기 없는 얼굴로 마치 몽유병 환자처럼 뛰어간다. 뒤이어 열 사람 정도의 보병이 덤불 숲 속으로 몰려 들어간다. 배낭도 총도 없다. 그들도 역시 부상병들이다. 팔은 붕대를 감아 목에 걸고 한 손과 무릎은 헝겊으로 둘둘 감았다. "이봐, 저쪽이야? 저쪽으로 갈 수 있어? …놈들은 그리 멀지 않은 곳에 있어!"—"뭐, 멀지 않은 곳이라고?" 하고 마르주라가 더듬거리며 말했다.

또다시 나뭇가지를 헤치는 소리가 났다. 뒷걸음치며 한 군의관이 나타났다. 그는 두 간호병에게 길을 터주고 있다. 그들 두 간호병은 모자도 안 쓰고 송장 같은 얼굴색의 한 뚱뚱한 남자를 두 손을 모아 의자를 만들어 운반하는 중이다. 그 남자는 장교복에 가슴을 풀어 헤치고 있으며 소매에는 견장이 네

개 달려 있다. 그리고 피투성이가 된 셔츠 밑으로는 배가 불룩 튀어나와 있다. "살살… 살살해…." 군의관은 마르주라와 그의 발밑에 있는 자크를 언뜻 보았다. 그는 몸을 세차게 돌리면서 "들것 아닌가! 이건 무엇 하는 거야? 민간인인가? 부상병인가?" 마르주라는 차렷자세로 중얼거렸다. "간첩입니다, 군의관님…."—"간첩이라고? 꼴좋군! …지휘관에게 이런 들것이 필요할지 모르지. …자, 빨리 비켜라!"

마르주라는 순순히 들것을 묶었던 가죽끈을 풀기 시작했다. 자크는 깜짝 놀라 한쪽 손을 들고 두 눈을 떴다…. 군의관의 모자인가? 앙투안은 아닐까? …그는 무슨 영문인지 알아보고, 또 기억을 더듬어내려고 초인적인 노력을 한다. 풀어준 다음 마실 것을 주려나 보다…. 그런데 어떻게 된 영문인가? 들것을 들어 올린다! 아야! …좀 살살 들어주었으면! 두 다리가! …끔찍한 고통. 널빤지를 받쳤는데도 부러진 정강이뼈가 살 속으로 파고들며, 새빨갛게 불에 달구어진 바늘이 골수까지 뚫고 들어오는 것 같다…. 고통 때문에 일그러진 입술, 공포 때문에 휘둥그레진 그의 두 눈을 눈여겨보는 사람은 아무도 없다…. 손수레를 뒤엎어 물건을 내리듯이 들것 밖으로 덜렁 내려진 자크는 끙끙거리며 옆으로 나가 자빠졌다. 갑자기 오한이, 다리에서부터 올라오는 오한이 죽음이 찾아오듯이 천천히 심장까지 올라오고 있다….

헌병은 아무런 잔소리도 하지 않았다. 그는 겁이 나는 듯 주위를 둘러보았다. 군의관은 지도를 살펴보았다. 두 명의 간호병은 눈을 감고 있으며, 셔츠가 붉게 물들어 있는 지휘관을 재빨리 들것 위에 옮겨놓았다. 마르주라는 더듬거리며 물었다.

"군의관님, 적은 가까이 있습니까?" 갑자기 올빼미의 울음 같은 날카로운 소리가 길게 나면서 대기를 찢는다. 뒤이어 아주 가까이에서 격렬하게 폭발하면서 머리통 속의 두뇌를 때린다. 그리고 거의 때를 같이해서 일제히 들판 쪽에서 사격 소리가 콩 볶듯이 들려온다.

"앞으로 가!" 군의관이 외쳤다. "양면 포화에 당하겠다…. 여기 있으면 우리 모두 당한다!"

다른 사람들과 마찬가지로 마르주라도 폭발하는 순간 땅에 납작하게 엎드렸다. 그는 다시 일어서려고 해도 일어설 수가 없었다. 순간 병사들이 들고 가는 들것과 숲속으로 들어가는 부상병들의 분견대가 보였다. 그는 공포에 짓눌린 목소리로 고함을 질렀다. "어떻게 하면 좋아? 나는 도대체 어떻게 하라는 거야? 게다가 **취급 주의**가 있으니?…" 팔에 붕대를 감고 행렬의 후위를 담당하고 있던 한 늙은 하사가 발길을 멈추지도 않고 뒤를 돌아보았다. "나는 도대체 어떻게 하면 좋아?" 하고 마르주라가 애원하듯 되풀이했다. "기다려줘…. 이 녀석을 데리고, 나더러 어떻게 하라는 거야?" 거무튀튀한 얼굴에 구식민지 부대 병사로서, 다시 입대한 이 늙은 하사는 부상당하지 않은 한 손을 메가폰처럼 입에 대고 외쳤다. "대단한 물건이군, 자네의 간첩은! 해치워버려, 이 멍청아! 그리고 잡히지 않으려면 자네도 빨리 도망가라구!"

"이럴 수가 있나!" 하고 마르주라가 외쳤다.

이제 그는 홀로이다. 눈을 감고 옆으로 누워 있는, 송장이나 다름없는 이 인간과 단둘이 있다. 주위는 장중하고 으슥한 정적만이 감돌 뿐…. **가까이 있다**… **해치워버려**… 겁먹은 눈으로 권총 케이스로 손을 슬며시 가져갔다. 눈을 깜박거렸다. 붙잡히지나 않을까 하는 두려움과 사람을 죽인다는 공포 사이에서 계속 마음의 갈등을 겪고 있다. 그는 지금까지 한 번도 사람을 죽인 적이 없다. 한 마리의 짐승조차도…. 이 순간에 만일 자크의 눈이 한 번만이라도 방긋이 열렸더라면, 그리고 마르주라가 어쩌다가 살아 있는 눈동자와 마주쳤더라면 아마…. 그러나 이미 목숨이 끊어진 것 같은 창백한 이 옆모습, 눈앞에 납작하게 엎어져 있는 이 관자놀이… 마르주라는 눈길을 돌렸다. 그는 눈꺼풀과 턱을 떨며 손을 죽 뻗었다. 총신이 무엇인가에 닿았다. 머리털일까? 귀일까? …그는 용기를 내기 위해 또한 자신을 정당화하기 위해 이를 악물고 외쳤다.

"개새끼!"

고함 소리와 함께 총성이 울렸다.

홀가분한 몸이 되었다! 마르주라는 다시 일어섰다. 그러고 나서 뒤도 돌아보지 않고 덤불 숲속으로 뛰어갔다. 나뭇가지가 그의 얼굴을 후려친다. 그의 군화 밑에서는 가랑잎이 바스락거린다. 우거진 숲속을 따라 후퇴하는 병사들의 발자국이 나 있다. 동료들은 멀리 가지 않은 모양이군. …살았다! 그는 뛰었다. 위험이며 고독이며 자의적인 살인 행위의 기억을 떨쳐버리기 위해 뛰었다…. 그는 더 빨리 뛰기 위해 잠시 숨을 죽이곤 했다. 그리고 다시 뛸 때마다 분노와 공포를 터뜨리기 위해 이를 악물고 되풀이했다.

"개새끼!… 개새끼!… 개새끼!…"

작품 해설

정지영

7부 「1914년 여름 L'été 1914」

1

『티보가家 사람들』 전반부에서 우리는 프랑스 사회의 한 가정을 중심으로 벌어지는 일종의 홈드라마를 읽을 수 있었다. 처음 작가가 구상했던 대로 소설을 엮어갔다면 『티보가 사람들』은 「아버지의 죽음」 뒤로 무려 열다섯 권의 작품이 이어졌을 것이다. 이런 계획 아래 작가는, 일곱 번째 소설 「출범」을 스무 달에 걸쳐 거의 완성하고 출판 준비를 서두르고 있었다. 그런데 1931년 1월 1일 마르탱 뒤 가르는 아내와 함께 자동차 사고를 당한다. 이 사고로 두 달 반 동안 병원에 입원해 있으면서, 그는 그때까지 구상했던 『티보가 사람들』의 계획을 송두리째 포기하고 전혀 다른 방향으로 써나갈 것을 결심한다.

「출범」의 원고를 폐기한 다음 극작품을 쓰면서 준비 기간을 보낸 후, 작가는 1933년에서 1936년까지 프랑스 남부의 니스에서 집필에 몰두한다. 그리하여 「1914년 여름」이 1936년 11월 여섯 개 잡지에 나뉘어 일제히 발표되었을 때, 프랑스뿐만 아니라 전 세계는 이 충격적인 소설에 놀라움과 찬탄을 보낸다. 작가는 1937년의 파리시 문학대상에 이어 마침내 그해 11월 노벨

문학상 수상자로 결정되었다. 이 시기는 히틀러가 정권을 잡은 독일과 이탈리아, 일본 사이에 삼국동맹이 체결되어 세계대전의 위협이 날로 높아져가고 있던 때다. 마르탱 뒤 가르가 스톡홀름의 노벨 아카데미 종신서기 페르 할스트름에게 보낸 감사 편지의 다음과 같은 구절에서, 우리는 이 작품의 성격과 당시의 상황을 짐작할 수 있다.

> "인류는 역사의 비참한 순간을 통과하고 있습니다. 이미 가는 곳마다 대포가 조준을 맞추어놓고 있는 것처럼 보입니다. 지구의 양 끝에서는 이미 피를 흘리고 있습니다. 이미 비참에 침식되고 멋대로 날뛰는 광신에 맡겨진 이 세계에는 소리 없는 공포와 분노와 절망과 막연한 숙명론적 분위기 속에서 정념이 발효하고 있습니다. 스웨덴 아카데미가 (노벨문학상 수상자 발표를) 제1차 세계대전 종전 기념일인 11월 11일로 택한 것은, 총동원령에 앞선 몇 주일 동안의 불안한 동요를 되살리려고 노력하고 있는 이 책이 과거의 비극적 교훈을 만인에게 환기시킴으로써 평화를 옹호하는 데 나름대로 이바지할 수 있다고 생각했기 때문이라고 확신합니다."

「아버지의 죽음」까지 읽었던 독자에게 「1914년 여름」은 낯선 느낌으로 다가올 것이다. 그 낯섦은 많은 부분, 첫 장부터 등장하는 사회주의 혁명가들의 이론적인 논쟁에 기인한다. 실제로 제7부의 시작은 사회주의 혁명의 필연성과 자본주의의 모순, 사회주의 인터내셔널의 사명, 역사의 진보, 금융자본의 힘, 이윤 제도의 해악, 노동의 소외 등의 주제를 다루고 있다. 이십

세기 초 프랑스의 한 보수적인 가정을 중심으로 전개되었던 전편들을 생각하면 이 주제들은 생소하게 느껴질지도 모른다. 많은 비평가들도 작품의 일관성이라는 측면에서 주제의 갑작스런 변화에 대해 많은 논의를 하고 있는 것이 사실이다.

그러나 모든 전문가들이 동의하는 사실이지만, 이러한 주제의 변화가 가지는 가장 큰 의미는 작품의 배경이 가정에서 역사와 사회로 확대되고 동시에 구체화되었다는 점이다. 전반 여섯 개의 부가 비록 이십세기 초 프랑스의 한 부르주아 가정의 모습을 충실히 드러내고 있다고는 하나, 거기에는 인물들의 일상만이 구체적으로 나타날 뿐 이 소설을 역사적 사실에 접목시킬 수 있는 어떠한 단서도 제공되지 않는다. 역사와 사회의 움직임은 그저 밑그림으로서만 존재할 뿐이다. 그러나 「1914년 여름」에 이르러 작품의 배경은 제국주의 열강의 팽창 정책과 이에 따른 대립이라는 전 세계적인 구도로 확대된다. 첫 장을 열자마자 역사와 사회에 대한 주제의식은 금세 소설의 전면으로 떠오르고 우리는 피비린내 나는 전쟁의 예감에 조바심 내는 '1914년 6월 28일 일요일 아침'의 유럽인들을 만나게 된다. 그리고 평범한 시민에서 군인으로 옷을 갈아입어야 했던 그들이 패주敗走하게 되는 '1914년 8월 10일 월요일'까지, 계속되는 동요와 혼돈의 기록을 따라가게 된다. 그러면서 우리는, 낡은 다큐멘터리 영화 속의 비 내리는 화면으로만 보았던, 채플린처럼 뒤뚱거리는 어설픈 동작으로 대포알을 집어넣는 사람들이 감당해야 했던 비참과 공포가 얼마나 큰 것이었는지 알게 될 것이다. 일상 아래에 숨어, 마치 지하수처럼 느릿느릿 흘러가다가 단 한 번 지상으로 솟아오르며 모든 것을 파괴해버리는 무서운 현실 앞에, 전편들이 보여주었던 일상적 단면들은 여지없이 파괴된다.

이렇듯 점차 현실로 다가오는 제1차 세계대전의 위협과 함께 7부의 이데올로기 논쟁들은 『티보가 사람들』의 후반부 이야기들이 자리 잡을 틀을 제공하고 있다. 앙투안과 안의 가벼운 연애도, 자크와 제니의 짧고 격렬한 사랑도, 다니엘과 퐁타냉 부인의 변모도, 자크와 앙투안의 죽음도, 그리고 장 폴의 탄생도 새로운 사회를 향한 변혁의 열망과 이를 위협하는 현실이 만들어내는 이 긴장 속에서만 이해될 수 있을 것이다.

이 작품에서 논의되고 있는 뜨거웠던 사회변혁에의 열망과 이데올로기의 열풍을 통해 우리는 약 110년 전 프랑스 사회가 직면했던 위기와 그에 대한 시민들의 대응 방식을 이해하게 된다. 그리고 동시에 우리의 지난 역사를 되돌아보며 이십세기를 지나온 독자라면 결코 잊을 수 없는 역사의 교훈을 이끌어낼 수 있을 것이다.

소설 내에서 부분적으로 설명되고 있지만, 독자들의 편의를 위해 이 작품의 배경이 되는 이십세기 초 유럽의 정세를 간략하게 소개하고자 한다.

1914년 6월 28일, 메네스트렐이 말하는 '새로운 요소'가 사라예보에서 터진다. 오스트리아-헝가리 제국의 황태자 프란츠 페르디난트가 세르비아의 한 청년 혁명가에게 암살당한 것이다. 당시 유럽의 화약고라는 발칸반도에서는 오스트리아와 러시아가 대립하고 있었다. 러시아는 러-일전쟁에서 패전한 뒤에 콘스탄티노플을 목표로 남진 정책을 택하여 범슬라브주의라는 명분으로 발칸반도 각지의 남방 슬라브인들을 끌어들이려 하고 있었다. 이것은 범게르만주의를 내세우던 독일 및 오스트리아의 이해와 충돌한다. 특히 영내에 슬라브계의 피압박민족을 두고 있던 오스트리아에게 이것은 사활이 걸린 문제로 간주된다. 1908년에 이루어진 오스트리아의 보스니아-헤르체고비나 합병은 세르비아인과 러시아인을 자극하고 있었고, 1912년의 발칸전쟁으로 오스트리아에 대한 세르비아의 원한은 극에 달해 있었다. 제국주의의 알력에 따른 세력 재분할과 피압박민족들의 제국에 대한 저항 때문에 온 세계는 발칸반도에 주목하고 있었다. 유럽에는 영국-프랑스-러시아의 삼국협상이 독일을 굳게 포위하고 있는 한편 독일-오스트리아-이탈리아의 삼국동맹이 이에 저항하고 있었다. 이탈리아는 동맹에서 점차 빠지려는 경향이 있었지만 발칸반도의 모퉁이에서 세르비아의 한 청년이 발사한 탄환은 이 두 개의 그룹을 전쟁의 포화 속으로 끌어들이기에 충분했다.

1914년 7월 28일 오스트리아가 세르비아에게 선전포고를 하자 마치 도미노처럼 유럽 전체가 전쟁의 소용돌이 속으로 빨려 들어간다. 슬라브족의 보호를 내세우며 러시아가 오스트리아에 선전포고를 하고 이에 독일이 맞대응을 하면서 전쟁은 확대되기 시작한다. 러시아와의 동맹 관계를 내세워 프랑스가 참전하고 독일이 프랑스와 벨기에, 룩셈부르크를 침공하자 영국이 이에 반발하며 참전한다. 흑해를 장악하고 있던 터키는 러시아의 남진 정책에 대항하기 위해 독일 편에 가담하고, 이를 기회로 오랫동안 터키의 지배하에 있던 아라비아인들이 독립을 쟁

취하기 위해 영국군에 합류한다. 또 이탈리아는 오스트리아에 대항하여 참전하고 불가리아는 마케도니아를 차지하기 위해 독일 편에 가담한다. 일본이 영국과의 동맹 관계를 내세우며 독일의 극동 함대를 공격하고 1915년 미국이 독일의 잠수함 작전을 구실로 선전포고를 하게 되면서 이 전쟁은 그야말로 세계대전으로 번지는 것이다.

2

제네바에 자리 잡은 사회주의 혁명가들의 활동과 논쟁이 중심을 이루었던 도입부를 지나 이야기는 정보를 수집하기 위해 파리로 온 자크의 움직임을 따라가면서 전개된다. 따라서 소설 전반부에서 보았던 여러 인물들이 다시 등장한다. 자크와 제니의 사랑, 앙투안의 친구들이 나누는 전쟁에 대한 이야기들, 그리고 이 모든 것을 둘러싸고 점점 비관적으로 흘러가는 국제 정세 등이 펼쳐진다. 무엇보다 흥미로운 것은 임박한 전쟁을 바라보는 다양한 인물들의 시각일 것이다. 『티보가 사람들』이 한 시대의 충실한 벽화로서 가치를 지니는 것은 바로 이 시각들이 보여주는 전형성에 기인한다고 할 수 있다. 일상 속에서 또는 살롱의 토론에서 그들이 전쟁에 대해 보여주는 자세는 이십세기 초를 살았던 다양한 사람들의 시각을 충실하게 반영하고 있다.

전쟁을 심각한 현실로 받아들이지 않고 세계가 어떻게 돌아가든 '자신의 직업'만을 충실히 수행하는 것이 더 중요하다고 생각하는 앙투안은 제1차 세계대전이 가져다줄 막대한 피해를 상상하지도 못했던 프티부르주아의 입장을 대변하고 있다.

"그래! 사는 것, 그것은 무엇보다 일하는 것이다! 그것은 무익한 논쟁을 늘어놓는 것이 아니다…. 착실히 일을 해나가는 것, 그것만으로도 이미 충분하지 않은가?… 그리고 인생은 흘러가는 대로 내버려두는 거야!…"

그의 생각은, '아름다운 시대'라는 뜻의 '벨 에포크'라고 불리게 될 이 시기를 살았던 사람들의 의식을 그대로 반영하고 있다. 그들은 그들의 문명이 그렇게 쉽게 야만적인 괴물로 돌변하리라고는 꿈도 꾸지 않고 있었다. 반면 반항아에서 혁명가로 성장한 자크는 전쟁의 위협을 의식하고, 소외받은 계층의 고통에 관심을 보이며, 자본주의의 모순에 눈뜨고 있던 젊은 세대의 위기의식을 잘 보여준다. 자크의 의식이 이데올로기의 차원을 통해서만 제시되는 것은 아니다. 작가는 자크가 추구하는 더 나은 세계를 자크와 제니의 사랑이 실현될 수 있는 공간으로 제시함으로써 개인의 요구와 시대의 지향을 만나게 하며, 그것을 통해 인물에게 현실감을 불어넣고 있다.

"'아니야, 전쟁은 아니야!' 하고 그는 주먹을 불끈 쥐면서 중얼거렸다. '혁명이야!' 지금 그에게는 전 생애가 걸려 있는 이 사랑을 위해 그 어느 때보다도 더 정의롭고 순수하고 새로운 세계가 필요했다."

앙투안과 자크 두 사람이 프티부르주아와 혁명가라는 큰 범주의 인간상을 구현하고 있다면 주변의 인물들은 시대의 전형적인 면모들을 보다 세부적으로 형상화한다.

가령 앙투안과 함께 실험실을 운영하는 르와는 1871년 보불전쟁의 패배 이후 프랑스인의 가슴속에 사라지지 않고 남아 있던 독일에 대한 원한과 복수심을 대변한다.

> "1905년 가을부터 전쟁을 생각해왔습니다! 그런데 당시 나는 불과 열여섯 살이었어요. (…) 그해 가을 나는 독일의 위협이 우리 세대 앞을 가로막고 있다는 것을 확실히 느꼈습니다. 그리고 많은 내 친구들도 나와 똑같이 느꼈습니다. 우리는 전쟁을 바라지 않아요. 그러나 그 뒤부터 우리는 전쟁을 당연하고 피할 수 없는 하나의 사실로서 받아들이고 있습니다. (…) 그래요. 말하자면, 결판을 내야 할 일이지요. 프랑스가 계속 존재하기를 원한다면 언젠가는 결심해야 할 일입니다!"

그리고, 앙투안의 환자인 외무부 관료 뤼멜의 말은 당시 식민지 확장 정책에 혈안이 되어 있던 제국주의 국가들의 세계관과 그 세계관의 필연적인 귀결을 요약하고 있다.

> "프랑스와 러시아 두 나라는 어느 한쪽이 독일의 위협을 받을 경우에 서로 군사원조를 제공하기로 약속한 거야. (…) 외교관들은 모든 비난을 각오하고 한 거야…. 1890년 유럽에서의 프랑스의 입장을 생각해봐. 프랑스를 무방비 상태로 두기보다는 양날의 칼로 무장시키고자 했다고 해서 우리 외교관들이 잘못

한 것일까? 필연적이야. 각국 정부는 말할 것도 없이 전시체제를 갖추기 위한 동원을 생각하고 있어. 그리고 만일의 경우를 대비해서 그 준비를 하고 있어. (…) 각국 정부는 모두가 이러한 방향으로 움직이고 있어. 이런 식으로 사태는 자연히 악화의 길로 점점 치닫는 거야. 왜냐하면 일단 국민 동원이라는 무서운 톱니바퀴를 움직이기 시작하면 도중에 준비를 늦추거나 꾸물대는 일은 실질적으로 불가능하다는 사실을 참모본부의 전문가로서 모르는 사람은 하나도 없을 테니까."

이외에도, 권총 자살을 시도한 제롬 드 퐁타냉의 모습은 당시 자본주의 사회의 어두운 일면을 상징하고 있다. 본사는 영국에 두고 헝가리에서 삼림을 벌채하는 회사에 다니면서 오스트리아의 벽지 회사에 자신의 이름을 빌려주었다가 회사가 파산함에 따라 자살이라는 막다른 길로 내몰리는 그는 제국주의 정책에 따른 필연적인 결과인 전쟁이라는 파국으로 몰려갈 수밖에 없었던 당시 유럽의 정황을 비극적으로 증언하고 있는 것이다.

「1914년 여름」에는 다양한 혁명가들이 등장한다. 우리가 익히 그 이름을 알고 있는 레닌이나 조레스, 무솔리니 같은 실존 인물도 있지만 혁명과 전쟁을 바라보는 다양한 시각은 제네바에 모여든 각국의 혁명가들을 통해서 구현되고 있다. 전쟁이란 자본주의 국가들 사이의 투쟁으로서, 혁명을 유발시키는 '외부적인 사건', 곧 새로운 요소가 될 것이기 때문에 적극적으로 방지할 필요는 없다고 생각하는 메네스트렐은 다음과 같은 로자 룩셈부르크의 발언을 생각나게 한다.

"전쟁이 발발할 경우, 우리는 단순히 전쟁만을 가능한 한 빨리 끝내기 위해 소요를 일으키지는 않을 것이다. 우리는 전쟁 자체가 지배계급의 몰락을 앞당기는 데 사용되기를 원한다." (1907년 슈투트가르트 제2인터내셔널 총회)

그리고 프롤레타리아가 '애국적 감정'에서 벗어나 있지 못하기 때문에, 전쟁은 프롤레타리아를 내셔널리즘의 깃발 아래로 끌어들이고, 인터내셔널을 분열시키며 끝내는 많은 노동자를 전장의 이슬로 사라지게 할 뿐이라고 주장하는 미퇴르크 같은 인물도 있다. 그의 입장은 제2인터내셔널에서 끝까지 제국주의 전쟁을 반대했던 분파의 시각을 보여준다고 할 수 있다.

"한심한 것은, 유럽에서 일곱 내지 여덟 명의 인간들이 저희들끼리의 '역사'를 만들려고 하는 거야…. 나는 리어왕이 생각나. 소수의 미친 자들이 장님 무리를 끌고 가는 시대는 저주받을지어다…!"

자크의 동료인 스테파니가 하는 이 말은「1914년 여름」이 배경으로 하고 있는 시대의 분위기를 가장 잘 요약하고 있다. 그리고 이 암울함 속에서 조금씩 정체를 드러내는 전쟁의 위협들이 주요 이야기를 구성한다.

마르탱 뒤 가르가「1914년 여름」을 쓰기 위해서 구체적으로 어떠한 자료들을 섭렵했는지는 정확히 알려져 있지 않다. 그러나 작품을 쓰기 위한 준비 노트가 트럭 한 대 분량이었다든지,「1914년 여름」의 마지막 몇 장에 등장하는 알자스-로렌 지방을 묘사하기 위해 읽은 참고 서적만 책꽂이 한 칸 가득 되는 분량이었다든지 하는 일화는 그 준비 작업이 얼마나 방대하고 성실하게 이루어진 것이었는지 짐작할 수 있게 해주는 일화라고 할 수 있다. 십구세기 자연주의 작가들의 정확성에 대한 취향을 존중하였던 마르탱 뒤 가르의 작업 방식은 국립 고문서 학교를 거치며 그의 몸에 밴 것이기도 하였다.

사실 「1914년 여름」을 시작하기 전에 작가는 그가 쓰려는 소재에 대한 지식이 부족해서 대단히 절망해 있었다고 한다. 특히 당시의 혁명운동이나 사회주의 이론 등에 대해서는 '아무것도 모른다'고 고백할 만큼 아는 것이 없었다고 한다. 그런 그에게 많은 도움과 조언을 준 것은 마르셀 아르망Marcel Armand과 루아Roy라는 두 사람이었으며, 특히 과격한 레닌주의자였던 마르셀 아르망은 자크나 메네스트렐 같은 인물을 그려내는 데 있어서도 작가에게 많은 영향을 미친 것으로 알려져 있다.

그러나 마르탱 뒤 가르가 「1914년 여름」이라는 제목 아래 쓰고자 한 것은 역사책이 아니었다. "나는 무엇보다도 이 작품이 하나의 소설로 남아 있기를 원한다. 그 속에 표현되는 생각은 한 개인의 것일 뿐이다. 대화는 사람들 사이에서 오가는 것이지 이론의 입을 통해 나오는 것은 아니다"라고 앙드레 지드에게 보낸 편지에서 작가는 말하고 있다.

『프랑스 지식인 사전』의 '로제 마르탱 뒤 가르' 항목은 이렇게 적고 있다.

"「1914년 여름」에서 자크와 그의 친구들이야말로 완전한 의미에서의 지식인이었으며 작가가 우리에게 들려주는 것은 그들의 희망과 좌절이다."

우리는 역사책을 통해, 제2인터내셔널이 전쟁에 대한 내부의 입장 차이를 조율하지 못한 채 제1차 세계대전이 발발하자마자 어이없이 와해되어갔음을 알고 있다. 그러나 그러한 역사적 사실이 한 작가의 손끝을 거쳐 허구로 재현될 때, 그것은 사실과는 다른 차원의 울림을 우리에게 전해준다. 한 시대의 모순과 고민을 파리의 평범한 사람들, 제네바의 작은 혁명가 그룹에서 보게 될 때, 우리는 사실보다도 더 사실 같은 감흥을 받게 되고 먼 나라의 역사가 아니라 바로 우리의 이야기임을 느끼게 된다. 이처럼 「1914년 여름」의 인물들 하나하나는 비록 실존하지 않았던 인물이지만, 힘들었던 역사의 한 시기를 살았던 다양한 사람들의 모습을 구체적으로 빠짐없이 되살려내고 있다. 그렇기 때문에 그들의 고민은 한 시대의 고백이 되고 그들이 나누는 대화는 한 시대의 모색이 되며 그들의 행동은 한 시대의 초상이 되는 것이다.

3

"운명이란 어떤 숱한 길을 걷게 하며, 어떤 숱한 길을 돌아가게 하기에 옛날 그 아이를 오늘 이 마지막 저녁까지 데리고 온 것일까? 그것은 우연의 연속일까? 아니다. 결코 아니다! …그의 모든 행동은 서로 연관성이 있다. 지금 그는 그것을 느끼고 있으며, 막연하게나마 그것을 줄곧 느껴왔다. 그의 생애는 무언가 수수께끼 같은 인생행로, 운명적인 쇠사슬에 오랫동안 몸부림치며 굴복해온 생애에 불과하다. 그런데 지금 그 종착역에, 화려한 피날레에 도달한 것이다. 죽음은 장려한 이 일몰처럼 그의 눈앞에서 빛나고 있다."

동원령이 내려지고, 끝까지 징집을 거부하기로 결심한 자크는 자기 혼자의 힘으로라도 전쟁을 막아보기 위해 '마지막 행동'을 계획한다. 그 실행의 날, 자크는 자신의 삶과 자신의 죽음을 함께 바라본다.

「1914년 여름」에서 전쟁을 막기 위한 자크의 노력은 서로 다른 두 차원의 의미를 함께 지니고 있다고 할 수 있다. 자신의 존재 의미라는, 보다 개인적이며 실존적인 차원에서 진행되는 고민이 그 첫 번째라면, 역사와 이성의 이름으로 사회의 모순에 맞서고자 하는 투쟁, 보편적인 인류의 이름으로 수행되는 투쟁이 그 두 번째이다. 이 두 개의 차원은 완전하게 분리되어 있지 않으며, 오히려 서로 간섭하고 영향을 미치며 자크의 행동을 이끌어 나간다.

가령 '행동'을 앞둔 자크는 문득문득 자신의 행위가 스스로의 만족을 위한 행위 외에 아무것도 아니라는 사실을 느낀다.

"나는 다만 절망감에서 이렇게 행동하고 있다. 나는 다만 기분 풀이로 이렇게 행동하고 있다…. 나는 전쟁을 막지 못할 것이다…. 나 자신 이외에는 아무도, 아무도 구출하지 못할 것이다…. 그러나 할 일을 끝마치면 달아나야지!"

즉, 자신의 '행동'의 의미를 개인적인 범위로 제한하고 있는 것이다. 그러나 바로 다음 장에서 자크는 다시 인류애와 정의를 향한 열정을 되살려내기도 한다.

> "지금 자신을 송두리째 내던져야만 하는 인생의 시점에 와 있는 것이다. 지금까지 자신의 몸을 바쳐본 적이, 송두리째 바쳐본 적이 있었는가? (…) 끊임없이 절망 속에서 헤매며, 매일같이 모든 것을 포기하고 싶은 생각과 싸우면서 살아야만 하던 시기도 이제는 끝났다! 스스로 죽음을 받아들이는 것은 스스로를 포기하는 것과는 다르다. 이것이야말로 하나의 운명에 꽃을 피우는 것이다!"

그렇다면 자크가 이렇게 다양한 의미를 부여하는 그 '행동'이란 무엇인가? 구체적으로 그것은 전쟁을 거부할 것을 선동하는 유인물을 독일군과 프랑스군이 대치하고 있는 알자스 전선 상공에 뿌리는 행위이다. 전쟁을 막을 수 있는 힘은 민중들 자신에게 있으며, 전쟁을 멈추게 할 수 있는 기회는 아직도 그들 손에 있음을 설득하겠다는 것이다. 그러나 결과적으로 그 '행동'은 실패하고 만다. 자크는 단 한 장의 유인물도 뿌리지 못하고 비행기는 프랑스군에 의해 격추당한다. 그리고 간첩으로 오인받은 자크는 그가 그토록 믿어 마지않던 민중의 손에 의해 죽임을 당한다. '행동'에까지 이르는 자크의 고민과 결심의 과정에 비해 그리고 그것에 자크가 부여했던 의미와 기대에 비해, 이 실패는 너무도 철저하여 독자에게 긴 여운을 남긴다. 게다가 작가의 묘사는 아주 간결하고 어떤 감정이입도 배제하고 있기 때문에 자크의 죽음에는 어떤 의미도 부여되어 있지 않은 듯이 보인다.

사실 많은 연구자들이 『티보가 사람들』에 작가의 '비극적 세계관'이 지배적으로 드러나고 있다고 지적할 때, 가장 흔히 꼽는 예가 바로 자크의 죽음이다. 작가의 표현을 빌리자면, '총동원령에 앞선 몇 주일 동안의 불안한 동요'를 되살리고 있는 「1914년 여름」은 전쟁을 막기 위한 다양한 노력에 대한 이야기이며 그 노력의 중심에는 자크가 있다. 자크의 '행동'은 「1914년 여름」의 모든 힘의 방향이 수렴되는 축의 구실을 하는 것이다. 따라서 그 '행동'이 철저한 실패로 귀결된다는 것은 「1914년 여름」의 모든 노력이 지닌 의미가 사라지는 것을 의미한다. 평화를 지키기 위한 자크의 정당한 노력이 실패로 돌아가는 것, 그리고 자크 자신이 누구의 주목도 받지 못하며 비참하게 죽어가는 것 등은 인간 숙명이 지니고 있는 보편적인 '아이러니'를 보여주고 있다.

그러나 한편으로 생각해보면, 전쟁을 막지 못하는 것, 자크의 '행동'이 실패로 돌아가는 것은 당연한 결말일지도 모른다. 적어도 프랑스 국립도서관이 붙여준 수식어처럼, '현실의 복잡함과 경쟁하고자 하였던' 로제 마르탱 뒤 가르라는 작가에게 있어서, 제1차 세계대전이라는 대상은 부인할 수 없는, 부인해서도 안 될 역사적 사실이었을 것이다. 1914년부터 1917년까지 수십만의 목숨을 앗아갔던 끔찍한 전쟁은 작가의 상상력과는 별개로 존재하는 것이며 그 앞에서 '행동'의 성공을 그릴 수 없었던 것은 어쩌면 당연한 일인지도 모른다. 그런 의미에서

「1914년 여름」이 보여주는 '비극적 현실'은 '비극적 세계관'과는 다른 것이다. 한 작품의 세계관은 그것이 그리는 대상에 의해서만 규정되는 것은 아니기 때문이다.

「1914년 여름」은 자크를 죽인 마르주라가 내뱉는 "개새끼! …"라는 욕설로 끝을 맺는다. 포로를 죽여야 했던 일에 대한 자책과 두려움이 섞인 이 욕설은 자신의 포로 자크를 향한 것만은 아니다. 그것은 오히려 자신의 목숨을 지키기 위해 다른 사람을 죽일 수밖에 없는 상황에 대한 분노의 표시이며, 그런 의미에서 저주받은 시대에 대한 어눌한 항변이다.

「1914년 여름」이 끝나는 시점에서 보면, 인물들에게는 아무런 희망도 없는 듯이 보인다. 희망은 감추어져 있으며 그들에게는 이 같은 서투른 항변 외에 아무것도 허락되어 있지 않았다. 그러나 우리는 이어질 「에필로그」에서 끝나지 않은 희망에 대한 작가의 이야기를 듣게 될 것이다. 비극적인 것은 작품이 아니라 현실이며 작가는 여전히 희망을 말하고 있다.

미행에서 만든 책들

1	소설	마르셀 프루스트	최미경	**쾌락과 나날**
2	시	조르주 바타유	권지현	**아르캉젤리크**
3	소설	유리 올레샤	김성일	**리옴빠**
4	시	월리스 스티븐스	정하연	**하모니엄**
5	소설	나카지마 아쓰시	박은정	**빛과 바람과 꿈**
6	시	요제프 어틸러	진경애	**너무 아프다**
7	시	플로르벨라 이스팡카	김지은	**누구의 것도 아닌 나**
8	소설	카트린 퀴세	권지현	**데이비드 호크니의 인생**
9	르포	스티그 다게르만	이유진	**독일의 가을**
10	동화	거트루드 스타인	신혜빈	**세상은 둥글다**
11	산문	미시마 유키오	강방화·손정임	**문장독본**
12	소설	마르셀 프루스트	최미경	**익명의 발신인**
13	시	E. E. 커밍스	송혜리	**내 심장이 항상 열려 있기를**
14	시	E. E. 커밍스	송혜리	**세상이 더 푸르러진다면**
15	산문	데라야마 슈지	손정임	**가출 예찬**
16	칼럼	에릭 사티	박윤신	**사티 에릭 사티**
17	산문	뤽 다르덴	조은미	**인간의 일에 대하여**
18	르포	존 스타인벡·로버트 카파	허승철	**러시아 저널**
19	소설	윌리엄 포크너	신혜빈	**나이츠 갬빗**
20	산문	미시마 유키오	손정임·강방화	**소설독본**
21	소설	조르주 로덴바흐	임민지	**죽음의 도시 브뤼주**
22	시	프랭크 오하라	송혜리	**점심 시집**
23	산문	브론테 자매	김자영·이수진	**벨기에 에세이**
24	소설	뱅자맹 콩스탕	이수진	**아돌프 / 세실**
25	산문	안드레이 플라토노프	윤영순	**전쟁 산문**
26	소설	안토니 포고렐스키 외	김경준	**난 지금 잠에서 깼다**
27	소설	모리 오가이	전양주	**청년**
28	소설	알베르틴 사라쟁	이수진	**복사뼈**
29	산문	페르난두 페소아	김지은	**이명의 탄생**
30	산문	가타야마 히로코	손정임	**등화절**
31	산문	고바야시 히데오	유은경·이재창	**비평가의 책 읽기**

한국 문학

로제 마르탱 뒤 가르(Roger Martin du Gard, 1881-1958)는 예술의 중흥기인 '벨 에포크'에서 전란과 이념의 시대로 이행하는 20세기의 역사의 한복판에서 활동한 작가이다. 1881년 파리 근교의 뇌이쉬르센에서 태어났다. 페늘롱 중학교를 졸업하고, 국립 고문서 학교에서 공부했다. 마르탱 뒤 가르는 이곳에서 면밀한 자료 수집, 과학적 논리 전개, 객관적 문장력 등의 훈련을 쌓았다.
1908년에 장편소설 『생성』을 발표하면서 문단에 데뷔한 그는 1913년 『장 바루아』를 발표하면서 두각을 나타내기 시작했다. 그 뒤로 『오래된 프랑스』, 『아프리카의 비화』 등의 소설과 『를뢰 영감의 유언』 등의 희곡 작품들을 발표했다.
1920년부터 대하소설 『티보가 사람들』을 집필하기 시작했으며, 그중 1936년에 발표된 「1914년 여름」으로 이듬해 노벨문학상을 수상했다. 그리고 「에필로그」는 1940년에 발표했다. 『티보가 사람들』의 완성 뒤로 전원에 칩거하며 제2차 세계대전을 다룬 제2의 대하소설 『모모르 중령의 수기』를 집필하였으며, 이 작품을 자신이 죽은 뒤에 출판할 것을 조건으로 국립도서관에 맡겼다. 1958년 8월 벨렘에서 사망했다.
로제 마르탱 뒤 가르의 대표작 『티보가 사람들』은 1, 2차 양차 세계대전 사이에 위치한 작가가 참혹한 전쟁의 소용돌이 속에서도 20세기의 역사를 웅장한 인간 벽화로 그려낸 대작이다. 총 여덟 편의 연작 소설로 이루어진 이 작품은 신과 인간, 예술과 이념에 대한 작가의 고찰을 고스란히 보여주면서 영원히 해소되지 않을 인간 본원의 갈등을 그리고 있다.
알베르 카뮈는 로제 마르탱 뒤 가르를 "영원한 현대인으로 남을 작가", 앙드레 지드는 "20년 후에야 진정한 평가를 받을 작가"라는 찬사를 보냈다.

옮긴이 정지영은 1937년 함경북도 회령에서 출생하였다. 서울대 불문과 및 동 대학원을 졸업하고 프랑스 그르노블 대학에서 문학박사 학위를 받았다. 서울대 불문과 교수를 역임하였고, 현재 같은 과 명예교수로 있다. 저서로는 『프라임 불한사전』이 있고, 주요 논문으로는 『티보가 사람들』에 대한 다수의 논문을 비롯 「까뮈의 『이방인』에 쓰인 자유 간접 화법」, 「빅토르 위고의 시의 형식」 등이 있다. 『티보가 사람들』을 국내에 처음 완역하여 소개했다.

티보가 사람들
7부 1914년 여름 3

로제 마르탱 뒤 가르
정지영 옮김

초판 1쇄 발행 2025년 10월 31일

펴낸곳 미행
출판등록 제2020-000047호
전화 070-4045-7249
메일 mihaenghouse@gmail.com
인쇄 제책 영신사

ISBN 979-11-92004-40-2 04860
979-11-92004-31-0 (세트)